明代詠崑曲詩歌選注

趙山林・趙婷婷——選注

洪惟助——編

【總序】崑曲叢書第三輯總序

一九九四年我規劃主編《崑曲叢書》，二〇〇二年出版第一輯六種：陸萼庭《崑劇演出史稿》、曾永義《從腔調說到崑劇》、周秦《蘇州崑曲》、周世瑞、周攸《周傳瑛身段譜》、洪惟助《崑曲研究資料索引》和《崑曲演藝家、曲家及學者訪問錄》。二〇一〇年出版第二輯六種：沈不沉《永嘉崑劇史話》、徐扶明《崑劇史論新探》、洛地《崑——劇、曲、唱、班》、顧篤璜、管騂《崑劇舞台美術初探》、洪惟助《崑曲宮調與曲牌》、論文集《名家論崑曲》。

本叢書希望多呈現：（一）珍貴的原始資料及學術研究的基礎工作；（二）一般學者少論及的音樂、表演、舞台美術及各地方崑曲；（三）長期浸淫於崑曲，深思熟慮之作。

第三輯六種：

一、朱建明《穆藕初與崑曲》。穆藕初對民國初年的中國實業和教育、文化都產生了巨大的影響。民國十年在蘇州創辦的「崑劇傳習所」，穆藕初是最重要的支持者，他對崑劇的貢獻，是崑劇史不可磨滅的一頁。但過去並沒有專書論穆藕初與崑曲，朱建明先生乃發奮撰此書，稿成，未及出版而逝世。藕初先生幼子家修先生和我言及此，我建議收入《崑曲叢書》第三輯，家修先生和其姪孫偉杰並為此書做校注和提供圖片；此書能有比較完美的呈現，是因為有家修先生和偉杰先生的辛勞。

二、吳新雷《崑曲研究新集》。吳新雷先生一九五五年畢業於南京大學中文系，即以戲曲、尤其崑曲為主要研究對象，將及六十年的學術歷程，著作等身，為戲曲學術界、崑曲藝術界所景仰。本書為其近年討論崑曲的新作，有文學藝術的鑑賞、歷史的回顧、資料的考證與分析……，範圍廣、立論精，是戲曲學者值得參考之作。

三、趙山林、趙婷婷《明代詠崑曲詩歌選注》。明中葉以後，崑曲盛行，隨之吟詠崑曲的詩歌亦漸多。詩歌本身就有其藝術價值，值得吟詠，欣賞；讀詠崑詩歌，更可從中了解崑曲的演出活動，看到名家對崑曲作品和表演的批評，或領略戲曲家借詩歌闡述戲曲理論。此書當是第一部明代詠崑詩歌集，附有注釋、作者簡介和簡析，幫助讀者閱讀欣賞，對崑曲學者和愛好者的研究、欣賞有所助益。趙山林先生是華東師範大學教授，其著作《中國戲劇學通論》等書早已蜚聲劇壇，此書與其愛女趙婷婷共同選注，婷婷在華東師大獲中文學士、碩士後赴美國史丹佛大學東亞語言文化系修讀博士學位。父女相聚論學，當是一段美麗的永恆記憶。

四、唐吉慧《俞振飛書信集》。俞振飛承其尊翁俞粟廬的教導，對於崑曲的清唱、詩詞、書畫都有深厚的造詣，後來向沈月泉學崑劇，程繼先學京劇。其天賦，不論扮相、嗓音都是上上之材，加上良好環境的陶冶，自己的刻苦力學，終成一代京崑大師。俞振飛文筆好、書法好、表演藝術好，其書信自然珍貴。唐吉慧先生原是學書畫的，二〇〇八年開始接觸崑曲，就一頭栽進，衣帶漸寬亦不悔，對俞老最是崇敬，收集俞老書信百餘封，擬出版俞振飛書信集。許多曲家前輩受其精神感動，將自己收藏的俞老書信都提供給他，包括我為中央大學戲曲研究室收藏的俞老給宋鐵錚的十三封信，宋鐵錚先生做了詳細的注解，都提供給他。此書信集是研究俞振飛，研究當代崑曲史、崑曲藝術的珍貴資料。

五、叢肇桓《叢蘭劇譚》。叢肇桓先生是著名的崑曲演員、導演、編劇，是全材的崑劇從業者，本書分「劇目篇」，論評劇目；「劇人篇」，論與戲曲有關的人物；「劇論篇」，論述戲曲理論問題；「劇事篇」，談論與戲曲有關的活動。本書所論雖非全為崑曲，但以崑曲為主。叢先生從事戲曲實踐將及六十年，有豐富的實踐經驗，又有深厚的文化素養，所論必然深刻而親切，非在故紙堆討生活的學者可比。

六、洪惟助《台灣崑曲史》。一九六〇年代我在政治大學中文研究所從盧聲伯先生治詞曲，當時聲伯師在校內成立崑曲社，我覺得崑曲社老師一人對許多人，教學效果不好，請聲伯師介紹，直接到指導老師徐炎之先生家裡一對一學習唱曲與吹笛。一九七二年我赴中央大學中文系教授詞曲等課程，次年成立崑曲社，請徐老師遠赴中壢教學，我陪學生們學習。一九九〇年代曾永義教授和我共同主持崑曲傳習計畫，執行中國六大崑劇團錄影計畫。二〇〇〇年我領導崑曲傳習計畫藝生班學員創建台灣崑劇團。五十年來的崑曲活動我一直很關心，一九九〇年代還執行了「台灣崑曲史調查研究計畫」，經過二十餘年的訪問調查、文獻考索，以及親身經歷，撰成本書，從清代以迄當今，是第一本台灣崑曲通史。

本叢書擬出五輯三十本，當鞭策自己，戮力完成四、五兩輯的撰述和編輯。

二〇一三年九月洪惟助於中央大學

明代詠崑曲詩歌選注

6

前言

詠劇詩歌宋元就有，明代以後，作者層出不窮，作品數以萬計，其中大量涉及崑曲，提供了有關崑曲歷史、演出和批評的珍貴資料，因此我們編成《明代詠崑曲詩歌選注》，以供學者研究參考和廣大讀者閱讀欣賞。至於清代、近代詠崑曲詩歌，也將陸續選注。對於明代詠崑曲詩歌的價值，下面略作介紹。

崑曲演出的生動記錄

進入明代，隨著俗文學的發展，觀賞戲曲日益成為文人精神生活的一個重要方面。崑曲興盛之後，尤其如此。

梁辰魚的朋友孫樓有《宴梁少白宅，聽吳中新樂，群至半山橋》：

瑤席開新樂，銀燈剪絳花。
合歡羅上彥，分部鬥名家。

連袂歌相答，飛觥與轉賒。
如何逢永夜，皎月易為斜。

這首詩生動地反映了「吳中新樂」即魏良輔改革之後的崑山腔初興時，梁辰魚等人為推廣崑曲所作出的努力，以及當時文人對這種「新樂」的濃厚興趣。

梁辰魚《浣紗記》問世之後，演出頻繁，汪道昆就有《席上觀〈吳越春秋〉有作，凡四首》，記錄了觀看演出的情況。此外，鄒迪光有《正月十六夜集友人於一指堂，觀演昆侖奴、紅線故事，分得十四寒》、《冬夜與顧仲默諸君小集，看演〈神鏡〉傳奇，次仲默韻》、《酒未闌而范長白忽乘信過唁，復爾開尊，演霍小玉〈紫釵〉，不覺達曙，和覺父韻》等詩，所寫也是文人觀看崑曲演出的活動。

這裡要說一下鄒迪光。他字彥吉，號愚谷，無錫（今屬江蘇）人。他與湯顯祖等曲家有交往，是一位戲劇愛好者。中年罷官後，築室錫山，多與文士觴詠，徵歌度曲。他的家班是有名的，潘之恒在談到當時的著名演員時就曾提到「鄒班之小潘」①。鍾惺（一五七四至一六二四）曾在鄒迪光家看過戲，寫有《彥吉先生席上觀劇贈周郎》七絕二首。

以上汪道昆等人觀看的崑曲演出，地點是在廳堂。當時酒樓也有演出，胡應麟（一五五一至一六〇二）《湖上酒樓聽歌王檢討敬夫、汪司馬伯玉二樂府及張伯起傳奇戲作》三首：

---

① 潘之恒《鸞嘯小品》卷二《與楊超超評劇五則》。

光陰百歲迅流霞，一曲東籬擅馬家。
何似翰林【新水令】，秋風遷客走天涯。

水雲深處木蘭航，白雪紛飛《大雅堂》。
莫向五湖尋舊跡，於今司馬在鄖陽。

掩徑頻年侶博徒，陽春堂上白雲孤。
才聞北里歌《紅拂》，又見東園演《竊符》。

三首詩分寫王九思、汪道昆、張鳳翼三人的散曲和戲曲的演唱情況。特別是張鳳翼的《紅拂記》和《竊符記》，演出的頻率很高，可見廣受歡迎的程度。

明代不少地區有一些自發的大型的帶節令性的戲曲演出活動，如杭州的西湖「演春」（見田汝成《熙朝樂事》），南京的夏日秦淮曲宴（見潘之恒《鸞嘯小品》），等等，其中最負盛名的當屬蘇州的虎丘中秋唱曲大會。對於這一盛會，袁宏道（一五六八至一六一〇）《虎丘》一文作了如下描繪：

> 每至是日，傾城闔戶，連臂而至。衣冠士女，下迨蔀屋，莫不靚妝麗服，重茵累席，置酒交衢間。從千人石上至山門，櫛比如鱗，檀板丘積，樽罍雲瀉。遠而望之，如雁落平沙，霞鋪江上，雷輥電霍，無得而狀。布席之初，唱者千百，聲若聚蚊，不可辨識。分曹部署，競以歌喉相鬥，

雅俗既陳，妍媸自別。未幾而搖頭頓足者，得數十人而已。已而明月浮空，石光如練，一切瓦釜，寂然停聲，屬而和者，才三四輩。一簫一寸管，一人緩板而歌，竹肉相發，清聲亮徹，聽者魂銷。比至夜深，月影橫斜，荇藻淩亂，則簫板亦不復用。一夫登場，四座屏息，音若細髮，響徹雲際，每度一字，幾盡一刻，飛鳥為之徘徊，壯士聽而下淚矣。

與此可以相互印證的，是鄒迪光《八月十五夜虎丘坐月》一詩中所作的描繪：

層巒紫霧散，重阿綠雨歇。
天衢淨無翳，濯濯吐華月。
柔颸遞薄爽，衣袂時一揭。
摩肩客麇集，前後相淩越。
引履何錯蹂，蒸氣亦勃窣。
鵝管東西沸，歌唇南北發。
列隊非有期，尋響如效答。
時時遏雲遊，往往振木末。

此詩寫虎丘中秋唱曲大會的場面，十分真切生動。歌唱的聲音此起彼伏，響遏行雲，聽眾摩肩接踵，反響熱烈，都覺得這是一種難得的藝術享受。

另外，卜世臣亦作有【上馬踢】《中秋夜集虎丘四望閣》套曲：

【上馬踢】金天霽爽開，虛谷馳清籟，林端晚照微，碧空霞散彩。路入三泉，額外添瀟灑。試上古台，縱目雄奇，蟾魄憑欄待。

【月兒高】碎影初篩，霎侵斗牛界。萬里長煙淨，鴻悲蘋瀨。宋玉愁深，秋光卻難買。把一塊生公石，做了風流寨。

【蠻江令】足擁行多礙，聲喧語不解。狡童和豔女，浪謔饒情態。兩兩攜手，拂塵坐青苔。耳畔紅牙伎，對壘通宵賽。

【涼草蟲】舉卮才暢懷，露涼蟲韻改。東方白，曉星在，且收拾琴樽返棹哉。黑甜聊快，等月印山塘，還呼酒伴重來。

用套曲的形式，描繪虎丘中秋曲會的場景，饒有風情，別具韻味。相傳卜世臣的新劇《冬青記》就曾在虎丘演出過，「觀者萬人，多泣下者」②。作者對此也許保留著十分美好的回憶吧。

記錄虎丘中秋曲會的還有張岱《陶庵夢憶》卷五的《虎丘中秋夜》等。從有關虎丘中秋曲會的詩歌的和散文的記錄看來，這一自發的戲劇演出活動持續了一個多世紀。一種群眾性藝術活動如此長盛不衰，不能不說是中國藝術史上的一個奇蹟。

② 呂天成《曲品》卷下引張望侯語。

其實，虎丘的唱曲活動不僅中秋舉行，平時也經常舉行。如袁宏道《江南子》所描述的：

蜘蛛生來解織羅，吳兒十五能嬌歌。
舊曲嘹厲商聲緊，新腔嘽緩務頭多。
一拍一簫一寸管，虎丘夜夜石苔暖。
家家宴喜串歌兒，紅女停梭田畯懶。

在各階層人士普遍喜愛崑曲的大氛圍裡，戲曲與文人精神生活已經如此息息相關，以至於有的文人為了觀劇而減少了日常應酬。如婁堅有《起龍枉招，偶以觀劇不赴》一詩：

知君具蔬果，呼我共談言。
卻為聽歌去，真同歸市喧。
兒童心尚在，張弛道堪論。
衰白新添歲，謀歡始上元。

明萬曆年間，龍洞山農為《西廂記》新刻本作序，結尾說：「知者勿謂我尚有童心可也。」李贄對這句話很不贊同，他說：「夫童心者，真心也。若以童心為不可，是以真心為不可也。」「若失卻童心，便失卻真心；失卻真心，便失卻真人。」正是從這種「童心說」出發，李贄評價院本、雜劇、《西廂曲》、《水滸傳》皆是「有感於童心者之自文」，皆是「古今至文」（以上引文均見李贄《焚書》卷三《雜述》）。婁堅看來是贊同李贄的主張的，他公開聲言自己「兒童心尚在」，並且在行動上也是「真人真情，任性而行」，要看戲就看戲，要不赴宴就不赴宴。考察晚明士風，這也是一條有趣的材料。

更有甚者，有的文人真的「以戲代藥」。湯顯祖的友人潘之恒有《病中觀劇有懷吳越石》詩，在《情癡》一文中又說：「不慧抱恙一冬，而觀《牡丹亭記》，覺有起色。信觀濤之不余欺，而夢鹿之足以覺世也。」（《鸞嘯小品》卷三）茅坤幼子茅維亦有《病裡思聽音樂，戲呈諸公》一詩：

繞籬黃蝶隱秋花，病裡閒情遣狹斜。
伎作東山懷謝傅，笛吹古墓憶桓家。
那堪殘曲歌金縷，敢向今時鬥麗華。
紅燭最嬌丸髻妓，胡床企腳聽琵琶。

可見，欣賞崑曲對當時許多的文人來說，已經成為一種消遣，一種享受，一種陶醉，一種寄託。因此他們在談論人生、談論藝術的時候，也經常很自然地涉及戲劇，或以戲劇為喻。如吳從先《小窗自紀》說：「絕好看的，戲場姊妹們變臉；最可笑的，世事朋友家結盟。」沈捷《增訂心相百二十善》說：「人生雖是戲場，須妝一腳正生，不貽後人非笑。」這些與詠崑曲詩歌可以參看。

崑曲批評的詩化形式

明代詠崑曲詩歌中有一部分是運用詩歌的形式，對戲曲作家、戲曲作品、戲曲表演發表評論。當時戲曲界的名家名作，有詩人及時加以歌詠，從而提高了知名度，進一步擴大了影響。如梁辰魚，便引來了不少詩篇。如李攀龍《寄贈梁伯龍》：

彩筆含花賦別離，玉壺春酒調吳姬。
金陵子弟知名姓，樂府爭傳絕妙辭。

王世貞《嘲梁伯龍》：

吳閶白面冶游兒，爭唱梁郎雪豔詞。
七尺昂藏心未保，異時翻欲傍要離。

潘之恒《白下逢梁伯龍感舊》二首：

梨園處處按新詞，桃葉家家度翠眉。
一自流傳江左調，令人卻憶六朝時。

一別長干已十年，填詞贏得萬人傳。
歌梁舊燕雙棲處，不是烏衣亦可憐。

這些詩篇合觀，梁辰魚的為人性格、藝術才能以及作品受到廣泛歡迎的情況，便都生動地凸現出來了。

湯顯祖的名作《牡丹亭》問世之後，歌詠者就很多。其友人潘之恒作有《贈吳亦史》四首，評論十三歲的小演員吳亦史飾演的柳夢梅，第二首云：

風流情事盡堪傳，況是才人第一編。
剛及秋宵宵漸永，出門猶恨未明天。

這首詩高度評價了《牡丹亭》，稱其為「才人第一編」。對於這次《牡丹亭》演出的效果，詩中也有形象的表現，可以說是留下了《牡丹亭》演出較早的一份記錄。

湯顯祖本人也寫有《滕王閣看王有信演〈牡丹亭〉二首》：

韻若笙簫氣若絲，《牡丹》魂夢去來時。
河移客散江波起，不解銷魂不遣知。

樺燭煙銷泣絳紗，清微苦調翠殘霞。
愁來一座更衣起，江樹沉沉天漢斜。

這兩首詩表現了湯顯祖對王有信演出的讚賞。魂夢來去，苦調清微，反映了《牡丹亭》深入發掘人物內心世界的藝術力量以及旖旎纏綿、曲折委婉的藝術風格。這是劇作者本人的感受，特別值得重視。

崑曲的音樂美感特別突出，隨著崑曲的流行，人們也在逐步體味、研究它在音樂美感方面的特點，最為人們熟知的說法就是「水磨腔」，正如沈寵綏《度曲須知》談到魏良輔時所說：「憤南曲之訛陋也，盡洗乖聲，別開堂奧。調用水磨，拍捱冷板。聲則平、上、去、入之婉協，字則頭、腹、尾音之畢勻。功深鎔琢，氣無煙火。啟口輕圓，收音純細。」這一音樂美感的批評，在汪道會、許經等人的詩中也有表現。

汪道會《煙條館聞歌》五首之一這樣寫道：

新詞不是古《涼州》，別有江南《白苧》秋。
每到關情聲更咽，圓勻一串出珠喉。

煙條館為文徵明館名。文徵明及其子文彭、文嘉均為江南名士，都愛好崑曲，文徵明手寫的《南詞引正》，是魏良輔《曲律》最早也是最好的版本。從汪道會這首詩看來，煙條館的崑曲清唱水平是很高的，也充分體現了魏良輔改造後的崑曲嘹亮、圓勻的特點。

許經《四印堂夜集觀姬人紫雲歌舞即席賦贈二首》之二云：

隴頭團扇總新聲，水樣磨成珠樣明。
最喜堂堂垂手處，不將平視惱劉楨。

四印堂為董其昌堂名。這次演出給人印象最深刻的是歌姬紫雲演唱的崑曲，「水樣磨成珠樣明」將崑曲委婉細膩、溫潔圓潤的美感描繪得極為形象。

明代末年，隨著社會矛盾的激化和文人士大夫政治熱情的高漲，人們對政治題材的戲曲表現出濃厚的興趣。所謂政治題材的戲曲，一是抨擊魏忠賢暴政、歌頌東林黨人鬥爭的時事劇，如范世彥《磨忠記》、高汝拭《不丈夫》、陳開泰《冰山記》等；二是描寫前朝的忠奸鬥爭以借古諷今的，如無名氏《犀軸記》等。吳應箕《旅夜看〈犀軸〉傳奇，是沈青霞煉事，末句深有感於聞氏》一詩寫道：

生平愛說沈青霞，孤憤長鳴一劍斜。
旅夜無聊翻雜劇，逢場作戲豈虛誇。
偶然燈火窺雙淚，為與悲歌和一笳。
若使史遷重載筆，肯將女子後朱家。

《犀軸記》寫的是嘉靖時忠臣沈煉（青霞）等人與權奸嚴嵩的鬥爭，與馮夢龍《古今小說》中《沈小霞相會出師表》一篇題材相同，是一部具有鮮明政治傾向的歷史劇。祁彪佳《遠山堂曲品》說：「是記成於逆黨亂政時，借一沈青霞以愧世之不為青霞者。雖不能協律比聲，逞運斤之技，亦可稱鐵中錚錚。」吳應箕是復社的中堅人物，對於權奸、閹黨亂政誤國，是極為痛恨的。本詩通過抒寫觀看《犀軸記》的感想，借古喻今，寄託內心的憤懣和悲慨。末句把聞氏這樣一位有膽有識的女子與大俠朱家相提並論，表現了一種真知灼見。

戲曲理論的詩意表述

除了記錄崑曲演出、發表崑曲評論以外，還有相當一部分詠崑曲詩歌，探討了戲曲史和戲曲理論中的一些重要問題，具有一定的理論價值。

例如，著名的「沈湯之爭」，雙方都曾以詩歌作為表述自己見解的方式。沈璟的見解見於他作的【二郎神】套曲，其中的【二郎神】曲寫道：

> 何元朗，一言兒啟詞中寶藏，道欲度新聲休走樣！名為樂府，須教合律依腔。寧使時人不鑒賞，無使人撓喉捩嗓。說不得才長，越才長越當著意斟量。

【黃鶯兒】曲寫道：

曾記少陵狂，道細論文晚節詳。論詞亦豈容疏放？縱使詞出繡腸，歌稱繞樑，倘不諧音律，也難褒獎。耳邊廂，訛音俗調，羞問短和長。

沈璟繼承何良俊（字元朗）的觀點，認為對於戲曲來講，合律依腔是最重要的，因此主張嚴守格律。依據這一標準，沈璟等人對湯顯祖的《牡丹亭》進行了刪改。湯顯祖對這種刪改很不滿意，他認為「意，趣，神，色」比斤斤守律重要得多。他的這種藝術見解也寫進了詩歌。他在《見改竄〈牡丹〉詞者失笑》一詩中寫道：

醉漢瓊筵風味殊，通仙鐵笛海雲孤。
縱饒割就時人景，卻愧王維舊雪圖。

朱權《太和正音譜》評：「關漢卿之詞，如瓊筵醉客。」湯顯祖在這首詩中說自己的作品就像關漢卿的雜劇一樣，具有瓊筵醉客一般的特殊風味，又像吹奏給仙人聽的鐵笛一樣，響遏海雲，不同凡響。因此自己的作品不為一般世俗的人所理解，是很自然的。他譏笑改竄《牡丹亭》的人枉拋心力，正如在王維的冬景圖上割蕉加梅一樣，完全失去了原作的意趣。他在《答凌初成》一文中也說：「不佞《牡丹亭記》，大受呂玉繩改竄，云『便吳歌』。不佞啞然失笑曰：昔有人嫌摩詰之冬景芭蕉，割蕉加梅，冬則冬矣，然非王摩詰冬景也。其中駘蕩淫夷，轉在筆墨之外耳。」由此可見，湯顯祖最重視的是「在筆墨之外」的「駘蕩淫夷」的「意趣」，亦即作者的情感、才氣、理想、個性在作品中的自然顯露，而這也就構成了作品的特殊風貌和強烈感染力。

很明顯，研究沈璟、湯顯祖的這些詩歌，有助於加深對明代戲曲理論批評史、乃至美學史的理解。歷史真實與藝術真實的關係究竟如何？這是在整個文藝理論包括戲曲理論中眾說紛紜的問題。不少詠崑曲詩歌對此也發表了見解。袁宏道的同道江盈科《湯理問邀集陳園，楊太史、鍾內翰、袁國學同集，看演〈荊釵〉》詩中寫道：

傳奇演出號《荊釵》，恰少歡會多離哀。
極意描寫逼真境，四座太息仍徘徊。
或云此戲本偽撰，當日龜齡無此變。
便如說夢向癡人，添出一番閒識見。
從來天地是俳場，生旦丑淨由人裝。
假固假兮真亦假，浪生歡喜浪悲傷。
何如對客傾杯酒，且自雄談開笑口。
醒能多事醉能忘，曲里糟丘真樂土。
五更酩酊金罍竭，歸鞭撻碎長安月。
西窗一覺成未成，曉雞喔喔催明發。

江盈科與袁宏道等人一起觀看的《荊釵記》，是長期活在崑曲舞臺上的名作。但是對於《荊釵記》與其本事的關係，論者有種種猜測。對於這些猜測，江盈科是不同意的。他認為《荊釵記》對人情世態「極意描寫逼真境」，因此便能打動觀眾，使得「四座太息仍徘徊」。如果不懂得戲曲創作需要也允許藝術虛構，允許「假固假兮真亦假」，硬要將劇中人物與歷史人物生硬對號，那就「便如說夢向癡人，添出一番閑識見」，就會鬧笑話。他認為「從來天地是俳場，生旦丑淨由人裝」。這種說法與李贄「戲則戲矣，倒須似真」（《李卓吾批評琵琶記》）之說正可互相參看，是符合文學創作包括戲曲創作的規律的。

同文學藝術的其他門類一樣，戲曲藝術也要不斷創新，才有生命力，才能適應觀眾不斷變化的審美需求。這一頗具理論重要性的問題，在詠崑曲詩中也時有探討。茅坤之孫茅元儀在《觀大將軍謝簡之家伎，演所自述〈蝴蝶夢〉樂府》一詩中寫道：

耳目無久玩，新者入我懷。
奇賞竟何許？忽在天之涯。
豈無歌舞園？蠻音習濫哇。
塞耳亦已久，負此風日佳。
我公宴笑餘，奴隸狼與豺。
開尊出家伎，惠我忘形骸。
煉音變時俗，出態如初芽。
命意何寥廓，托詞非優俳。

由此詩可以看出，茅元儀在評論戲曲時，特別強調一個「新」字。他對謝弘儀《蝴蝶夢》的評價，也是從「煉音」、「出態」、「命意」、「托詞」四個方面強調了它的摒棄陳言，自出新意。與此可以作為參照的是，在《批點牡丹亭記序》中，茅元儀也說過，《牡丹亭》之所以能成為一代戲曲傑作，就是因為「其播詞也，鏗鏘足以應節，詭麗足以應情，幻特足以應態，自可以變詞人抑揚俯仰之常局，而冥符於創源命派之手」。注意到「耳目無久玩，新者入我懷」即觀眾審美心理的變化，強調在藝術上要打破「常局」，「創源命派」，這是茅元儀戲曲見解中高明的地方。這一見解，與李漁《閒情偶寄》強調戲曲要「新」、要「變」的觀點是完全一致的。這種注意對觀眾的適應與引導，在革新中求生存、求發展的觀點，正是抓住了戲曲創作的關鍵。

張岱《祁奕遠鮮雲小伶歌》：

世間何事堪搤腎，好月一輪茶一碗。
更有清謳妙入神，三事雖佳難落款。
鮮雲小傒真奇異，日日不同是其戲。
揣摩已到骨節靈，場中解得主人意。
主人賞鑒無一錯，小傒喚來將手摸。
無勞甄別費多詞，小者必佳大者惡。
昔日余曾教小伶，有其工致無其精。
老腔既改白字換，誰能練熟更還生。

出口字字能丟下，不配笙簫配弦索。
曲中穿渡甚輕微，細心靜氣方領略。
伯駢串戲噪江南，技藝精時慣作態。
銅雀妙音今學得，這回真好殺羅三。

這首詩說觀看一齣好戲是一種絕妙的享受，就好像品嚐一碗好茶，欣賞一輪好月。同樣的意思，亦見於《陶庵夢憶》卷六《彭天錫串戲》：「余嘗見一齣好戲，恨不得法錦包裹，傳之不朽，嘗比之天上一夜好月與得火候一杯好茶，只可供一刻受用，其實珍惜之不盡也。」當然，戲要成為好戲，不僅劇本要好，演員的表演要好，家班主人的教習也要好。這裡稱讚祁奕遠家伶的表演精益求精，日日不同，關鍵是處理好了「生」與「熟」的關係。對此，張岱在《與何紫翔》一文中，以彈琴為例，作了深入的闡發：

昨聽松江何鳴台、王本吾二人彈琴，何鳴台不能化板為活，其蔽也實；王本吾不能練熟為生，其蔽也油。二者皆是大病，而本吾為甚。何者？彈琴者，初學入手，患不能熟；及至一熟，患不能生。夫生，非澀勒離歧遺忘斷續之謂也。古人彈琴，吟揉掉注，得手應心。其間勾留之巧，穿度之奇，呼應之靈，頓挫之妙，真有非指非弦，非勾非剔，一種生鮮之氣，人不及知，己不及覺者。非十分純熟，十分淘洗，十分脫化，必不能到此地步。

張岱的結論是：

> 蓋此練熟還生之法，自彈琴撥阮，蹴踘吹簫，唱曲演戲，描畫寫字，作文做詩，凡百諸項，皆藉此一口生氣。得此生氣者，自致清虛；失此生氣者，終成渣穢。

張岱這裡所談，是藝術中「生」與「熟」的辯證法。從演員來說，「熟」是熟能生巧、駕輕就熟，「生」是精益求精、常演常新；從觀眾來說，「熟」是熟悉感、親切感，「生」是陌生感、新奇感。從「生」到「熟」是一次飛躍，要付出艱辛的努力；從「熟」到「生」又是一次飛躍，也要付出艱辛的努力。「生」與「熟」兩方面恰當地結合起來，演出就能達到新的水平，看戲就能看出新的感受。對於崑曲表演藝術和觀眾心理學中這一重要問題，張岱結合豐富的藝術實踐，運用詩歌和散文相配合的形式加以表述，具有重要的理論價值。

從上面的簡略論述可以看出，明代詠崑曲詩歌是一座豐富的寶藏，發掘、整理、研究明代的詠崑曲詩歌，對於瞭解明代文人的心理狀態和藝術見解，對於考察明代崑曲創作、演出、評論和研究的狀況，都具有重要的意義。

本書由我和史丹佛大學東亞語言文化系博士候選人、史丹佛大學東亞研究期刊（Stanford Journal of East Asian Affairs）中國方面主編趙婷婷共同選注。限於水平，選注或有不當之處，敬請廣大讀者批評指正。

趙山林　甲午年春於上海

體例

一、本書所選，為廣義的詩歌，包括詩、詞、散曲。

二、入選詩作內容，為涉及崑曲源流、創作、演出、觀賞、評論、研討者。

三、入選詩歌作者，上起明中期的謝肅，下迄明末的王翃，共計九十五人。入選詩作編排，以作者時代先後為序。

四、入選詩作前後或中間，間有作者小序、原注，用小一號字加以區別。

五、入選詩作版本，於正文後加以注明。

六、本書為入選詩歌作者撰寫小傳，對入選詩歌加以注釋和簡析。注釋和簡析原則上以一首為單位，在有的情況下，為便於說明問題，以一組為單位。

七、為便於讀者閱讀，注釋一般不避重出，只在靠得很近時，採取省略的方式。

目次

謝肅（生卒年不詳），字原功，號密庵，上虞（今屬浙江）人。與山陰唐肅齊名，時稱「會稽二肅」。元末曾遊歷西北，入明歸隱於越。洪武十九年（一三八六）舉明經，歷官福建按察司僉事，風裁凜然。後因事下獄死。詩學杜甫，注重法度，長於五古與七律。有《密庵集》。

閶門望虎丘①

雄城百雉控江湖②，虎氣騰空失湛盧③。唯有垂楊依綠水，棹舡游女唱吳歈④。

《密庵集》卷四，文淵閣四庫全書本

【注釋】

①閶門：江蘇吳縣（今蘇州）城西北門。虎丘：原名海湧山，在蘇州市西北閶門外。據《史記》載，吳王闔閭葬於此，傳説葬後三日有「白虎蹲其上」，故名。

②雉：古代計算城牆面積的單位，長三丈高一丈為一雉。

③「虎氣」句：西元前四九六年，闔閭在吳越之戰中負傷後死去，其子夫差把他的遺體葬在虎丘。據《史記》等書記載，當時徵調十萬軍民施工，並使用大象運輸，穿土鑿池，積壤為丘；靈柩外套銅槨三重，池中灌注水銀，以金鳧玉雁隨葬，並將闔閭生前喜愛的「扁諸」、「魚腸」等三千柄寶劍一同秘藏於幽宮深處。據説葬經三日，金精化為白虎蹲其上，因號虎丘。湛盧：春秋時名匠歐冶子所鑄寶劍。

④ 吳歈：春秋吳國的歌。後泛指吳地的歌。《楚辭・招魂》：「吳歈蔡謳，奏大呂些。」王逸注：「吳、蔡，國名也。歈、謳，皆歌也。」

【簡析】

蘇州是歷史悠久、文化底蘊深厚的名城。在詩人筆下，這裡不僅風光旖旎，而且船女所唱的吳歌格外動人。這些，正是崑曲孕育的土壤。

祝允明（一四六〇至一五二六），長洲（今江蘇蘇州）人。字希哲，號枝山。生而右手枝，因自號枝指生。弘治五年（一四九二）舉人，授興寧令，遷應天府通判。天資卓越，五歲能寫徑尺大字，九歲會作詩，博涉群書。年長詩文、書法名重當世，與徐禎卿、唐寅、文徵明並稱「吳中四才子」。有《枝山文集》。

觀《蘇卿持節》劇①

觀蘇便欲拜②，見李還生嗤③。遇霍乃張膽④，睹衛遽軒眉⑤。蕭蕭十年節⑥，淹淹五言詩⑦。皓皓陰山雪⑧，能療首陽饑⑨。飛雁舊孤憤⑩，羝羊觸餘悲⑪。

勿云戲劇微，激義足吾師⑫。

《枝山文集》卷三，文淵閣四庫全書本

【注釋】

①蘇卿持節：南戲劇本，《南詞敘錄》題為《蘇武牧羊記》，作者佚名。明呂天成以為元馬致遠撰，呂氏《曲品》中「牧羊」條云：「元馬致遠有劇」；清張大復《寒山堂曲譜》著錄有《蘇武持節北海牧羊記》，注云：「江浙省務提舉大都馬致遠千里著，號東籬」。《傳奇彙考標目》別本馬東籬名下有《蘇子卿風雪牧羊記》。此劇相傳為宋元南戲，今存明人改本，係清咸豐八年（一八五八）寶善堂鈔本，二十五齣。《古本戲曲叢刊》初集影印。《綴白裘》收有《慶壽》、《頒詔》、《小逼》、《望鄉》、《大逼》、《看羊》、《遣妓》、《告雁》等折。清末崑劇舞臺尚演出《小逼》、《牧羊》、《遣妓》、《望鄉》等齣。崑曲傳習所演員在「新樂府」時期，倪傳鉞、鄭傳鑒演出《望鄉》倍受讚譽。蘇卿，蘇武（前一四〇—前六〇），字子卿，杜陵（今陝西西安東南）人。武帝時為郎。天漢元年（前一〇〇）奉命以中郎將持節出使匈奴，被扣留。匈奴單于多次威脅利誘，欲使其投降；後將他遷到北海（今貝加爾湖）邊牧羊。蘇武留居匈奴十九年，歷盡艱辛，持節不屈。昭帝即位，與匈奴和親，武得歸。節，符節。古時使臣執以示信之物。以竹為之，柄長八尺。節上所綴犛牛尾飾物，稱節旄。

②蘇：指蘇武。

③李：指李陵。李陵（？至前七四），字少卿，隴西成紀（今甘肅靜寧南）人，名將李廣之孫，蘇武好友。武帝時任騎都尉，天漢二年（前九九）率步兵五千人擊匈奴，戰敗投降。生嗤（音吃）：譏笑。

④霍：霍去病（前一四〇至前一一七），河東平陽（今山西臨汾）人。大將軍衛青外甥，任大司馬驃騎將軍。善騎射，曾六次率軍出擊匈奴，涉沙漠，遠至狼居胥山。張膽：放膽，增添勇氣。

⑤衛：衛青（？至前一〇六），字仲卿，河東平陽（今山西臨汾）人。漢武帝皇后衛子夫之弟，任大司馬大將軍。曾七次率軍出擊匈奴，屢立戰功，收河南地，置朔方郡。封長平侯。遽（音巨）：急，倉猝。軒眉：揚眉。

⑥蕭蕭：稀疏貌。十年：蘇武留匈奴十九年，這裡舉其成數。節：符節。

⑦淹淹：深沉。五言詩：指蘇李詩，即託名西漢蘇武、李陵贈答的五言古詩，今存十多首。其中《與蘇武》三首、《與李陵》四首，最早選入蕭統《文選》，是較完整的一組，通常舉為「蘇李詩」的代表作。此外散見於《古文苑》、《藝文類聚》及《初學記》等書。

⑧皓皓：潔白。陰山：山名。今河套以北、大漠以南諸山的統稱。

⑨首陽：山名。在今山西永濟縣南。相傳商遺民伯夷、叔齊不食周粟，餓死於此地。本句以伯夷、叔齊比蘇武。

⑩飛雁：昭帝即位數年，匈奴與漢和親。漢求蘇武等，匈奴詭言蘇武已死。後漢使復至匈奴，蘇武屬吏常惠夜見漢使，教使者詭言天子射上林中，得雁，足有繫帛書，言蘇武等在荒澤中。使者大喜，如常惠語以讓單于，單于大驚，蘇武因得歸。孤憤：耿直孤行，憤世嫉俗。

⑪羝（音低）羊：公羊。匈奴使蘇武於北海邊牧羊，揚言要公羊生子方可釋放他回國。

⑫激義：激發義憤。

【簡析】

戲曲，如同小說一樣，在中國古代向來被視為不登大雅之堂的雕蟲小技。但是隨著戲曲本身的發展，它在大眾文化生活中的地位越來越重要，也使得不少文人對這種新興的、通俗的藝術樣式刮目相看。「勿云戲劇微，激義足吾師」，祝允明的這種看法在當時是難能可貴的。

祝允明此次觀看的應該是南戲《蘇武持節北海牧羊記》，南戲是傳奇的前身，這樣一些劇目，後來也都彙入了崑曲。

觀戲有感二首

燈火烘堂語笑濃①，杏樑餘韻轉雍容②。春秋花月何時了③，兒女悲歡總是空。
豪客多情傷感易④，佳人薄命古今同⑤。今宵只合酕醄去⑥，惆悵無因倒玉鍾⑦。

【注釋】

①烘堂語笑：即哄堂大笑。語出唐・趙璘《因話錄》卷五：「唐御史有台院、殿院、罕院，以一御史知雜事，謂之雜端。公堂會食，皆絕笑言。惟雜端笑而三院皆笑，謂之哄笑，則不罰。」
②杏梁：文杏所製的屋樑，泛指華麗的屋宇。雍容：文雅大方，從容不迫。
③「春秋」句：用李煜《虞美人》詞句，稍有改易。
④豪客：豪俠之士。
⑤佳人薄命：舊稱美貌女子早死或遇人不淑。辛棄疾《賀新郎・送杜叔高》：「自昔佳人薄命，對古來，一片傷心月。」又稱紅顏薄命。
⑥酕醄：大醉的樣子。唐・姚合《閒居遣懷》詩之六：「遇酒酕醄飲，逢花爛熳看。」
⑦無因：無所因依。玉鍾：玉製的酒杯。

【簡析】

祝允明所處的時代，雖然產生了如丘濬的《五倫全備記》那樣呆板地宣揚禮教、戲劇性很差的劇作，但它們是沒有舞臺生命力的。舞臺上演出的大多還是「春秋花月」、「兒女悲歡」、「佳人薄命」的內容，很顯然，觀眾是寧願觀賞這些戲曲的。

花燭樓臺夜宴深，尊前相對思難禁。每看離合悲歡事，卻動功名富貴心。歌拍慢催三才象①，舞釵斜溜一行金②。歸來尚喜乘燈市，走馬長街月未沉。

《枝山文集》卷三，文淵閣四庫全書本

【注釋】

①催：敲出節拍。三寸象：說象牙製成的歌板，有三寸長。

②溜：滑。一行金：指一行舞女所插戴之金釵。

【簡析】

離合悲歡的戲劇故事，在作者心中激起層層波瀾，反映出觀賞戲曲已經成為當時文人精神生活的一個重要組成部分。這種情況在祝允明的家鄉蘇州尤其明顯，這正是崑曲興盛的理想社會環境。

王濟（一四七四至一五四〇），字伯禹，號雨舟、紫髯仙伯、白鐵道人。烏程（今浙江湖州）人。曾為太學生，後官橫州（今廣西橫縣）通判，攝理州事，以母老乞休歸家。和當時名士祝允明、文徵明等都有往來，並與劉南垣、孫太初、張允清結峴山社。著《碧梧館傳奇》三種，存《連環記》一種。有詩文集《白鐵山人詩集》、《谷應集》、《和花蕊夫人宮詞》及雜著《君子堂日詢手鏡》等。

壬午秋宴諸公羅春亭①

石欄干外樹銀燈，徹照筵前白晝明。花影毿毿上盤几②，歌聲宛轉出簾楹。會佳不減西園集③，賓勝誰傳北海名④。坐久竟忘風露濕，滿庭殘月又三更。

《烏青鎮志》卷七

【注釋】

①壬午：嘉靖元年（一五二二）。羅春亭：王濟園林中之亭。

②毿毿（音然三）：垂拂紛披的樣子。盤几：圓形的花几。

③西園：即銅雀園，位於鄴都西郊，園中有銅雀台、芙蓉池等景觀，曹丕、曹植兄弟及孔融之外的六子常在那裡聚會遊宴，「酒酣耳熱，仰而賦詩」，因此他們的詩中也常提到西園。西園宴遊作為文人雅事，令後世文人豔羨不已。又，北宋駙馬都尉王詵宅第亦名西園。宋元豐初，王詵曾邀蘇軾兄弟及黃庭堅、米芾、李之儀、李公麟、晁補之、張耒、秦觀等十六人在此雅集，米芾為記，李公麟作《西園雅集圖》。

④北海：孔融（一五三至二〇六），字文舉，魯國（治今山東曲阜）人，孔子二十世孫，「建安七子」之首。曾任北海相，時稱孔北海。性好賓客，喜抨議時政，言辭激烈，後因觸怒曹操，為曹操所殺。

【簡析】

王濟著有傳奇《連環記》，呂天成《曲品》列入「妙品」，稱其「詞多佳句，事亦可喜」。王濟家境殷實而又有風雅之趣。《烏青鎮志》「卷十七・園第・橫山堂」記載：「橫山堂，在獅子巷北，州判王濟宅。前為世恩堂，濟父——蘇州衛指揮英就宅。後治園左右亭台間，列下流觴曲水，鐫刻精巧，蓋宋時物也。而濟自書其堂曰『橫山』，日與文人墨客歌詠倡和於其中。堂後築嘉樹亭，前置巨石，鄞人豐坊篆書扁，又有凝翠亭、蕭爽亭、羅春亭、黑猿塚。」他家的園亭裡，經常有詩酒倡和，也時有戲曲活動，這對戲曲創作與流傳發揮了有益的作用。

顧璘（一四七六至一五四五），字華玉，號東橋，世為蘇州吳縣人，洪武年間遷至上元。少負才名，與何景明、李夢陽不相上下。弘治九年（一四九六）進士，授廣平知縣，又升南京吏部主事，晉郎中。年輕力學，與陳沂、王韋極為友善，人稱「金陵三俊」，其後朱應登繼起，稱四大家。詩學唐人，以風調勝。有《浮湘》、《山中》、《息園》、《歸田》諸集。

武皇南巡舊京歌①

白髮梨園老樂師②，錦胸花帽對彈絲③。行宮只奏中和調④，解厭南朝《玉樹》詞⑤。

《續本事詩》卷四，清光緒十四年邵武徐氏刻本

【注釋】

① 武皇：明武宗朱厚照，一五〇六至一五二一年在位，年號正德。舊京：南京。明太祖時建都南京，明成祖時遷都北京，南京稱為舊京。

② 梨園：唐代訓練樂工的機構。《新唐書・禮樂志》：「玄宗既知音律，又酷愛法曲，選坐部伎子弟三百，教於梨園。聲有誤者，帝必覺而正之，號皇帝梨園弟子。」梨園的主要職責是訓練樂器演奏人員，與專司禮樂的太常寺和充任串演歌舞散樂的內外教坊鼎足而三。後世遂將戲曲演出場所稱梨園，戲曲演員稱為梨園弟子。

③ 錦胸：錦織的胸衣。彈絲：即彈弦，彈奏絃樂器。

④ 行宮：京城以外供帝王出行時居住的宮殿。

⑤ 《玉樹》詞：《玉樹後庭花》，樂府清商曲吳聲歌曲名。唐為教坊曲名。南朝陳後主制。其辭輕蕩，而其音甚哀，故後世稱其亡國之音。

【簡析】

正德十四年（一五一九）末至正德十五年（一五二〇），明武宗南巡，南教坊為他舉行了多次演

出。武宗遍訪知音擅樂之文士，如楊循吉、徐霖等，又製作新樂，交付南教坊演唱。這些活動，促進了宴樂的繁榮，文人的參與，南北曲及雅俗樂的交融，為崑曲的興起創造了條件。

韓邦靖（一四八八至一五二三），字汝慶，陝西朝邑（今併入大荔縣）人。十四歲舉鄉試，二十一歲與兄邦奇同舉進士，負有重名，時稱「關中二韓」。為工部都水司員外郎。因指斥朝政而下獄，奪官為民。家居八年，起為山西布政司左參議。嘉靖二年（一五二三）以病自劾歸，四月而卒。風節凜然，才藻爛發。有《韓參議集》。

席上贈歌者

風柳宮前並，晴花苑外深。主人市燕酒①，留客聽吳音②。

《韓參議集》，明嘉靖隆慶間刻本

【注釋】

① 市：購買。燕酒：燕地（今河北一帶）所產之酒。
② 吳音：吳地（今蘇州一帶）的歌曲。

【簡析】

此詩當於正德年間（一五〇六至一五二一）作於北京。其時魏良輔等人尚未對崑山腔進行改革，而蘇州一帶的歌曲已經在北京有所流傳。這說明南曲本來就有深厚的基礎，那麼，魏良輔等人的改革能夠取得成功就不是偶然的了。韓邦靖及其兄邦奇都是很有見解的人物，邦奇為邦靖作行狀，末云：「恨無才如司馬子長、關漢卿者以傳其行。」（見王世貞《曲藻》）把關漢卿與司馬遷相提並論，這在當時是一種很高明的見解，故附記於此。

黃省曾（一四九〇至一五四〇），字勉之，號五嶽，江蘇吳縣人。嘉靖十年（一五三一）舉人。後累舉不第，交遊益廣。文學六朝，詩學李夢陽，好談經濟。有《五嶽山人集》。

江南曲（五首選一）

黃金買吳兒①，明珠換楚女②。七歲作鸞歌③，八歲能鳳舞。

《續黃五嶽集》，明嘉靖刻本

【注釋】

①吳兒：吳地（今蘇州一帶）少年。

②楚女：楚地（泛指長江中下游一帶）少女。按「吳兒」、「楚女」互文見義。

③鸞歌：指美妙的歌聲，常與「鳳舞」並提。《山海經・海外西經》：「軒轅之國，在此窮山之際，其不壽者八百歲。……鸞鳥自歌，鳳鳥自舞。」

【簡析】

戲曲的繁榮是劇作家和戲曲藝人共同努力的結果。這首詩中所寫的「吳兒」、「楚女」，很小就賣身學藝，他們的遭遇當然是不幸的，但他們從小就打下了堅實的藝術基礎，這為他們日後創造性的表演活動準備了條件。以後崑曲的演唱，首先就靠這些蘇州一帶出生的藝人來傳承。

謝榛（一四九五至一五七五），字茂秦，號四溟山人，又號臨屣山人，山東臨清人。「後七子」之一。早工詞曲，後刻意為詩。入京後與李攀龍、王世貞相識，為首結社論詩。後與李攀龍論詩見解不同，遭到排擠。但詩名已著，遂以布衣身份長期客遊諸藩王之間，死在遊歷途中。其主張主要體現在所著《四溟詩話》中。其詩作撫時感事，富於比興，常抒發他飄遊中的淒苦情懷。擅長近體，五律尤佳。有《四溟集》。

重九前一日謝黃門仲川同酌溫中丞純甫宅①，賦得風字②

開樽預賞菊花叢③，正色全歸藻思中④。旅次孤懷逢勝事⑤，人間百感對秋風。
水沖伊闕雲根響⑥，山抱周京地勢雄⑦。明日登高誰共醉，更將吳調命歌童⑧。

《四溟集》卷六，文淵閣四庫全書本

【注釋】

①謝黃門仲川：謝江，字仲川，號岷山，河南洛陽人，嘉靖二十六年（一五四七）進士，授行人，擢工科給事中，遷禮科都給諫，有《岷陽集》。溫中丞純甫：未詳。
②賦得風字：以「風」字押韻。
③開樽：舉杯（飲酒）。杜甫《獨酌》詩：「步屧深林晚，開樽獨酌遲。」
④正色：美色。藻思：做文章的才思。
⑤旅次：旅人暫居的地方。
⑥伊闕：即龍門，在今河南省洛陽市南。雲根：深山雲起之處。晉・張協《雜詩》之十：「雲根臨八極，雨足灑四溟。」
⑦周京：指洛陽，曾為東周國都。
⑧吳調：吳地（今蘇州一帶）的歌曲。

【簡析】

謝榛、謝江等人都是北方人，他們在洛陽聚會，卻渴望欣賞歌童演唱的吳地歌曲，這證明吳地歌曲在當時很受歡迎，也證明後來崑曲的大流行，有著廣泛的基礎。

岳岱（一四九七至一五七四後），字東伯，號秦餘山人、漳餘子、漳餘山人，吳（今江蘇蘇州）人。先世以軍功隸蘇州衛，至其父，始好讀書，闢草堂於陽山。性狷介，好遊，歷盡宇內名山。能詩，多不平之鳴。又善畫。嘉靖二十四年（一五四五）作《寒林峻嶺圖》。

悼樂工劉淮

曾隨正德年中駕①，親見昭陽殿裡花②。燕趙悲歌何處覓③，旅魂飄泊楚天涯④。

《列朝詩集》丁八，清順治九年毛氏汲古閣本

【注釋】

①正德年中駕：指明武宗南巡時。正德，明武宗朱厚照年號（一五〇六至一五二一）。

②昭陽殿：宮殿名。漢武帝時後宮八區中有昭陽殿，成帝時趙飛燕居之。後世小說戲劇中多以指皇后之宮。

③燕趙悲歌：燕趙（今河北、山西一帶）的歌曲，其聲悲壯。韓愈《送董邵南序》：「燕趙古稱多感慨悲歌之士。」

④楚天涯：楚地的天邊，也泛指南方的天邊。

【簡析】

劉淮是萬曆中南京名丑，他演戲描摹工致，真切感人。明周暉《金陵瑣事》卷四記載了這樣一個故事：「一極品貴人，目不識字，又不諳練。一日家宴，搬演鄭元和戲文，有丑角劉淮者，最能發笑感動人。演至殺五花馬，賣來興保兒，來興保哭泣戀主。貴人呼至席前，滿斟酒一金杯賞之，且勸曰：『汝主人既要賣你，不必苦苦戀他了。』來興保諾諾而退。」說明劉淮把《繡襦記・賣興》中的來興演活了。本詩讚揚劉淮不但演技高超，而且性格豪爽，是荊軻、高漸離一類慷慨悲歌的人物。

聽歌

能使新聲入舊詞，秋風江上夕陽時。曉來定有花含淚①，莫向尊前唱《柳枝》②。

《續本事詩》卷四，清光緒十四年邵武徐氏刻本

【注釋】

①「曉來」句：秦觀《春日》詩：「有情芍藥含春淚，無力薔薇臥曉枝。」

②《柳枝》：即《楊柳枝詞》。《折楊柳》原是樂府舊曲，樂府橫吹曲中有《折楊柳》曲，鼓角橫吹曲中有《折楊柳歌辭》、《折楊柳枝詞》，相和歌辭中有《折楊柳行》，清商曲辭中有《月節折楊柳歌》，其歌辭大抵是漢魏六朝的作品，用五言古體來抒寫。唐代白居易、劉禹錫、溫庭筠、李商隱等所作《楊柳枝詞》，卻用七言近體的七絕形式來寫作，雖然內容仍詠楊柳或與楊柳有關的事物，在形式上確是翻新了。唐人常用絕句配樂演唱，《樂府詩集》都編入近代曲辭，表明它們是隋唐時代的新曲調。

【簡析】

這首詩所寫的「聽歌」，應是觀看《玉簪記》第二十三出《秋江哭別》，曲詞中有「江聲淒慘，晚潮時帶夕陽還」、「你看秋江一望淚潸潸」、「夕陽古道催行晚，聽江聲淚染心寒」等句，與本詩「秋風江上夕陽時」一句的描述正相契合。此時《玉簪記》當是流行未久，所謂「新聲入舊詞」也。

吳錦（生卒年不詳），字有中，號六松山人，休寧（今屬安徽）人。擅長書法，受筆法於許元復，各體俱能，分書入妙，幾乎逼近文徵明。

贈查叟①

曾逐鍾生侍武皇②，鵾弦扈從獵長楊③。歸來兩鬢紛如雪，曲曲新聲總斷腸。

《列朝詩集》丁八，清順治九年毛氏汲古閣本

【注釋】

① 查叟：查鼐，俗稱查八十，徽州（今屬安徽）人，琵琶名手。

② 鍾生：鍾秀之，鳳陽（今屬安徽）人，正德年間琵琶名手，查八十的老師。武皇：明武宗朱厚照，一五〇六至一五二一年在位，年號正德。

③ 扈從：隨從，侍從。長楊：漢行宮名，因宮有長楊樹而名。漢揚雄有《長楊賦》。

【簡析】

李開先《詞謔・詞樂》列舉當時著名的戲曲音樂家時，提到了「鳳陽鍾秀之」。何良俊《曲論》記載道：「清彈琵琶，稱正陽鍾秀之。徽州查八十有厚貲，好琵琶，縱浪江湖，至正陽訪之，持侍生刺投謁。……鍾取琵琶於照壁後一曲，查膝行而前，稱弟子。留處數月，盡鍾之伎而歸。」查八十正由於虛心向鍾秀之求教，所以後來也成了琵琶名手。

吳承恩（約一五〇〇至一五八二），字汝忠，號射陽山人，懷安山陽（江蘇淮安）人。生於一個由學官淪落為商人的家族，家境清貧。自幼聰明過人，但科考不利，至中年才補上歲貢生，後流寓南京，長期靠賣文補貼家用。晚年出任長興縣丞，因不滿官場黑暗，憤而辭官，貧老以終。著有著名長篇小說《西遊記》。詩文多散佚，後人輯有《吳承恩詩文集》。

金陵何太史宅聽小伶彈箏次韻①

玉柱銀箏豔復清，吳兒歌曲更生情②。從今載酒來應數③，醉聽雛鶯和友聲④。

《射陽先生存稿》卷一，故宮博物院一九三〇年鉛印本

【注釋】

① 金陵：今江蘇南京。何太史：何良俊（一五〇六至一五七三），字元朗，號柘湖，江蘇華亭（今上海松江）人。青少年時代，攻習詩文，愛好戲曲。嘉靖時為貢生，薦授南京翰林院孔目。明代稱翰林為太史，故稱。次韻：又稱步韻，和詩的一種方式，用他人詩作韻腳的原字及其先後次第來寫詩唱和。

② 吳兒：吳地（今蘇州一帶）少年。

③ 載酒：指登門求教。《漢書・揚雄傳下》：「家素貧，嗜酒，人希至門。時有好事者載酒肴從遊學。」數：多。

④ 雛鶯和友聲：用鳥的和鳴比喻演員的演唱。《詩經・小雅・伐木》：「嚶其鳴矣，求其友聲。」

【簡析】

何良俊家伎在當時非常有名。吳承恩聽了何良俊家伶彈箏和演唱吳地歌曲，十分欣賞，斷言登門聆聽者定會絡繹不絕。南京等地士大夫這種音樂方面的交流，為日後崑曲的流行創造了條件。

高應冕（一五〇三至一五六九），字文忠，號潁湖，浙江仁和人。嘉靖十三年（一五二四）舉人，授綏寧知縣，遷光州知州，不久歸鄉，與閩縣祝時泰，新安王寅，錢塘方九敘、童漢臣，仁和劉子伯、沈楙學等，結社於西湖，曰紫陽、湖心、王嶺、飛來、月岩、南屏、紫雲、湖霄等八社，今所傳西湖八社詩帖是也。有《白雲山房集》、《奚囊橐餘》。

張澤山池亭觀伎①

花聚芙蓉沼②，秋生綠野堂③。徵歌疑洛浦④，選客似高唐⑤。遠樹收殘雨，疏簾上夕陽。彩雲飛不去，醉舞過橫塘⑥。

《高光州集》，明刻本

【注釋】

①張澤山：江蘇松江縣（今屬上海）南十八里黃浦江之南有張澤鎮，殆指此。觀伎：看戲。
②芙蓉：荷花的別名。
③綠野堂：唐裴度的別墅，舊址在河南洛陽。裴度常與白居易、劉禹錫等在此作詩酒之會。
④徵歌：謂徵招歌伎。李白《宮中行樂詞》之二：「選妓隨雕輦，徵歌出洞房。」洛浦：洛水之濱。曹植作《洛神賦》，說他在洛水邊遇見洛水女神宓妃。有人附會說是曹丕亡去的甄后。
⑤高唐：戰國時楚國台觀名。戰國・楚・宋玉《高唐賦》寫楚王在此與巫山神女相遇。神女臨別時說：「妾在巫山之陽，高丘之阻，旦為朝雲，暮為行雨。朝朝暮暮，陽臺之下。」後因以「高唐」、「巫山」、「雲雨」指男女情事。
⑥橫塘：古堤名，在江蘇吳縣西南。末二句意境略似宋賀鑄《青玉案》詞：「凌波不過橫塘路」，「飛雲冉冉蘅皋暮」。

【簡析】

本詩所寫的松江，與蘇州、崑山距離很近，都位於太湖周邊，是江南戲曲繁榮的地區之一。這裡的戲曲演唱活動是經常的，大量的。由本詩的描寫，可以窺見一斑。

何良俊（一五〇六至一五七三），字元朗，號柘湖，江蘇華亭（今上海松江）人。青少年時代，攻習詩文，愛好戲曲。嘉靖時為貢生，薦授南京翰林院孔目。曾聘請著名老曲師頓仁，研討戲曲音律。後因仕途屢不得意，辭去官職，歸隱著述。自稱與莊周、王維、白居易為友，題書房名為「四友齋」。有《柘湖集》、《何氏語林》、《四友齋叢說》。其曲論載《四友齋叢說》第三十七卷，後人摘為《曲論》，收入《中國古典戲曲論著集成》。

夏日同邢雉山太史、張王屋太學、舍弟叔皮祠部集姚秋澗市隱園①，雜詠四首（選一）

隔水奏伎②

金陵花月夜，歌舞正相宜。況有盈尊酒③，相將傍綠池④。露繁移柱澀⑤，波闊度聲遲⑥，坐有周郎在⑦，繁音應見嗤⑧。

《何翰林集》卷二，明嘉靖四十四年何氏香嚴精舍刻本

【注釋】

①邢雉山：邢一鳳，字雉山，江寧人，嘉靖二十年（一五四一）進士，官至太常少卿。張王屋：張之象（一四九六至一五七七），字月鹿，又字玄超，別號碧山外史，晚年號王屋山人。上海縣人。少穎異，博縱群籍，為太學生時，曾遊學南都（今南京），與何良俊、黃姬水等時有唱和。授浙江布政司經歷。不久棄官歸里。嘉靖三十二年（一五五三），因倭寇侵擾，遷居松江。家貧，好刻書。著有《古詩類苑》、《唐詩類苑》等。叔皮：何良俊之弟何良傅，字叔皮，嘉靖年間進士，歷任刑部主事、南京禮部主客郎中等職。著有《禮部集》。與兄良俊並有才名，時人比之「二陸」（陸機、陸雲）。祠部：明代禮部司官的習稱。姚秋澗：姚元白，字秋澗。市隱園：姚元白所創。周暉《金陵瑣事》卷三「市隱園」：「姚元白造市隱園，請教於顧

東橋。東橋曰：『多栽樹，少建屋。』故市隱園最有疏野之趣。」

②奏伎：演戲。

③盈尊：滿尊。

④相將：相隨，相伴。

⑤移柱：移柱轉調，古箏有十三弦，通過移動箏柱來轉調。

⑥度聲：猶言「度曲」，按曲譜歌唱。

⑦周郎：周瑜精通音樂，能夠指出演奏者的錯誤。《三國志·吳志·周瑜傳》：「瑜少精意於音樂，雖三爵之後，其有闕誤，瑜必知之，知之必顧。故時人謠曰：『曲有誤，周郎顧。』」後來用「顧曲周郎」指代音樂行家。

⑧繁音：繁密的音調。南朝·宋·謝靈運《會吟行》：「六引緩清唱，三調佇繁音。」

【簡析】

姚元白創建的市隱園，是當時南京著名的私家園林，最有疏野之趣。何良俊等人在此觀賞戲曲演出，而且是隔水演奏，其音響效果與眾不同，自然是別具一種情致。本詩對於戲曲演出場所研究，也提供了值得注意的材料。

許石城宅賞牡丹①

是日石城誕辰，賀客滿座。劇戲盈庭②，至晚，欄檻皆施椽燭③，奇花照夜，更覺光豔。客皆沾醉，夜闌而去④，良俊得叨末座，爰綴斯詠⑤，更要方山、射陂、海樵、天池諸大家共和之⑥。

許詢宅裡看名花⑦，淺白般紅映晚霞⑧。羞臉似嫌華燭照，嬌姿全賴曲欄遮⑨。
太真豐豔差能比⑩，飛燕輕盈未許誇⑪。壽酒慣教尤物勸⑫，一年一度樂無涯。

《何翰林集》卷五，明嘉靖四十四年何氏香嚴精舍刻本

【注釋】

① 許石城：許谷（一五〇四至一五八六），字仲貽，號石城。上元（今南京）人。嘉靖十四年（一五三八）會試第一，官至南京尚寶司卿。棄官奉母。

② 劇戲：猶演戲。宋邵伯溫《聞見前錄》卷十：「某留守北京，遣人入大遼偵事，回云：見遼主大宴群臣，伶人劇戲。」

③ 施：燃點。

④ 夜闌：夜將盡。夜深人靜的時候。

⑤ 爰：於是。

⑥ 要：邀請。方山：吳岫（生卒年不詳），字方山，號濠南居士。吳縣（今江蘇蘇州）人。嘉靖諸生。家多貯書，前後收書逾萬卷。有藏書樓為「塵外軒」。撰有《姑蘇吳氏書目》一卷，早佚。射陂：朱曰藩（生卒年不詳），字子價，號射陂，江蘇寶應人，朱應登之子。嘉靖二十三年（一五四四）進士。歷官九江府知府。雋才博學，以文章名家。與吳承恩、何良俊交好。有《山帶閣集》。海樵：陳鶴（？至一五六〇），字鳴野，一作鳴軒，一字九皋，號海樵，一作海鶴，又作水樵生，山陰（今浙江紹興）人。十七襲祖蔭得百戶，鬱鬱負奇疾，棄官著山人服。有《海樵集》。卒年五十八以上。據《遠山堂曲品》，陳鶴有傳奇《孝泉記》。又有散曲集《息柯餘韻》。與徐渭同屬「越中十子」。天池：徐渭（一五二一至一五九三），字文長，號天池，又號青藤，山陰（今浙江紹興）人。二十歲考取秀才，後屢應鄉試不中。嘉靖三十七年（一五五八），應聘為浙閩總督胡宗憲幕客，參加抗倭戰鬥，屢出奇計，建立戰功。嘉靖四十二年（一五六三）春，胡宗憲下獄，徐渭受牽連，以致精神失常，多次自殺未遂。又因誤殺繼妻而入獄七年。晚年窮愁潦倒，以鬻書賣畫為生。詩、文、書、畫皆獨樹一幟，卓然大家。所著

《南詞敘錄》是最早一部研究南戲的著作。雜劇有《狂鼓史漁陽三弄》、《玉禪師翠鄉一夢》、《雌木蘭替父從軍》、《女狀元辭凰得鳳》，合稱《四聲猿》。又有雜劇《歌代嘯》，傳亦為徐渭所作。

⑦許詢（約三四五年前後在世）：字玄度，祖籍高陽（今屬河北），寓居會稽（今浙江紹興）。生卒年不詳，約晉穆帝永和元年前後在世。人稱神童。長而風情簡素，有才藻，善屬文，與孫綽並稱為一時文宗。好遊山水，體便登涉，故時人云：「詢非徒有勝情，實有濟勝之具。」有文集傳於世。此處以許詢比許石城。

⑧殷紅：深紅。

⑨曲欄：曲折的欄杆。

⑩太真：楊玉環（七一九至七五六），字太真，蒲州永樂（今山西芮城）人，唐玄宗貴妃。

⑪飛燕：趙飛燕（前四五至前一），原名宜主，吳縣（今蘇州）人。漢成帝皇后。因其舞姿輕盈如燕飛鳳舞，故人們稱其為「飛燕」。

⑫尤物：優異的人或物品，多指美女。此處指歌伎。

【簡析】

許石城是南京風雅之士，雖是會試第一，卻較早棄官奉母。其父「攝泉公亦願愨人，然不膠滯，雅有風度。審音識曲，善為樂方。性好登覽，或時情與境會，即口占為小詩」（何良俊《奉壽許石城太夫人八十序》）。明武宗南巡之後，南京士風一變，士大夫對戲曲的興致更濃了，由此詩可見一斑。

聽李節彈箏和文文水韻①

汩汩寒泉瀉玉箏②，泠泠標格映清冰③。愁中為鼓《秋風曲》④，不負移家住秣陵⑤。

《列朝詩集》丁七，清順治九年毛氏汲古閣本

【注釋】

①李節：明嘉靖年間南京教坊樂工，善彈箏。文文水：文嘉（一五〇一至一五八三），字休承，號文水，長洲（今江蘇吳縣）人，文徵明之子。曾任和州學正，以畫名。

②汩汩：水流聲。

③泠泠：清涼、冷清貌，引申為為清白貌。標格：風範，風度。

④《秋風曲》：即《秋風辭》。漢武帝行幸河東，祠后土。中流與群臣飲宴，作《秋風辭》，共九句。辭見《文選》。

⑤秣陵：南京古稱。

【簡析】

《列朝詩集》本詩注：「教坊李節箏歌，何元朗品為第一。」這首詩形象地描寫了李節彈箏的藝術感染力。

春日皇甫司勳見過①，余出小鬟②，以箏琶佐觴③，司勳為賦三章，率爾奉答④（三首選一）

燈下曾觀舞麗華⑤，小庭亦復沸箏琶。近來此樂無人解⑥，獨有牛家與白家⑦。

《本事詩》前集卷四

【注釋】

①皇甫司勳：皇甫汸（一四九七至一五八二），明嘉靖時長洲（今江蘇蘇州）人，字子循，號百泉、百泉子。兄弟排行第三。嘉靖八年（一五二九）進士，以吏部郎中左遷大名通判，官工部主事，因監運陵石遲緩，貶為黃州推官。遷南京稽勳郎中，再貶開州同知，量移處州同知，擢雲南僉事，以計典論黜。浮沉不廢吟詠，與皇甫沖（字子濬）、皇甫涍（字子安）、皇甫濂（字子約）為四兄弟，人稱「皇甫四傑」。時吳人有云：「前有四皇，後有三張。」性和易，近聲色，好狎遊。見過：來訪。

②小鬟：舊時用以代稱小婢。李賀《追賦畫江潭苑》：「小鬟紅粉薄，騎馬佩珠長。」

③箏琶：箏和琵琶。佐觴：陪伴吃酒。

④率爾：輕遽貌。

⑤舞麗華：作麗華之舞。麗華即陳後主寵妃張麗華。

⑥此樂：指北曲。

⑦「獨有」句：作者原注：「白傅集有《與牛奇章妓池上合樂》之作。」按《白居易集》卷三十四有《與牛家妓樂雨夜合宴》。牛，指牛僧孺，唐穆宗時同平章事（宰相），敬宗時封奇章郡公。

【簡析】

何良俊家伎在當時是有名的。明武宗南巡，樂工頓仁曾隨駕至北京，在教坊學得金元人雜劇詞，但回來後懷之五十年，無人問津。何良俊知道以後，邀清頓仁向自己家小鬟傳授。這種北曲，南京教坊已經失傳，所以頓仁感慨說：「不意垂死，遇一知音！」本詩所寫小鬟演奏的，當亦是北曲。末二句作者感歎當時天下像自己和皇甫汸一樣懂得北曲的人已是寥寥可數了。

皇甫汸亦愛好戲曲，所以十分興奮，與何良俊倡和甚歡。

謝讜（一五一二至一五六九），字正卿，又字獻忠，號蓋山子，又號海門。浙江上虞人。嘉靖二十三年（一五四四）進士，授泰興令。四年後棄官歸，傍蓋湖築白鷗莊於荷葉山中，朝夕惟以讀書吟詠為事，間為樂府，不入城市二十年，卒不能成殮。著有《海門集》、《古虞集》。

送徐天池入京①

莫負才名海內知②，五雲深處去何遲③。丈夫須建非常業，萬里風塵不可辭。

《蓋東謝氏宗譜》附錄

【注釋】

① 徐天池：徐渭（一五二一至一五九三），字文長，號天池，又號青藤，山陰（今浙江紹興）人。二十歲考取秀才，後屢應鄉試不中。嘉靖三十七年（一五五八），應聘為浙閩總督胡宗憲幕客，參加抗倭戰鬥，屢出奇計，建立戰功。嘉靖四十二年（一五六三）春，胡宗憲下獄，徐渭受牽連，以致精神失常，多次自殺未遂。又因誤殺繼妻而入獄七年。晚年窮愁潦倒，以鬻書賣畫為生。詩、文、書、畫皆獨樹一幟，卓然大家。所著《南詞敘錄》是最早一部研究南戲的著作。雜劇有《狂鼓史漁陽三弄》、《玉禪師翠鄉一夢》、《雌木蘭替父從軍》、《女狀元辭凰得鳳》，合稱《四聲猿》。又有雜劇《歌代嘯》，傳亦為徐渭所作。

② 「莫負」句：嘉靖三十六年（一五五七），徐渭以才名為總督東南軍務的胡宗憲所招，入幕府掌文書，曾為胡宗憲代撰《進白鹿表》、《再進白鹿表》、《再進白鹿賜一品俸謝表》，大受嘉靖帝賞識。

③ 五雲：五色瑞雲，指皇帝所在地。唐・王建《贈郭將軍》詩：「承恩新拜上將軍，當值巡更近五雲。」

【簡析】

嘉靖四十二年（一五六三）冬，徐渭應禮部尚書李春芳之召入京。當時徐渭名滿天下，故謝讜贈詩予以很高期許。但徐渭入京之後，一依自己秉性，不肯代李春芳撰寫青詞，二人關係鬧僵。次年二月，便辭李氏南歸。參見徐朔方《徐渭年譜》嘉靖四十二、四十三年（《徐朔方文集》，浙江古籍出版社一九九三年版，第三卷，第一一五至一一九頁）。

送王伯良至京看其郎君①

彩筆近翻新樂府②，紫騮應過舊章台③。須知白社頻延佇④，莫負龍山醉習杯⑤。

《蓋東謝氏宗譜》附錄

【注釋】

①王伯良：王驥德，字伯良，見後王驥德散曲作者介紹。

②「彩筆」句：王驥德二十歲左右，將其祖父爐峰公所作傳奇《紅葉記》改編為《題紅記》。

③「紫騮」句：此句意境略似宋．晏幾道《木蘭花》詞：「紫騮認得舊遊蹤，嘶過畫橋東畔路。」紫騮，古駿馬名。章台，西漢長安城街名，當時妓院集中之處，後人以之代指妓院等場所。

④白社：地名，借指隱士或隱士所居之處。白居易《長安送柳大東歸》詩：「白社羈遊伴，青門遠別離。」

⑤龍山：位於湖北荊州城西北，東晉荊州刺史桓溫常率領幕僚到此登高，飲酒賞菊。醉習杯：西晉永嘉年間鎮南將軍山簡鎮守襄陽時，常來習家池飲酒，醉後自呼「高陽酒徒」。孟浩然《高陽池送朱二》：「當昔襄陽雄盛時，山公常醉習家池。」

【簡析】

這首詩可以視為王驥德早年生活的一份記錄，他十七歲游于徐渭之門，很早就開始了戲曲創作，但個人生活似乎不很順心，以致有一十歲許之子留居北京，不得不去探望。按謝讜卒於明穆宗隆慶三年（一五六九）正月，此詩最遲作於隆慶二年（一五六八），其時王驥德二十七歲，其子至多十歲許，隻身在京或為手藝徒工，或為僮兒，甚或為妓女所生，無可考。參見徐朔方《王驥德呂天成年譜》隆慶二年（《徐朔方文集》，浙江古籍出版社一九九三年版，第三卷，第二五一頁）。

李攀龍（一五一四至一五七〇）字于鱗，號滄溟。歷城（今山東濟南）人。少孤家貧，刻苦好學。嘉靖進士，初授刑部主事。歷任郎中、陝西提學副使等職，官至河南按察使。先後與謝榛、王世貞、宗臣、徐中行、梁有譽、吳國倫結社論詩，是「後七子」首領之一。論詩推崇漢魏古詩、盛唐近體。才力富健，七律、七絕聲調清越，詞采俊爽，成就較高。有《滄溟集》。

寄贈梁伯龍①

彩筆含花賦別離②，玉壺春酒調吳姬③金陵子弟知名姓，樂府爭傳絕妙辭④

《滄溟集》卷十四，文淵閣四庫全書本

【注釋】

①梁伯龍：梁辰魚（一五一九至一五九一），字伯龍，號少白。江蘇崑山人。以例貢為太學生。雖出身望族，但不肯就諸生試，放蕩不羈，與曲律家魏良輔等過從甚密。喜音樂，通音律，經常設宴度曲。魏良輔在崑山腔基礎上，創立了水磨調，梁辰魚即

以此譜曲，作有傳奇《浣紗記》，對崑曲的創立，作出了歷史貢獻。另著有雜劇《紅線女》、《紅綃記》（已佚），合稱《雙紅記》，散曲集《江東白苧》等，並有詩文集《梁國子生集》、《鹿城集》傳世。今人吳書蔭輯有《梁辰魚集》。

②彩筆含花：相傳李白夢所用的筆頭上生花，從此才情橫溢，文思豐富。見五代王仁裕《開元天寶遺事》下。

③春酒：冬季釀製，及春而成，故稱。也叫凍醪。調：與人調笑。吳姬：吳地美女。李白《少年行》：「落花踏盡遊何處，笑入吳姬酒肆中。」

④絕妙辭：即絕妙好辭。《世說新語・捷悟》記楊修解《曹娥碑》背「黃絹幼婦，外孫齏臼」題詞時說：「黃絹，色絲也，於字為絕。幼婦，少女也，於字為妙。外孫，女子也，於字為好。齏臼，受辛也，於字為辭。所謂絕妙好辭也。」後用以指極好的詩文。此處指梁辰魚所創作的戲曲與散曲。

【簡析】

梁辰魚是一位輕視科舉功名的有識之士，也是最早運用改革後的崑腔進行戲曲創作的傑出作家。本詩第一句寫梁辰魚才思出眾，第二句寫他性格豪爽，後二句寫他的作品受到歡迎、在江南廣為流傳的情況。

歐大任（一五一六至一五九六）明廣東順德人，字楨伯。嘉靖中以貢生官江都訓導，遷光州學正。後遷國子監博士，官至南京工部郎中。工詩，同盧柟、俞允文、李先芳、吳維嶽並稱「廣五子」。有《虞部集》。

伏日同文壽丞、徐子與、顧汝和飲袁魯望齋中①，聽謳者楊清歌②

蒲萄綠酒黃金卮③，吳歈越歌多妙詞④。歌喉複見薛車子⑤，曲譜似傳《楊叛兒》⑥。絕代佳人不易得，楚妃堂上無顏色⑦。慣邀文、顧兩才人⑧，頗驕天目山中客⑨。客去南皮滄海陰，浮瓜沉李共誰吟⑩。他時莫憶袁郎詠⑪，妒殺尊前《白雪》音⑫。

《續本事詩》卷三，清光緒十四年邵武徐氏刻本

【注釋】

①伏日：伏天。文壽丞：文彭（一四九八至一五七三）字壽承，號三橋，別號漁陽子、三橋居士，湖廣衡山人，係籍長洲（今江蘇蘇州）。文徵明長子。以明經廷試第一，授秀水訓導。官國子監博士。工書畫，尤精篆刻，能詩，有《博士詩集》。徐子與：徐中行（一五一七至一五七八），字子輿，一作子與，號龍灣，天目山長興（今屬浙江）人。美姿容，善飲酒。嘉靖二十九年（一五五〇）進士，累官至江西布政使。與李攀龍、王世貞等結詩社，為「後七子」之一。有《天目山堂集》、《青蘿館詩》。顧汝和：顧從義（一五二三至一五八八），字汝和，號研山，上海人。官中書舍人、大理寺評事。工書法，善繪畫，精於鑒別。袁魯望：袁尊尼（一五二三至一五七四），初名夢熊，字魯望，號吳門，長洲（今江蘇蘇州）人。嘉靖四十四年（一五六五）進士，歷官刑部主事、山東提學副使，後因病告歸。工詩，有《魯望集》。

②謳者：歌者。

③蒲萄：即葡萄。

④吳歈：春秋吳國的歌。後泛指吳地的歌。《楚辭・招魂》：「吳歈蔡謳，奏大呂些。」王逸注：「吳、蔡，國名也。歈、謳，

皆歌也。」

⑤ 薛車子：曹魏時都尉薛訪有一名車夫，年近十四歲，能喉囀作歌，聽起來和笳的聲音相仿，繁欽曾作《與魏太子箋》向曹丕推薦。

⑥ 《楊叛兒》：樂府西曲歌名。本為童謠。相傳南朝齊隆昌時，女巫之子楊旻隨母入內宮，長大後，為何后所寵。當時童謠云：「楊婆兒，共戲來。」訛傳為「楊伴兒」、「楊叛兒」，並演變而為西曲歌的樂曲之一。李白的愛情詩裡，有一首《楊叛兒》。

⑦ 楚妃：指美人。杜甫《寄常征君》：「楚妃堂上色殊眾，海鶴階前鳴向人。」

⑧ 文、顧兩才人：指文壽丞、顧汝和。

⑨ 天目山中客：指徐子與。

⑩ 「客去」二句：曹丕《與朝歌令吳質書》：「昔日南皮之遊，誠不可忘，……浮甘瓜于清泉，沉朱李於寒冰。」南皮，縣名，位於今河北省滄州市南部。浮瓜沉李，謂把瓜和李子浸到冷水中解暑，或為消夏樂事之稱。

⑪ 袁郎：指袁魯望。

⑫ 《白雪》：即《陽春》、《白雪》古代高雅之曲。戰國．楚．宋玉《對楚王問》：「其為《陽阿》、《薤露》，國中屬而和者數百人，其為《陽春》、《白雪》，國中屬而和者不過數十人而已。」

【簡析】

詩中寫到的文壽丞、徐子與、顧汝和、袁魯望幾位，都是江浙一帶的風雅之士，也都是梁辰魚的同時代人。盛夏之日，他們興致勃勃地聚在一起，欣賞吳地戲曲，將其視為賞心樂事，連本來是廣東人的歐大任也陶醉其中，這清楚地傳達出一個資訊：江南的戲曲風氣已經醞釀得十分濃郁，戲曲史上一個新的時代就要到來了。

梁辰魚（一五一九至一五九一），字伯龍，號少白。江蘇崑山人。以例貢為太學生。雖出身望族，但不肯就諸生試，放蕩不羈，與曲律家魏良輔等過從甚密。喜音樂，通音律，經常設宴度曲。魏良輔在崑山腔基礎上，創立了水磨調，梁辰魚即以此譜曲，作有傳奇《浣紗記》，對崑曲的創立，作出了歷史貢獻。另著有雜劇《紅線女》、《紅綃記》（已佚），合稱《雙紅記》，散曲集《江東白苧》等，並有詩文集《梁國子生集》、《鹿城集》傳世。今人吳書蔭輯有《梁辰魚集》。

冬夜莫雲卿攜妓宴故相國顧文康公南堂①，同李文仲、張完甫、陳仲甫、張仲立、顧茂仁、茂儉②，分得梁字③

霜月淒清海氣涼，誰呼詞客滿華堂④。梅花放檻陽春逼，竹葉傳杯子夜長⑤。舞罷香痕留綺席⑥，歌餘塵影下空樑⑦。江東氏族多群從⑧，誰似風流顧野王⑨。

《鹿城詩集》卷二十一，吳書蔭編校《梁辰魚集》，上海古籍出版社一九九八年版

【注釋】

① 莫雲卿：莫是龍（一五三七至一五八七），得米芾石刻雲卿二字，因以為字，後以字行，更字廷韓，華亭（今上海松江）人。如忠子。幼聰穎，有聖童之稱，後補郡博士弟子。工詩古文辭。書畫皆精。傳有《畫說》一卷。顧文康：顧鼎臣（一四七三至一五四〇），崑山人，初名同，字九和，號未齋。弘治十八年（一五〇五）狀元。嘉靖十七年（一五三八）至十九年（一五

四〇），任文淵閣大學士、武英殿大學士。東南賦役不均，因得其力有所改正。崑山原無城池，力主造之，倭寇來犯，合城無恙。後卒於官。謚文康。

②李文仲、張完甫、陳仲甫：未詳。張仲立：張文柱，字仲立，崑山人。生卒年不詳。萬曆十六年（一五八八）舉人，官臨清縣知縣。有《溟池集》。顧茂仁：顧希雍，字茂仁，一作懋仁，崑山人，作有傳奇《五鼎記》。茂儉：顧仲雍，字茂儉，一作懋儉，改字靖甫，希雍弟，作有傳奇《椒觴記》。

③分得梁字：分韻做詩，以「梁」字押韻。

④詞客：擅長文詞的人。王維《偶然作》之六：「宿世謬詞客，前身應畫師。」

⑤竹葉：竹葉杯。子夜：午夜。

⑥綺席：盛美的筵席。唐太宗《帝京篇》之八：「玉酒泛雲罍，蘭肴陳綺席。」

⑦「歌餘」句：即歌動樑塵之意。《藝文類聚》卷四十三引劉向《別錄》：「漢興以來，善歌者魯人虞公，發聲清哀，歌動樑塵。」

⑧群從：指堂兄弟及侄子輩。《晉書・阮咸傳》：「群從昆弟，莫不以放達為行。」

⑨顧野王（五一九至五八一）：南朝梁、陳間人，字希馮，原名體倫，吳郡吳縣（今江蘇蘇州）人。歷梁武帝大同四年太學博士、陳國子博士、黃門侍郎、光祿大夫。博通經史，工詩文，擅長書法、丹青。一生著作豐富，內容涉及文學、文字學、方志、史學等多方面。編纂的《輿地志》是全國性總志。另著有《玉篇》及志怪小說《續洞冥記》等。

【簡析】

張大復《梅花草堂筆談》卷十二「崑腔」條說魏良輔改革崑山腔之時，「梁伯龍聞，起而效之，考訂元劇，自翻新調，作《江東白苧》、《浣紗》諸曲；又與鄭思笠精研音理，唐小虞、陳梅泉五七輩雜轉之，金石鏗然。譜傳藩邸戚畹、金紫熠爚之家，而取聲必宗伯龍氏，謂之『崑腔』。張進士新勿善也。乃取良輔校本，出青於藍，偕趙瞻雲、雷敷民，與其叔小泉翁，踏月郵亭，往來唱和，號『南馬頭曲』。其實稟律於梁，而自以其意稍為均節，崑腔之用，勿能易也。其後茂仁、靖甫兄弟皆能入室，間常為門下客解說其意。茂仁有陳元瑜，靖甫有謝含之，為一時登壇之彥。李季鷹則受之思笠，號稱嫡派。」這段記錄，向來被認為是崑山腔改革的信史，而其中的人物梁伯龍及顧茂仁、靖甫兄弟，都出現在這首詩中，可見這些崑山腔的改革者，經常在一起聚會、切磋、交流。他們能夠為崑山腔的改革作出貢獻，不是偶然的。另外聚會地點「故相國顧文康公南堂」，是嘉靖年間大學士顧鼎臣故居。顧鼎臣此人也與崑曲有關，傳奇《崑山記》，習稱「崑山八齣」，演的就是顧鼎臣的事。

春夜高瑞南宅賞牡丹聽歌姬①，次韻三首②

澤國春深花事多③，豔詞都付雪兒歌④。主人慣聽渾無賴⑤，一曲《梁州》奈客何⑥。

午夜司空喚紫雲⑦，開簾新調座中聞⑧。醉來誰更顛狂甚，只有當年杜使君⑨。

春滿華堂花欲然⑩，酒杯真複似良緣。沉沉漏轉不知曙⑪，腸斷風箏第四弦⑫。

《鹿城詩集》卷二十八，吳書蔭編校《梁辰魚集》，上海古籍出版社一九九八年版

【注釋】

①高瑞南：高濂（一五二七或略前至一六〇六或略後），字深甫，號瑞南，一作瑞南居士，錢塘（今浙江杭州）人。工詩詞及戲曲。家中藏書豐富，「少嬰羸疾，複苦瞶眼」，遂喜談醫道，重養生，咨訪奇方秘藥，用以治療羸疾，眼疾遂愈。曾在北京鴻

臚寺任官，後隱居西湖。平生著述甚豐，有傳奇《玉簪記》、《節孝記》（含《賦歸記》、《陳情記》兩種），又有《遵生八箋》等。

②次韻：又稱步韻，和詩的一種方式，用他人詩作韻腳的原字及其先後次第來寫詩唱和。

③花事：關於花的種種情況和事。特指春日花盛之事。

④雪兒：家伎。隋末李密之愛姬名雪兒，能歌舞，密每見賓僚文章有奇麗入意者，即付雪兒叶音律以歌之，稱《雪兒歌》。見《唐詩紀事》七一。後因稱能歌舞之家伎名雪兒。

⑤無賴：指似憎而實愛。含親暱意。

⑥《梁州》：《梁州令》，一名《涼州令》唐教坊曲名，後用作詞牌名、曲牌名。

⑦司空：劉禹錫有《贈李司空妓》詩，李司空為李紳。紫云：崔紫雲，《全唐詩》小傳：「尚書李願妓也。願在東都，時會朝士。杜牧以御史分司，輕騎徑往。引滿三爵，問曰：『聞有紫雲者孰是？』願指示之，牧曰：『名不虛傳，宜以見惠。』復引滿高吟，旁若無人。願遂以贈。紫雲臨行，獻詩而別。」

⑧新調：指崑曲。

⑨杜使君：杜牧。

⑩然：同「燃」。

⑪漏轉：更漏轉換，指時光流逝。

⑫風箏：指箏。

【簡析】

作於萬曆八年（一五八〇），梁辰魚六十二歲。春，梁辰魚客杭，遇沈懋學、馮夢禎，訪高濂。春夜他們在高濂宅聚會，一起飲酒，賞牡丹，聽歌姬演唱崑曲，真是興致勃勃。這可以視為兩位最早的崑曲作家的交流。參見徐朔方《梁辰魚年譜》萬曆八年（《徐朔方文集》，浙江古籍出版社一九九三年版，第二卷，第一六八頁）。

孫樓（生卒年不詳），字子虛，號百川，江蘇常熟人。嘉靖二十五年（一五四六）舉人，任湖州府推官，與李攀龍、王世貞同以文學見稱。後改調漢中，致仕歸。性好典籍，嘉靖三十年（一五五一），撰有《博雅堂藏書目錄》，姚名達稱其「分類十八，頗覺秩然」。萬曆中，孫能傳、張萱等人編撰《內閣書目》，仿其類例而略加刪改而成。有《百川集》。

宴梁少白宅①，聽吳中新樂②，群至半山橋③

瑤席開新樂④，銀燈剪絳花⑤。合歡羅上彥⑥，分部鬥名家⑦。連袂歌相答⑧，飛觥興轉賒⑨。如何逢永夜⑩，皎月易為斜⑪。

《孫百川集》卷三，明萬曆四十八年華滋蕃刻本

【注釋】

①梁少白：即梁辰魚。
②吳中新樂：即魏良輔改革之後的崑山腔。
③半山橋：在今江蘇省崑山市玉山鎮。
④瑤席：指珍美的酒宴。劉禹錫《酬嚴給事賀加五品》詩：「雕盤賀喜開瑤席，彩筆題詩出瑣闈。」
⑤絳花：紅花。這裡指燈花。
⑥上彥：高貴人士。《爾雅》：「美士為彥。」

⑦「分部」句：猶言分曹賭酒。李白《梁園吟》：「連呼五白行六博，分曹賭酒酣馳輝。」分部，猶分曹，分對。
⑧連袂：同連袂，手拉著手，比喻一同。唐儲光羲《薔薇》詩：「連袂蹋歌從此去，風吹香氣逐人歸。」袂，衣袖。
⑨飛觥：指頻頻傳杯。賒：高。
⑩永夜：長夜。
⑪「皎月」句：意謂時間不知不覺就過去了，形容相聚的歡樂。

【簡析】

這首詩生動地反映了「吳中新樂」即魏良輔改革之後的崑山腔初興時，梁辰魚等人為推廣崑曲所作出的努力，以及當時文人對這種「新樂」的濃厚興趣。《蘇州府志》云：「辰魚身長八尺有奇，疏眉虬髯，好任俠，不屑就諸生試，勉遊太學，竟亦弗就。營華屋，招徠四方奇傑之彥。嘉靖間，七子皆折節與交。尚書王世貞，大將軍戚繼光特造其廬。辰魚於樓船簫鼓中，仰天歌嘯，旁若無人。千里之外，玉帛、狗馬、名香、珍坊，多集其庭，而擊劍扛鼎之徒，騷人墨客，羽衣草衲之士，無不以辰魚為歸。性好遊，足跡遍吳、楚間。喜酒，盡一石弗醉。尤善度曲，得魏良輔之傳，轉喉發響，聲出金石。其風流豪舉，論者謂與元之顧仲瑛相彷彿云。」讀孫樓此詩，可以進一步加深這種印象。

陳完（生卒年不詳），字名甫，號海沙，通州（今江蘇南通）人。嘉靖二十五年（一五四六）舉人。工詩，詩風多恬適舒暢。有《皆春園集》，湯顯祖曾為作序。亦工樂府，有雜劇二十餘種，其中十種輯為《詞場合璧》。

教戲

頻年演家樂①，玩世任吾狂②。故事翻新調，真容門假妝。興亡千古促，悲喜片時長。不是司風勸③，人間總戲場。

《皆春園集》卷一，明萬曆間刻本

【注釋】

①家樂：家庭戲班。

②玩世：以諧謔的態度對待生活。《漢書．東方朔傳贊》：「依隱玩世，詭時不逢。」顏師古注引如淳曰：「依違朝隱，樂玩其身於一世也。」

③司：承擔，掌管。風勸：用委婉含蓄的方式進行開導、勸勉。宋濂《題金德厚和王子充詩後》：「波瀾浩渺，不可涯涘，而其念鄉學之美，思官政之治，實有得古人風勸之義。」

【簡析】

陳完在戲曲研究領域以前幾乎無人提起，經江巨榮教授考證，其事蹟才引起學術界注意（江巨榮《一位少為人知的戲劇家——陳完和他的戲劇》，《中華文史論叢》第六二期）。陳完《詞場合璧小引》說自己「見世之升沉靡定，勝負不常，總是逢場作戲，於是感時憂事，觸目激衷，輒著雜劇，填新詞，久之遂成十餘種。凡聲之高下，字之陰陽，靡不統之九宮，得之三昧。揣切分別，務臻妙境，不然不已也」。可見他有一種「人生如戲」的心理定勢，對於戲曲有著持久不衰的興趣愛好，而對於選故事，編劇本，寫曲詞，調音律，是頗有一些自信的。這首詩所寫的，與此完全一致。

徐學謨（一五二一至一五九三），初名學詩。字思重，改字叔明，號太室山人。嘉定（今屬上海）人。嘉靖二十九年（一五五〇）進士，授兵科主事，改中書舍人，以憂歸。起禮部郎中，出為荊州知府。以事罷歸。再起用為南陽知府，進湖廣副使，改江西，以右僉都御史巡撫鄖陽，擢禮部尚書，加太子少保。有《歸有園稿》。

子柔嗔曼重習弋陽舊曲①，醉中誤出穢語，醒復悔之，更裁五絕句相解②，予如其數代曼作答（五首）

蟬噪蛙鳴並鳥啼，那分上下與東西。聲從口出俱天籟③，論到莊生物自齊④。

或怪崑山道士腔，如君更擊弋陽忙⑤。不知坐井觀天者⑥，何用桑蓬射四方⑦。

舊曲溫成奉主君⑧，豈知牆外有人聞⑨。君家安得饒牛矢，始信兼收是廣文⑩。

感君意氣日周旋⑪，度曲何須苦浪纏⑫。縱使調高驚絕代，不過老作李龜年⑬。

嗔面難將雅道論⑭，醉言雖直欠溫存。低頭未敢傷君意，背卻銀燈拭淚痕。

《歸有園稿》卷五，明萬曆二十一年刻四十年重修本

【注釋】

①子柔：婁堅（一五六七—一六三一），字子柔，嘉定（今屬上海）人。經明行修，學者推為大師。萬曆四十四年（一六一六）貢於春官，不仕而歸。與唐時升、李流芳、程嘉燧稱「嘉定四先生」。有《學古緒言》、《吳歈小草》。曼：歌者名。弋陽：弋陽腔，是宋元南戲流傳至江西弋陽後，與當地方言、民間音樂結合，並吸收北曲演變而成。它至遲在元代後期已經出現，明代與崑山腔、海鹽腔、餘姚腔並稱南戲四大聲腔。

②裁：作。

③天籟：各物因其自然狀態而自己發出的聲音，天地間音響中的一種。《莊子・齊物論》：「『敢問天籟。』子綦曰：『夫吹萬不同，而使其自己也，咸其自取』。」「女聞人籟而未聞地籟，女聞地籟而未聞天籟夫！」也指詩文天然渾成得自然之趣。或指民歌隨口而唱，隨口用韻，隨時換韻的情況。

④「論到」句：《莊子・齊物論》認為宇宙間一切事物，如生死壽夭，是非得失，物我有無等等，都應當同等看待。

⑤「或怪」二句：說有的人不喜歡崑山腔，有的人不喜歡弋陽腔。

⑥坐井觀天：井底之蛙，不自知眼界有限。見《莊子・秋水》。

⑦桑蓬：桑弧蓬矢，古代男子出生，射人用桑木做的弓，蓬草做的箭，射天地四方，表示有遠大志向的意思。《禮記・內則》：「射人以桑弧蓬矢六，射天地四方。」

⑧主君：主人。

⑨有人：指子柔。

⑩「君家」二句：即韓愈《進學解》所說的：「玉箚丹砂，赤箭青芝，牛溲馬勃，敗鼓之皮，俱收並蓄，待用無遺者，醫師之良也。」牛矢，牛糞。廣文，唐天寶九年設廣文館，設博士、助教等職，主持國學。明清時因稱教官為「廣文」，亦作「廣文先生」。

⑪周旋：古代行禮時進退揖讓的動作。引申為交往；交際應酬。

⑫度曲：按曲譜歌唱。浪纏：糾纏。

⑬李龜年：唐代樂工，善歌，擅吹篳篥，擅奏羯鼓，亦長於作曲。和李彭年、李鶴年兄弟創作的《渭川曲》，特別受到唐玄宗的賞識。安史之亂後流落江南，杜甫有《江南逢李龜年》詩。

⑭ 嗔面：嗔怒的面孔。雅道：指創作、欣賞詩、書、畫等風雅之事。隋・江總《莊周畫頌》：「丹青可久，雅道斯存。」此處指欣賞戲曲。

【簡析】

曼是一名歌者，本來善唱弋陽腔，後來改唱崑山腔，得到婁堅的賞識。這次不知出於何種原因，曼又重習弋陽舊曲，婁堅大為不滿，醉中惡語相加，酒醒後悔之莫及，寫了五首絕句向曼作出解釋，徐學謨以此調侃，模仿曼的口吻也寫了五首絕句作為回答。詩的大意為：按照莊子《齊物論》的觀點，宇宙間一切事物，如生死壽夭，是非得失，物我有無等等，都應當同等看待，對於各種聲腔，也應當作如是觀，它們都是天籟之音，本無所謂高低上下。有人不喜歡弋陽腔，有人不喜歡崑山腔，這都是完全正常的，用不著強求一律。正如韓愈《進學解》主張「俱收並蓄，待用無遺」一樣，觀賞戲曲的態度也應該是各有所愛基礎上的兼收並蓄，至少不要過分排斥自己不愛的聲腔。應當說，徐學謨這五首絕句雖是遊戲之筆，發表的意見卻具有豐富的內涵。

葉權（一五二二至一五七八），字中甫，休寧（今屬安徽）人。少負穎質，通今博古，善詩，以經濟自豪。有《沙南集》、《平倭策》、《賢博編》、《紀遊編》。

聽查八十琵琶

查曾應詔教內人①，如唐之賀老②，晚年流落江湖，人多題贈，亦如開元之感也③。

新聲不及《鬱輪袍》④，空撥皮弦掛錦條③。獨向月明彈一曲，白頭雙淚落秋濤。

《列朝詩集》丁九，清順治九年毛氏汲古閣本

【注釋】

①內人：宮中的女伎藝人。

②賀老：賀懷智，唐玄宗時著名的琵琶彈奏家。元稹《連昌宮詞》：「夜半月高弦索鳴，賀老琵琶定場屋。」

③開元：唐玄宗李隆基年號（七一三至七四一年）。安史之亂後，唐宮廷梨園藝人流落江湖，引起人們對開元盛世的回憶、對今昔興衰的感慨，這便是「開元之感」。

④《鬱輪袍》：古曲名。唐王維諳於音律，妙能琵琶，為岐王所重。曾由岐王引見安樂公主，進琵琶新曲號《鬱輪袍》。

⑤皮弦：皮製的琵琶弦。唐段成式《酉陽雜俎》：「古琵琶弦用鵾雞筋，開元中段師能彈琵琶，用皮弦。」錦條：錦製之帶。

【簡析】

查八十本來家「有厚貲」，因為「好琵琶」，這才「縱浪江湖」，拜師求藝（見何良俊〈曲論〉）。但這位琵琶國手晚年卻落得流落江湖的遭遇。這也是當時許多藝人共同的命運。作者對此深表感慨。

王寅（生卒年不詳），字仲房，一字亮卿，自號十嶽山人，歙縣（今屬安徽）人。約嘉靖十年（一五三一）前後在世。嘗問詩於李夢陽。中年，習禪事於古峰和尚。工詩，音節宏亮。有《十嶽山人詩集》。

過休陽訪查八十不遇（二首）①

桃李山城未落花，懷君來訪聽琵琶。定隨年少青錢伴②，何處妖姬賣酒家③。

年來匹馬走燕雲④，聽盡琵琶盡讓君。白髮紫檀須自惜⑤，稀教彈與世人聞。

《列朝詩集》丁十，清順治九年毛氏汲古閣本

【注釋】

①休陽：安徽休寧古名休陽。
②青錢伴：酒伴。陸游《春感》詩：「青錢三百幸可辦，且判爛醉酤郫筒。」
③妖姬：美女。
④燕雲：燕、雲二州，約當今河北、山西兩省北部地。
⑤紫檀：紫檀木製成的琵琶。

【簡析】

這兩首詩讚揚查八十的琵琶彈奏藝術冠於全國。末二句希望這位老人珍惜自己的藝術生命。

汪道昆（一五二五至一五九三），字伯玉，號太函，又號南溟（亦作南明），歙縣（今屬安徽）人。嘉靖二十六年（一五四七）進士，授義烏知縣。在任期間，教民習武，多能投石超距，世稱「義烏兵」。後備兵沿海，與戚繼光共破倭寇，擢司馬郎、通議大夫，累遷兵部左侍郎。善古文，嘗與李攀龍、王世貞等切磋古文辭。著有詩文集《太函集》及雜劇《高唐夢》、《五湖遊》、《遠山戲》和《洛水悲》四種，合稱《大雅堂樂府》傳於世。

席上觀《吳越春秋》有作，凡四首①

其一

吳王摧勁越，談笑釋窮囚②。殊色滋所歡③，巧言競相投。長驅薄海岱④，執耳盟諸侯⑤。敵國盡西來，姑蘇麋鹿游⑥。豈無良股肱⑦，宿昔攖屬鏤⑧。已矣國無人，誰其殉主憂⑨。

【注釋】

①《吳越春秋》：梁辰魚所作傳奇《浣紗記》，演吳越爭霸故事。

②「吳王」二句：指吳王夫差滅越之後，不殺勾踐君臣一事。

③殊色：絕色美人，指西施。恣（音字）：放縱。

④薄：迫近。海岱：東海與泰山間之地，古青、徐二州。此句指夫差平越之後，大舉伐齊，爭霸中原。

⑤執耳：古時結盟，割牛耳取血盟誓，因稱主持盟會為執牛耳。此句言夫差十四年與晉定公、魯哀公、單平公會於黃池，與晉爭當盟主。

⑥姑蘇：山名，在今江蘇省吳縣，上有夫差所築姑蘇台。麋鹿遊：形容荒蕪。

⑦股肱（音工）：大腿和胳膊，常用以指輔佐君王的大臣。此處指伍子胥。

⑧宿昔：往昔。攖（音嬰）：接觸，觸犯。屬鏤（音主盧）：劍名。夫差賜伍子胥屬鏤劍自刎，事見《左傳》哀公十一年。

⑨「已矣」二句：謂伍子胥死後，吳國已經沒有替夫差分憂的人。

【簡析】

本首詠吳王夫差。他放虎歸山，迷戀女色，誤殺伍子胥，最後落得國破身亡的結局。

其二

東海將時憾①，盱睢待其時②。三江足組練③，一旅安所之④？何物彼姝子⑤，賢於神武師⑥。輕身入吳宮⑦，褒妲複在茲⑧。一笑褫王魄⑨，再笑陳王屍。翩翩士女俠，匕首雙蛾眉⑩。咄唶徐夫人⑪，千金徒爾為。

【注釋】

①將時：待時。
②盱睢（音須雖）：視貌。
③三江：指環繞古越國的三條江，即吳江、錢塘江、浦陽江，見《國語・越》上。組練：組甲、被練，皆是古代將士的衣甲服裝，見《左傳》襄公二年。後因借指為精銳的部隊。
④「一旅」句：意謂越國精銳的部隊，現在在什麼地方？
⑤姝（音書）子：美女。
⑥「賢於」句：意謂西施這樣一個女子的作用勝過神明而威武的大軍。
⑦輕身：空身。
⑧褒：褒姒（音包四），周幽王之寵妃。妲（音達），妲己，商紂王之寵妃。
⑨褫（音齒）：奪去。
⑩「翩翩」二句：翩翩士女如同俠客，她們的蛾眉就像匕首。蛾眉：蠶蛾觸鬚細長而彎曲，因以比喻女子美麗的眉毛。《詩・衛風・碩人》：「螓首蛾眉，巧笑倩兮。」借指女子容貌的美麗。《楚辭・離騷》：「眾女嫉余之蛾眉兮，謠諑謂余以善淫。」
⑪咄嗟（音多介）：歎息。徐夫人：戰國時趙國的鑄劍名手，姓徐，名夫人。又一說為匕首名。《史記・刺客列傳》：「於是，太子豫求天下之利匕首，得趙人徐夫人匕首。」

【簡析】

本首詠西施。讚揚她在滅吳復越鬥爭中表現的犧牲精神、太智大勇和所起的特殊作用。

其三

行人羈旅臣①，借資覆故楚②。宿怨業已修③，微軀何足數④。援枹破會稽⑤，勾踐甘釁鼓⑥。讒巧乃見親，君心日已蠱⑦。國恩良不貲⑧，安得歸環堵⑨。抉目懸吳門，甘心赴江滸⑩。須臾國事去，佞幸皆為虜⑪。利口覆邦家，願言飼豺虎⑫。

【注釋】

①行人：處理外交事務的主官。《左傳》定公四年云：「伍員為吳行人，以謀楚。」

②借資：這裡指借兵。伍子胥從吳國借兵攻楚，鞭楚平王屍，報了殺父殺兄之仇。

③宿怨：舊仇。修：報。

④數（音署）：計較。以上二句說伍子胥認為舊仇已報，自己應當不惜生命，效忠吳國了。

⑤援：執，持。枹（音扶）：擊鼓杖。會（音快）稽：山名，在今浙江紹興東南十二里。

⑥釁（音信）鼓：以血塗鼓而祭。以上二句寫吳軍破會稽，勾踐被俘。

⑦蠱（音鼓）：誘惑。以上二句寫夫差受到奸臣太宰伯嚭的迷惑，疏遠伍子胥。

⑧貲（音資）：計量。

⑨環堵：四圍土牆。以上二句說伍子胥覺得吳國對自己恩重如山，所以雖然對夫差不滿，也不忍退隱田園。

⑩「抉目」二句：伍子胥被夫差賜死，他要求自己死後將眼珠挖出置於吳東門，以便看到越軍滅吳。他的屍體被拋入浙江。見《史記・吳太伯世家》。

⑪「須臾」二句：說吳國很快就為越所滅，伯嚭這樣的奸臣也沒有好下場，做了俘虜。

⑫願言：希望。飼豺虎：《詩・小雅・巷伯》：「取彼譖人，投畀豺虎！」以上二句說，伯嚭巧舌利口，禍害國家，應當把他拿去餵野獸。

【簡析】

本首詠伍子胥。他對吳國忠心耿耿，至死也對越國的復仇反攻保持高度的警惕。但由於夫差的昏昧，他終於含憤而死。末四句譴責了伯嚭這樣誤國的奸臣。

其四

反間入吳閶①，俘因幸不死②。伊誰修戈矛③。相國鴟夷子④。一舉襲江東，離宮夷故址⑤。歸來泛扁舟⑥，去去從此始⑦。富貴有危機，完名不受訾⑧。良哉大夫種⑨，精白照青史⑩。或恐遇九原⑪，因之顏有泚⑫。

《太函集》卷一〇七，明萬曆刻本

【注釋】

① 吳閶（音昌）：江蘇吳縣（今蘇州）的別稱。因其地曾為春秋時吳國都城，其城西北門稱閶門，故以吳閶代之。又可稱吳門。

② 「反間」二句：指越國用反間計買通伯嚭，使夫差不殺勾踐君臣。

③ 修戈矛：做好戰鬥準備。

④ 鴟（音吃）夷子：越國上大夫范蠡自號鴟夷子皮。

⑤ 離宮：古代帝王於正式宮殿之外別建宮室，以便隨時遊處。夷：平。以上二句說越國襲擊吳國成功，把夫差的離宮蕩為平地。

⑥ 扁舟：小舟。

⑦「歸來」二句：寫范蠡功成身退，偕西施歸遊五湖。

⑧訾（音子）：詆毀。

⑨大夫種：越國下大夫文種，滅吳後被勾踐賜死。

⑩精白：潔白，純潔。

⑪九原：地下深處，指陰間。

⑫顙（音嗓）：額。泚（音此）：出汗。

【簡析】

本首詠范蠡，稱讚他為滅吳興越作出了卓越的貢獻，也欽佩他功成身退的高尚品格和明智態度。汪道昆本人所作的雜劇《五湖遊》，其思想基調便是如此。

王世貞（一五二六至一五九〇），字元美，號鳳洲，又號弇州山人，太倉（今屬江蘇）人。幼有神童之名，嘉靖二十六年（一五四七）舉進士。官京師，與李攀龍等相倡和，號稱「後七子」。父王忬，以灤河失事，為嚴嵩構陷，論死繫獄，世貞解官入京求援不得。父死，扶喪歸。及嚴嵩去位，伏闕訟父冤，以言官薦起，歷任各官，所至有政聲。李攀龍歿，世貞獨主文盟二十年。其持論文必西漢，詩必盛唐，晚年漸造平淡。著述甚豐，有《弇州山人四部稿》、《續稿》、《弇山堂別集》等。

嘲梁伯龍①

吳閶白面冶遊兒②，爭唱梁郎雪豔詞③。七尺昂藏心未保④，異時翻欲傍要離⑤。

《弇州山人稿》卷四十九，明萬曆刻本

【注釋】

① 梁伯龍：梁辰魚。

② 吳閶：江蘇吳縣（今蘇州）的別稱。因其地曾為春秋時吳國都城，其城西北門稱閶門，故以吳閶代之。又可稱吳門。冶遊：野遊。後世多指嫖妓為冶遊。

③ 梁郎雪豔詞：指梁辰魚所作傳奇《浣紗記》、散曲《江東白苧》等。

④ 昂藏：高峻，軒昂。指人的氣概高朗。

⑤ 異時：指死後。傍要離：傍要離墓。要離：人名，春秋時刺客。自斷右手，殺妻子，為吳公子光刺慶忌。在渡舟中刺中慶忌要害，慶忌釋之，令還吳。要離渡至江陵，亦伏劍自盡。其墓在蘇州。事見《吳越春秋·闔閭內傳》。

【簡析】

「吳閶白面冶游兒，爭唱梁郎雪豔詞」二句，生動地寫出了梁辰魚的戲曲作品受到歡迎、廣為流傳的情況。後兩句寫出了梁辰魚的俠義性格。

張鳳翼（一五二七至一六一三），字伯起，號靈墟，長洲（今江蘇蘇州）人。與弟獻翼、燕翼均有才名，並稱「三張」。嘉靖四十三年（一五六四）舉人。四上春官報罷，遂放棄仕途之路，杜門不出。擅長詩文翰墨，卻恥於以詩文翰墨交結權貴，而以賣字自給。喜度曲，自朝至夕，嗚嗚不離口。他曾與其次子合演《琵琶記》，自飾蔡伯喈。作有傳奇《紅拂記》、《祝髮記》、《竊符記》、《虎符記》、《灌園記》、《扊扅記》六種，合稱《陽春六集》。另有《處實堂集》等。

楊校書過池上看鴛鴦①，因為顧曲之集②，兼懷梅子馬③

客來池上看鴛鴦，人擬吹簫引鳳凰④。酒畔未春先黍谷，歌邊無樹不鶯簧⑤。連城
暫去應歸趙⑥，傾國重回亦是楊⑦。莫怪夜闌雲掩月⑧，偏宜燒燭更飛觴⑨。

《處實堂續集》卷七，明萬曆刻本

【注釋】

① 校書：樂伎，歌伎。唐・王建《寄蜀中薛濤校書》詩：「萬里橋邊女校書，枇杷花裡閉門居。」薛濤，蜀中歌伎，能詩文。後因以「女校書」為歌女的雅稱。亦省稱「校書」。

② 顧曲：欣賞音樂戲曲。

③ 梅子馬：梅蕃祚，字子馬，又稱孺子，宣城人，梅鼎祚從弟。官寧鄉主簿。有《涉江草》、《王程草》。

④ 吹簫引鳳凰：用蕭史、弄玉典故。漢・劉向《列仙傳・蕭史》：「蕭史者，秦穆公時人也。善吹簫，能致孔雀白鶴於庭。穆公有女，字弄玉，好之。公遂以女妻焉……公為作鳳台，夫婦止其上，不下數年，一日皆隨鳳凰飛去。」

⑤鶯簧：黃鶯的鳴聲。以其聲如笙簧奏樂，因稱。歐陽修《奉酬長文舍人出城見示之句》：「清浮酒蟻醅初撥，暖入鶯簧舌漸調。」

⑥「連城」句：用和氏璧典故。《史記・廉頗藺相如列傳》：「趙惠文王時，得楚和氏璧。秦昭王聞之，使人遺趙王書，願以十五城請易璧。」

⑦傾國：形容女子容貌極美。《漢書・外戚傳下・孝武李夫人》：「北方有佳人，絕世而獨立。一顧傾人城，再顧傾人國。」楊：指楊貴妃。白居易《長恨歌》：「漢皇重色思傾國，御宇多年求不得。」此處雙關楊校書。

⑧夜闌：夜將盡。夜深人靜的時候。

⑨飛觴：舉杯或行觴。《文選・左思〈吳都賦〉》：「里讌巷飲，飛觴舉白。」劉良注：「行觴疾如飛也。大白，杯名，有犯令者舉而罰之。」

【簡析】

晚明江南歌伎大都善歌崑曲，這位蘇州的楊校書算是較早也較出色的一位，張鳳翼對她讚賞有加。「兼懷梅子馬」，說明梅蕃祚也在此地參加過顧曲活動，所以引起詩人的懷念。

白堤舟次觀朱鴻臚在明女樂①

晝日方舟水戲張，酒醒殘夜出新妝。重傾醽醁浮鸚鵡②，再展氍毹舞鳳凰③。堤畔直應呼白傳④，曲中豈必顧周郎⑤。相看只問今何夕⑥，莫笑狂生老更狂。

《處實堂續集》卷七，明萬曆刻本

【注釋】

①白堤：在杭州西湖，唐代稱白沙堤、沙堤，白居易任杭州刺史時有《錢塘湖春行》詩云：「最愛湖東行不足，綠楊蔭裡白沙堤。」即指此堤。後人為紀念白居易，將此堤稱為白堤。朱鴻臚在明：朱正初，字在明，靖江（今屬江蘇）人，約生於嘉靖初年（一五二二年前後）。不治生產，好古玩，性尤愛客，日揮千錢，海內名流無不知有正初者。有《謀野集》。鴻臚，鴻臚寺，明清兩代掌管朝會、筵席、祭祀贊相禮儀的機構。設卿一人，左、右少卿各一人。

②醽醁（音靈錄）：亦作「醽淥」。美酒名。晉葛洪《抱樸子・嘉遯》：「藜藿嘉於八珍，寒泉旨於醽醁。」鸚鵡：鸚鵡杯，一種酒杯，用鸚鵡螺製成。

③氍毹（音瞿書）：一種織有花紋圖案的毛毯。古代產於西域。可用作地毯、壁毯、床毯、簾幕等。舊時，居家演劇用紅氍毹鋪地，因而又用為歌舞場、舞臺的代稱。

④白傅：白居易的代稱。白居易晚年曾官太子少傅，故稱。

⑤周郎：周瑜精通音樂，能夠指出演奏者的錯誤。《三國志・吳志・周瑜傳》：「瑜少精意於音樂，雖三爵之後，其有闕誤，瑜必知之，知之必顧。故時人謠曰：『曲有誤，周郎顧。』」後來用「顧曲周郎」指代音樂行家。

⑥今何夕：即「今夕何夕」，今夜是何夜？多用作讚歎語，指此是良辰。《詩經・唐風・綢繆》：「今夕何夕？見此良人。」

【簡析】

朱在明家樂在西湖白堤舟中演戲，從白天一直演到深夜，主人、客人都興致勃勃，可見其家班演員會戲很多，表演水平亦屬上乘。

傳《灌園》畢①，懷子繩②

浹旬簪筆度新詞③，調入《陽春》寡和宜④。流水高山無限意，撫弦誰復是鍾期⑤？

《處實堂續集》卷七，明萬曆刻本

【注釋】

① 《灌園》：張鳳翼所作傳奇《灌園記》，寫齊王荒淫無道，世子法章屢諫不聽，與太傅王蠋一起被黜，發去莒州安置。其後齊國被燕攻破，來救齊的楚將亦與燕聯合殺了齊王，王蠋遂暗送法章至其友太史敫家避難，太史女與法章有了私情。齊將田單設火牛陣大破燕兵，上門親迎世子為新齊王。

② 子繩：歌者彭光祖，字子繩，長洲（今江蘇蘇州）人。

③ 浹旬：一旬，十天。簪筆：謂插筆於冠或笏，以備書寫。古代帝王近臣、書吏及士大夫均有此裝束。此處指寫作。度新詞：指創作《灌園記》。

④ 《陽春》寡和：即古諺「陽春白雪，和者蓋寡」之意。戰國・楚・宋玉《對楚王問》：「其為《陽阿》、《薤露》，國中屬而和者數百人，其為《陽春》、《白雪》，國中屬而和者不過數十人而已。」

⑤ 「流水」二句：據《列子・湯問》，伯牙善鼓琴，鍾子期善聽。伯牙鼓琴，志在高山。鍾子期曰：「善哉，峨峨兮若泰山！」志在流水，鍾子期曰：「善哉，湯湯兮若江河！」伯牙所念，鍾子期必得之。子期死，伯牙謂世再無知音，乃破琴絕弦，終身不復鼓。

【簡析】

張鳳翼《灌園記》，作於萬曆十八年（一五九〇）送長子玄星赴試舟中。馮夢龍改本《灌園記》序云：「伯起先生云：吾率吾兒試玉峯，舟中無聊，率爾弄筆，遂不暇致詳。」（參見徐朔方《張鳳翼年譜》該年（《徐朔方集》，浙江古籍出版社一九九三年版，第二卷，第二三一至二三二頁）。

《灌園記》完成之後，張鳳翼更加懷念前年疫死的歌者彭光祖，感歎沒有好的歌者來演唱自己的新作了。彭光祖去世時，張鳳翼曾作《彭生哀辭》，稱其「生而秀雅溫潤，擅繞樑之音。展喉則流鶯輟囀，出吻而笙簧掩聽。又好秦青之伎。予為酌調諧聲，考譜正訛。生領會之疾，影響莫喻。遂以雅歌為吳中冠。」可見評價之高，感情之深。

潘之恒《鸞嘯小品》卷二《吳劇》云張鳳翼諸劇「串演者彭十、白六諸俊，皆有令名，唯莫蘭舟為生，尚有苦氣。其後彭生死而白娘嫁，張公之興為索然。」與本詩可以參看。

顧學憲攜聲伎入城①，縱觀連日作

絕代新聲信宿聞②，秦青優孟總輸君③。飛觴剛及春將半④，歸路翻嫌夜未分。

喚醒百年蝴蝶夢⑤，妝成一隊鳳凰群。主人顧曲如公瑾⑥，奇字猶勞問子雲⑦。

《處實堂續集》卷七，明萬曆刻本

【注釋】

① 顧學憲：顧大典（一五四一至一五九六），字道行，號衡宇、衡寓，吳江（今江蘇蘇州吳江區）人。隆慶二年（一五六八）進士，官至福建提學副使。力拒請托，為忌者所中，謫知禹州。後自免歸，居鄉蓄聲妓自娛。常自按紅牙度曲。與沈璟詩酒流連，作香山、洛社之遊。家有諧賞園、清音閣，亭池擅一時之勝。妙解音律，所蓄家樂，皆自教之，梅鼎祚贊為「無誤可顧」（《與顧道行學使》），為吳江派重要作家。戲曲作品《清音閣傳奇》四種，其中《青衫記》、《葛衣記》今存全本，《義乳記》已佚，《風教編》殘存佚曲。詩文集有《清音閣集》等。

② 信宿：連宿兩夜。《詩經・豳風・九罭》：「公歸不復，於女信宿。」毛傳：「再宿曰信；宿，猶處也。」

③ 秦青：《列子・湯問》記載秦青曾收薛譚為徒。薛譚未盡得其藝欲辭歸。秦青送行至郊外別時引吭高歌聲震林木響遏行雲。薛譚聞之大驚乃放棄回歸之念。優孟：《史記・滑稽列傳》記載，優孟是楚莊王時伶人。楚相孫叔敖死後，兒子很窮，優孟就穿戴了孫叔敖的衣冠去見楚莊王，神態和孫叔敖一模一樣。莊王以為孫叔敖復生，讓他做宰相。優孟以孫叔敖的兒子很窮為辭，並趁機對楚王進行規勸，莊王終於封了孫叔敖的兒子。後來就用「優孟衣冠」比喻模仿他人或化妝演出。

④ 飛觴：舉杯或行觴。《文選・左思〈吳都賦〉》：「里讌巷飲，飛觴舉白。」劉良注：「行觴疾如飛也。大白，杯名，有犯令者舉而罰之。」

⑤ 蝴蝶夢：《莊子・齊物論》：「昔者莊周夢為蝴蝶，栩栩然蝴蝶也。自喻適志與！不知周也。俄然覺，則蘧蘧然周也。不知周之夢為蝴蝶與？蝴蝶之夢為周與？」

⑥ 顧曲如公瑾：周瑜字公瑾，精通音樂，能夠指出演奏者的錯誤。《三國志・吳志・周瑜傳》：「瑜少精意於音樂，雖三爵之後，其有闕誤，瑜必知之，知之必顧。故時人謠曰：『曲有誤，周郎顧。』」後來用「顧曲周郎」指代音樂行家。

⑦ 子雲：揚雄（前五三至一八），字子雲，蜀郡成都（今四川成都）人。西漢辭賦家、語言學家。姓氏「揚」，或作「楊」。陸游《秋日焚香讀書戲作》：「好官何恨輸玄保，奇字猶須屬子雲。」

【簡析】

顧大典所撰《清音閣傳奇》四種，常由其家樂演出，間亦攜至蘇州為友人演出，張鳳翼等人觀賞之後，覺得是極大的享受。「主人顧曲如公瑾，奇字猶勞問子雲」二句說顧大典曲學水平如此之高，還時時同自己商榷，可見對戲曲熱愛之深。

此詩作於萬曆二十年（一五九二），張鳳翼六十六歲，參見徐朔方《張鳳翼年譜》該年（《徐朔方集》，浙江古籍出版社一九九三年版，第二卷，第二三五頁）。張鳳翼《與顧學憲道行書》云：「追陪連日，遂成年來第一場樂事，皆門下賜也。」說的就是這次的連續演出。

毛肇明、方叔覲、褚藎甫、楊濟卿、蔣公鼎、文夢珠六君挈過承天寺張女戲作①

禪房幽徑曲池邊②，選勝徵歌得地偏③。女子似從安忍國④，酒人堪比竹林賢⑤。
台荒亦見垂青柳，社散重看禮白蓮⑥。共道眼前超淨土⑦，不知今夕是何年⑧。

《處實堂續集》卷七，明萬曆刻本

【注釋】

① 毛肇明：蘇州人，進士。張鳳翼有《為毛肇明進士跋王履吉書》。方叔覲、褚藎甫、楊濟卿、蔣公鼎：未詳。文夢珠：文從龍，字夢珠，長洲（今江蘇蘇州）人，文嘉之子，文徵明之孫。承天寺：即今蘇州重元寺。初名重玄寺，始建於梁武帝天監

二年（五〇三），與寒山寺、靈岩寺及保聖寺同時代。宋代名承天寺。清代恢復初名，因避康熙帝玄燁之諱，改「玄」為「元」，重元寺名一直沿用至今。重元寺在文革中完全損毀，二〇〇三年恢復重建。

②禪房幽徑：唐‧常建《題破山寺後禪院》詩：「曲徑通幽處，禪房花木深。」

③選勝：尋遊名勝之地。唐‧張籍《和令狐尚書平泉東莊近居李僕射有寄十韻》：「探幽皆一絕，選勝又雙全。」徵歌：謂徵招歌伎。李白《宮中行樂詞》之二：「選妓隨雕輦，徵歌出洞房。」

④安忍國：《道藏》洞玄部本文類有《太上靈寶洪福滅罪像名經》一卷，撰人不詳。約出於唐代。經文稱安忍國太子願出家修道，國師無上真人奉旨為太子講說此經。

⑤竹林賢：即「竹林七賢」。《晉書‧嵇康傳》：嵇康居山陽，「所與神交者惟陳留阮籍、河內山濤，豫其流者河內向秀、沛國劉伶、籍兄子咸、琅邪王戎，遂為竹林之遊，世所謂『竹林七賢』也。」南朝‧宋‧劉義慶《世說新語‧任誕》稱「七人常集於竹林之下，肆意酣暢，故世謂竹林七賢。」

⑥「社散」句：東晉釋慧遠於廬山東林寺，同慧永、慧持和劉遺民、雷次宗等結社，又掘池植白蓮，稱白蓮社。見晉無名氏《蓮社高賢傳》。

⑦淨土：大乘佛教認為淨土是指清淨國土、莊嚴剎土，也就是清淨功德所在的莊嚴的處所。

⑧「不知」句：唐‧牛僧孺《周秦行紀》：「香風引到大羅天，月地雲階拜洞仙。共道人間惆悵事，不知今夕是何年。」

【簡析】

寺院本來是佛門清靜之地，張鳳翼等人卻在這裡一邊飲酒，一邊聽歌女演唱崑曲，晚明蘇州文人風氣，於此可見一斑。因為正好是七個人，與會者便以「竹林七賢」自比。放達不羈的生活態度自然有一致之處，而時代背景和精神內涵大不相同了。

始春閱顧道行詩志感①

偶讀新詩憶故人，新詩已故歲華新。歌殘《子夜》空回首②，和寡《陽春》獨愴神③。綠水自縈龍臥地④，彩毫難起虎頭身⑤。知音漸覺於今少⑥，一任牙弦生網塵⑦。

《處實堂後集》卷二，明萬曆刻本

【注釋】

① 顧道行：顧大典（一五四一至一五九六），字道行，號衡宇、衡寓。吳江（今江蘇蘇州吳江區）人。隆慶二年（一五六八）進士，官至福建提學副使。力拒請托，為忌者所中，謫知禹州。後自免歸，居鄉蓄聲妓自娛。常自按紅牙度曲。與沈璟詩酒流連，作香山、洛社之遊。家有諧賞園、清音閣，亭池擅一時之勝。妙解音律，所蓄家樂，皆自教之，梅鼎祚贊為「無誤可顧」（《與顧道行學使》）。為吳江派重要作家。戲曲作品《清音閣傳奇》四種，其中《青衫記》、《葛衣記》今存全本，《義乳記》已佚，《風教編》殘存佚曲。其所撰戲曲，由家樂演出，間亦攜至蘇州為友人演出。詩文集有《清音閣集》等。

② 《子夜》：樂府曲名，相傳是東晉女子子夜所作，故名。後人更為《子夜四時歌》等。

③ 和寡《陽春》：即古諺「陽春白雪，和者蓋寡」之意。戰國・楚・宋玉《對楚王問》：「其為《陽阿》、《薤露》，國中屬而和者數百人，其為《陽春》、《白雪》，國中屬而和者不過數十人而已。」

④ 龍臥：比喻高士隱居。王安石《諸葛武侯》詩：「武侯當此時，龍臥獨摧藏。」

⑤ 虎頭：東晉畫家顧愷之（三四八至四〇九），字長康，小字虎頭，晉陵無錫（今江蘇無錫）人。時人稱為「三絕」：畫絕，文絕，癡絕。

⑥「知音」句：用伯牙、鍾子期典故。據《列子・湯問》，伯牙善鼓琴，鍾子期善聽。伯牙鼓琴，志在高山。鍾子期曰：「善哉，峨峨兮若泰山！」志在流水，鍾子期曰：「善哉，湯湯兮若江河！」伯牙所念，鍾子期必得之。子期死，伯牙謂世再無知音，乃破琴絕弦，終身不復鼓。

⑦牙：紅牙，檀木製的拍板。

【簡析】

顧大典病逝於萬曆二十四年（一五九六），張鳳翼這首詩作於次年初春，參見徐朔方《顧大典年譜》萬曆二十四年（《徐朔方集》，浙江古籍出版社一九九三年版，第二卷，第二八四頁）。詩篇充分體現了這兩位崑曲劇作家之間的深厚友誼。

顧大典家的諧賞園、清音閣，是有相當規模的江南園林。他是詩人、畫家，又是戲曲作家，可以說多才多藝，因此張鳳翼便以東晉時多才多藝的前輩顧愷之相比。

懷顧道行三首

當時風調寄新聲①，酒畔豪華物外情②。一自飛雲歸帝所③，松陵煙月照空城④。

當日新聲入綺筵⑤，武陵人去又三年⑥。可憐點鐵成金手⑦，無復桓譚識草《玄》⑧。

天臺藻賦欲鏗金，當日與公遇賞音⑨。一自鍾期成異物⑩，更無高調入瑤琴⑪。

《處實堂後集》卷三，明萬曆刻本

【注釋】

①風調：人的品格情調。《北齊書·崔瞻傳》：「偃弟儦，學識有才思，風調甚高。」新聲：指崑曲。
②物外：超越世間事物。
③歸帝所：回到天帝居住的宮殿。李清照《漁家傲·記夢》：「彷彿夢魂歸帝所，聞天語，殷勤問我歸何處。」
④松陵：吳江（今江蘇蘇州吳江區）古鎮名，指代吳江。顧大典是吳江人。
⑤綺筵：華麗豐盛的筵席。唐·陳子昂《春夜別友人》詩之一：「銀燭吐青煙，金樽對綺筵。」
⑥武陵人：桃花源中人。指顧大典晚年隱居。
⑦點鐵成金：原指用手指一點使鐵變成金的法術。比喻修改文章時稍稍改動原來的文字，就使它變得很出色。宋·黃庭堅《答洪駒父書》：「古之能為文章者，真能陶冶萬物，雖取古人之陳言入於翰墨，如靈丹一粒，點鐵成金也。」
⑧桓譚（前二三至五〇）：字君山，東漢沛國相（今安徽濉溪西北）人。博學多通，遍習五經，喜非毀俗儒。能文章，尤喜古學，多次從劉歆、揚雄辨析疑異。草玄：《漢書·揚雄列傳》：「哀帝時丁、傅、董賢用事，諸附離之者或起家至二千石。時雄方草《太玄》，有以自守，泊如也。」
⑨「天臺」二句：孫綽（三一四至三七一），字興公，太原中都（今山西平遙）人，東晉著名玄言詩人。孫綽對《遊天臺山賦》頗為自負，曾對范啟說：「卿試擲地，要作金石聲。」范啟對此賦也很讚賞。
⑩「一自」句：用伯牙、鍾子期典故。異物，指已死的人。《史記·屈原賈生列傳》：「化為異物兮，又何足患！」
⑪瑤琴，用玉裝飾的琴。南朝·宋·鮑照《擬古》詩之七：「明鏡塵匣中，瑤琴生網羅。」

【簡析】

張鳳翼這首詩作于萬曆二十六年（一五九八），顧大典去世的第三個年頭，參見徐朔方《顧大典年譜》萬曆二十四年（《徐朔方集》，浙江古籍出版社一九九三年版，第二卷，第二八四頁）。

詩中以桓譚、揚雄作比喻，深情地回憶了自己和顧大典在崑曲劇本創作中相互切磋的歲月，對顧大典去世，自己失去知音表示深沉的惋惜。詩中寫到「當時風調寄新聲」，是說顧大典創作的劇本是用崑曲演唱的；「當日新聲入綺筵」，是說顧大典的劇本曾在宴會上演出。這些都是為了強調顧大典對崑曲發展和傳播的貢獻。

盛時泰（一五二九至一五七八），字仲交，一字雲浦，自號大城山人，上元（今江蘇南京）人。處士盛鸞之子。貢生。天才敏捷，為詩古文辭下筆數千言。與顧璘遊。工書，善畫山水。後以貢至京師，歸，未及仕卒。有《大城山人集》。

酬梁伯龍①

寄跡山中漱碧泉②，不將車馬老華年。青鞋跡遍川原底③，《白苧》歌傳妓女先④。雨濕絮粘驕馬轡，風吹酒縐玉鱗船⑤。秣陵秋老芙蓉發⑥，遲向江頭看月圓。

《列朝詩集》丁集七，清順治九年毛氏汲古閣本

【注釋】

①梁伯龍：梁辰魚。
②漱碧泉：讓泉水任意沖洗，喻指隱居山林自由自在的生活。
③青鞋：草鞋。杜甫《奉先劉少府新畫山水障歌》：「吾獨何為在泥滓？青鞋布襪從此始。」
④《白苧》：《白苧歌》，樂府名，吳之舞曲，其詞盛稱舞者姿態之美，現存歌詞以晉之《白苧舞詞》為最早。此處「《白苧》」，指梁辰魚的散曲集《江東白苧》，亦泛指崑曲。
⑤玉鱗：比喻水面波紋。金．任詢《巨然山寺》詩：「孤撐山作碧螺髻，漫散水成蒼玉鱗。」
⑥秣陵：南京古稱。

【簡析】

詩篇讚揚梁辰魚不屑屑於功名，而是浪跡天涯，放誕自適，特別是其戲曲作品傳遍天下，膾炙人口，正所謂「豔歌清引，傳播戚里間。白金文綺，異香名馬，奇技淫巧之贈，絡繹於道。歌兒舞女，不見伯龍，自以為不祥也」（焦循《劇說》卷二引徐又陵《蝸事雜訂》）。

張獻翼（？至一六〇四），蘇州府長洲人，字幼于，改名敉。十六歲以詩見文徵明。徵明語其徒陸師道：「吾與子俱弗如也。」嘉靖中入貲為國子監生。刻意為詩。與兄弟張鳳翼、張燕翼稱三張。好學《易》，十年中箋注三易其稿。晚年與王稚登爭名不勝，頹然自放，多為詭異之行。以攜妓居荒圃中，為盜所殺。有《讀易紀聞》、《讀易通考》、《文起堂集》、《紈綺集》。

劉會卿病中典衣買歌者，因持絮酒就其喪所試之①

昨日經過歡燕時②，滿堂歌舞金屈卮③。日日日斜舞長袖④，夜夜夜深歌接籬⑤。今日歡情猶未足，炙雞絮酒還來續⑥。何戡雖善歌⑦，唐衢亦善哭⑧。一生一死復一杯，或歌或泣還成曲。座上多白雲⑨，門前總流水。人琴歎俱亡⑩，風流渾不死⑪。十千五千未滿杯，三弦四弦已盈耳⑫。佳婿佳兒坨帳前⑬，故人故宴帷堂裡⑭。山陽笛⑮，伯牙琴⑯，至今千載為知音。平生尊酒若常在，生死交情深不深。

《續本事詩》卷四，清光緒十四年邵武徐氏刻本

【注釋】

① 絮酒：謂祭奠用酒。唐・楊炯《為薛令祭劉少監文》：「蒼煙漫兮紫苔深，陳絮酒兮涕沾襟。」

② 歡燕：同「歡宴」。

③ 金屈卮：亦作「金曲卮」，酒器。唐・孟郊《勸酒》詩：「勸君金曲卮，勿謂朱顏酡。」

④ 舞長袖：《韓非子・五蠹》：「長袖善舞，多錢善賈。」

⑤ 歌接籬：南朝・宋・劉義慶《世説新語・任誕》：「山季倫（山簡）為荊州，時出酣暢。人為之歌曰：『山公時一醉，徑造高陽池。日莫（暮）倒載歸，酩酊無所知。復能乘駿馬。倒著白接籬。舉手問葛疆，何如並州兒。』高陽池在襄陽，疆是其愛將，並州人也。」接籬，古代的一種頭巾。

⑥炙雞絮酒：用一隻雞和棉絮漬酒祭奠。指悼念故人，祭品雖薄而情意深厚。南朝・宋・范曄《後漢書・徐稚傳》：「稚嘗為太尉黃瓊所辟，不就。及瓊卒歸葬，稚乃負糧徒步到江夏赴之，設雞酒薄祭，哭畢而去。不告姓名。」李賢注引三國・吳・謝承《後漢書》：「稚諸公所辟雖不就，有死喪負笈赴弔。常於家預炙雞一隻，以一兩棉絮漬酒中，曝乾以裹雞；徑到所起塚肴外，以水漬綿使有酒氣，斗米飯，白茅為藉，以雞置前，醊酒畢，留謁則去，不見喪主。」

⑦何戡：唐長慶時著名歌者。唐劉禹錫《與歌者何戡》詩：「舊人唯有何戡在，更與慇勤唱《渭城》。」

⑧唐衢：唐穆宗時人，應進士，久而不第。能為歌詩，意多感發。見人文章有所傷歎者，讀訖必哭，涕泗不能已。每與人言論，既相別，發聲一號，音辭哀切，聞之者莫不淒然泣下。嘗客遊太原，屬戎帥軍宴，衢得預會。酒酣言事，抗音而哭，一席不樂，為之罷會，故世稱唐衢善哭。

⑨座上多白雲：謂座上多隱逸之士。南朝・梁・陶弘景《詔問山中何所有賦詩以答》：「山中何所有，嶺上多白雲，只可自怡悅，不堪持贈君。」

⑩人琴俱亡：形容看到遺物，懷念死者的悲傷心情。常用來比喻對知己、親友去世的悼念之情。南朝・宋・劉義慶《世説新語・傷逝》寫王子猷（王徽之）吊王子敬（王獻之）之喪：「子敬素好琴，便徑入坐靈床上，取子敬琴彈，弦既不調，擲地云：『子敬子敬，人琴俱亡！』因慟絕良久，月餘亦卒。」

⑪渾：全，滿。

⑫盈耳：洋洋盈耳，指宏亮而優美的聲音充滿雙耳。洋洋，眾多。盈，充滿。《論語・泰伯》：「師摯之始，《關雎》之亂，洋洋乎，盈耳哉！」

⑬垞帳：靈前之帳。

⑭帷堂：古代喪禮，小殮前設帷幕於堂上。《禮記・檀弓上》：「曾子曰：『屍未設飾，故帷堂，小斂而徹帷。』」

⑮山陽笛：晉向秀經山陽舊居，聽到鄰人吹笛，不禁追念亡友嵇康、呂安，因作《思舊賦》。見向秀《思舊賦序》。後因以「山陽笛」為懷念故友的典故。庾信《傷王司徒褒》詩：「唯有山陽笛，悽余《思舊》篇。」

⑯伯牙琴：據《列子・湯問》，伯牙善鼓琴，鍾子期善聽。伯牙鼓琴，志在高山。鍾子期曰：「善哉，峨峨兮若泰山！」志在流水，鍾子期曰：「善哉，湯湯兮若江河！」伯牙所念，鍾子期必得之。子期死，伯牙謂世再無知音，乃破琴絕弦，終身不復鼓。

【簡析】

這首詩之後，張獻翼又有一首《再過劉會卿喪所卜，吳姬為屍，仍設雙俑為侍，命伶人奏琵琶而樂之》，中有句云：「君再生，我未死，相看半死生，何處分悲喜。一聲《薤露》雜吳歈，一唱《陽關》入《蒿裡》。」可見吳姬所唱的是崑曲。對於張獻翼，朱彝尊《靜志居詩話》卷十三評論說：「幼于早擅才名，見賞於文徵仲。讀書上方山治平寺中，撰《周易約說》、《雜說》、《臆說》，及《讀易紀聞》、《讀易韻考》，不失為儒生。後乃狂易自肆，……有劉會卿典衣買歌者，俄而病卒，幼于持絮酒就其喪所，哭之以詩。令會卿所狎吳姬為屍，仍設雙俑夾侍，使伶人奏琵琶，再作長歌酹焉。其放浪亦甚矣。」我們認為，朱彝尊此語只說對了一半。張獻翼的行為固然是放浪，劉會卿病中典衣買歌，既病又窮，仍然要聽吳姬演唱他最喜愛的崑曲，又何嘗不是放浪。這正是晚明風氣的典型表現。

劉鳳（生卒年不詳），字子威，長洲（今江蘇吳縣）人。嘉靖前後在世。嘉靖二十九年（一五五〇）進士。歷任推官、監察御史、河南按察司僉事等職，罷歸。與湯顯祖有交往。博覽群籍，苦心鉤索，著騷賦古文數十萬言。有《劉子威集》等。

觀作劇

調弄參軍試作倡①，雙雙小隊兩鴛鴦。盤旋舞袖郎當甚②，擲倒分行宮樣裝③。聽盡《鬱輪》袍未解④，歌殘【哨遍】【賺】還長⑤。化人安得來西極⑥，眩惑能窮為樂方⑦。

《劉子威雜稿》卷一，明萬曆刻本

【注釋】

①調弄參軍：唐宋參軍戲有兩個腳色，一為蒼鶻，一為參軍，由蒼鶻調弄參軍。一般認為蒼鶻演變為宋雜劇、金院本中的副末，參軍演變為副淨。作倡：演劇。倡指倡優。

②郎當：衣服寬大不合身。宋陳師道《後山詩話》引楊大年（億）《傀儡詩》：「鮑老當年笑郭郎，笑他舞袖太郎當。」

③擲倒：古百戲的一種，即倒行而舞。猶今之翻筋斗。分行：舞態。謝偃《觀舞賦》：「燕姬齊列，絳樹分行。」宮樣裝：宮中流行的妝束。唐韓偓《忍笑》詩：「宮樣梳頭淺畫眉，晚來妝飾更相宜。」

④《鬱輪》：即《鬱輪袍》；古曲名。唐王維諳於音律，妙能琵琶，為岐王所重。曾由岐王引見安樂公主，進琵琶新曲號《鬱輪袍》。

⑤【哨遍】：或作【稍遍】。曲牌名，北曲入般涉調，南曲入小石調。【賺】：曲牌名，南北曲皆有。南曲亦名【不是路】，較常用。各宮調都有，字數、定格稍有出入。大都用在套曲中前後宮調不同之處。

⑥化人：會幻術的人。佛教謂神、佛變形為人，以化度眾生者，叫化人。西極：西方極遠之處。《列子・周穆王》：「周穆王時，西極之國有化人來。」

⑦眩惑：迷亂。樂方：行樂之法。曹植《鬥雞篇》：「主人寂無為，眾賓進樂方。」

【簡析】

士大夫對戲曲的耽好至明末清初而達於極點。劉鳳生活在嘉靖、隆慶、萬曆年間，從他的這首詩中已可以看出端倪。

贈主謳殷玉琴①

豔意常將溝水頭②，三河年少妒風流③。花江月地應憐取，誤把殷嚴比莫愁④。

其二：花下風來隻亂飛，益人清恨是音徽⑤。臨秋不忍重開匣，柱促絲長入調稀⑥。

其三：一彈飛盡楚台雲⑦，可是無心逐使君⑧。桂響但隨纖體迅⑨，芙蓉應作夜姝裙⑩。

其四：能歌十索奪花妝⑪，回軫輕成《陌上桑》⑫。情態飄揚歡不厭⑬，斜波微送戲要郎⑭。

《劉子威集》卷十六，明萬曆刻本

【注釋】

① 主謳：主唱者。劉禹錫《泰娘歌序》：「泰娘，本韋尚書家主謳者。」

② 「豔意」句：卓文君《白頭吟》：「今日斗酒會，明旦御水頭。躞蹀御溝上，溝水東西流。」

③ 三河年少：指好氣任俠之輩。三河謂河東、河內、河南，在今河南省北部、山西省南部一帶。王維《老將行》：「節使三河募年少，詔書五道出將軍。」

④ 殷嚴：西漢女樂官，見《漢書・元後傳》。莫愁：梁武帝蕭衍《河中之水歌》中「洛陽女兒名莫愁」，概指美女。

⑤ 益：增加。音徽：指琴上供按弦時識音的標誌。亦指琴或樂曲。南朝・宋・謝靈運《君子有所思行》：「長夜恣酣飲，窮年弄音徽。」

⑥ 柱促：支弦的柱移近，弦綳得緊。漢・馬融《長笛賦》：「若絙瑟促柱，號鐘高調。」

⑦ 楚台雲：楚台指高唐。戰國・楚・宋玉《高唐賦》寫楚王在此與巫山神女相遇。神女臨別時說：「妾在巫山之陽，高丘之阻，旦為朝雲，暮為行雨。朝朝暮暮，陽臺之下。」後因以「高唐」、「巫山」、「雲雨」指男女情事。

⑧ 使君：漢代對刺史的稱呼。漢樂府《陌上桑》：「使君從南來，五馬立踟躕。」後用作州郡長官的尊稱。

⑨ 纖體：纖細的身材。

⑩ 夜姝：弘夜姝，梁元帝蕭繹妾名，蕭繹有《為妾弘夜姝謝東宮賚合心花釵啟》。

⑪ 十索：即丁娘十索。丁娘，隋朝歌妓丁六娘。索，索取。丁六娘所作的樂府詩，每首末句有「從郎索花燭」等語，本十首。後用以指妓女的需索。

⑫ 回軫（音診）：猶回車。南朝・宋武帝《七夕詩》之一：「解帶遽回軫，誰云秋夜長。」漢樂府《陌上桑》中「使君從南來，五馬立踟躕」，即回車之意。

⑬ 歡：喜愛。亦指所喜愛的人。

⑭ 斜波：即「秋波」，指美女暗中以眉目傳情。要：同「邀」。

【簡析】

「主謳」這個稱呼，雖然唐代就有，但它在明代中葉以後運用，還是值得注意。因為此際已經開啟了崑曲的時代，這種環境下的「主謳」，常常就是崑曲的主唱者，他們（她們）對於崑曲的發展和傳播，起到了重要的作用。這首詩所寫的主謳殷玉琴，可以說是聲色俱佳，她的表演，很有魅力。

程公遠（生卒年不詳），徽州人，曾任泉州府學訓導。以詞勸世，稱《醒心諺》，數百首詞皆用【西江月】詞牌，賦得禮義廉恥士農工商等諸多題目，足覘一時風氣。

西江月・戒婦女觀戲

內眷勿容觀唱，斜言恐動風情。春心惹動最難禁，勾引閨門不謹。女起偷香之念①，孀懷竊玉之心②。不聞斜說不知音，內外須當嚴整。

饒宗頤初纂、張璋總纂《全明詞》第五冊，中華書局二〇〇四年版

【注釋】

①偷香：西晉大臣賈充的女兒賈午，與父親的僚屬韓壽相戀，偷了晉武帝賞賜賈充的奇香送給韓壽。賈充發現後，便將賈午嫁給了韓壽。

②竊玉：傳說楊貴妃曾竊唐明皇之兄寧王玉笛吹。見《楊太真外傳》。

【簡析】

明代官方文件及族規家訓當中，禁止婦女觀戲的言論甚多，這一篇是用詞的形式寫出來的。禁止婦女觀戲，包括職業戲班的演出，迎神賽會的演出，家班的演出，對於戲曲包括崑曲的傳播，是極為不利的。事實上，這種主張由於不得人心，要推行開來或者堅持下去，也是很困難的。

田藝蘅（生卒年不詳），字子藝，錢塘（今浙江杭州）人，田汝成之子。十歲從父過采石，賦詩有佳句。以歲貢生為徽州訓導，罷歸。性高曠磊落，至老愈豪，朱衣白髮，挾兩女奴，坐西湖花柳下。客至，即具座酬唱，斗酒百篇。多聞好奇，著述宏富，世以比之楊慎。有《田子藝集》、《留青日札》等。

席中逢故顧閣老家侍兒①

幾年流落在錢塘②，半面琵琶淚兩行③。妝閣不聞鸚鵡喚，舞裙猶帶鷓鴣香④。翠屏朱戶生前隔，柳葉桃根恨最長⑤。我亦近來飄泊甚，醉中為爾一沾裳。

《續本事詩》卷五，清光緒十四年邵武徐氏刻本

【注釋】

①顧閣老：顧鼎臣（一四七三至一五四〇），崑山人，初名同，字九和，號未齋。弘治十八年（一五〇五）狀元。嘉靖十七年（一五三八）至嘉靖十九年（一五四〇），任文淵閣大學士、武英殿大學士。東南賦役不均，因得其力有所改正。崑山原無城池，力主造之，倭寇來犯，合城無恙。後卒於官。諡文康。

②錢塘：今浙江杭州。

③半面琵琶：白居易《琵琶行》：「千呼萬喚始出來，猶抱琵琶半遮面。」

④鷓鴣香：香名。元·虞集【南呂·一枝花】《歡賞》：「翡翠簾氍毹毯，鸂鶒鼎鷓鴣香。」

⑤柳葉：唐·張籍妾。馮夢龍《古今譚概·癖嗜·花癖》：「唐張籍性躭花卉，聞貴侯家有山茶一株，花大如盎，度不可得，乃以愛姬柳葉換之，人謂張籍花淫。」桃根：傳說東晉書法家王獻之有愛妾名叫桃葉，其妹曰桃根。

【簡析】

顧鼎臣是崑山人，他家裡的歌姬應當是唱崑山腔的。顧鼎臣去世之後，歌姬流散，田藝蘅在杭州遇見，聽其演唱，頓時生出「同是天涯淪落人，相逢何必曾相識」的感慨。

顧鼎臣本人也與崑曲有關，傳奇《崑山記》，習稱「崑山八齣」，演的就是他的故事。本來是看戲人，後來倒又成了戲中人，這本身就是富有戲劇性的事。

王昆侖（生卒年不詳），相傳吳江（今江蘇蘇州吳江區）人，又似浙江人，因其交遊多在浙江。約隆慶（一五六七至一五七二）前後在世。有《王逸人集》。

宮詞（五十二首選一）

椎鬟胡粉紫貂裘①，送別昭君出塞秋。翻到龍荒新樂府②，琵琶猶似漢宮愁。

《王逸人集》，明刊本

【注釋】

① 椎（音垂）鬟：一撮之鬟，形狀如椎。胡粉：鉛粉，一名鉛華，為化妝品。

② 龍荒：龍謂匈奴祭天處龍城，荒謂荒服。龍荒，這裡指匈奴。龍荒新樂府，指有關王昭君的戲曲。

【簡析】

這首詩寫明中葉宮廷裡演出昭君劇的場面。

王叔承（生卒年不詳），名光胤，以字行，又字承父、子幻，吳江（今江蘇蘇州吳江區）人。少孤，受博士業，以好古謝去。家貧，縱遊山水。有《吳越遊》、《閩遊》、《楚遊》、《岳遊》諸集。

金陵豔曲①

綠江天作塹②，翠嶺石為城③。柳晚黃金塢④，花明白玉京⑤春風十萬戶，戶戶有啼鶯⑥。

《明詩綜》卷五十，文淵閣四庫全書本

【注釋】

①豔曲：豔麗的歌曲，多指南方歌曲。

②塹（音欠）：做防禦用的壕溝。天作塹：天然形成的壕溝。古稱長江為天塹。

③石為城：石頭城，南京城名，故址在今南京市西石頭山后。自孫權時始名。

④塢（音務）：土堡，小城。漢末董卓曾築塢於郿，高厚七丈，號曰「萬歲塢」，多貯財寶，以供享樂。「黃金塢」一詞殆源於此。此處指金陵。

⑤白玉京：白玉砌成的京城。《五星經》：「天上有白玉京、黃金闕。」此處亦指金陵。

⑥啼鶯：此處指歌女。

【簡析】

明中葉以後。南京的戲曲活動相當普及，所以它才能成為當時戲曲藝術的中心之一。當然，這是以城市的繁榮作為基礎的。

夏緇（生卒年不詳），字雪子，嘉善（今屬浙江）人，儒學生。有《溪泠》、《維摩》、《孤望》三集。

南中曲①

黔府新編十二歌，南音如梵亦吹螺②。侍兒記拍分銀豆，小史登場換畫靴。

《明詩綜》卷七十六，文淵閣四庫全書本

【注釋】

①南中：泛指國土南部，即今四川、重慶、貴州、雲南一帶，也指嶺南。此處指貴州（黔）。
②南音：南方音樂。梵：梵語，印度語。螺：用螺殼穿空製成的樂器。
③「侍兒」句：寫婢女分銀豆以記拍，唐・段安節《樂府雜錄・歌》有張紅紅以小豆數盒記節拍故事。
④小史：侍從；書童。畫靴：有彩繪畫飾之靴。

【簡析】

本詩反映了西南地區戲曲活動的情況，是一則珍貴的資料。事實上，晚明崑曲也流傳到西南地區，如周朝俊的《紅梅記》就在西南演出過。

顧養謙（一五三七至一六〇四），字益卿，號沖庵，南直隸通州（今江蘇南通）人，嘉靖四十四年（一五六五）進士，授戶部郎，調任福建僉事。歷任廣東參議、雲南僉事、浙江參議。繼又調薊州升任右僉都御史，巡撫遼東。指揮海西大小數十戰，屢立戰功。官至戶部侍郎，因母去世離職南歸。不久起用總督薊遼，經略朝鮮。辭官歸里後，隱跡於山水間，絕不言生平宦業，所提拔將吏，概謝不見。死後被追封為兵部尚書，謚襄敏。有《沖庵撫遼奏議》、《督撫奏議》等。

蘇州歌

闔廬城外木蘭舟①，朝泛橫塘暮虎丘②。三萬六千容易過③，人生只合住蘇州。

《續本事詩》卷五，清光緒十四年邵武徐氏刻本

【注釋】

①闔廬城：即闔閭大城。吳王闔閭元年（前五一四），吳王闔閭建新都，命伍子胥「相土嘗水」、「象天法地」，建成闔閭大城，即蘇州古城。其規模位置兩千多年來基本未變。另有闔閭小城，在武進、無錫交界處，為軍事防範之用。木蘭舟：用木蘭樹造的船。後常用為船的美稱。

②橫塘：古堤名。在今江蘇省吳縣西南。宋賀鑄《青玉案》詞：「凌波不過橫塘路，但目送、芳塵去。」虎丘：在蘇州城西北，原名海湧山。據《史記》載，吳王闔閭葬於此，傳說葬後三日有「白虎蹲其上」，故名。

③三萬六千：三萬六千日，一百年，謂人的一生。

【簡析】

唐・張祜《縱遊淮南》詩說：「十里長街市井連，月明橋上看神仙。人生只合揚州死，禪智山光好墓田。」本詩翻用其意，說「人生只合住蘇州」。在詩人看來，蘇州之美，不僅在於它有古城，有蘭舟，有橫塘，有虎丘，還在於它有崑曲，那虎丘最動人的一道風景，不就是千人石上的崑曲演唱嗎？

焦竑（一五四〇至一六二〇），字弱侯，一號漪園，又號澹園，江陵（今屬湖北）人。有盛名。萬曆十七年（一五八九）殿試第一，授翰林院修撰。受學耿定尚，而與李贄相善。富藏書，皆手自校訂。博極群書，善為古文，典正訓雅，卓然名家。有《澹園集》。

邢供奉①（二首選一）

內妝渾似董雙成②，十二能歌入破聲③。翻得新腔仍自惜，流傳未滿建康城④。

《澹園續集》卷二十六，明萬曆三十九年刻本

【注釋】

① 供奉：官名，在皇帝左右供職的人。唐、宋，清代都設有供奉的官。此處指為宮廷或貴族演出的藝人。

② 內妝：宮內之妝。渾似：全似。董雙成：傳說西王母侍女。煉丹宅中，丹成得道，自吹玉笙，駕鶴升仙。

③ 入破：唐宋大曲的專用語。大曲每套都有十餘遍，歸入散序、中序、破三大段。入破即為破這一段的第一遍。中序多慢拍，入破以後則節奏加快，轉為快拍。

④ 建康：南京。

【簡析】

這首詩寫邢供奉成名很早，伎藝很高。同時它又反映了這樣一個問題：把藝人關在宮裡，隔斷他們與民間的聯繫，對於藝術的發展是不利的。對於這種狀況，藝人自己也是不滿意的。

顧大典（一五四一至一五九六），字道行，號衡宇、衡寓。吳江（今江蘇蘇州吳江區）人。隆慶二年（一五六八）進士，授紹興府教諭，官至福建提學副使。居官清正，後因故被謫禹州知州，遂棄官歸田。家居七、八年去世。工詩文，善書畫，嗜詞曲。家有諧賞園，亭台池館，甲於吳郡。每與友朋於園中作詩酒之會，與沈璟、王稚登、梅鼎祚、王驥德等曲家都有交往。妙解音律，所蓄家樂，皆自教之。其劇作文詞雅質，講究構局之法。詩文集有《清音閣集》、《海岱吟》、《閩遊草》、《園居稿》、《北行集》等。戲曲有《清音閣傳奇》四種，其中《青衫記》、《葛衣記》今存全本，《義乳記》已佚，《風教編》殘存佚曲。

贈沈伯英①

婉婉南國彥②，卓犖擅詞場③。十五窮《典》、《墳》④，二十謁明光⑤。奏對侈天人⑥，作賦薄《長楊》⑦。周官職方氏⑧，漢省尚書郎⑨。博聞左秘書⑩，贍美潘河陽⑪。驅車入京洛⑫，觀者如堵牆。譬彼鸞鶴群，六翮恣翱翔⑬。譬彼蘭蕙花，幽谷襲芬芳。眷茲平生親，婉戀詎能忘⑭。斗酒日相邀，為歡夜未央⑮。片言傾肺肝，深衷慨以慷⑯。攝衣鳴絲桐⑰，妙曲何洋洋⑱。桐以徽黃金⑲，絲以發清商⑳羈思亂心曲㉑，哀音激衷腸。良時忽我遒㉒，俯仰以彷徨。親交義所敦，聊以申贈章。

《清音閣集》卷二，線裝書局二〇〇六年版

【注釋】

① 沈伯英：沈璟（一五五三至一六一〇），字伯英，晚字聃和，號寧庵，別號詞隱。吳江（今江蘇蘇州吳江區）人。萬曆二年（一五七四）進士，曾任兵部職方司主事，吏部驗封司員外郎等職。萬曆十四年上疏請立儲忤旨，左遷吏部行人司司正，奉使歸里。萬曆十六年還朝，升光祿寺丞，次年充任順天鄉試同考官，因科場舞弊案受人攻擊，辭官回鄉。後家居三十年，潛心研究詞曲，考訂音律，與王驥德、呂天成、顧大典等切磋曲學，成為吳江派的領袖，在當時戲曲界影響頗大。編纂有《南九宮十三調曲譜》，著有傳奇十七種，總稱「屬玉堂傳奇」，現存七種：《紅蕖記》、《雙魚記》、《桃符記》、《一種情》（即《墜釵記》）、《埋劍記》、《義俠記》和《博笑記》。

② 婉婉：和順貌。彥：才德出眾的人。

③ 卓犖（音落）：卓越，突出。《三國志・陳矯傳》：「博聞強記，奇異卓犖。」

④ 《典》、《墳》：《三墳》、《五典》的略語。傳說五帝之書稱《五典》，三皇之書稱《三墳》。泛指各種書籍。

⑤ 謁明光：指入朝為官。明光，明光殿，漢代宮殿名。

⑥ 「奏對」句：司馬相如寫《子虛賦》、《上林賦》、《大人賦》，縱談天人之事。

⑦《長楊》：《長楊賦》，西漢揚雄所作。
⑧「周官」句：沈璟曾任曾任兵部職方司主事。
⑨「漢省」句：沈璟曾任吏部驗封司員外郎。
⑩左秘書：左思（約二五〇至三〇五），西晉文學家，曾任秘書郎，博學多才。
⑪潘河陽：潘岳（二四七至三〇〇），西晉文學家，曾任河陽縣令，以相貌俊美著稱。
⑫京洛：西晉的京城洛陽。
⑬六翮（音和）：謂鳥類雙翅中的正羽。用以指鳥的兩翼。《戰國策・楚策四》：「奮其六翮而凌清風，飄搖乎高翔。」
⑭詎（音巨）：豈，怎。
⑮夜未央：夜未半。《詩經・小雅・庭燎》：「夜如何其？夜未央。」朱熹集傳：「央，中也。」
⑯深衷：內心；衷情。南朝・宋・顏延之《五君詠・劉參軍》：「頌酒雖短章，深衷自此見。」
⑰攝衣：整飭衣裝。漢・王粲《七哀詩》之二：「獨夜不能寐，攝衣起撫琴。」絲桐：指琴。古人削桐為琴，練絲為弦，故稱。漢・王粲《七哀詩》之二：「絲桐感人情，為我發悲音。」
⑱洋洋：洋洋盈耳。《論語・泰伯》：「師摯之始，《關雎》之亂，洋洋乎，盈耳哉！」
⑲徽黃金：以黃金為琴徽。徽，琴弦音位標誌。
⑳清商：清商樂，亦名清商曲，隋唐時簡稱清樂。是三國、兩晉、南北朝興起並在當時音樂生活中占居主導地位的一種音樂。它是晉室南遷之後，舊有的相和歌和由南方民歌發展起來的「吳聲」、「西曲」相結合的產物，是相和歌的直接繼續和發展。
㉑羈思：羈旅之思。南朝・宋・鮑照《紹古辭》之三：「紛紛羈思盈，慊慊夜弦促。」
㉒遒（音求）：迫近。《楚辭・九辯》：「歲忽忽而遒盡兮，恐余壽之弗將。」

【簡析】

王驥德《曲律・雜論第三十九下》云：「松陵詞隱沈寧庵先生，諱璟。其于曲學、法律甚精，泛瀾極博。斤斤返古，力障狂瀾，中興之功，良不可沒。先生能詩，工行、草書。弱冠魁南宮，風標白皙如畫。仕由吏部郎轉丞光祿，值有忌者，遂屏跡郊居，放情詞曲，精心考索者垂三十年。雅善歌。與同里顧學憲道行先生，並畜聲伎，為香山、洛社之遊。所著詞曲甚富。」又云：「顧道行先生，亦美風儀，登第甚少。曾一就教吾越。以閩中督學使者棄官歸田。工書畫，侈姬侍，兼有顧曲之嗜。所畜家樂，皆自教之。」顧大典、沈璟二人是生平知音，並不僅限於曲學，這種美好的感情，在顧大典寫贈沈璟的這首詩中，得到了充分的展現。

屠隆（一五四二至一六〇五），字長卿、緯真，號赤水、鴻苞居士，浙江鄞縣人。萬曆五年（一五七七）進士，曾任潁上知縣，轉為青浦令，後遷禮部主事、郎中。為官清正，關心民瘼。作《荒政考》，極寫百姓災傷困厄之苦，「以告當世，貽後來」。萬曆十二年（一五八四）蒙受誣陷，削籍罷官。為人豪放好客，縱情詩酒，所結交者多海內名士。晚年，遨遊吳越間，尋山訪道，說空談玄，以賣文為生，悵悴而卒。有異才，落筆千言立就。作有傳奇《曇花記》、《修文記》、《彩毫記》三種。善詩文，有《棲真館集》、《白榆集》、《由拳集》、《鴻苞集》等。

仙人好樓居為梅禹金①

吾聞昆侖西海頭②，天然五城十二樓③。紫霧朝褰翡翠幕④，紅霞晚暎珊瑚鉤⑤。飆車鳳輦太上至⑥，盤囊錦帶阿環遊⑦。又聞扶桑碧水蓬萊閣⑧，雲封不用葳蕤鑰⑨。畫棟高憑影氣流，雕窗下嵌潮痕落。曾逢叔卿降班麐⑩，更見安期控黃鶴⑪。梅家復閣抱城隅⑫，縹緲不異仙人居。西窺倒影千家麗，東觀平林萬木疏⑬。壁掛雙龍雷氏劍⑭，架藏二酉鄴侯書⑮。別有亭台縈灌木⑯，新開池沼躍文魚⑰。丘壑位置一何宛⑱，煙霞掩護常不斷⑲。冷風戶外綠蓧齊⑳，微雨階前紫苔滿。座客每到傾金罍㉑，家童盡解吹玉管㉒。文章遮莫驚淋漓㉓，天地安能拘放誕㉔。有時頭戴芙蓉冠，越女吳姬同倚闌。自喜輕衫宜日永㉕，不禁繡帶怯春寒。房櫳芳樹矜條脫㉖，鈴索低花並木難㉗。閒來送目斜陽外，遠近河山青一帶。呼猿調鹿是生涯，度曲填詞銷磊塊㉘。陌上紅樓新部精㉙，《江東白苧》舊知名㉚。寧獨石城憐子夜㉛，真愁瑤島妒雙成㉜。君才之美絕鮑謝㉝，譚笑不在君卿下㉞。已知辭賦凌雲飛㉟，況復樓臺如罨畫㊱。朱顏白墮各有情㊲，南國西園兩無價㊳。人生憂樂苦相煎，百年如此真飛仙㊴。北不須走馬交河雪㊵，南何用驅車瘴海煙㊶。請看好花幾回鮮，請看明月幾回圓。登樓為歡及盛年，一朝回首便蕭然。

《棲真館集》卷三，萬曆十八年呂氏棲真館刻本

【注釋】

①梅禹金：梅鼎祚（一五四九至一六一五），字禹金，號勝樂道人，宣城（今屬安徽）人。少年即負詩名，與沈君典齊名。萬歷時大學士申時行推薦他做官，隱居不就。與湯顯祖交誼甚深，時常相互品評作品。作有傳奇《玉合記》等三種及雜劇《昆侖奴》。有《鹿裘石室集》。

②西海：青海湖。

③五城十二樓：傳說昆侖山正東，名曰昆侖宮。其處有積金，為天墉城，面方千里，城上安金台五所，玉樓十二。見舊題漢・東方朔《海內十洲記》。

④褰（音遷）：揭起。

⑤暎：古同「映」。

⑥飆車：傳說中御風而行的神車。漢・桓驎《西王母傳》：「（西王母）所居宮闕……其山之下，弱水九重，洪濤萬丈，非飆車羽輪不可到也。」鳳輦：仙人的車乘。晉・王嘉《拾遺記・周穆王》：「西王母乘翠鳳之輦而來。」太上：指周穆王。

⑦盤囊：繫在腰間的皮製囊袋，用以盛物。盤，通「鞶」。《晉書・良吏傳・鄧攸》：「〔鄧殷〕夢行水邊，見一女子，猛獸自後斷其盤囊。」阿環：西王母。

⑧扶桑碧水：舊題漢・東方朔《海內十洲記》云：「扶桑在碧海之中，地方萬里，上有太帝宮，太真東王父所治處。」蓬萊閣：海上仙山蓬萊的樓閣。

⑨葳蕤（音威蕊陽平）鑰：華美的鎖。元・伊世珍《嫏嬛記》卷下：「道士命侍者出，反閉金扉，以葳蕤鑰鎖之。」葳蕤，華美，豔麗。

⑩叔卿：衛叔卿，神話中的仙人，傳說漢武帝閒居殿上時，衛叔卿曾乘雲車駕白鹿來見。見《神仙傳》。班：同「斑」。麞（音君）：古同「麕」，指獐子。

⑪安期生：仙人。皇甫謐《高士傳》記載：「安期生者，琅琊人也，受學河上丈人，賣藥海邊，老而不仕，時人謂之千歲公。秦始皇東遊，請與語三日三夜，賜金璧直數千萬」。秦始皇離去後，安期生委棄金寶不顧，留書始皇：「後數年求我於蓬萊山。」始皇得信，「即遣使者徐市（音福）、盧生等數百人入海。未至蓬萊山，輒遇風波而還。」

⑫復閣：重疊的樓閣。王勃《寒夜懷友》詩之二：「復閣重樓向浦開，秋風明月度江來。」

⑬平林：一片樹林。

⑭雙龍雷氏劍：傳說三國吳未滅時，斗、牛二星之間常有紫氣。及吳平，紫氣愈明。豫章人雷煥妙達緯象，言紫氣為豫章豐城寶劍之精。尚書令張華即補雷煥為豐城令，密令尋之。煥至任，掘獄屋基，得雙劍，一曰龍泉，一曰太阿。其夕，紫氣不復見。及張華、雷煥死，兩劍化龍飛去。見《晉書・張華傳》。

⑮二酉：指大酉、小酉二山。在今湖南省沅陵縣北。二山皆有洞穴。相傳小酉山洞中有書千卷，秦人曾隱學於此。見《太平御

覽》卷四九引《荊州記》。後即以「二酉」稱豐富的藏書。唐・陸龜蒙《寄淮南鄭寶書記》詩：「五丁驅得神功盡，二酉搜來秘檢疏。」鄴侯書：唐朝李泌貞元三年，拜中書侍郎、同中書門下平章事，累封鄴縣侯，時人呼其「鄴侯」。其搜羅書勤，家富藏書，且多為書祖，比肩則寡。後以「鄴侯書」為藏書豐富的典實。宋・陳師道《謝傳監》詩：「平分太倉粟，盡讀鄴侯書。」

⑯ 榮：草木茂盛。

⑰ 文魚：文魚因其俯視觀賞形狀像漢字「文」而得名，又名紋魚，直接起源於草金魚。從明代金魚由池養進入盆、缸飼養後，花色逐漸增多，人們為了區別於其他種類的金魚，於是喚作「紋魚」，取其身上具有花紋之意。

⑱ 位置：佈置，安排，處置。宛：曲折。

⑲ 煙霞：煙霧，雲霞。南朝・齊・謝朓《擬宋玉》：「煙霞潤色，荃荑結芳。」

⑳ 綠蓧：翠綠的藤蔓。謝靈運《過始寧墅》：「白雲抱幽石，綠蓧媚清漣。」蓧，古同「條」。

㉑ 罍（音雷）：古代盛酒器。

㉒ 玉管：泛指管樂器。明・朱有燉《風月牡丹仙》第一折：「是誰將玉管吹，我這裡潛身在花下聽。」

㉓ 遮莫：儘管，任憑。亦作「遮末」。蘇軾《次韻答寶覺》：「芒鞋竹杖布行纏，遮莫千山更萬山。」

㉔ 放誕：放縱不羈，不守規範。杜甫《寄題江外草堂》：「我生性放誕，雅欲逃自然。」

㉕ 日永：日長。

㉖ 條脫：古代臂飾。呈螺旋形，上下兩頭左右可活動，以便緊鬆。一副兩個。李商隱《李夫人歌》：「蠻絲繫條脫，妍眼和香屑。」

㉗ 鈴索低花：傳說唐明皇之兄寧王愛花，命守園人繫鈴護花，蜂、鳥至則牽鈴索以驚之。見《開元天寶遺事》。木難：寶珠名，又寫作「莫難」。《文選》曹植《美女篇》：「明珠交玉體，珊瑚間木難。」李善注引《南越志》：「木難，金翅鳥沫所成碧色珠也。」

㉘ 度曲：按曲譜歌唱。填詞：元明以來曲劇，亦須按曲牌選用字詞，進行創作，故亦稱填詞。磊塊：石塊。亦泛指塊狀物。比喻鬱積在胸中的不平之氣。元・辛文房《唐才子傳・高蟾》：「其胸次磊塊，詩酒能為消破耳。」

㉙ 紅樓新部：指新的家樂。

㉚ 《江東白苧》：梁辰魚的散曲集。亦泛指崑曲。

㉛石城：在竟陵郡，今湖北省鍾祥市治。南朝樂府有《石城樂》。子夜：南朝樂府有《子夜》，相傳為東晉女子子夜所作，故名。後人更為《子夜四時歌》等。

㉜瑤島：傳說中的仙島。雙成：董雙成，傳說西王母侍女。煉丹宅中，丹成得道，自吹玉笙，駕鶴升仙。

㉝鮑謝：南朝詩人鮑照和謝朓的並稱。杜甫《遣興》詩之五：「賦詩何必多，往往凌鮑謝。」

㉞譚笑：談笑。君卿：漢人樓護，字君卿，齊人。《漢書・遊俠傳・樓護》：「為人短小精辯，論議常依名節，聽之者皆竦。與谷永俱為五侯上客，長安號曰：『谷子雲筆劄，樓君卿唇舌。』」後因用為善於辭令之典。

㉟辭賦凌雲飛：《史記・司馬相如列傳》：司馬相如奏《大人賦》，漢武帝大說，「飄飄然有凌雲之氣，似遊天地之間」。

㊱罨（音掩）畫：色彩鮮明的繪畫。元稹《劉阮妻》：「芙蓉脂肉綠雲鬟，罨畫樓臺青黛山。」

㊲朱顏：紅潤的面容，指美女。白墮：美酒別稱。北魏・楊炫之《洛陽伽藍記・法雲寺》：「河東人劉白墮善能釀酒。季夏六月，時暑赫晞，以甖貯酒，暴於日中。經一旬，其酒不動，飲之香美而醉，經月不醒。」後因以其名稱呼美酒。

㊳南國：指南方佳人。曹植《雜詩》之五：「南國有佳人，容華若桃李。」西園：即銅雀園，位於鄴都西郊，園中有銅雀台、芙蓉池等景觀，曹丕、曹植兄弟及孔融之外的六子常在那裡聚會遊宴，「酒酣耳熱，仰而賦詩」，因此他們的詩中也常提到西園。西園宴遊作為文人雅事，令後世文人豔羨不已。按「南國西園」承上句「朱顏白墮」。

㊴飛仙：飛仙原為古老神話中的西方之神，道教西方七宿星君四象之一。為二十八宿的西方七宿（奎、婁、胃、昴、畢、觜、參），其形象仙，位於西方，屬金，色白，總稱飛仙。此處泛指神仙。

㊵交河：古城名。在今新疆維吾爾自治區吐魯番西北約五公里處。曾為車師前王國都城、麴氏高昌交河郡、唐交河縣，後曾屬吐蕃、回鶻。元末城廢。

㊶瘴海：指南方海域。唐・翁綬《行路難》：「雙輪晚上銅梁雪，一葉春浮瘴海波。」

【簡析】

萬曆十五年（一五八七）冬，屠隆到宣城憑弔沈懋學墓，同時到梅鼎祚家作客。《棲真館集》卷十四《與梅禹金》云：「留連一月，半醉君家。」卷十五《與梅禹金》云：「道民客宛上，無所喜，獨喜得了十年饑渴足下之懷。」這首詩亦為此時所作。

詩篇極力渲染梅鼎祚樓居的美好景色和縹緲仙氣，以襯托主人公嘯傲煙霞的曠達情懷。在梅鼎祚的精神生活中，對於自然的親近和對於戲曲的愛好是同等重要的，所以他不僅喜愛「呼猿調鹿」，而且喜愛「度曲填詞」。梅鼎祚有家樂，家樂的水平不錯，「家童盡解吹玉管」，而管樂器伴奏是崑腔的一個特徵。詩中寫「《江東白苧》舊知名」，可見梅鼎祚家樂很早就會演唱崑曲，而且有一定知名度；又寫「陌上紅樓新部精」，可見家樂重新組合，精益求精，藝術水平更高了。在此之前，梅鼎祚的傳奇《章台柳玉合記》已經寫成並於萬曆十四年刻竣，今年又得到屠隆所作的序（參見徐朔方《梅鼎祚年譜》萬曆十四年、十五年），因此梅鼎祚家樂為屠隆演唱的崑曲之中，自然是包括《章台柳玉合記》的。

長安元夕聽武生吳歌①

出不願金絡青絲踏垂柳②，入不願繡箔雕楹對虛牖③。人生不聽武生歌，百歲流年空飲酒④。武生眉嫵橫春雲⑤，石家櫻桃何足論⑥。千人楚調誰堪和⑦，一曲吳歈總斷魂⑧。初疑絳河響流月⑨，再聽泠風舞回雪⑩。欲換故遲聲轉媚⑪，繁音已盡意不歇⑫。秦家公主吹欲低⑬，洞庭女兒悲乍咽⑭。鴛鴦漾水浸明霞⑮，蜻蜓暮飛紅蓼花⑯。有時娟娟入庭葉⑰，有時嫋嫋留空沙⑱。洛陽誤識金吾子⑲，片言不合翻然起。誰家王孫喚得來，對酒當歌月華紫⑳。生情生態世所無㉑，卻

令英雄才必死㉒。武生莫惜宛轉歌，為君大醉金叵羅㉓。朱顏皓齒今不樂㉔，白日黃河當奈何㉕

《白榆集》卷三，明萬曆龔堯惠刻本

【注釋】

① 長安：指明代首都北京。元夕：農曆正月十五日，舊稱上元，上元之夜稱元夕，即元宵。吳歌：吳地歌曲，此處指崑曲。

② 金絡青絲：馬的裝飾。漢樂府《陌上桑》：「青絲繫馬尾，黃金絡馬頭。」

③ 繡箔（音博）：繡簾。雕楹（音迎）：帶有彩繪的廳堂前柱。虛牖（音有）：空窗。

④ 流年：光陰，年華。因易逝如流水，故稱。

⑤ 眉嫵：雙眉嫵媚可愛。

⑥ 石家櫻桃：東晉列國後趙石虎寵愛優童鄭櫻桃。樂府有《鄭櫻桃歌》。

⑦ 千人楚調：指《下里巴人》。

⑧ 吳歈（音於）：吳地的歌曲。吳歈：春秋吳國的歌。後泛指吳地的歌。《楚辭・招魂》：「吳歈蔡謳，奏大呂些。」王逸注：「吳、蔡，國名也。歈、謳，皆歌也。」斷魂：銷魂神往，形容情深或哀傷。

⑨ 絳河：銀河。

⑩ 泠（音玲）風：小風，和風。

⑪ 欲換故遲：因為想轉換腔調，所以放慢了節奏。

⑫ 繁音：豐富的樂音。

⑬ 秦家公主：指秦穆公之女弄玉。

⑭ 洞庭女兒：指湘水女神娥皇、女英。悲乍咽：悲泣之聲剛剛轉為哽咽。

⑮ 淥（音錄）水：清池。明霞：燦爛的雲霞。

⑯蓼（音鳥）：草本植物，葉味辛香，花淡紅色或白色。
⑰娟娟：明媚美好的樣子。庭葉：庭前的樹葉。
⑱嫋嫋：聲音綿延不絕。空沙：空曠的沙灘。
⑲洛陽：代指繁華的大都市，也可能指明代的留都南京。金吾：執金吾，掌管京師治安的長官。
⑳月華：月光。
㉑生情生態：情感洋溢，姿態橫生。
㉒寸心死：猶言心折，衷心佩服。寸心，指心。心位於胸中方寸之地，故稱寸心。
㉓金叵（婆）羅：古代酒器。
㉔朱顏皓齒：紅潤的面容，潔白的牙齒。指少年時。
㉕白日黃河：指時光流逝。唐．王之渙《登鸛雀樓》：「白日依山盡，黃河入海流。」

【簡析】

本詩用形象的語言，通過銀河流月、泠風回雪、鴛鴦淥水、蜻蜓紅蓼等生動的比喻，描繪武生演唱時聽眾的感受，可見他演唱的崑曲聲情並茂，婉轉動聽，富有藝術感染力。這位藝術家不但技藝高超，在人格上也有值得稱道之處。他曾經「洛陽誤識金吾子」，但一旦發現其人不尊重自己，「片言不合翻然起」，表現了一位藝術家應有的風骨。

屠隆在北京任職的時間是萬曆十年（一五八二）冬至萬曆十二年（一五八四）十月（參見王永寬、王鋼《中國戲曲史編年．元明卷》，中州古籍出版社一九九四年版，第三五三、三五九頁），因此舉辦這次演唱活動的「元夕」只能是萬曆十一年（一五八三）元夕或萬曆十二年（一五八四）元夕。這是崑山腔流入北京的一條具體例證。

王驥德（一五四二至一六二三），字伯良、伯駿，號方諸生、秦樓外史，會稽（今浙江紹興）人。同當時戲曲家徐渭、沈璟、呂天成、湯顯祖等都有深厚友誼。家藏元劇數百種。自幼性嗜歌樂，遂精研詞曲。所作自成一家言。所作戲曲論著《曲律》，在古代戲曲批評史上佔有重要地位。戲曲作品今知有傳奇五種，現存《題紅記》一種。雜劇五種，現存《男王后》一種。還校注過王實甫的雜劇《西廂記》。散曲近人輯有《方諸館樂府》。

【榴花泣】散套

哭呂勤之①

吾友郁藍生呂勤之氏，翩翩佳公子也。賦資穎妙②，兼解曲理③，所賦豔詞④，流布海內，可數十種⑤，率斤斤功令⑥，稱松陵衣鉢高足⑦。與予交近二十年，以此道桴應⑧，抵掌無兩⑨。曩子入都時⑩，時治牘寒暄⑪。昨予以數行南訊，未至一日，而勤之卒矣⑫傷玉樓之中萎⑬，悵朱弦之絕和⑭，泫然雪涕⑮，不能已已⑯。勤之好詞⑰，遂以詞哭，俾焚之幾筵⑱，庶幾長歌當泣之指⑲。

【榴花泣】鍾期已逝⑳，有指不須彈。嗟流水共高山，破青琴只合付潺湲㉑，料知音再覓應難。風流呂安㉒，這些時哭殺嵇中散㉓。慘淒淒鶴怨猿驚㉔，恨悠悠天上人間㉕。

【錦纏道】你占詞壇，羨天生雕心繡肝㉖，小小筆堪餐㉗記留年㉘、賦他《神女》㉙，便富情瀾㉚。幾回家度新聲春生象板㉛，近年來譜閒情花滿金環㉜。露竹殺千竿㉝，題愁寫怨，淋漓濕未乾。誰不唱元郎曲㉞，俏才名早已遍長干。

【玉芙蓉】離歌掠繡鞍，別色淒金盞。陸西城分手，正值春殘。詩題粉扇桃花綻，詞染紅箋柳葉繁㉟。風蒲岸㊱，蕭蕭掛帆，做得個斷腸聲裡唱《陽關》㊲。

【古輪台】到長安㊳，三年雲樹隔稽山㊴。相思幾負看花限㊵，烏絲片簡㊶，北雪南飆㊷，不斷黃河飛雁㊸。忽吒離腸㊹，催成淚眼，不知書去慰加餐㊺。錢塘一晚，瞬息間已夢邯鄲㊻。翎催彩鳳，枝雕瓊樹，塵埋玉案㊼，回首鎮潸潸㊽。情千萬，賦成幾字血痕丹。

【尾聲】聊憑寄，驛使還㊾，待焚香向金爐一瓣㊿，怕魂在煙鬟片影寒(51)。

《方諸館樂府》，商務印書館一九四一年版

【注釋】

① 呂勤之：呂天成（一五八〇至？），字勤之，號棘津、郁藍生，浙江餘姚人。未四十歲而卒。同戲曲家沈璟、王驥德相友善，藝術觀點受到沈璟的影響。戲曲論著《曲品》保存了不少明代戲曲史料。又有《煙鬟閣傳奇》十五種、雜劇八種，今存雜劇《齊東絕倒》一種，署名竹癡居士。

②賦資：稟賦，天資。穎妙：聰穎，優良。
③曲理：曲的原理。
④豔詞：劇曲與散曲。
⑤可：大約。
⑥斤斤：聰明鑒察。《詩・周頌・執競》：「自彼成康，奄有四方，斤斤其明。」功令：古時國家考核和選用學官的法令。此處代指曲的格律。
⑦松陵：即沈璟。衣缽：佛教僧尼的袈裟和食品。中國禪宗初祖至五祖師徒間傳授道法，常付衣缽為信證，稱為衣缽相傳。後又泛指師傳的學問、技能等。高足：高才弟子。
⑧此道：指戲曲創作與研究。桴（音浮）應：即「桴鼓相應」。桴為鼓槌，與鼓總是相應的。比喻互相呼應。《漢書》七五《李尋傳》李尋對哀帝問：「順之以善政，則和氣可立致，猶枹（桴）鼓之相應也。」
⑨抵（音紙）掌：擊掌。謂談得投機。無兩：無雙，無比。
⑩曩（音囊）：往昔，從前。子：指呂天成。入都：去北京。
⑪治牘：寫信。寒暄：問候。
⑫「昨予以」三句：意謂：前不久我寫了幾行書信寄到南邊問候呂天成，信到的頭一天，呂天成去世了。
⑬玉樓：相傳為仙人住處。李商隱《李賀小傳》說，李賀將死時，有仙人降臨，對他說「帝成白玉樓，立召君為記」，少頃，李賀氣絕。後謂青年文人之死為玉樓赴召或玉樓修記，本此。中萎：中年凋落。
⑭朱弦：樂器上的紅色絲弦。絕和：因弦斷而不能和鳴，喻知音喪失。
⑮泫（音渲）然：水珠下滴的樣子。雪涕：拭淚。
⑯已已：休止。
⑰詞：此處指散曲。
⑱幾筵：祭祀死者的靈座。
⑲庶幾：也許可以。長歌當泣：放聲哀歌，以代哭泣。指：意指，意向。
⑳鍾期：即鍾子期。據《列子・湯問》，伯牙善鼓琴，鍾子期善聽。伯牙鼓琴，志在高山。鍾子期曰：「善哉，峨峨兮若泰山！」志在流水，鍾子期曰：「善哉，湯湯兮若江河！」伯牙所念，鍾子期必得之。子期死，伯牙謂世再無知音，乃破琴絕

弦，終身不復鼓。

㉑潺湲（音蟬元）：水流的樣子。

㉒呂安：三國時魏東平人。

㉓嵇中散：嵇康（二二三至二六二）。三國時魏譙郡人，字叔夜，為魏室宗婿，仕魏為中散大夫。與呂安為好友，同遭鍾會誣陷，而被司馬昭所殺。此處以呂安比呂天成，以嵇康自比。

㉔鶴怨猿驚：形容一種淒慘的氣氛。《文選》南朝・齊・孔稚圭《北山移文》：「蕙帳空兮夜鶴怨，山人去兮曉猿驚。」

㉕天上人間：李煜【浪淘沙】詞：「流水落花春去也，天上人間。」

㉖雕心繡肝：形容天資聰慧，構思精巧。

㉗小小筆堪餐：說呂天成文筆清秀，耐人玩味。陸機《羅敷豔歌》：「鮮膚一何潤，秀色若可餐。」

㉘韶年：美好的年華，指人的青春。

㉙《神女》：呂天成的傳奇《神女記》，為其年輕時所作。

㉚情瀾：情思。

㉛幾回家：幾回，幾次。度新聲：譜新曲。象板：象牙製的拍板。

㉜閒情：男女之情。

㉝「露竹」句：古代書寫於竹簡，書寫前先以火炙簡令汗，取其青易書，復不蠹，謂之殺青。見《後漢書》六四《吳祐傳》注。後泛指書籍定稿。

㉞元郎：指唐代詩人元稹。王安石《寄蔡天啟》詩：「或嗤元郎漫，或訾白翁囁。」此處用元稹比呂天成。

㉟紅箋：一種精美的小幅紅紙，多作名片、請柬或題詩詞用。

㊱風蒲：在風中搖曳的蒲葦。

㊲陽關：唐・王維《送元二使安西》詩：「渭城朝雨浥輕塵，客舍青青柳色新。勸君更盡一杯酒，西出陽關無故人。」配樂稱《陽關三疊》，又名《陽關曲》、《渭城曲》，送別時唱。

㊳長安：此處指當時的國都北京。

㊴稽（音擊）山：即會（音快）稽山，在浙江紹興東南。

㊵看花限：看花的日期。

㊶烏絲：即烏絲欄，於縑帛上下以烏絲織成欄，其間用朱墨界行。後來也稱有墨線格子的卷冊之類為烏絲欄。片簡：指竹簡。此處「烏絲片簡」，均指書信。

㊷飆（音標）：風。

㊸不斷黃河飛雁：指王驥德與呂天成一南一北，書信不斷。雁來去有定候，以帛繫雁足得以傳書，後因以「雁足」、「雁帛」、「雁書」等喻書信。

㊹吒（音乍）：悲痛。

㊺加餐：多進飲食。多用為勸人保重身體的客氣話。

㊻夢邯鄲：用唐・沈既濟《枕中記》的典故。這裡說呂天成已逝，恍若一夢。

㊼「翎催」三句：彩鳳的翎毛摧折，玉樹的枝葉凋零，玉案被塵土掩埋，都用以比喻呂天成的逝世。

㊽鎮：常，久。潸（音山）潸：流淚的樣子。

㊾驛使：驛站傳送文書的人。

㊿一瓣：即一炷。古代以焚香一瓣，表示對他人的敬仰，稱瓣香。

(51)煙鬟：呂天成閣名煙鬟閣，其傳奇總名《煙鬟閣傳奇》。

【簡析】

呂天成是晚明一位很有才華的戲曲作家和戲曲理論家。他的劇作流傳至今的雖只有《齊東絕倒》一種，卻是明人雜劇中的一部喜劇傑作。他的《曲品》，在戲曲批評史上也佔有重要的地位。可惜享年不永，年未四十便去世了。王驥德和他交往近二十年，相互引為知音，因此對他的去世尤為悲痛。這套散曲淋漓盡致地表達了這種感情。

汪道會（一五四四至一六一三），字仲嘉，歙縣（今屬安徽）人，汪道昆從弟。與道昆之弟道貫齊名，時稱「二仲」。明神宗借開礦大肆聚斂，宦官至新安，議伐塚夷居，人心惶懼。道會往力爭，使宦官散其黨還金陵。有《小山樓稿》。

煙條館聞歌①（五首選三）

其一

新詞不是古《梁州》②，別有江南《白苧》秋⑧。每到關情聲更咽④，圓勻一串出珠喉⑤。

【注釋】

① 煙條館：文徵明館名，在長洲（今江蘇蘇州）。文徵明（一四七〇至一五五九），明代著名書畫家，長洲人。
② 《梁州》：《梁州令》，一名《涼州令》唐教坊曲名，後用作詞牌名、曲牌名。
③ 《白苧》：《白苧歌》，樂府名，吳之舞曲，其詞盛稱舞者姿態之美，現存歌詞以晉之《白苧舞詞》為最早。此處「江南《白苧》」，指梁辰魚的散曲集《江東白苧》，亦泛指崑曲。
④ 關情：動情。
⑤ 「圓勻」句：比喻歌聲圓轉如珠，連續成串，白居易《寄明州于駙馬使君三絕句》之三：「何郎小妓歌喉好，嚴老呼為一串珠。」

【簡析】

文徵明及其子文彭、文嘉都是明代江南名士。在他們的煙條館裡能聽到崑曲的演唱，而且演唱十分悅耳動人。

其二

深院回廊小閣西，閣中齊唱《白銅鞮》①。不知和曲聲嘹亮，但訝華林鶯亂啼②。

【注釋】

①《白銅鞮》：即《白銅蹄》，梁時歌謠名。見《隋書·音樂志》上。

②華林：花林，開滿花的樹林。

【簡析】

由本詩可以看出，煙條館裡有一群家伎，而且她們演唱的技術是相當高明的。

其三

秦淮曲里聞應少①，吳苑台邊聽卻稀②，魏甫死來黃二老⑧，清音一派在蘭閨④。

《古今圖書集成·樂律典》第八十卷《歌部》

【注釋】

①秦淮：秦淮河，在南京，為歷代著名遊覽勝地。曲里：指妓院。
②吳苑：蘇州為春秋吳地，有宮闕苑囿之勝。後因以吳苑為蘇州的代稱。
③魏甫：魏良輔，戲曲音樂家。字尚泉，豫章（今江西南昌）人，寄居太倉（今屬江蘇省）。嘉靖年間在張野塘、過雲適等人協助下，對流行在崑山一帶的戲曲腔調進行整理加工，形成一種舒徐宛轉、以演唱傳奇劇本為主的「水磨腔」，即崑曲。黃二：黃問琴，崑曲演唱家。其老師鄧全拙，與魏良輔同時。可參見潘之恒《鸞嘯小品》卷三《曲派》。
④清音：清亮的樂音。蘭閨：芳香高雅的閨房。

【簡析】

魏良輔和黃問琴是著名的崑曲音樂家和演唱家，詩人稱讚煙條館家伎繼承了魏、黃的藝術傳統，達到了比社會上的藝人更高的水平。

吳夢暘（一五四六至一六二〇），字允兆，歸安（今浙江湖州）人。與同郡臧懋循、茅維、吳稼登並稱「四子」。有《射堂詩鈔》。

暑夜孝若攜妓飲長橋上①，同諸從踏月歌②

明月滿地寒如霜，踏歌出門氣揚揚③。登橋仰面天蒼茫，千峰萬峰掛女牆④。酒星客星為低昂⑤，老夫與好君相當。阿渾阿咸底復狂⑥，袒跣大叫呼索郎⑦。長須仡仡催行觴⑧，甘瓜碧藕壓酒漿⑨。其時妖冶誰為將⑩，黃衫蕩子青樓倡⑪。絳紗引出差飾妝⑫，氍毹狼藉脂澤薌⑬。嬌歌忽轉嫵媚娘⑭，《前溪》、《采菱》音旋亡⑮。入宮變徵吾未皇⑯，坐來白露塗衣裳。鬢毛刁騷肌骨涼⑰，烏棲月黑還洞房⑱。博山煙滅燈無光⑲，蟋蟀當戶逼人床。歡樂繼之慨以慷，悄然無寢夜未央⑳，徘徊中庭何所望。

《御選明詩》卷四十八，文淵閣四庫全書本

【注釋】

① 孝若：茅維（一五七六至一六四四後），字孝若，歸安（今浙江湖州）人，茅坤幼子。好奇策，以經世自負，曾上治安疏、足兵足餉二議，逾三萬言，終不用。還遭遇過被誣的訴訟。晚年以訪友、寫詩和作劇為娛，落拓不遜。與吳夢暘、臧懋循、吳稼

嶝並稱「吳興四子」。著述有《十賚堂甲集》、《十賚堂乙集》、《十賚堂丙集》、《凌霞閣內外編諸曲》等。

②諸從：古代同一宗族次於至親者稱「從」，如從父、從兄、從子等。王羲之有《諸從帖》。

③踏歌：一邊用腳打節拍，一邊唱歌。

④女牆：城牆上呈凹凸形的小牆。劉禹錫《石頭城》詩：「淮水東邊舊時月，夜深還過女牆來。」

⑤酒星：古星名。也稱酒旗星。漢・孔融《與曹操論酒禁書》：「天垂酒星之燿，地列酒泉之郡，人著旨酒之德。」李白《月下獨酌》詩之二：「天若不愛酒，酒星不在天。」客星：神話傳說，天河與海相通，每年八月有浮槎來往。有人乘槎至天界，並與牽牛晤談。返回後，至蜀，嚴君平 告之曰：某年月日有客星犯牽牛宿，計之，正是此人到天河之時。見晉・張華《博物志》卷十。後遂用以為典，亦以指客人。唐・羅鄴《行次》詩：「終日長程復短程，一山行盡一山春。路傍君子莫相笑，天上由來有客星。」

⑥阿渾：疑指王渾，「竹林七賢」之一王戎之父。阿咸：三國・魏・阮籍侄阮咸，有才名，後因稱侄為「阿咸」。底：底事，什麼事。

⑦袒跣（音坦顯）：袒胸赤足。白居易《不出門》詩：「披衣腰不帶，散髮頭不巾。袒跣北窗下，葛天之遺民。」

⑧仡仡（音一一）：壯勇貌。行觴：依次敬酒。

⑨壓酒漿：壓酒，米酒釀製將熟時，壓榨取酒。李白《金陵酒肆留別》詩：「風吹柳花滿店香，吳姬壓酒勸客嘗。」

⑩將：帶領。

⑪蕩子：指辭家遠出、羈旅忘返的男子。《古詩十九首・青青河畔草》：「蕩子行不歸，空床難獨守。」

⑫絳紗：紅紗。

⑬氍毹（音瞿書）：一種織有花紋圖案的毛毯。古代產於西域。可用作地毯、壁毯、床毯、簾幕等。舊時，居家演劇用紅氍毹鋪地，因而又用為歌舞場、舞臺的代稱。脂澤：脂粉、香膏等化妝品。薌：同「香」。

⑭轉：同「囀」。

⑮《前溪》：樂府吳聲舞曲。《采菱》：樂府清商曲名。

⑯入宮變徵（音止）：音調轉換。古代五音為宮、商、角、徵、羽。皇：通「惶」。

⑰刁騷：頭髮稀落貌。歐陽修《齋宮尚有殘雪，思作學士時攝事於此，嘗有〈聞鶯詩〉寄原父，因而有感》詩之三：「休把青銅照雙鬢，君謨今已白刁騷。」

⑱ 洞房：深邃的內室。
⑲ 博山：博山爐，香爐。
⑳ 夜未央：夜未半。《詩經・小雅・庭燎》：「夜如何其？夜未央。」朱熹集傳：「央，中也。」

【簡析】

吳夢暘、茅維等人暑夜攜妓飲於長橋，踏月而歌，歌的是崑曲。

武康到湖州這一帶是古時的歌舞之鄉，南朝隋唐的江南舞樂多出於此，《前溪曲》即為其中之一。時至晚明，在新興的崑曲的衝擊下，古曲已經銷聲匿跡，而且這些歌者、聽眾對於崑曲那麼喜愛，唱之不足，聽之不厭，甚至有點狂熱，這真是崑曲傳播史上令人興奮的景象。

汪景淳室聽伎①，同晉叔、諸德祖賦四首②

客有秦青技最工③，頓令心賞發絲桐④。銷人舊恨過於酒，不待尊前一曲終。

無如此地度今宵，勝友名娼恣意招⑤。翻怪繞簷千個竹⑥，豔歌強半入蕭蕭⑦。

鄰娃門巷柳行齊，不管藏烏夜夜啼。年及破瓜歡未別⑧，歌聲偏引翠眉低⑨。

新聲幾度變江南，四部煙花可盡探⑩。忽憶秋娘弦索手⑪，北風孤雁淚空彈。

《射堂詩抄》卷十三，明刻本

【注釋】

①汪景淳：汪宗孝，字景純，一作景淳，原籍徽州歙縣。早年為諸生，又習武，精於拳術和輕功。後遷揚州，經營鹽業，發家後移住南京。負俠氣，憂時慷慨，期毀家以紓國難，又好畜古書畫鼎彝之屬。名姬孫瑤華依之。

②晉叔：即臧懋循，見臧懋循詩作者介紹。諸德祖：諸念修，字德祖，華亭（今上海松江）人，與董其昌、陳繼儒同時，時常往來。他是一位能書善畫的隱士，董其昌曾為其作《諸德祖像贊》。

③秦青：古代著名歌者。《列子・湯問》記載秦青曾收薛譚為徒。薛譚未盡得其藝欲辭歸。秦青送行至郊外別時引吭高歌聲震林木響遏行雲。薛譚聞之大驚乃放棄回歸之念。

④絲桐：指琴。古人削桐為琴，練絲為弦，故稱。漢・王粲《七哀詩》之二：「絲桐感人情，為我發悲音。」

⑤勝友：良友。王勃《秋日登洪府滕王閣餞別序》：「十旬休暇，勝友如雲。」

⑥千個竹：陸游《次韻范參政書懷》詩：「故廬手種竹千個，醉帽時簪花一枝。」

⑦強半：大半；過半。

⑧破瓜：舊時文人拆「瓜」字為二八以紀年，謂十六歲，詩文中多用於女子。歡：喜愛，亦指所喜愛的人。

⑨翠眉：綠眉，專指女子的眉毛。杜甫《江月》詩：「誰家挑錦字？燭滅翠眉顰。」

⑩四部煙花：泛指樂部。唐時驃國樂工編製，分為四部。《新唐書・南蠻傳下・驃》：「凡樂三十，工百九十六人，分四部：一、龜茲部，二、大鼓部，三、胡部，四、軍樂部。」

⑪秋娘：杜秋娘，唐代金陵歌姬，杜牧有《杜秋娘》詩。

【簡析】

汪宗孝是徽州鹽商，生性豪爽，又有名姬孫瑤華相伴，因此家中崑曲演出是經常的，吳夢暘、臧懋循、諸念修等人在此欣賞表演，得到極大的藝術享受。

「新聲幾度變江南」，是說江南的戲曲聲腔多次變化，現在是崑曲興盛的時代。「銷人舊恨過於酒」，是說崑曲具有獨特的藝術魅力，比美酒還要更加令人陶醉。

梅鼎祚（一五四九至一六一五），字禹金，號勝樂道人，宣城（今屬安徽）人。少年即負詩名，與沈懋學齊名。萬曆時大學士申時行推薦他做官，隱居不就。與汪道昆、屠隆、湯顯祖等人交誼甚深，時常相互品評作品。作有傳奇《章台柳玉合記》等三種及雜劇《昆侖奴》。有《鹿裘石室集》。

酬屠長卿序《章台》傳奇①，因過新都寄汪司馬②

我不解楚竹③，又不好秦箏④，驚心動魄置何所⑤，別有肉譜縱且橫⑥。金元樂府差快意⑦，吳越新聲橫得名⑧。少年填詞頗合作⑨，家部尚有清商樂⑩。坐轉金星不夜城⑪，偷傳璧月臨春閣⑫。最愛章台楊柳枝⑬，飛絮飛花能爾奇。么篇親度成珠串⑭，隻字爭誇是色絲⑮。此道難知復難遇⑯，世間耳食紛無數⑰。苦少寧逢都尉增⑱，分明翻被周郎顧⑲。東海屠君天下才，把筆大叫序《章台》。謬許曲中和律呂⑳，忽看指下走風雷。風雷君合為霖雨，剪雪裁雲但嫵嫵㉑。我故錚錚百煉剛，柔情化作俳優伍㉒。嗚呼！我不學梁鴻五噫歌出關㉓，君毋如予幼勞歲歌南山㉔。即今此傳風流更奇俠㉕，便歌對酒呼雙鬟㉖。新都司馬亦見賞，與君暫代五湖長㉗。嫖姚倘召出禁中㉘，鼓吹還期歌塞上㉙。

《鹿裘石室集》卷七，明天啟三年玄白堂刻本

【注釋】

① 屠長卿：即屠隆，見前屠隆詩作者介紹。《章台》傳奇：梅鼎祚所作傳奇《章台柳玉合記》，演唐代才子韓翃、名姬柳氏在動亂歲月中的悲歡離合故事，歌頌堅貞的愛情，取材於唐・許堯佐《柳氏傳》。

② 新都：徽州，古曾為新都郡。汪司馬：即汪道昆，歙縣（今屬安徽）人，見前汪道昆詩作者介紹。

③ 楚竹：湘妃竹，亦稱斑竹。亦借指楚竹製的管樂器，或用其吹奏之曲。唐・孟郊《楚竹吟酬盧虔端公見和湘弦怨》詩：「握中有新聲，楚竹人未聞。識音者謂誰？清夜吹贈君。」

④ 秦箏：古箏，發源於秦地，故名。宋・晏殊《殢人嬌》：「楚竹驚鸞，秦箏起雁。」

⑤ 驚心動魄：使人神魂震驚。原指文辭優美，意境深遠，使人感受極深，震動極大。南朝・梁・鍾嶸《詩品》卷上：「文溫以麗，意悲而遠，驚心動魄，可謂幾乎一字千金。」

⑥ 肉譜：指戲曲。肉，指從口中發出的歌聲，相對樂器之聲而言。

⑦ 金元樂府：指元雜劇。

⑧ 吳越新聲：指崑曲。

⑨ 填詞：元明以來曲劇，亦須按曲牌選用字詞，進行創作，故亦稱填詞。合作：謂書畫詩文等合於法度。南朝・齊・謝赫《古畫品錄・陸杲》：「體致不凡，跨邁流俗，時有合作，往往出人。」

⑩ 清商樂：亦名清商曲，隋唐時簡稱清樂。是三國、兩晉、南北朝興起並在當時音樂生活中占居主導地位的一種音樂。它是晉室南遷之後，舊有的相和歌和由南方民歌發展起來的「吳聲」、「西曲」相結合的產物，是相和歌的直接繼續和發展。此處指家樂。

⑪不夜城：相傳「古有日夜出，見於東萊。故萊子立此城，以『不夜』為名」（見《漢書・地理志》注引《齊地記》）。故址在今山東榮成北。西漢置縣，東漢廢。

⑫臨春閣：南朝陳後主至德二年，起臨春、結綺、望仙三閣，閣高數丈，並數十間，窗牖、壁帶之類皆以沉檀香木為之，飾以金玉，間以珠翠，其服玩之屬，瑰奇珍麗，窮極奢華，近古所未有。後主自居臨春閣，張貴妃居結綺閣，龔孔二貴嬪居望仙閣，並復道交相往來。見《陳書・皇后傳・後主張貴妃》。

⑬「最愛」句：指唐・許堯佐《柳氏傳》故事。章台，西漢長安城街名，當時妓院集中之處，後人以之代指妓院等場所。《柳氏傳》記韓翃贈柳氏詩：「章台柳，章台柳！昔日青青今在否？縱使長條似舊垂，也應攀折他人手。」

⑭「么篇」句：指戲曲的整體結構。么篇，北曲中連續使用同一曲牌時，後面各曲不再標出曲牌名，而寫作「么篇」或「么」。關漢卿《望江亭》第三折楊衙內白：「酒勾了也，小娘子休唱前篇，只唱么篇。」珠串：比喻歌聲連貫圓潤。唐・李商隱《擬意》詩：「銀河撲醉眼，珠串咽歌喉。」

⑮「隻字」句：指戲曲的曲詞創作。色絲，即絕妙好辭。《世說新語・捷悟》記楊修解《曹娥碑》背「黃絹幼婦，外孫齏臼」題詞時說：「黃絹，色絲也，於字為絕。幼婦，少女也，於字為妙。外孫，女子也，於字為好。齏臼，受辛也，於字為辭。所謂絕妙好辭也。」

⑯此道：指戲曲創作之道。

⑰耳食：比喻不加省察，人云亦云。《史記・六國年表序》：「學者牽於所聞，見秦在帝位日淺，不察其終始，因舉而笑之，不敢道，此與以耳食無異。」司馬貞索隱：「言俗學淺識，舉而笑秦，此猶耳食不能知味也。」

⑱都尉：指西漢趙過，曾任搜粟都尉，使粟的產量大增。

⑲周郎：周瑜精通音樂，能夠指出演奏者的錯誤。《三國志・吳志・周瑜傳》：「瑜少精意於音樂，雖三爵之後，其有闕誤，瑜必知之，知之必顧。故時人謠曰：『曲有誤，周郎顧。』」後來用「顧曲周郎」指代音樂行家。

⑳律呂：中國古代樂制十二律，六律六呂，合稱律呂。

㉑嫵嫵：姿態美好可愛。

㉒「我故」二句：本晉・劉琨《重贈盧諶》「何意百煉剛，化為繞指柔」詩意。俳優，古代以樂舞作諧戲的藝人，後用以指戲曲演員。

㉓梁鴻五噫歌：梁鴻（生卒年不詳），字伯鸞，東漢右扶風平陵縣（今陝西省咸陽市西北）人。家貧博學，曾牧豬於上林苑中，

後與妻子隱居霸陵山，以耕織為業。因事路過洛陽，見宮室富麗，於是寫下《五噫歌》，抨擊統治者的奢侈，感歎百姓的勞苦。漢章帝讀了《五噫歌》後，非常不滿，梁鴻只得更名換姓，避居齊魯。後來前往吳地，居於廊下，替人舂米。每當梁鴻回到家中，其妻舉案其眉，奉上飯食，表示敬愛，後世傳為佳話。見《後漢書・梁鴻傳》。

㉔子幼：楊惲（？至前四五），字子幼，西漢華陰（今屬陝西）人，司馬遷外孫。勞歲歌南山：楊惲《拊缶歌》：「田彼南山，蕪穢不治，種一頃豆，落而為萁。人生行樂耳，須富貴何時。」沈德潛《古詩源》卷二：「以力田之無年，比仕宦之失志。」

㉕此傳：指《章台柳玉合記》。

㉖雙鬟：古代年輕女子的兩個環形髮髻。指婢女。

㉗五湖長：隱居之意，用范蠡泛遊五湖典故，汪道昆有《五湖遊》雜劇。

㉘嫖姚：勁疾貌。漢霍去病曾為嫖姚校尉。禁中：帝王所居宮內，也作「禁內」。

㉙「鼓吹」句：指奏凱還朝。南朝・梁・曹景宗《光華殿侍宴賦競病韻》：「去時兒女悲，歸來笳鼓競。借問行路人，何如霍去病。」

【簡析】

屠隆為梅鼎祚傳奇《章台柳玉合記》作序，稱「其詞麗而婉，其調響而俊，既不悖於雅音，復不離其本色」。看到這篇序文，梅鼎祚非常興奮，他在《答屠長卿》一信中說：「得大序，從枕上躍起。頌之，正如上清仙史攜烏龍女子唱《朝元引》，雖極纖豔，翏翏泠泠，自當知鈞天樂部也。鼎祚腥膻之口，既作饞劌，塵土之耳，頓聞妙音。亦是遇真緣合耳，良幸良幸！」（《鹿裘石室集》書牘卷二，明天啟三年玄白堂刻本）這首詩表達的，也是同樣的心情。

詩中歷敘自幼喜愛戲曲，熟讀元雜劇劇本，精研崑曲，並且畜有家班，因此從事戲曲創作具有比較全面的基礎。作者自認為《章台柳玉合記》不僅故事情節曲折動人，文采斐然，而且音律諧和，不是單純的案頭之作。這說明作者對自己的戲曲創作是充滿自信的。

梅鼎祚本人未能步入仕途，而屠隆仕途也不順暢，因此胸中難免有一種不平之意，但詩人很快借陶醉戲曲加以化解，以求得心理上的平衡。

頓姬坐追談正德南巡事①

頓之先有頓仁彈琵琶及角妓王寶奴俱見幸②

武帝時巡蹕舊京③，煙花南部屬車行④。更衣別置宮楊繞⑤，蹴鞠新場禦草平⑥。遍選檀槽催鳳拍⑦，忽傳金彈逐鶯聲⑧。寶奴老去優仁遠，坊曲今誰記姓名⑨？

《列朝詩集》丁十五，清順治九年毛氏汲古閣本

【注釋】

①頓姬：頓文，字小文，明末南京名妓。其祖父頓仁，為琵琶名手、南教坊北曲樂工。

②角妓：藝妓。王寶奴：清徐釚《本事詩》：「笑奴號眉山，武宗駐蹕金陵，選教妨司樂妓十人備供奉，寶奴為首，資容瑰麗出眾。」

③武帝：明武宗朱厚照，一五〇六至一五二一年在位，年號正德。蹕（音必）：古代帝王出行時，禁止行人以清道。後因指帝王的車駕或行幸之處。舊京：南京。明太祖時建都南京，明成祖時遷都北京，南京稱為舊京。

④車行：車駕行列。

⑤更衣：換衣休息之處。
⑥蹴鞠（音促居）：踢球。
⑦檀槽：用檀木做成的琵琶、琴等絃樂器上架弦的格子。也指檀木製成的絃樂器，如琵琶等。鳳拍：雕鳳的拍板。
⑧金彈：打鳥的彈子。
⑨坊曲：小街曲巷。指妓院。

【簡析】

由本詩可以看出，正德年間武宗南巡，南京教坊的演出活動比較多，其影響一直延續到後來，所以多年之後頓姫等人對此仍然津津樂道。其後余懷《板橋雜記》上卷「雅遊」說：「教坊梨園，單傳法部，乃威武南巡所遺也」，也說明了這種情況。南京戲曲演出的活躍，為崑曲的流傳提供了理想的環境。

鄒迪光（一五五〇至一六二六），字彥吉，號愚谷，無錫（今屬江蘇）人。萬曆二年（一五七四）進士，官至湖廣提學副使。與湯顯祖等人交往。中年罷官後，築室錫山，多與文士觴詠，徵歌度曲。其家班有名，潘之恒在談到當時著名演員時就曾提到「鄒班之小潘」。有《郁儀樓集》、《調象庵稿》、《石語齋集》等。

正月十六夜集友人於一指堂①，觀演崑崙奴、紅線故事②，分得十四寒

劇演仙英解送歡③，當場爭吐壯心看。青衣竊玉能飛劍④，紅粉銷兵似弄丸⑤。
二八蟾光浮瑞兔⑥，十三鵾柱奏哀鸞⑦。燈輪未熄陽春滿⑧，不待靈犀可辟寒⑨。

《石語齋集》卷九，明刻本

【注釋】

①一指堂：鄒廸光堂名。
②崑崙奴、紅線故事：指明更生子所作傳奇《雙紅記》，係捏合唐裴鉶傳奇《崑崙奴傳》、袁郊傳奇《紅線傳》的故事而成。明沈德符《顧曲雜言》云：「梁伯龍有《紅線》、《紅綃》兩雜劇，今被俗優合為一大本南曲。」殆指此。
③仙英：此處指俠義英雄。
④「青衣」句：書生崔千牛與某巨公家的歌妓紅綃產生了愛情，有異術的崑崙奴磨勒以鐵椎擊殺巨公家猛犬，幫助紅綃出奔，成全了他們的愛情。青衣：自漢以後以青衣為卑賤者之服，故稱奴婢為青衣。竊玉：指崑崙奴從巨公府中背出紅綃。
⑤「紅粉」句：魏博節度使田承嗣想吞併潞州，潞州節度使薛嵩青衣紅綫夜至魏郡，潛入田寢所，竊金合出。嵩發使遺承嗣書，以金合授之。承嗣恐而罷兵。紅粉：婦女化妝用的胭脂與白粉，也代指美女。銷兵：退兵。弄丸：古雜技名。取眾丸投空，以手相接，使不墮地。此處形容紅線退敵兵舉重若輕，毫不費力。
⑥二八：指十六日。蟾光：月光。瑞兔：即玉兔，月亮。
⑦十三鵾柱：指琵琶。琵琶十三弦，以鵾雞筋為之，縛於柱。哀鸞：悲壯的樂聲。
⑧燈輪：元宵節的一種華燈。陽春：此處一語雙關。一指樂聲高雅，即《陽春白雪》，二指溫暖的春天。
⑨靈犀可辟寒：傳說有一種犀角，置於室中，可辟寒氣。

【簡析】

鄒迪光罷官，正當年富力強的時候。從此他就寓居惠山，除了園林、吟詠以外，戲曲就是他最大的嗜好。他的家班也很有名，當時潘之恒就說「鄒班之小潘」是當時著名的演員（見《鸞嘯小品》卷二《與楊超超評劇五則》）。這首詩和以下二首就反映了鄒迪光和他的家班的戲曲活動。這在當時士大夫中是有代表性的。

冬夜與顧仲默諸君小集①，看演《神鏡》傳奇②，次仲默韻

鳳蠟高曉照夜多③，不煩清影到嫦娥④。七盤擎出巴渝舞⑤，雙板敲成《敕勒歌》⑥。豈意紅顏能報主⑦，也知粉黛可降魔。硨磲競嚼雄心起⑧，擊裂珊瑚奈若何⑨。

《石語齋集》卷十，明刻本

【注釋】

① 顧仲默：作者友人。
② 《神鏡》：傳奇《神鏡記》，明呂天成作，本唐．裴鉶傳奇《聶隱娘傳》，中金生以神鏡為媒介，與聶隱娘結合。
③ 鳳蠟：飾有鳳凰圖案的長蠟。

④嫦娥：月亮。
⑤七盤：古舞名。見《通典》一四五《樂》五。巴渝舞：古舞名。相傳劉邦初為漢王，得巴渝人，矯捷善鬥，協助劉邦滅楚，因存其武樂，名《巴渝舞》。見《晉書・樂志》上、《宋書・樂志》一。
⑥《敕勒歌》：北朝樂府詩名，為東魏・斛律金所唱，見《樂府詩集》八六《雜歌謠辭》。
⑦紅顏：女子豔麗的容貌。也代指美麗女子。
⑧硨磲（音車渠）：次玉的美石。「硨磲競嚼」即「嚼玉」之意。宋・楊萬里《懷古節前小梅漸開》：「相看姑置人間事，嚼玉餐香咽一杯。」
⑨擊裂珊瑚：形容非常興奮的樣子。宋・謝翱《鐵如意》詩：「其一起楚舞，一起作楚歌。雙執鐵如意，擊碎珊瑚柯。」

【簡析】

呂天成創作的《神鏡記》傳奇在當時演出記錄很少，鄒迪光家班居然也能演出，可見家班主人興趣廣泛，而家班教師和演員的實力也非同一般。

酒未闌而范長白忽乘夜過唁①，復爾開尊②，演霍小玉《紫釵》③，不覺達曙④，和覺父韻⑤

急管繁弦聲正哀⑥，翩翩有客夜深來。燈殘再將生花燭，酒涸重拈泣蟻杯⑦。
分燕此時憐玉鏡⑧，調鸞何處望瓊台⑨。主人好客能申旦⑩，那怕城闉漏箭催⑪。

《石語齋集》卷十，明刻本

【注釋】

①闌：終。范長白：范允臨（一五五八至一六四一），字至之，別號長倩，又號長白先生。南直隸蘇州府吳縣（今屬江蘇）人。范仲淹十七世孫。萬曆二十三年（一五九五）進士，官至福建參議。允臨少年失怙，終日勤奮讀書。後家道中落，及壯入贅於吳門徐時泰。夫人徐媛，少工書，善古文，亦工詩翰。伉儷情篤，倡和成集《絡緯吟》。工書畫，時與董其昌齊名。歸築室蘇州天平山，全家遷居，流連詞文，常與好友遨遊於山水之間，不復在意功名。有《輸寥館集》。其家樂也很有名。

②開尊：開宴。

③霍小玉《紫釵》：湯顯祖傳奇《紫釵記》，霍小玉是其女主角。

④達曙：到天亮。

⑤覺父：未詳。

⑥急管繁弦：形容樂曲節拍急促，音色豐富。

⑦泣蟻：猶言「浮蟻」，浮於酒面上的泡沫，後用作酒的代稱。

⑧分燕：夫妻分別。《玉台新詠》九《古詞・東飛伯勞歌》有「東飛伯勞西飛燕」句，後因稱離別為「勞燕分飛」，亦稱「分飛」。此處「分燕」意同。憐玉鏡：對玉鏡而自憐，言因相思而容顏消瘦。

⑨調鸞：調和鸞鳳，比喻夫妻重圓。瓊台：華美的樓臺。本句暗用弄玉、簫史典故。以上二句寫霍小玉與李益分別後相思的痛苦。

⑩中旦：通宵達旦。

⑪城闉（音因）：城曲重門。漏箭：漏壺的部件，刻節文，隨水浮沉以計時。也泛指時間。

【簡析】

鄒迪光對湯顯祖十分推崇，他為湯顯祖所寫的《傳》中說：「若《紫簫》（按應為《紫釵》）、二《夢》、《還魂》諸劇，實駕元人而上。」這首詩寫的就是他觀看《紫釵記》的感想。

八月十五夜虎丘坐月①（三首選一）

層巒紫霧散②，重阿綠雨歇③。天衢淨無翳④，濯濯吐華月⑤柔颸遞薄爽⑥，衣袂時一揭⑦。摩肩客麇集⑧，前後相凌越⑨。引履何錯蹂⑩，蒸氣亦勃窣⑪。鵝管東西沸⑫，歌唇南北發⑬。列隊非有期⑭，尋響如效答⑮。時時遏雲遊⑯，往往振木末⑰。石澗瀉麯涎⑱，苔蘚雜肴核⑲。延賞寧一途？人各適其適⑳。吾儕志清燕㉑，謔浪匪所愲㉒。隨俗且為之，取樂在倉卒㉓。

《調象庵稿》卷四，明刻本

【注釋】

①虎丘：原名海湧山，在蘇州市西北閶門外。據《史記》載，吳王闔閭葬於此，傳說葬後三日有「白虎蹲其上」，故名。
②層巒：層疊的山巒。
③重阿：重疊的丘陵。
④天衢：天路。衢，四通八達的大路。翳（音義）：遮蔽物。
⑤濯（音濁）濯：光明的樣子。華月：明媚的月亮。
⑥柔颸（音思）：輕柔的風。遞：傳送。薄爽：微微的涼爽。
⑦衣袂（音妹）：衣袖。揭：因風吹而掀起。
⑧摩肩：擦肩。麇（音迷）集：聚集。
⑨凌越：超越。

⑩引履：穿鞋，指腳步。錯蹂：交錯蹂雜。
⑪蒸氣：因人群擁擠而熱氣騰騰。勃窣（音素）：旺盛。
⑫鵝管：笙上之管，以玉為之，其狀如鵝管。唐・李賀《天上謠》：「王子吹笙鵝管長。」王子，謂仙人王子喬。沸：喧騰。
⑬歌唇：此處指唱曲聲。
⑭「列隊」句：此句言人們在月下列隊而坐，卻並非事先有約定。
⑮尋響：尋找響聲。效答：作出應答之聲。晉・傅咸《鸚鵡賦》：「披丹唇以授音，亦尋響而應聲。」這裡說的是歌聲此唱彼和。
⑯遏雲遊：用「響遏行雲」的典故。《列子・湯問》記載秦青曾收薛譚為徒。薛譚未盡得其藝欲辭歸。秦青送行至郊外別時引吭高歌聲震林木響遏行雲。薛譚聞之大驚乃放棄回歸之念。
⑰振木末：歌聲悠揚，使樹梢也受到振動。《列子・湯問》：「聲振林木，響遏行雲。」
⑱麯涎：酒。麯，酒母。本句由歐陽修《醉翁亭記》「釀泉為酒，泉香而酒洌」句化出。
⑲肴核：肉類果類食品。本句由《醉翁亭記》「山肴野蔌，雜然而前陳」句化出。
⑳「延賞」二句：賞心悅目難道只有一種途徑嗎？人們不過是從對自己合適的樂事中感覺到適意罷了。
㉑吾儕：我輩，我們這類人。杜甫《宴胡侍御書堂》詩：「今夜文星動，吾儕醉不歸。」清燕：清靜的宴飲。
㉒謔（音血）浪：戲謔放蕩。匪：即「非」。愲（音古）：心亂。
㉓倉卒：匆促。此處為短暫意，謂暫且取樂。

【簡析】

明代隆慶、萬曆年間，崑曲的興盛達到了高峰。崑曲藝術之所以能取得這樣巨大的成功，是因為它紮根於群眾之中；得到群眾廣泛的喜愛與支持，並進而與群眾性的娛樂活動緊密結合在一起。每年中秋節蘇州虎丘山上的唱曲大會，就是最生動的證明。對於虎丘山的唱曲活動，袁宏道的《虎丘》一文，張岱的《虎丘中秋夜》一文，都有詳盡的描述。鄒迪光則用詩的語言把這種盛況描繪出來，也非常生動，給讀者留下了難忘的印象。

余閱搬演《曇花》傳奇而有悟①，立散兩部梨園②，將於空門置力焉③，示曲師朱輪六首（選三）

千金教舞百金歌，《激楚》、《陽阿》奈若何④。嘗鼎未多先屬饜⑤，桃花一夜付流波。

【注釋】

① 《曇花》：屠隆所作傳奇，故事是：唐朝木清泰原為西天散聖焦鏡園，因微過謫於人間。安祿山造反，木清泰和郭子儀剪滅妖氛，論功進爵，木清泰被封定興王，享盡人間富貴。西天佛祖恐其貪圖享樂，迷失本性，命如來大弟子賓頭盧、蓬萊仙客山玄卿下凡點化，早還淨土。木清泰受兩仙指點，拋卻富貴，隨兩師雲遊，遍歷人間疾苦，上遊天堂，下入地府，東泛蓬萊，西觀佛國，諸境既歷，道念彌堅。木清泰臨走時在曇花閣下折下一枝曇花插在庭前，謂夫人曰：成道之日，相見之時，曇花必開，後曇花重現，一門相見，同證道統。

② 梨園：唐代訓練樂工的機構。《新唐書・禮樂志》：「玄宗既知音律，又酷愛法曲，選坐部伎子弟三百，教於梨園。聲有誤者，帝必覺而正之，號皇帝梨園弟子。」梨園的主要職責是訓練樂器演奏人員，與專司禮樂的太常寺和充任串演歌舞散樂的內外教坊鼎足而三。後世遂將戲曲演出場所稱梨園，戲曲演員稱為梨園弟子。

③ 空門：佛教的總名，因佛教闡揚空的道理，並以空法作為進入涅盤之門。

④ 《激楚》：曲名。《楚辭・招魂》：「宮廷震驚，發《激楚》些。」《陽阿》：舞名。《淮南子・俶真訓》：「足蹀《陽阿》之舞。」東漢・孔融《薦禰衡表》：「《激楚》、《陽阿》，至妙之容，掌技者之所貪。」

⑤ 「嘗鼎」句：嘗鼎一臠（音欒），嘗鼎裡一片肉，就可以知道整個鼎裡的肉味。《呂氏春秋・察今》：「嘗一脟肉而知一鑊之味，一鼎之調。」鼎：古代炊具，三足兩耳。臠：切成塊的肉。饜（音厭），食飽。

【簡析】

這一首說自己曾經花費極大代價，教授家班演員歌舞。對於戲曲表演，自己看了不少，可以說是嘗鼎一臠，對其中滋味已經領略，因此產生了困倦之意。

長將舊譜定新詞，教得延年絕代奇①。擲盡豪華不復問，回身竺國禮摩尼②。

【注釋】

①延年：李延年，漢武帝寵姬李夫人之兄，曾任協律都尉。《漢書．外戚傳》稱其「性知音，善歌舞，武帝愛之。每為新聲變曲，聞者莫不感動」。

②竺國：天竺。古印度的別稱。摩尼：摩尼珠，又名如意珠，一般用以譬喻法與佛德，及表徵經典之功德。

【簡析】

這一首說自己長期以來曾經花費許多精力，為曲譜填寫新詞，精心指導，培養出了出類拔萃的歌者。現在準備放下這一切，全心全意地精研佛學了。

掛冠歸隱鬢猶玄①，絲竹東山二十年②。世事真同傀儡戲③，何如天外領鈞天④。

《調象庵稿》卷二十一，明萬曆刻本

【注釋】

①玄：黑。

②絲竹：絃樂器與竹管樂器之總稱。亦泛指音樂。《禮記．樂記》：「德者，性之端也，樂者，德之華也，金石絲竹，樂之器也。」

③傀儡戲：木偶戲。有時也指一般戲曲表演。

④鈞天：「鈞天廣樂」的略語。指天上的音樂。南朝．梁．劉勰《文心雕龍．樂府》：「鈞天九奏，既其上帝。」

【簡析】

這一首說自己壯年歸隱，享受戲曲藝術的樂趣已經二十年，現在看穿人生如戲，想要放棄這種樂趣了。鄒迪光的這種舉動，使他的好友深感遺憾，潘之恒在《鸞嘯小品》卷三，有詩《贈何文倩》（何文倩為鄒迪光家班中著名小旦）的詩序中有：「……時主人將散其群，余抗言復留，語多激烈，益念其楚楚耳。」潘之恒另有一首詩亦詠此事，詩題是「鄒長公以老，傳移居錫山，將省歌舞之半，分棲外舍。余陳詩乞還舊觀，即召入以劇娛客，觀賞如初」。可見在朋友的勸說之下，鄒迪光還是收回成命了。

鴻寶堂秋蘭花下留錢徵榮小集①，看演《藍橋》傳奇②錢有作，和韻

祝融收虐政③，少昊引新涼④。玉露酥煩骨，金風搗濁腸⑤。連句岸巾幘⑥，此日理衣裳。曲檻芙蓉襯，雕欄薜荔裝⑦。不禁蘭氣發⑧，直使麝煙藏⑨。雜出笙

竽隊⑩，高懸傀儡場⑪。玉人扶玉杵，瓊女薦瓊漿。方合藍橋巹，隨聯碧海航。群仙遺勝事，千載嗽餘香⑫。人具長生算⑬，家儲太乙糧⑭。木公非惚恍⑮，金母詎荒唐⑯。總被塵鞅縛⑰，難於洞籙詳⑱。蹉跎悲藥物，齷齪笑皮囊⑲。慕道予方切，懷仙爾亦當⑳。倘然生羽翼㉑，相與共翱翔。

《始青閣稿》卷六，明天啟刻本

【注釋】

①鴻寶堂：鄒迪光堂名。錢徵榮：未詳。
②《藍橋》傳奇：明龍膺所作傳奇《藍橋記》，敘裴航遇仙，與雲英終成眷屬的愛情故事。
③祝融：古代神話傳説裡的火神。
④少昊：少昊金天氏，西方之神，表示秋天。
⑤金風：秋風。《文選》張協《雜詩十首》之三：「金風扇素節，丹霞啟陰期。」李善注：「西方為秋而主金，故秋風曰金風也。」
⑥岸：頭飾高戴，前額外露。巾幘（音責）：冠類，漢以來，盛行以幅巾裹髮，稱巾幘。
⑦薜荔（音畢利）：香草，蔓生，沿木石牆垣生長。
⑧蘭氣：像蘭花那樣芬芳的氣息。形容美女的呼吸。
⑨麝煙：焚燒麝香所散發的煙。唐・皮日休《醉中先起李穀戲贈走筆奉酬》詩：「麝煙苒苒生銀兔，蠟淚漣漣滴繡闈。」
⑩笙竽隊：伴奏的樂隊。
⑪傀儡：木偶。有時也指戲曲演員。

⑫「玉人」六句：《藍橋記》故事出自唐・裴鉶《傳奇・裴航》。傳說裴航為唐長慶間秀才，一次路過藍橋驛，遇見一織麻老嫗，航渴甚求飲，嫗呼女子雲英捧一甌水漿飲之，甘如玉液。航見雲英姿容絕世，十分喜歡，很想娶她為妻，嫗告：「昨有神仙與藥一刀圭，須玉杵臼搗之。欲娶雲英，須以玉杵臼為聘，為搗藥百日乃可。」後裴航終於找到月宮中玉兔用的玉杵臼，娶了雲英。婚後夫妻雙雙入玉峰，成仙而去。合巹（音緊），古時結婚的一種儀式，始於周朝。儀式中把一個匏瓜剖成兩個瓢，而又以線連柄，新郎、新娘各執一瓢飲酒，同飲一巹，象徵婚姻將兩人連為一體。

⑬長生算：長生不老之想。

⑭太乙糧：道教徒所食。宋・文彥博《和友人春日即事》：「蒙山近得修真訣，辟穀常餐太乙糧。」

⑮木公：仙人名。又名東王公或東王父。

⑯金母：仙人名。即西王母。

⑰塵鞅：世俗事務的束縛。鞅，套在馬頸上的皮帶。唐・牟融《寄羽士》詩：「使我浮生塵鞅脫，相從應得一盤桓。」

⑱洞籙：即籙，又稱法籙、寶籙，是一種道教符書。

⑲皮囊：人的軀殼。元・鄧玉賓【正宮・叨叨令】《道情》：「一個空皮囊包裹著千重氣，一個乾骷髏頂戴著十分罪。」

⑳爾：指錢徵榮。

㉑倘然：倘若，假如。

【簡析】

《藍橋記》演的是裴航遇仙，與雲英終成眷屬的愛情故事。因為其中有神仙授藥，以月宮玉杵臼搗之的情節，所以引起鄒迪光許多遐想。

問題不僅僅是因為鄒迪光慕道求仙，而是由於他本來就將戲曲精神與道教聯繫起來，他在《觀演戲說》一文中說：「此一戲也，瞿曇氏之謂幻，漆園氏之謂夢，子輿氏之謂假。」鑒於這一基本理解，他在觀看《藍橋記》演出時表現出這樣的精神狀態，就是順理成章的了。

友人攜所歡詣余草堂看劇①，有賦

燈檠齊立絳帷施②，傀儡筵前坐麗姿③。凝睇不將密意授④，驚魂偏作有情窺。
低微笑語和檀板⑤，宛轉睛臚傍柘枝⑥。贏得侲兒無賴甚⑦，也梳蟬鬢賽蛾眉⑧。

《始青閣稿》卷八，明天啟刻本

【注釋】

① 所歡：情人。《樂府詩集・清商曲辭三・華山畿二三》：「夜相思，風吹窗簾動，言是所歡來。」
② 燈檠（音情）：古代照明用具。絳帷：紅色帷幕。
③ 傀儡：木偶。有時也指戲曲演員。
④ 凝睇：凝視；注視；注目斜視。
⑤ 檀板：紅木拍板。
⑥ 臚（音盧）：瞳人；亦泛指眼珠。柘枝：柘枝舞的省稱。唐・章孝標《柘枝》詩：「柘枝初出鼓聲招，花鈿羅衫聳細腰。」
⑦ 侲（音鎮）兒：即侲子，古代作逐鬼之用的童子。張衡《東京賦》：「方相秉鉞，巫覡操茢，侲子萬童，丹首玄製。」《隋書・禮儀志三》：「齊制，季冬晦，選樂人子弟十歲以上，十二以下為侲子，合二百四十人。」此處指演員。
⑧ 蟬鬢：古代婦女的一種髮式，兩鬢薄如蟬翼，故稱。亦借指婦女。蛾眉：蠶蛾觸鬚細長而彎曲，因以比喻女子美麗的眉毛。《詩・衛風・碩人》：「螓首蛾眉，巧笑倩兮。」借指女子容貌的美麗。《楚辭・離騷》：「眾女嫉余之蛾眉兮，謠諑謂余以善淫。」

【簡析】

這是一首寫女觀眾的詩。這位女觀眾是友人帶來的，她長得很美，看戲的時候很專注，不時有恰到好處的情感反應，還隨著伴奏的節拍，低聲哼唱。因為有這樣漂亮的女觀眾在場，所以演員的表演也顯得格外精神，彷彿要和她比美似的。

這位女觀眾，也許本身就是一位戲曲演員吧。

元成丈載酒樓船於闔閭城西濠沿泛衍劇二首①

銀塘十里覆煙蘿②，罨畫樓臺次第過③。隔渚白鷗來侍席④，傍涯紅袖出聽歌⑤。優童發諢終歸雅⑥，酒正彈章總不苛⑦。鳳蠟花深煩夾剪，七盤猶自舞婆娑⑧。

其二：宿嵐收儘早霞標⑨，香雨絲絲引畫橈⑩。歌扇亂隨汀鳥動⑪，舞衣輕帶水雲飄。攜來韻士琳琅集⑫，傍得騷人塊壘消⑬。酒德不嫌如次道，玉廚家釀故應饒⑭。

《始青閣稿》卷八，明天啟刻本

【注釋】

①元成：馮時可，字敏卿，號元成，華亭（今上海市松江）人。隆慶五年（一五七一）進士，先後任廣東按察司僉事、雲南布政司參議、湖廣布政司參政、貴州布政司參政。原係首輔張居正門生，卻不曾附於張居正之權勢，故不為張居正重用。著述頗

富，文學造詣甚深，撰有《左氏釋》《上池雜説》《雨航雜錄》等，有《馮元成選集》傳世。與邢侗、王稚登、李維楨、董其昌被譽為晚明文學「中興五子」。樓船：外觀似樓的大船。闔閭城：即闔閭大城。吳王闔閭元年（前五一四），吳王闔閭建新都，命伍子胥「相土嘗水」、「象天法地」，建成闔閭大城，即蘇州古城。其規模位置兩千多年來基本未變。另有闔閭小城，在武進、無錫交界處，為軍事防範之用。濠：護城河。衍劇：演戲。

②銀塘：清澈明淨的池塘。南朝・梁簡文帝《和武帝宴詩》之一：「銀塘瀉清渭，銅溝引直漪。」煙蘿：草樹茂密，煙聚蘿纏。唐・李端《寄廬山真上人》詩：「更説謝公南座好，煙蘿到地幾重陰。」

③罨（音掩）畫：色彩鮮明的繪畫。明楊慎《丹鉛總錄・訂訛・罨畫》：「畫家有罨畫，雜彩色畫也。」多用以形容自然景物或建築物等的豔麗多姿。元稹《劉阮妻》詩：「芙蓉脂肉綠雲鬟，罨畫樓臺青黛山。」

④渚（音主）：水中的小洲。

⑤紅袖：女子的紅色衣袖，指美女。唐・韋莊《菩薩蠻》詞：「騎馬倚斜橋，滿樓紅袖招。」

⑥發諢：插科打諢。

⑦酒正：《周禮》謂天官所屬有酒正，為酒官之長。彈章：彈劾官吏的奏章。

⑧七盤：古舞名。見《通典》一四五《樂》五。

⑨宿嵐：夜晚山間的霧氣。

⑩畫橈：有畫飾的船槳。唐・方幹《採蓮》詩：「指剝春蔥腕似雪，畫橈輕撥蒲根月。」

⑪汀（音聽）：水邊平地，小洲。

⑫韻士：風雅之士。琳琅：精美的玉石。形容美好的事物。南朝・宋・劉義慶《世説新語・容止》：「今日之行，觸目見琳琅珠玉。」

⑬騷人：詩人。塊壘：一作「壘塊」，比喻胸中鬱結的愁悶或氣憤。南朝・宋・劉義慶《世説新語・任誕》：「阮籍胸中壘塊，故需酒澆之。」

⑭「酒德」二句：東晉何充，字次道，據説他飲酒不失禮容，人們都喜愛他的飲酒風度。南朝・宋・劉義慶《世説新語・賞譽》記劉惔語：「見何次道飲酒，使人欲傾家釀。」饒，富足，多。

【簡析】

這兩首詩寫馮時可的樓船沿著蘇州護城河緩緩行駛，船上備足了美酒佳餚，主人、賓客一邊飲酒，一邊看戲，通宵達旦，十分盡興，而且引來沿途眾多市民聚集觀看。

中國人的看戲與飲酒歷來有著密切的聯繫，在這兩首詩當中得到了生動的體現。

再集元成先生清晝堂二首①

重來綺席又重張②，卜晝兼能卜夜長③。銀蒜壓簾香不走④，金虬咽水漏相將⑤。
柳含波眼遲流盼⑥，梅吐檀心淺學妝⑦。鼎肉如山醪似乳⑧，主人情意故無量。
庭莎似喜客來頻⑨，羅雀籬庬也近人⑩。簪酒三章無廢舊⑪，徵歌數闋有更新⑫。
鈎簾片月窺談麈⑬，隔座輕飈走麴塵⑭。茗碗自堪消永夜⑮，不教醉倒玉嶙峋⑯。

《始青閣稿》卷八，明天啟刻本

【注釋】

① 元成：馮時可，見前首注釋。
② 綺席：盛美的筵席。唐太宗《帝京篇》之八：「玉酒泛雲罍，蘭肴陳綺席。」
③ 「卜晝」句：即卜晝卜夜，形容夜以繼日地宴樂。《左傳·莊公二十二年》：「臣卜其晝，未卜其夜，不敢。」

④銀蒜：銀製的簾鉤，形似蒜條，故名。北周・庾信《夢入堂內》詩：「幔繩金麥穗，簾鉤銀蒜條。」
⑤金虯：金龍，指漏壺上的銅龍。
⑥柳含波眼：即柳眼，早春初生的柳葉如人睡眼初展，故稱。唐・元稹《生春》詩之九：「何處生春早，春生柳眼中。」
⑦檀心：淺紅色的花蕊。蘇軾《黃葵》詩：「檀心自成暈，翠葉森有芒。」
⑧鼎肉：熟肉。醪（音勞）：醇酒。
⑨庭莎（音梭）：庭院裡面的草。晏殊《浣溪沙》：「小閣重簾有燕過，晚花紅片落庭莎。」
⑩厖（音忙）：多毛之犬。
⑪誓酒三章：為飲酒而約法三章。
⑫徵歌：謂徵招歌伎。李白《宮中行樂詞》之二：「選妓隨雕輦，徵歌出洞房。」
⑬談麈（音主）：指古人清談時所執的麈尾。泛指清談。麈，古書上指鹿一類的動物，其尾可做拂塵。
⑭輕颸（音絲）：微風，輕柔的涼風。朱熹《秋暑》詩：「疏樹含輕颸，時禽囀幽語。」麴（音曲）塵：指茶。白居易《謝李六郎中寄新蜀茶》詩：「陽添勺水煎魚眼，末下刀圭攪麴塵。」
⑮永夜：長夜。
⑯醉倒玉嶙峋：即醉玉頹山，形容男子風姿挺秀，酒後醉倒的風采。《世説新語・容止》：「山公曰：『嵇叔夜之為人也，岩岩若孤松之獨立；其醉也，傀俄若玉山之將崩。』」

【簡析】

上一組詩寫馮時可的家班在樓船上面演出，這一組詩寫馮時可的家班在私家園林裡面演出，雖然演出環境不同，但主人、賓客照樣興致勃勃，樂此不疲。

「徵歌數闋有更新」一句，透露了一個資訊：家班演唱的崑曲劇目時常變換，給觀眾帶來一種新鮮感。

一指堂同承明兄看演《長命縷》傳奇①，此是梅禹金所作②，禹金物故③，即事生感二首，仍用詠玉蘭之韻

江左才郎筆吐花④，填詞按譜號當家⑤。吹簫單史珠能返⑥，望石邢娘璧不瑕⑦。兩部清商依絳縷⑧，一時大椀嚼緋霞⑨。若教錦帙隨人化⑩，此曲應傳萼綠華⑪。

詞人身已跨蓬瀛⑫，留得聲歌滿座傾。檀板按來皆《白雪》⑬，香喉流出是明瓊⑭。青樓誤落鴛鴦種⑮，彩縷還多鼓瑟情⑯。莫道雕蟲真小技⑰，《驪駒》、《采葛》盡傳名⑱。

《始青閣稿》卷八，明天啟刻本

【注釋】

① 一指堂：鄒迪光堂名。承明：姓周，餘不詳。《長命縷》傳奇：明梅鼎祚作。情節是：單英符與邢春娘二人是表兄妹，從小青梅竹馬，嬉戲遊玩。端午節日，英符戲解下長命縷繫於春娘臂上，二人約為夫婦。後來兩家得知此事，遂相許聘。隨後金主完顏亮南侵，春娘在逃難中與母親失散，被賣到全州為妓，改名楊玉，但始終不忘英符，拒絕接客，力保貞節。英符投奔虞允文軍抵抗金兵，因功被授予全州司戶。一日到會勝寺行香，恰好春娘也來酬夢，二人相見，但認不出對方。但英符有所懷疑，乃設計令楊玉承應，得知她為春娘。二人稟報父母完婚。春娘又讓英符納另一妓女李英為妾，各生一子，一門封贈。

② 梅禹金：梅鼎祚（一五四九至一六一五），字禹金，號勝樂道人，宣城（今屬安徽）人。少年即負詩名，與沈君典齊名。萬歷時大學士申時行推薦他做官，隱居不就。與湯顯祖交誼甚深，時常相互品評作品。作有傳奇《玉合記》等三種及雜劇《昆侖奴》。有《鹿裘石室集》。

③物故：亡故，去世。

④筆吐花：相傳李白夢所用的筆頭上生花，從此才情橫溢，文思豐富。見五代王仁裕《開元天寶遺事》下。

⑤填詞：元明以來曲劇，亦須按曲牌選用字詞，進行創作，故亦稱填詞。

⑥「吹簫」句：以蕭史比喻《長命縷》傳奇的男主角單英符。漢．劉向《列仙傳．蕭史》：「蕭史者，秦穆公時人也。善吹簫，能致孔雀白鶴於庭。穆公有女，字弄玉，好之。公遂以女妻焉……公為作鳳台，夫婦止其上，不下數年，一日皆隨鳳凰飛去。」

⑦「望石」句：以望夫石傳說形容《長命縷》傳奇女主角邢春娘白璧無瑕。望夫石傳說各地多有，謂婦人佇立望夫日久化而為石。《初學記》卷五引南朝．宋．劉義慶《幽明錄》：「武昌北山有望夫石，狀若人立。古傳云：昔有貞婦，其夫從役，遠赴國難，攜弱子餞送北山，立望夫而化為立石。」

⑧清商：清商樂，亦名清商曲，隋唐時簡稱清樂。是三國、兩晉、南北朝興起並在當時音樂生活中占居主導地位的一種音樂。它是晉室南遷之後，舊有的相和歌和由南方民歌發展起來的「吳聲」、「西曲」相結合的產物，是相和歌的直接繼續和發展。絳縷：紅色絲線，指單英符與邢春娘定情的長命縷。

⑨椀：同「碗」。嚼緋霞：即餐霞，指修仙學道。《漢書．司馬相如傳》：「呼吸沆瀣兮餐朝霞。」

⑩錦帙（音至）：錦製的書套。杜牧《許七侍禦棄官東歸寄贈十韻》詩：「錦帙開詩軸，青囊結道書。」隨人化：隨逝者同去。

⑪萼綠華：古代傳說中道教女仙名，簡稱萼綠。年約二十，身穿青衣，晉穆帝時，夜降羊權家，自此每月來六次，贈羊權詩及火浣布、金玉條脱等。李商隱《重過聖女廟》詩：「萼綠華來無定所，杜蘭香雲未移時。」

⑫蓬瀛：蓬萊、瀛洲，傳說仙人所居山名。《史記．秦始皇紀》：「齊人徐市等上書，言海中有三神山，山曰蓬萊、方丈、瀛洲，仙人居之。」

⑬檀板：檀木拍板。《白雪》：即《陽春》、《白雪》，古代高雅之曲。戰國．楚．宋玉《對楚王問》：「其為《陽阿》、《薤露》，國中屬而和者數百人，其為《陽春》、《白雪》，國中屬而和者不過數十人而已。」

⑭明瓊：明淨的美玉。

⑮「青樓」句：指《長命縷》中女主角邢春娘被賣入妓院事。

⑯「彩縷」句：指長命縷成為單英符、邢春娘夫婦重圓的見證。鼓瑟，猶言「琴瑟」，指夫妻和諧。

⑰雕蟲小技：比喻微不足道的技能。漢．揚雄《法言．吾子》：「或問：『吾子少而好賦？』曰：『然。童子雕蟲篆刻。』俄而曰：『壯夫不為也。』」

⑱《驪駒》：逸詩篇名，離別時所唱。《采葛》：《詩・王風》篇名，懷人之作。

【簡析】

鄒迪光同友人一起觀看《長命縷》傳奇的演出，不禁深深地懷念這部傳奇的作者梅鼎祚。鄒迪光稱讚這部傳奇寫得好，寫出了男女主人公單英符、邢春娘歷經磨難、終成眷屬的曲折遭遇，寫出了兩人青梅竹馬、生死不渝的真摯愛情，看了演出之後令人感歎不已。鄒迪光還稱讚梅鼎祚才華出眾，其劇作當行本色，一定能夠流傳久遠。

余有童兒，皆黃口也①，而能衍劇②，覺父以詩賞之③，即韻為答④

要得春風作上賓⑤，玉荷香畔有香塵。檀槽按譜何妨舊⑥，翠管填詞不厭新⑦。
車子妙年能擅技⑧，延年絕代可驚人⑨。已教落木盈丹檻，更使行雲隔絳津⑩。

《始青閣稿》卷八，明天啟刻本

【注釋】

①黃口：本指雛鳥的嘴，借指兒童。
②衍劇：演戲。

③覺父：未詳。

④即韻：依照原韻。

⑤要：古同「邀」。

⑥檀槽：用檀木做成的琵琶、琴等絃樂器上架弦的格子。也指檀木製成的絃樂器，如琵琶等。

⑦翠管：指毛筆。唐・李遠《觀廉女真葬》詩：「玉窗抛翠管，輕袖掩銀鸞。」填詞：元明以來曲劇，亦須按曲牌選用字詞，進行創作，故亦稱填詞。

⑧車子：薛車子，曹魏時都尉薛訪有一名車夫，年近十四歲，能喉囀作歌，聽起來和笳的聲音相仿，繁欽曾作《與魏太子箋》向曹丕推薦。

⑨延年絕代：漢・李延年詩：「北方有佳人，絕世而獨立。一顧傾人城，再顧傾人國。」

⑩「已教」二句：即聲震林木、響遏行雲之意。《列子・湯問》記載秦青曾收薛譚為徒。薛譚未盡得其藝欲辭歸。秦青送行至郊外，別時引吭高歌，聲震林木，響遏行雲。薛譚聞之大驚，乃放棄回歸之念。絳津，絳河，銀河。

【簡析】

鄒迪光《與孫文融》說孫鑛給自己的來信「詞旨溫複，且念及歌者」，說的就是本詩所寫的「黃口童兒」。可見鄒迪光的友人如孫鑛、覺父等，對鄒迪光的家班都是十分關注的。

鄒迪光的家班在當時極負盛名，潘之恒《鸞嘯小品》卷二《與楊超超評劇五則》在談到當時的著名演員時，就曾提到「鄒班之小潘」，並說他「工一唱三歎」。這位小潘，或許也在孫鑛、覺父關心之列。

鄒迪光《與孫文融》又說：「夫優俳賤屬，謳歌小技，不廢正始，漸靡末俗。近世梨園，稍一揚喉，悉堪嘔噦。振木回泉，遏雲傳谷，久不可覯矣。不佞弟病余無所事事，直自為譜，親為律，擇善謳而知書者，與之發蒙，而後教之，即未能引商刻羽、吐徵含角，差亦不俗。」可見鄒迪光對自己家班的小演員也頗為欣賞，對自己調教這些小演員所下的功夫也是津津樂道的。這首詩的大意也正是如此。

周承明有端午前一日蔚藍堂觀演《裴航》傳奇之作①，余於午日集客觀劇②，就其韻和之③

將雛為炙小於拳④，刺眼榴花爛綺筵⑤。艾火高燒香似縷⑥，蒲觴迭送酒如泉⑦。門庭符籙懸驅鬼⑧，傀儡衣冠幻作仙⑨。但得佳辰長醉倒，從他滄海變桑田⑩。

《始青閣稿》卷九，明天啟刻本

【注釋】

①周承明：未詳。蔚藍堂：鄒迪光堂名。《裴航》傳奇：楊之炯所著《藍橋玉杵記》，敘裴航遇仙，並牽合崔護人面桃花故事。
②午日：端午日。
③就其韻：依照原韻。
④雛：雛雞。炙（音至）：烤肉。
⑤綺筵：華麗豐盛的筵席。唐·陳子昂《春夜別友人》詩之一：「銀燭吐青煙，金樽對綺筵。」
⑥艾火：點燃艾草的莖葉，以驅除蚊蠅、蟲蟻。
⑦蒲觴：菖蒲酒，將菖蒲切碎，放入雄黃酒內，吃了可以辟邪。
⑧符籙：道教的一種法術。符是書寫於黃色紙、帛上的筆劃屈曲、似字非字、似圖非圖的符號、圖形；籙是記錄於諸符間的天神

名諱秘文。

⑨傀儡：木偶。有時也指戲曲演員。

⑩滄海桑田：大海變成陸地，比喻世事變化很大。晉・葛洪《神仙傳・麻姑》：「麻姑自説云，接侍以來，已見東海三為桑田。」

【簡析】

因為是端午節看戲，所以作者寫了很多端午景物和風俗，而所演的《藍橋玉杵記》，又是敘裴航遇仙，與雲英終成眷屬的神話愛情故事，給這個節日增添了一種浪漫的氣氛。

立秋後二日集客鴻寶堂演《蕉帕》傳奇①，和錢徵縈韻②

金飆乍婣天衢清③，集客虛齋泛兕觥④。酒令頻驅歸勝地⑤，談鋒一發下愁城⑥。白瓶花細剪千枝豔，架鼓高撾四座驚⑦。小鼎緋微香習習⑧，疏簾碧薄水晶晶⑨。芙蓉狐假黛蛾眉巧，綠葉裁綃鳥篆橫⑩。按節盡依新置伍⑪，填詞不用舊題名⑫。屏側燈初列，傀儡場中客半酲⑬。多爾擒毫能紀勝⑭，不煩刻燭已先成⑮。

《始青閣稿》卷九，明天啟刻本

【注釋】

① 鴻寶堂：鄒迪光堂名。《蕉帕》傳奇：明單本所著《蕉帕記》，寫書生龍驤屬意於胡章之女弱妹。杭州有狐仙，修煉多年，需得陽精方能成正果。乃化作弱妹，與龍私會，並以蕉葉帕為贈。事成，狐仙感其恩，即以薔薇花化作金釵，促進龍與弱妹結合；復顯神通，使龍奪得狀元，解救了被敵軍圍困的胡章。

② 錢徵榮：未詳。

③ 金飆：金風，秋風。《文選》張協《雜詩十首》之三：「金風扇素節，丹霞啟陰期。」李善注：「西方為秋而主金，故秋風曰金風也。」天衢：天空廣闊，任意通行，如世之廣衢，故稱天衢。王逸《九思・遭厄》：「躡天衢兮長驅，踵九陽兮戲蕩。」

④ 虛齋：空齋。兕觥（音四公）：古代的一種酒器。《詩・周南・卷耳》：「我姑酌彼兕觥，維以不永傷。」

⑤ 勝地：美妙的境界。南朝・宋・劉義慶《世說新語・任誕》：「酒正自引人箸勝地。」

⑥ 談鋒：言談的勁頭。蘇軾《刁景純席上和謝生》詩：「賓主談鋒敵兩都。」愁城：比喻愁苦難消的心境。北周・庾信《愁賦》：「攻許愁城終不破，蕩許愁門終不開。」

⑦ 撾（音抓）：打，敲打。

⑧ 緋：紅色。

⑨ 疏簾：稀疏的竹織窗簾。宋・張耒《夏日》詩之一：「落落疏簾邀月影，嘈嘈虛枕納溪聲。」

⑩ 「白狐」二句：指《蕉帕記》中狐仙化作弱妹，與書生龍驤私會，並以蕉葉帕為贈事。黛，青黛，青黑色的顏料，古代女子常用以畫眉。蛾眉，蠶蛾觸鬚細長而彎曲，因以比喻女子美麗的眉毛。《詩・衛風・碩人》：「螓首蛾眉，巧笑倩兮。」借指女子容貌的美麗。《楚辭・離騷》：「眾女嫉余之蛾眉兮，謠諑謂余以善淫。」鳥篆，篆體古文字。形如鳥的爪跡，故稱。

⑪ 置伍：指情節安排。

⑫ 填詞：元明以來曲劇，亦須按曲牌選用字詞，進行創作，故亦稱填詞。

⑬ 傀儡：木偶。有時也指戲曲演員。酲（音呈）：醉。

⑭ 多：贊許，推崇。摛（音癡）毫：執筆為文，鋪陳辭藻。摛，鋪陳。

⑮ 刻燭：比喻詩思敏捷。《南史・王僧孺傳》：「竟陵王子良嘗夜集學士，刻燭為詩，四韻者則刻一寸，以此為率。文琰曰：『頓燒一寸燭，而成四韻詩，何難之有。』」文琰，蕭文琰。

【簡析】

單本是當時著名戲曲家，《蕉帕記》是其代表作。祁彪佳《遠山堂曲品》稱其「生而不好學，故詞無腐病；生而不事家人產，故曲無俗情；且又時以衣冠優孟，為按拍周郎，故無局不新，無詞不合」。又評《蕉帕記》：「龍驤、弱妹諸人，以毫鋒吹削之，遂令活脫生動。此君於詞曲，洵有天才。」呂天成《曲品》評《蕉帕記》：「此係撰出，而情節局段能於舊處翻新，板處作活，真擅巧思而新人耳目者。演行甚廣，予嘗作序褒美之。」

鄒迪光觀看《蕉帕記》的演出，也十分欣賞。詩中「按節盡依新置伍，填詞不用舊題名」兩句，讚揚《蕉帕記》情節構思的創新，與祁彪佳、呂天成的評價是一致的。

湯顯祖（一五五〇至一六一六），字義仍，號若士，又號清遠道人，江西臨川人。二十一歲中舉，文名漸隆，然屢應會試不第，萬曆十一年（一五八三）始中進士。任南京太常寺博士、南京禮部祠祭司主事。因上《論輔臣科臣疏》，揭露弊政，抨擊宰輔，被貶為廣東徐聞縣典史。後任浙江遂昌知縣，為政寬簡，頗有官聲。感時事不可為，辭職還鄉。晚年的精力，主要用於戲劇創作。有《紫釵記》、《牡丹亭》、《邯鄲記》、《南柯記》，合稱《玉茗堂四夢》。今人徐朔方輯有《湯顯祖全集》。

戲答宣城梅禹金四絕①

公子翩翩擁雋才②，陵陽陌上步春回③。竹根如意清談後④，蓮子深杯送酒來⑤。

自是吳歈多麗情⑥，蓮花朵上覓潘卿⑦。春妝夜宴憐新舞，願得為歡送此生⑧。

飛鸞相及並棲柯，公子乘春豔綺羅。記得長干大垂手⑨，秋清木葉水微波⑩。

紅壁春殘絳樹樓⑪，援琴促柱倚吳謳⑫。才情好似分流水，卻怪盧家有阿侯⑬。

《湯顯祖詩文集》卷四，徐朔方輯本，北京古籍出版社一九九九年版

【注釋】

①梅禹金：梅鼎祚（一五四九至一六一五），字禹金，號勝樂道人，宣城（今屬安徽）人。少年即負詩名，與沈懋學齊名。萬曆時大學士申時行推薦他做官，隱居不就。與湯顯祖交誼甚深，時常相互品評作品。作有傳奇《章台柳玉合記》等三種及雜劇《昆侖奴》。有《鹿裘石室集》。

②雋才：出眾的才智。雋，通「俊」。

③陵陽：地名，在今安徽省青陽縣。屈原《哀郢》：「當陵陽之焉至兮，淼南渡之焉如。」

④竹根如意：竹根所製的如意。《南齊書》卷五四《高逸列傳・明僧紹》謂齊太祖高帝蕭道成「遺僧紹竹根如意，筍籜冠」。如意，又稱「握君」、「執友」或「談柄」，由古代的笏和搔杖演變而來，魏晉名士清談，有手執如意者。清談：魏晉時，承襲東漢清議的風氣，就一些玄學問題反覆辯難的文化現象。此處泛指清雅的談論。

⑤蓮子杯：白居易《郡樓夜宴留客》詩：「豔聽竹枝曲，香傳蓮子杯。」

⑥吳歈：春秋吳國的歌。後泛指吳地的歌。《楚辭・招魂》：「吳歈蔡謳，奏大呂些。」王逸注：「吳、蔡，國名也。歈、謳，

皆歌也。」

⑦「蓮花」句：用「步步生蓮花」典故，形容女子步態輕盈姿。出自《南史・齊紀下・廢帝東昏侯》：「（東昏侯）又鑿金為蓮華（花）以貼地，令潘妃行其上，曰：『此步步生蓮華（花）也。』」潘卿，雙關梅鼎祚之妾潘氏。

⑧為歡：尋歡作樂。

⑨長干：地名，在今江蘇省南京境內。唐崔顥有《長干曲》，李白有《長干行》。此處指南京。大垂手：古舞名。又為樂府雜曲歌辭名。《樂府詩集・雜曲歌辭十六・大垂手》宋 郭茂倩題解：「《樂府解題》曰：『《大垂手》、《小垂手》，皆言舞而垂其手也。』隋江總《婦病行》曰『夫壻府中趨，誰能大垂手』是也。又《獨搖手》亦與此同。」

⑩「秋清」句：意境略似屈原《湘夫人》：「嫋嫋兮秋風，洞庭波兮木葉下。」

⑪紅璧：李賀《李夫人歌》：「紅璧闌珊懸佩璫，歌台小妓遙相望。」絳樹：曹魏時歌女名。

⑫吳謳：吳地民歌。

⑬盧家有阿侯：蕭衍《河中之水歌》：「河中之水向東流，洛陽女兒名莫愁。莫愁十三能織綺，十四采桑南陌頭。十五嫁為盧家婦，十六生兒字阿侯。」

【簡析】

萬曆四年（一五七六）春，湯顯祖到安徽宣城作客，與沈懋學、梅鼎祚定交。這首詩作於分別之後。從詩中看出，梅鼎祚曾讓家樂為湯顯祖演唱崑曲，湯顯祖對此表示讚賞。詩中「吳歈」、「吳謳」都指崑曲。可以看出，梅鼎祚家樂的演唱水平很不錯，而湯顯祖對梅鼎祚之妾潘氏的演唱尤為欣賞。

徐渭評第一首云：「妙絕。」第二首云：「稍常，亦是妙句。」末首云：「此有子之妓也。」沈際飛評第三首云：「唐絕。」（轉引自徐朔方輯本《湯顯祖詩文集》卷四，北京古籍出版社一九九九年版第一二一二頁）

見改竄《牡丹》詞者失笑①

醉漢瓊筵風味殊②，通仙鐵笛海雲孤③。總饒割就時人景④，卻愧王維舊雪圖⑤。

《湯顯祖詩文集》卷十六，徐朔方輯本，北京古籍出版社一九九九年版

【注釋】

① 《牡丹》：《牡丹亭》。
② 「醉漢」句：指關漢卿。明・朱權《太和正音譜》：「關漢卿之詞，如瓊筵醉客。」
③ 「通仙」句：指馬致遠。馬致遠曾創作多種神仙道化劇，影響很大。
④ 總饒：縱饒，縱使。
⑤ 王維舊雪圖：王維《袁安臥雪圖》，即《雪中芭蕉》，是一幀以禪法入畫的象徵藝術作品。有人認為冬天不應有芭蕉，於是去掉芭蕉，改畫梅花。

【簡析】

湯顯祖的名作《牡丹亭》的問世，給明代劇壇吹進了一股浪漫主義的清新的風。但也有一些劇作家認為《牡丹亭》情節、文采雖好，但不合音律，於是紛紛加以改編，先後出現了呂胤昌（玉繩）、沈璟、臧懋循、馮夢龍等改編本。湯顯祖對這些改編本很不滿意，認為它們只顧講究音律，不注意劇本的意趣，喪失了原作的精神。他在《答凌初成》中說：「不佞《牡丹亭記》，大受呂玉繩改竄，云『便吳

歌』。不佞啞然失笑：『昔有人嫌摩詰之冬景也。其中駘蕩浮夷，轉在筆墨之外耳。』」這首詩也是同樣的意思。前兩句說自己的作品就像關漢卿的雜劇一樣，具有瓊筵醉客一般特殊的風味，又像吹奏給仙人聽的鐵笛一樣，響遏海雲，不同凡響。因此自己的作品不為一般世俗的人所理解，是很自然的。下兩句是譏笑《牡丹亭》的改作者，枉拋心力，正如在王維的冬景圖上割蕉加梅一樣，完全失去了原作的意趣。由此可以看出，湯顯祖最重視的是「在筆墨之外」的「駘蕩淫夷」的「意趣」，而這正可以理解為建立在現實基礎上的浪漫主義精神與方法。

沈際飛云：「不是怗短，卻怪點金作鐵者。」

徐朔方箋：《牡丹》詞即《牡丹亭》傳奇，作於萬曆二十六年（一五九八），詩當作於萬曆三十五年沈璟改《牡丹亭》為《同夢記》之後。（以上兩條見徐朔方輯本《湯顯祖詩文集》卷十六，北京古籍出版社一九九九年版第六八二頁）

哭婁江女子（二首）①有序

吳士張元長、許子洽前後來言②，婁江女子俞二娘秀慧能文詞，未有所適③。酷嗜《牡丹亭》傳奇，蠅頭細字，批註其側。幽思苦韻，有痛於本詞者④，十七惋憤而終⑤。元長得其別本寄謝耳伯⑥。來示傷之。因憶周明行中丞言⑦，向婁江王相國家勸駕⑧，出家樂演此。相國曰：「吾老年人，近頗為此曲惆悵！」王宇泰亦云⑨，乃至俞家女子好之至死，情之於人甚哉！

畫燭搖金閣⑩，真珠泣繡窗⑪。如何傷此曲，偏只在婁江？
何自為情死？悲傷必有神。一時文字業⑫，天下有心人。

《湯顯祖詩文集》卷十六，徐朔方輯本，北京古籍出版社一九九九年版

【注釋】

① 婁江：江蘇太倉。
② 張元長：張大復，字元長，江蘇崑山人，著有《梅花草堂集》。許子洽：許重熙，字子洽，江蘇常熟人。
③ 適：女子出嫁。
④「幽思苦韻」二句：說俞二娘的批語感情鬱結，聲音淒苦，比《牡丹亭》原詞還要沉痛。
⑤ 惋憤：怨恨歎息，悲憤交加。
⑥ 別本：副本。謝耳伯：謝兆申，字伯元，福建邵武人。張大復《梅花草堂集》卷七《俞娘》條：「吾家所錄（俞三娘批《牡丹亭》）副本，將上湯先生。謝耳伯願為郵，不果上。」
⑦ 周明行：周孔教，江西臨川人。累官應天巡撫。
⑧ 向：以前。王相國：王錫爵，曾任大學士，江蘇太倉人。勸駕：勸人任職或作某事。《明史》卷二一八《王錫爵傳》云：「三十五年廷推閣臣。帝既用於慎行、葉向高、李廷機，還念錫爵，特加少保，遣官召之，三辭不允。」
⑨ 王宇泰：王肯堂，江蘇金壇人。
⑩ 金閣：樓閣的美稱，此處指女子所住的地方。
⑪ 真珠：珍珠，此處比喻眼淚。繡窗：婦女居室之窗。
⑫ 文字業：指文學創作。

【簡析】

本詩作於萬曆四十三年（一六一五），作者六十六歲，在臨川故鄉定居。上首的前兩句寫俞二娘在燈下閱讀、批註《牡丹亭》的情景，她一面閱讀，一面為杜麗娘、也為自己一掬傷心之淚。《牡丹亭》問世以後，在社會上引起很大反響。可是像俞二娘反響這樣強烈，以至傷心而死，卻還不多見，所以作者嗟歎不已。下首進一步發掘俞二娘傷心而死的原因。她肯定是一位感情豐富的女子，內心埋藏著不可言狀的深情，正是在這點上，她的感情與杜麗娘的感情息息相通。末二句更進一層，說文人的創作只是一時的事業，但它能在天下千千萬萬有心人的心靈裡得到共鳴，這對作家來說，就是最大的精神安慰了。這兩首詩形象地反映了《牡丹亭》在廣大讀者，特別是在被壓迫的婦女中激起的強烈反響，也反映了湯顯祖與讀者在思想感情上的交流。

沈際飛評云：「女子善能傳人。王渙之雙鬟發聲，宋之問昭容片紙，千古定評。何也？心空而眼慧也。」（徐朔方輯本《湯顯祖詩文集》卷十六，北京古籍出版社一九九九年版第七一一頁）

七夕醉答君東二首①

秋風河漢鵲成梁②，矯首牽夫悅暮妝③。為問遠遊樓下女④，幾年一度見劉郎⑤？

玉茗堂開春翠屏⑥，新詞傳唱《牡丹亭》。傷心拍遍無人會⑦，自掐檀痕教小伶⑧。

《湯顯祖詩文集》卷十八，徐朔方輯本，北京古籍出版社一九九九年版

【注釋】

① 君東：劉君東，名浙，江西泰和人，理學家。作者友人。

② 「秋風」句：傳說每年農曆七月七日，天上的牛郎織女在鵲橋相會。

③ 矯首：昂首，抬頭。牽夫：指牛郎。暮妝：指織女。

④ 遠遊樓：劉君東樓名。湯顯祖有《寄題劉君東遠遊樓》、《劉君東病足遠遊樓，寄問四絕》詩。

⑤ 劉郎：指劉君東。

⑥ 玉茗堂：玉茗為白茶花上品，黃心綠萼，以為貴種。湯顯祖堂前植有玉茗花，因以名堂。在今江西撫州市沙井巷後，是湯顯祖晚年寫作、會客、排戲的場所。

⑦ 會：領會，理解。

⑧ 掐：用手的虎口及手指緊緊握住。檀：檀板，用以點拍。

【簡析】

本詩作於萬曆二十六年（一五九八）作者棄官家居以後。

第一首就七夕調謔劉君東，可見二人關係非同一般。詩的重心在第二首。當時《牡丹亭》已經問世，並已流傳開來。但也有一些批評家批評這部作品不合音律。湯顯祖認為要真正領會《牡丹亭》的精髓是不容易的。他為缺少知音而感到失望與痛苦，只好親自點拍，教藝人排演此劇。這首詩也是湯顯祖戲劇活動的一個縮影，說明他是非常注重舞臺實踐的。

沈際飛評云：「有大不平。」（徐朔方輯本《湯顯祖詩文集》卷十六，北京古籍出版社一九九九年版第七九二頁）

醉答君東怡園書六絕（六首選一）

說到彈珠愛我深①，可堪消盡壯來心。《紫釵》一郡無人唱②，便是吳歈聽不禁③

《湯顯祖詩文集》卷十八，徐朔方輯本，北京古籍出版社一九九九年版

【注釋】

① 彈珠：用「隨珠彈雀」典故。《莊子・讓王》：「以隨侯之珠，彈千仞之雀，世必笑之。」喻處事輕重失當。這裡比喻劉君東的推許過高，自己當不起。

② 《紫釵》：指湯顯祖所作傳奇《紫釵記》。

③ 吳歈：春秋吳國的歌。後泛指吳地的歌。《楚辭・招魂》：「吳歈蔡謳，奏大呂些。」王逸注：「吳、蔡，國名也。歈、謳，皆歌也。」此處指崑曲。不禁：禁不住，經受不起。

【簡析】

前二句感謝劉君東對自己的友情，後二句對《紫釵記》得不到人們的理解，得不到上演的機會，表示遺憾。

寄生腳張羅二恨吳迎旦口號（二首）①

迎病裝唱《紫釵》②，客有掛淚者。近絕不來，恨之。

吳儂不見見吳迎③，不見吳迎掩淚情④。暗向清源祠下咒⑤，教迎啼徹杜鵑聲⑥。

不堪歌舞奈情何，戶見羅張可雀羅⑦。大是情場情複少，教人何處復情多。

《湯顯祖詩文集》卷十八，徐朔方輯本，北京古籍出版社一九九九年版

【注釋】

①張羅二：生腳之名。吳迎：旦腳之名。口號：古詩標題用語。表示隨口吟成，與「口占」相似。

②「迎病裝」句：吳迎化裝成生病的樣子，唱《紫釵記》第四十七出《怨撒金錢》，這出寫霍小玉因思念李益而染病。

③吳儂：吳人。吳地稱己或稱人皆曰儂。

④掩淚情：指吳迎掛淚表演《紫釵記》的種種表情。

⑤清源祠：作者原注：「宜伶祠清源師灌口神。」宜伶：宜黃腔演員。宜黃為江西縣名，與湯顯祖的家鄉臨川同屬撫州府。明代中葉以後，海鹽腔流傳江西，形成宜黃腔，盛行於江西。祠：設祠祭祀。清源師灌口神：即灌口二郎神，舊時伶人奉為祖師。

⑥啼徹杜鵑聲：哭個夠。古人傳說古蜀帝杜宇死後，化為杜鵑啼血。見《太平御覽》一六六漢揚雄《蜀王本紀》等。

⑦「戶見」句：即「門可羅雀」之意，門庭冷洛，來客很少，至能張網捕雀。

【簡析】

吳迎是個很好的旦角，表演《紫釵記》中的霍小玉一角，相當富於感染力。他長期未來，詩人因而十分想念他。湯顯祖與藝人之間密切的交往和深厚的友誼，由此可見一斑。

正唱《南柯》①，忽聞從龍悼內楊②，傷之二首

綠煙吹夢老南柯③，淚濕龍岡可奈何④。不道楊花真欲雪⑤，與君翻作鼓盆歌⑥。
病酒那將心痛醫⑦，白楊風起淚絲垂⑧。可憐解得《南柯》曲，不及淳郎睡醒時⑨。

《湯顯祖詩文集》卷十八，徐朔方輯本，北京古籍出版社一九九九年版

【注釋】

① 《南柯》：《南柯記》。
② 從龍：帥從龍，湯顯祖同里友人帥機之子。內楊：帥從龍的妻子楊氏。
③ 老南柯：古槐。
④ 淚濕龍岡：《南柯記》中淳于棼之妻瑤芳公主死後葬於蟠龍岡，見第三十四出《還朝》。
⑤ 楊花真欲雪：蘇軾《少年游》詞：「去年相送，餘杭門外，飛雪似楊花。今年春盡，楊花似雪，猶不見還家。」
⑥ 鼓盆歌：《莊子・至樂》記載莊子妻死，惠子吊之，莊子方箕踞鼓盆而歌。後用以表示對生死的曠達態度，也表示喪妻的悲哀。
⑦ 病酒：飲酒沉醉。宋・翁元龍《瑞龍吟》詞：「畫長病酒添新恨，煙冷斜陽暝。」

⑧「白楊」句：形容墓地的悲涼氣氛和悼念者的悲痛心情。《古詩十九首・去者日以疏》：「古墓犁為田，松柏摧為薪。白楊多悲風，蕭蕭愁殺人！」
⑨淳郎：《南柯記》的主角淳于棼。

【簡析】

帥從龍的妻子楊氏去世了，湯顯祖將其比作淳于棼的妻子瑤芳公主去世，這是因為正在演唱《南柯記》，戲劇情境讓人自然地產生了聯想。其中寓意，至少有兩層。第一層：帥從龍對其亡妻楊氏的感情是深摯的，正如《南柯記》中淳于棼對其亡妻瑤芳公主的感情是深摯的一樣，對此湯顯祖深表同情。第二層：淳于棼大夢醒來，對於窮達、浮沉、榮辱、生死等等問題全都參透了，湯顯祖希望帥從龍也能這樣，不要過於悲傷。由此看來，這首詩也能夠幫助人們理解湯顯祖創作《南柯記》的初衷。

寄劉天虞①

秦中弟子最聰明②，何用偏教隴上聲③。半拍未成先斷絕④，可憐頭白為多情。

《湯顯祖詩文集》卷十八，徐朔方輯本，北京古籍出版社一九九九年版

【注釋】

①劉天虞：劉復初，字天虞，又作天宇。陝西高陵人。有別墅在河南。湯顯祖同年進士。原任山西潞安知府，以得罪中貴，謫廣東提舉。萬曆三十年（一六〇二）北歸。
②秦中：今陝西為古秦國之地，故稱秦中，也稱關中。
③隴：山名，在甘肅。此處「隴上」指西北地方。
④斷絕：極度悲傷。李白詩：「寄君郢中曲，曲罷心斷絕。」

【簡析】

本詩讚揚了秦中弟子高超的演唱技術。從中也可以看出各個曲種之間的藝術交流。潘之恒《鸞嘯小品》卷三《醉張三》云：「張三，申班之小旦，酷嗜酒，醉而上場，其豔入神，非醉中不能盡其技。河南劉天宇謫粵提舉，心賞之極，遽挾去，吳人思之。余向棲閶門，忽劉君賜環經吳，刺舟見訪，相視甚歡，張三時在侍，偉然丈夫也。」可見劉天虞對崑曲是很欣賞、很在行的。

唱「二夢」①

半學儂歌小梵天②，宜伶相伴酒中禪③。纏頭不用通明錦④，一夜紅氍四百錢⑤。

《湯顯祖詩文集》卷十九，徐朔方輯本，北京古籍出版社一九九九年版

【注釋】

①二夢：湯顯祖所作《南柯記》、《邯鄲記》二傳奇。

②儂歌：指吳歌。吳地人自稱或稱人，皆為儂。小梵天：猶言「小乘」，非正宗之義。大乘佛教流行之後，原部派佛數，被貶稱為小乘。一般認為小乘淺陋，大乘深湛。宋嚴羽《滄浪詩話》：「禪家者流，乘有小大，宗有南北，道有邪正，學者須從最上乘，具正法眼，悟第一義，若小乘禪、聲聞辟支果，皆非正也。」宜黃腔藝人而學吳歌，本非當行，故曰「半學」「小梵天」。

③宜伶：宜黃腔藝人。酒中禪：借酒談禪。這裡指宜伶演出的「二夢」通禪理，可作為談禪之助。

④纏頭：古代歌舞者常以錦帛裹頭，以為裝飾，後來轉變為贈送演員財物的通稱。通明錦：高貴的絲織品。

⑤紅氍：紅氍毹（音瞿書），指演出場所。氍毹：一種織有花紋圖案的毛毯。古代產於西域。可用作地毯、壁毯、床毯、簾幕等。舊時，居家演劇用紅氍毹鋪地，因而又用為歌舞場、舞臺的代稱。

【簡析】

這首詩寫《邯鄲記》、《南柯記》在臨川演出的情況。「半學儂歌」說明宜伶不是用純粹的崑腔，而是用當地流行的聲腔來演唱「二夢」。由後二句可以看出當時演出的收費標準，也是很有價值的史料。湯顯祖在詩裡吩咐演員們一夜戲四百錢就夠了，不要去爭取更多的「纏頭」，如高貴的通明錦之類的東西。這首詩既表現了湯顯祖對自己作品二夢的看法，也表現他勉勵藝人，不要片面去追求票房價值。

作紫襴戲衣二首①

試剪輕綃作舞衣，也教煩豔到寒微②。當歌正值春殘醉，醉後魂隨煙月飛。
無分更衣金紫羅③，伎人穿趁踏朝歌④。俳場得似官場好⑤，燈下紅香不較多⑥。

《湯顯祖詩文集》卷十九，徐朔方輯本，北京古籍出版社一九九九年版

【注釋】

①紫襴（音蘭）：紫羅襴，高級官員所穿的官服。
②煩豔：猶言俗豔，世俗認為值得豔羨的東西。寒微：家貧地位低微。此是作者自指。
③無分：沒有一分兒。金紫羅：佩金魚袋，著紫羅襴，指做官。
④穿趁：穿戴。踏朝歌：表演描寫官場的戲曲。
⑤俳場：劇場。得似：能似。
⑥紅香：鮮豔的戲裝行頭，即上首所言「煩豔」。不較多：不爭多，不須多。

【簡析】

湯顯祖添置戲衣，可見他家是有家伶的。第二首說自己無分做官，只好讓伶人穿上戲衣，扮演官場故事。末二句說只要把官場情狀逼真地描摹出來，戲裝行頭是不在乎多，也不在乎奢華富麗的。短短兩首小詩，既隱寓對現實的憤慨之情，又包含了對戲曲藝術的見解，十分值得玩味。

聽于采唱《牡丹》①

不肯蠻歌逐隊行②，獨身轉向恨離情③。來時動唱盈盈曲④，年少那堪數死生⑤。

《湯顯祖詩文集》卷十九，徐朔方輯本，北京古籍出版社一九九九年版

【注釋】

① 《牡丹》：《牡丹亭》。
② 蠻歌：南方少數民族之歌。本句說於采不願意隨隊表演南方歌舞。
③ 「獨身」句：說于采獨自一人演唱《牡丹亭》中表現人物感情的劇曲。
④ 盈盈：美好貌，多指人的風姿、儀態。
⑤ 末二句說于采每次來都要歌唱美好的劇曲，而且能動感情；她年紀尚輕，像杜麗娘那樣生而死、死而復生的深情她怎麼承受得了呢！

【簡析】

于采演唱《牡丹亭》，善於把握劇中人物細緻微妙的思想感情，因而引起作者的讚歎。

口號付小葛送山子廣陵三首①

青來水榭三層出②，山子吳歈一部遊③。為記臨川荀伯子④，尋常兩事足千秋⑤。

塘上蒲生新酒香，水嬉風信下維揚⑥。山公醉與同山子⑦，愛月時時問葛強⑧。

煙月揚州一過家⑨，五峰春作彩雲遮⑩。年來酒盞拋除得，唱盡江南白葛花⑪。

《湯顯祖詩文集》卷十九，徐朔方輯本，北京古籍出版社一九九九年版

【注釋】

① 口號：古詩標題用語。表示隨口吟成，與「口占」相似。小葛：歌者名。山子：謝廷贊（一五五七至？），字曰可，號山子，江西金溪人。萬曆二十六年（一五九八）進士，官刑部主事。萬曆二十六年（一五九八）奏請冊立太子，觸怒神宗，被削職為民。罷官後僑居揚州，以授生徒謀生並著述。有《霞繼亭集》。廣陵：揚州。

② 青來：徐朔方箋：「似指友人周青來。」

③ 吳歈：春秋吳國的歌。後泛指吳地的歌。《楚辭・招魂》：「吳歈蔡謳，奏大呂些。」王逸注：「吳、蔡，國名也。歈、謳，皆歌也。」此處指崑曲。

④ 荀伯子：（三七八至四三八），南朝宋潁川潁陰人，荀彧的後代。博學多才。曾任臨川內史。作有《臨川記》。

⑤ 兩事：指周青來建水榭，謝廷贊帶崑曲戲班到臨川。

⑥ 風信：隨著季節變化應時吹來的風。唐・張繼《江上送客遊廬山》詩：「晚來風信好，併發上江船。」維揚：揚州。

⑦ 山翁：山簡（二五三至三一二），字季倫，河內懷人，山濤第五子。為鎮南將軍，鎮襄陽。每游習家園，置酒池上輒醉，名之曰高陽池。

⑧「愛月」句：《樂府詩集》卷八十五「雜歌謠辭三」引《晉書》曰：「山簡，永嘉中鎮襄陽。時四方寇亂，朝野危懼。簡優遊卒歲，唯酒是耽。諸習氏荊土豪族，有佳園池。簡每出嬉遊，多之池上，置酒輒醉，名之曰高陽池。於是童兒皆歌之。有葛強者，簡之愛將，家於並州，故歌云『舉鞭向葛強：何如並州兒？』」此處「葛強」雙關「小葛」。

⑨過家：還鄉。宋・曾鞏《瞿秘校新授官還南豐》詩：「佩印自茲始，過家當少留。」

⑩五峰：徐朔方箋：「即青雲、逍遙、桐林、香楠、天慶，在臨川城內。」

⑪白葛花：猶言「白苧」。樂府有《白苧歌》。

【簡析】

謝廷贊從揚州帶崑曲戲班到臨川演出，湯顯祖認為這是值得載入臨川史冊的文化盛事，由此可見湯顯祖對於戲曲的由衷喜愛，以及對於戲曲價值的高度重視。他誇獎謝廷贊愛飲醇酒，愛聽崑曲，興致淋漓，狂放不羈，同歷史上的山翁一樣，是真性情的自然流露。

滕王閣看王有信演《牡丹亭》二首①

韻若笙簫氣若絲②，《牡丹》魂夢去來時。河移客散江波起③，不解銷魂不遣知④。

樺燭煙銷泣絳紗⑤，清微苦調翠殘霞。愁來一座更衣起⑥，江樹沉沉天漢斜⑦。

《湯顯祖詩文集》卷十九，徐朔方輯本，北京古籍出版社一九九九年版

【注釋】

①滕王閣：樓閣名。舊址在江西新建縣西章江門上，西臨大江。唐顯慶四年滕王李元嬰為洪州都督時所建。王勃曾在此寫作有名的《滕王閣序》。
②絲：遊絲，飄動的蛛絲。
③河：星河。星河移轉，表示時光漸晚。
④銷魂：形容傷感或歡樂到極點，若魂魄離散軀殼，也作「消魂」。遣：使，令。
⑤樺燭：樺皮捲蠟為燭。絳紗：紅紗。紗，絹之輕細者。唐韋應物《萼綠華歌》：「仙容嬌嬌兮雜瑤珮，輕衣重重兮蒙絳紗。」
⑥更衣：換衣休息。
⑦天漢：即天河。天漢斜，謂夜色已深。

【簡析】

本詩寫作者自己觀看《牡丹亭》演出的感受。魂夢來去，苦調清微，反映了《牡丹亭》深入發掘人物內心世界的藝術力量以及旖旎纏綿、曲折委婉的藝術風格。

越舸以吳伶來①，期之元夕②，漫成二首③

人日期君君有人④，石床清泚注宜春⑤。今宵又踏春陽雪⑥，解傍吳歈記燭巡⑦。
白頭情事故鄉留⑧，殘雪春燈宜夜遊。處處吹簫有明月，相看何必在揚州⑨。

《湯顯祖詩文集》卷十九，徐朔方輯本，北京古籍出版社一九九九年版

【注釋】

①越舸：越地（今浙江中部、南部一帶）來的船。宋・梅堯臣《送師直之會稽宰》詩：「天下風物佳，莫出吳與越。新罷吳官來，又隨越舸發。」吳伶：吳地（今江蘇南部、浙江北部一帶）的伶人。

②元夕：元宵節，農曆正月十五日。

③漫成：隨意寫成，信手寫就。

④人日：舊俗以農曆正月初七為人日。《太平御覽》卷九七六引南朝・梁・宗懔《荊楚歲時記》：「正月七日為人日。以七種菜為羹，剪綵為人或鏤金箔為人，以貼屏風，亦戴之頭鬢。又造華勝以相遺，登高賦詩。」

⑤石床：此處指糟床，榨酒的器具。杜甫《羌村三首》詩之二：「賴知禾黍收，已覺糟牀注。」清泚（音此）：清澈明淨。宜春：酒名。

⑥春陽雪：春雪。

⑦吳歈：春秋吳國的歌。後泛指吳地的歌。《楚辭・招魂》：「吳歈蔡謳，奏大呂些。」王逸注：「吳、蔡，國名也。歈、謳，皆歌也。」此處指崑曲。燭巡：秉燭巡遊，指元宵節燈會。

⑧白頭情事：老年情懷。

⑨「處處」二句：杜牧《寄揚州韓綽判官》詩：「二十四橋明月夜，玉人何處教吹蕭？」此處反其意而用之。

【簡析】

元宵節將近，詩人盼望浙江商船帶來崑曲戲班。在他看來，悠揚宛轉的崑曲演唱，火樹銀花的熠熠燈彩，相互輝映，那是一幅多麼賞心悅目的元宵盛景啊。

只要有明月，有曲聲，那就足以令人陶醉，不一定「天下三分明月夜，二分無賴是揚州」。

傷歌者

聽明許細自朝昏①，慢舞凝歌向莫論②。死去一春傳不死，花神留玩《牡丹》魂③。

《湯顯祖詩文集》卷十九，徐朔方輯本，北京古籍出版社一九九九年版

【注釋】

①許細：歌者名。自朝昏：猶言自來。
②凝歌：聲調徐緩的歌聲。
③《牡丹》：《牡丹亭》。

【簡析】

這位歌者心機靈巧，演技超群。詩人對她的死去深表惋惜，說這樣的人不會死，在花神那裡表演《牡丹亭》呢。這是一首充滿美麗幻想的深情的詩。

楚江秋四首①

等是遷延醉一程②，淒鸞愁鳳語分明③。柔情怕逐江流轉④，一曲琵琶引曼聲⑤。
病倚珠簾微嗽時⑥，無緣相見蹙蛾眉⑦。楚江秋色清如許，坐聽闌干琥珀詞⑧。

繞江幽怨逐弦深⑨，樓外秋山起暮陰。大有行人偷下淚⑩，參差彈破碧雲心⑪。
楚雲如夢夜何如，泥泥弦中說衆諸⑫。落月滿簾風露急，為誰清怨與躊躇⑬。

《湯顯祖詩文集》卷二十一，徐朔方輯本，北京古籍出版社一九九九年版

【注釋】

① 楚江秋四首：據袁于令傳奇《西樓記》（馮夢龍改本題《楚江情》）概括引申而出。

② 等是：同樣是，都是。蘇軾《和子由除夜元日省宿致齋》：「等是新年未相見，此身應坐不歸田。」

③ 淒鸞愁鳳：比喻夫妻或情侶之間因思念而生的愁怨。鸞鳳，比喻夫妻或情侶。

④ 「柔情」句：指《西樓記》中男女主人公的定情曲《楚江情》。

⑤ 曼聲：舒緩的長聲。

⑥ 「病倚」句：《西樓記》演出本《樓會》寫女主人公穆素徽因思慕書生于叔夜而得病，于叔夜去紅樓中與其相會。

⑦ 蛾眉：蠶蛾觸鬚細長而彎曲，因以比喻女子美麗的眉毛。《詩・衛風・碩人》：「螓首蛾眉，巧笑倩兮。」借指女子容貌的美麗。《楚辭・離騷》：「眾女嫉余之蛾眉兮，謠諑謂余以善淫。」

⑧ 琥珀詞：《西樓記》演出本《玩箋》中的曲牌《琥珀貓兒墜》。

⑨ 幽怨：隱藏在心中的怨恨，多指女性情感。唐・李頎《古從軍行》：「行人刁斗風沙暗，公主琵琶幽怨多。」

⑩ 大有：肯定有很多。

⑪ 「參差」句：形容音樂的魅力。唐・張祜《聽簡上人吹蘆管》：「細蘆僧管夜沉沉，越鳥巴猿寄恨吟。吹到耳邊聲盡處，一條絲斷碧雲心。」

⑫ 泥泥：同「昵昵」，親切，親密。韓愈《聽穎師彈琴》詩：「昵昵兒女語，恩怨相爾汝。」說眾諸：敘說許多事情。唐・駱賓王《代女道士靈妃贈道士李榮》詩：「千回鳥信說眾諸，百過鶯啼說長短。」

⑬ 清怨：淒清幽怨。唐・錢起《歸雁詩》：「二十五弦彈夜月，不勝清怨卻飛來。」

【簡析】

徐朔方先生指出：這四首七絕是袁于令傳奇《西樓記》演出本《樓會》和《玩箋》劇情的概括。馮夢龍改編《西樓記》，易名《楚江情》。蓋《楚江情》為劇中男女主角定情曲。湯顯祖這四首七絕所寫恰為全劇流傳最廣之《樓會》及《玩箋》兩齣。第八齣《病晤》演出本改名《樓會》。第二十齣《錯夢》演出本則以前半出為《玩箋》，後半為《錯夢》。原作在兩者之間插入十二齣戲。但在散出演唱時以《玩箋》直接《樓會》並不少見。「琥珀詞」除《玩箋》中曲牌《琥珀貓兒墜》，別無可解釋。

由此四首詞不難想見若士生前已見《西樓記》散出或演或唱。若士於萬曆四十四年丙辰六月十六日（西曆七月二十九日）病故。是年有進士試，江西考生例於先一年冬啟程北上。若士三兒開遠以奉養病父不願遠出，放棄此一機遇，可見若士已染沉疴，萬曆四十四年上半年聽歌觀劇之可能性可以排除。如是則若士與聞《西樓記》散出之時，必在萬曆四十三年之前。此可為《西樓記》成於晚明之旁證。（徐朔方《袁于令年譜》，《浙江社會科學》二〇〇二年第五期）

臧懋循（一五五〇至一六二一），字晉叔，號顧渚。浙江長興人。萬曆八年（一五八〇）進士，歷任荊州府學教授、夷陵知縣、南京國子監博士。萬曆十三年（一五八五）罷官。與王世貞、湯顯祖相友善，改編刊刻了湯顯祖的《玉茗堂四夢》，編有《元曲選》，並輯有《古詩所》、《唐詩所》等。有《負苞堂詩文選》。

夜集流波館聽楊姬歌①，分得「真」字②

重過舊日流波館，猶見當時度曲人③。從來長袖偏能舞④，何處《霓裳》更有真⑤。
娟娟彩扇回明月⑥，冉冉雕梁落細塵⑦。金尊豈辭滿⑧，《玉樹》莫言新⑨。

《負苞堂詩選》卷五，天啟六年臧爾炳刻本

【注釋】

①楊姬：潘之恒《鸞嘯小品》卷二《與楊超超評劇五則》提到「流波君楊美」，當即此人。
②分得「真」字：分韻做詩，以「真」字押韻。
③度曲：按曲譜歌唱。
④長袖偏能舞：《韓非子．五蠹》引古諺：「長袖善舞，多錢善賈。」
⑤《霓裳》：《霓裳羽衣曲》，唐代大曲中的法曲精品，唐歌舞的集大成之作。唐玄宗作曲，安史之亂後失傳。在南唐時期，李煜和大周後將其大部分補齊，但是金陵城破時，被李煜下令燒毀了。到了南宋年間，姜夔發現【商調．霓裳曲】的樂譜十八段。這些片斷還保存在他的《白石道人歌曲》裡。
⑥娟娟：明媚美好的樣子。
⑦「冉冉」句：漢興魯人虞公善雅歌，發聲盡動梁上塵。見《七略》。
⑧金尊：酒杯。
⑨《玉樹》：《玉樹後庭花》，樂府清商曲吳聲歌曲名。唐為教坊曲名。南朝陳後主製。其辭輕蕩，而其音甚哀，故後世稱其亡國之音。

【簡析】

潘之恒在《與楊超超評劇五則》中說：「余前有曲宴之評，蔣六、王節才長而少慧，宇四、顧筠具慧而乏致，顧三、陳七工於致而短於才，兼之者流波君楊美。」這位楊姬是才、慧、致兼長的演員，因此她的歌舞、意態得到了臧懋循的稱賞。

九月十六夜集汪景純宅①，同吳允兆、諸德祖諸君子聽妓②，因拈庭來顰時韻③，賦得四絕

洞戶層軒夜不扃④，遞將歌妓借人聽⑤。不知余曲還留幾，但覺霜華飛滿庭。
疑到秦家學鳳台⑥，歌筵四面錦屏開⑦。雖然佳麗無從見，時送香塵隔棟來⑧。
傳得當年《子夜》新⑨，一聲堪動滿筵人。曲中若到傷心處，難道青蛾不自顰⑩。
豔質偏宜最豔詞⑪，歡情惟有酒能知。一傾一石應難醉⑫，何必羅襦半解時⑬。

《負苞堂詩選》卷五，天啟六年臧爾炳刻本

【注釋】

①汪景純：汪宗孝，字景純，一作景淳，原籍徽州歙縣。早年為諸生，又習武，精於拳術和輕功。後遷揚州，經營鹽業，發家後移住南京。負俠氣，憂時慷慨，期毀家以紓國難，又好畜古書畫鼎彝之屬。名姬孫瑤華依之。

②吳允兆：吳夢暘（一五四六至一六二〇），字允兆，歸安（今浙江湖州）人。與同郡臧懋循、茅維、吳稼登並稱「四子」。有《射堂詩鈔》。諸德祖：諸念修，字德祖，華亭（今上海松江）人，與董其昌、陳繼儒等同時同鄉，經常交遊往來。董其昌《諸德祖像贊》云：「皐門安隱，燕市藏名。騷人劍客，畫史墨卿。五雲彩筆，五嶽豪情。太丘之道自廣，季布之諾不輕。躬昂藏而玉舉，神瑩澈以霜清。雖能摹其形照，而安能寫其心神。」可見諸氏是一位能書善畫的隱士。

③「因拈」句：四首絕句分別以「庭」、「來」、「顰」、「時」押韻。

④洞戶：房間與房間門戶相通。借指幽深的內室。層軒：重軒。指多層的帶有長廊的敞廳。《楚辭・招魂》：「高堂邃宇，檻層軒些。」扃：上門，關門。

⑤遞：順著次序。

⑥鳳台：古台名。漢・劉向《列仙傳・蕭史》：「蕭史者，秦穆公時人也。善吹簫，能致孔雀白鶴於庭。穆公有女，字弄玉，好之。公遂以女妻焉……公為作鳳台，夫婦止其上，不下數年，一日皆隨鳳凰飛去。」南朝・宋・鮑照《升天行》：「鳳台無還駕，簫管有遺聲。」

⑦錦屏：錦繡的屏風。唐・李益《長干行》：「鴛鴦綠浦上，翡翠錦屏中。」

⑧隔棟：隔壁屋子。李世民《三層閣上置音聲》：「隔棟歌塵合，分階舞影連。」

⑨《子夜》：樂府曲名，相傳是東晉女子子夜所作，故名。後人更為《子夜四時歌》等。

⑩青蛾：青黛畫的眉毛；美人的眉毛。顰：皺眉。杜甫《一百五日夜對月》詩：「仳離放紅蕊，想像顰青蛾。」

⑪豔質：豔美的資質。南朝・陳後主《玉樹後庭花》：「麗宇芳林對高閣，新粧豔質本傾城。」

⑫石（音時）：古代容量單位，十斗為一石。

⑬羅襦：綢製短衣。《史記・滑稽列傳》：「羅襦襟解，微聞薌澤。」

【簡析】

錢謙益《列朝詩集小傳》閏集「孫瑤華」云：「瑤華，字靈光，金陵曲中名妓。歸於新安汪景純。景純，江左大俠，憂時慷慨，期毀家以紓國難，靈光多所資助，景純以畏友目之。卜居白門城南，築樓六朝古松下，讀書賦詩，屏卻丹華。景純好蓄古書、畫、鼎彝之屬，經其鑒別不失毫黍。王伯谷極稱之，以為今之李清照也。」不僅書畫收藏，汪景純家班的演唱水平之高，也是少不了孫瑤華一份功勞的。

俞安期（一五五〇至一六二七後），字羨長，初名策，字公臨。吳江（今江蘇蘇州吳江區）人，徙陽羨（今江蘇宜興），老於金陵（今南京）。魁顏長身，才氣蜂湧。嘗以長律一百五十韻投王世貞，世貞為之延譽，名由是起，然竟以布衣終。亦工書。有《寥寥閣全集》。

次韻和范長倩觀家歌僮作劇二十首①，因調長倩②（其二）

分得唐昌觀裡花，諸歌僮來自揚州③，明姿選貯絳帷紗④，薄施脂粉妝成女，額點鞭蓉箭鏃砂⑤。

《寥寥閣全集》卷三十九，明萬曆間刻本

【注釋】

①范長倩：即范允臨（一五五八至一六四一），字至之，別號長倩，又號長白先生。南直隸蘇州府吳縣（今屬江蘇）人。范仲淹十七世孫。萬曆二十三年（一五九五）進士，官至福建參議。允臨少年失怙，終日勤奮讀書。後家道中落，及壯入贅於吳門徐

時泰。夫人徐媛，少工書，善古文，亦工詩翰。伉儷情篤，倡和成集《絡緯吟》。工書畫，時與董其昌齊名。歸築室蘇州天平山，全家遷居，流連詞文，常與好友遨遊於山水之間，不復在意功名。有《輸寥館集》。其家樂也很有名。

②調：調侃，調笑，戲謔。

③唐昌觀：唐道觀名。在長安安業坊南。以玄宗女唐昌公主而得名。觀中有玉蕊花，傳為公主手植，唐宋詩人多有吟詠。參閱唐．康駢《劇談錄》卷下、宋宋敏求《長安志》卷九。

④明姿：明豔的姿態。

⑤鞭蓉：即芙蓉，荷花。白居易《山石榴寄元九》詩：「花中此物似西施，鞭蓉芍藥皆嫫母。」箭鏃砂：朱砂。

【簡析】

范允臨的家樂在當時很有名，歌僮具有多方面的藝術素質。這一首寫歌僮姿態明豔，男扮女裝，別有一種魅力。

胡應麟（一五五一至一六〇二），字元瑞，更字明瑞，號石羊生，別號少室山人。金華蘭溪（今浙江金華）人。萬曆四年（一五七六）舉人。少年時遊燕、吳、齊、魯、趙、衛各地，搜討古書、文物。建書樓三間，名「二酉山房」。所收經、史、子集之書達四萬餘卷，撰有《二酉山房書目》。著述勤奮，徵引廣博。詩文與李維楨、屠隆、魏允中、趙用賢稱為「末五子」。有《少室山房集》、《少室山房類稿》、《詩藪》等。

寄張伯起①

去年我病維揚邸②，日望琴高騎赤鯉③。一朝起色乘江潮，朔風狂雪吹綈袍④。吳門邂逅張伯起⑤，萬卷縱橫列湘几⑥。蓬蒿夾徑春不開⑦，焚香永晝眠蒼苔⑧。翩然為我倒屣出⑨，握手論心稱莫逆⑩。烹熊炰鱉出豐膳⑪，繡虎雕龍指金石⑫。男兒七尺當自強⑬，巢由豈必攀虞唐⑭。千秋大業在竹素⑮，胡為燕雀譏鸞凰⑯。抽毫日纂《文選注》⑰，恍入梁台試精騎⑱。倘來富貴詎足論⑲，避世牆東有深意⑳。陽春堂上橫朱弦㉑，子夜歌成興杳然㉒。他時倘慕蘭陵宅㉓，日候山陰訪戴船㉔。

《少室山房集》卷二十四，文淵閣四庫全書本

【注釋】

① 張伯起：張鳳翼，見前張鳳翼詩作者介紹。

② 去年：指萬曆十五年（一五八八），參見徐朔方《張鳳翼年譜》，《徐朔方集》，浙江古籍出版社一九九三年版，第二卷，第二二八頁。維揚：揚州。

③ 琴高騎赤鯉：傳說戰國時趙人琴高，入涿水取龍子，與諸弟子相約，當於某日返。至期果乘赤鯉而出。見《搜神記》卷一。此處比喻盼望朋友到來。

④ 綈袍：厚繒製成之袍。

⑤ 吳門：指蘇州（春秋時為吳都）西北門閶門。又可作蘇州別稱。邂逅：不期而遇。

⑥ 湘几：湘竹製成的几案。

⑦「蓬蒿」句：形容無人來往。蓬蒿，野生雜草。

⑧ 永晝：漫長的白天。李清照《醉花蔭》詞：「薄霧濃雲愁永晝，瑞腦消金獸。」

⑨ 倒屣：倒穿著鞋。古人家居，脫鞋席地而坐。客人來到，因急於出迎，以致把鞋穿倒。後以形容主人熱情迎客。《三國志・魏書・王粲傳》：「獻帝西遷，粲徙長安，左中郎將蔡邕見而奇之。時邕才學顯著，貴重朝廷，常車騎填巷，賓客盈坐。聞粲在門，倒屣迎之。」

⑩ 論心：談心，傾心交談。王安石《相送行》詩：「憶昔論心兩綢繆，那知相送不得留。」莫逆：指意氣相投，交往密切友好。《莊子・大宗師》：「三人相視而笑，莫逆於心，遂相與為友。」

⑪ 炰（音否）：蒸煮。《詩經・大雅・韓奕》：「其肴維何，炰鱉鮮魚。」

⑫ 繡虎：《類説》卷四引《玉箱雜記》：「曹植七步成章，號繡虎。」繡，謂其詞華雋美；虎，謂其才氣雄傑。後遂以「繡虎」稱擅長詩文、詞藻華麗者。雕龍：戰國時齊人鄒衍善談天地自然之事，雄辯恢奇，頗動人心。稍後有騶奭，採鄒衍之術以紀文，甚得齊王嘉賞，命為列大夫，專營高門大屋為居處，以示尊重，以博能致天下賢士之名。國人因頌為「談天衍，雕龍奭」。後因以「雕龍」比喻善於文辭。劉勰《文心雕龍》，亦取此意而命名。金石：比喻詩文音調鏗鏘，文辭優美。南朝・梁・沈約《懷舊詩・傷謝朓》：「吏部信才傑，文峰振奇響。調與金石偕，思逐風雲上。」

⑬「男兒」句：宋・汪洙《神童詩》：「將相本無種，男兒當自強。」

⑭ 巢由：巢父、許由，相傳皆為堯時隱士，堯讓位於二人，皆不受。因用以指隱居不仕者。《漢書・薛方傳》：「堯舜在上，下有巢由。」虞唐：唐堯虞舜。

⑮ 竹素：猶竹帛。多指史冊、書籍。這裡指著作。

⑯ 胡為：何為，為什麼。《詩・邶風・式微》：「微君之故，胡為乎中露？」

⑰「抽毫」句：張鳳翼有《文選纂注》。《文選》，我國現存最早的詩文總集，梁昭明太子蕭統編選，又稱《昭明文選》。

⑱ 梁台：台型土墩，在今江蘇南京湖熟鎮，傳説蕭統曾來此賞蓮，又在梁台的法清寺樓上讀書。後人為紀念他，在此建「昭明太子讀書樓」。精騎：精鋭的騎兵。

⑲ 倘來：不應得而得或無意中得到。辛棄疾《念奴嬌》詞：「倘來軒冕，問還是、今古人間何物？」詎足：何足。

⑳ 避世牆東：西漢末年，逢萌與徐房、李子雲、王君公是好朋友，都通曉陰陽之學。因為天下大亂，逢萌入山隱居，徐房、李子

雲養徒各千人，王君公遭亂獨不離開，做牛經紀自隱。當時人評論說「避世牆東王君公。」見《後漢書・逸民傳・逢萌》。

㉑陽春堂：張鳳翼堂名。陽春，即《陽春》、《白雪》古代高雅之曲。戰國・楚・宋玉《對楚王問》：「其為《陽阿》、《薤露》，國中屬而和者數百人，其為《陽春》、《白雪》，國中屬而和者不過數十人而已。」朱弦：用熟絲製的琴弦。泛指琴瑟類絃樂器。

㉒《子夜》：樂府曲名，相傳是東晉女子子夜所作，故名。後人更為《子夜四時歌》等。杳然：猶悠然，形容心情。《舊唐書・文苑傳下・元德秀》：「秩滿，南遊陸渾，見佳山水，杳然有長往之志，乃結廬山阿。」

㉓蘭陵宅：指作者的住宅。作者是金華蘭溪（今浙江金華）人。

㉔山陰訪戴：南朝・宋・劉義慶《世說新語・任誕》說：王子猷居住在山陰，一次夜下大雪，他從睡眠中醒來，打開窗戶，命僕人斟上酒。四處望去，一片潔白銀亮，於是起身，慢步徘徊，吟誦著左思的《招隱》詩。忽然間想到了戴逵，當時戴逵遠在曹娥江上游的剡縣，即刻連夜乘小船前往。經過一夜才到，到了戴逵家門前卻又轉身返回。有人問他為何這樣，王子猷說：「我本來是乘著興致前往，興致已盡，自然返回，為何一定要見戴逵呢？」

【簡析】

錢謙益《列朝詩集小傳》丁集中「張舉人鳳翼」云：「鳳翼，字伯起，長洲人。與其弟獻翼幼于、燕翼叔貽，並有才名。吳人語曰：『前有四皇，後有三張。』伯起、叔貽，皆舉鄉薦，幼于困國學，叔貽蚤死，而伯起老于公車，年八十餘乃終。伯起善書，晚年不事干請，鬻書以自給。好度曲，為新聲，所著《紅拂記》，梨園子弟皆歌之。伯起與余從祖春池府君，同舉嘉靖甲子。余弱冠，與二三少年沖酒闌入其家宴，酒闌燭炧，伯起具賓主，身行酒炙，執手問訊，其言藹如，先進風流，至今猶可思也。」張鳳翼的為人風度、文學才華，在胡應麟這首詩中也有生動反映，與小傳參看，更覺這位戲曲家的形象栩栩如生。

歐水部招同張太學、劉大理、顧司勳夜集徐園①，遲李臨淮不至②，同用心字二首③

華館夜沉沉，追隨愜素心④。佩環三署合⑤，燈火萬家深。《白苧》翻吳曲⑥，青萍動越吟⑦。征西期不至⑧，愁絕露華侵。

名園仍北郭⑨，小徑入東林。地憶先皇賜⑩，天回上客吟⑪。當尊荷芰色⑫，滿座薜蘿心⑬。冉冉長安月，飛光下翠岑⑭。

《少室山房集》卷三十二，文淵閣四庫全書本

【注釋】

① 歐水部：歐大任（一五一六至一五九六），廣東順德人，字楨伯。嘉靖中以貢生官江都訓導，遷光州學正。後遷國子監博士，官至南京工部郎中。工詩，同盧柟、俞允文、李先芳、吳維嶽並稱「廣五子」。有《虞部集》等。張太學、劉大理：未詳。顧司勳：顧從義（一五二三至一五八八），字汝和，號研山，上海人。官中書舍人，大理寺評事，與兄顧從禮創議築上海城牆。他學識淵博，精於鑒別書畫及碑帖。工書法、善繪畫，是聞名吳越間的風雅之士，為王世貞、文徵明等所器重。徐園：明太祖朱元璋賜給徐達的園林。

② 遲：等候。李臨淮：李言恭（一五四一至一五九九），字惟寅，號青蓮居士，南直隸鳳陽府盱眙（今屬江蘇）人。明開國功臣李文忠八世孫，萬曆三年襲爵臨淮侯，守備南京，累官知太保總督京營戎政。好學能詩，奮跡詞壇，有《貝葉齋稿》、《青蓮閣集》，另有《日本考》。素心：指沒有胡思亂想、欲望雜念。陶淵明《移居》其一：「聞多素心人，樂與數晨夕。」

③ 用心字：用「心」字押韻。

④ 素心：本心，素願。李白《贈從弟南平太守之遙》詩之二：「素心愛美酒，不是顧專城。」

⑤ 佩環：玉佩。
⑥ 《白苧》：《白苧歌》，樂府名，吳之舞曲，其詞盛稱舞者姿態之美，現存歌詞以晉之《白苧舞詞》為最早。此處「《白苧》」，指梁辰魚的散曲集《江東白苧》，亦泛指崑曲。吳曲：指崑曲。
⑦ 青萍：浮萍。越吟：越地歌曲。「越吟」、「吳曲」，互文見義。
⑧ 征西：征西將軍，武將，指李臨淮。
⑨ 北郭：古代城邑外城的北部。亦指城外的北郊。
⑩ 「地憶」句：指徐園為明太祖朱元璋御賜。
⑪ 天回：指時光流逝。漢・桓譚《新論・惜時》：「天回日轉，其謝如矢。」
⑫ 當尊：對酒。荷芰：出水的荷。
⑬ 薜蘿心：隱居之心。唐・李頎《題少府監李丞山池》詩：「他人驌驦馬，而我薜蘿心。」薜蘿，薜荔和女蘿。兩者皆野生植物，常攀緣於山野林木或屋壁之上。
⑭ 岑：小而高的山。

【簡析】

胡應麟與幾位朋友聚會在南京徐王孫府的園林，夜景如畫，而崑曲的演唱也是不可缺少的節目。這些朋友有文有武，但大家都是崑曲的愛好者。

贈高深甫二首①

最憶高常侍②，生平樂事饒③。千金求騄駬④，十院貯紅綃⑤。古蹟留三代⑥，新聲和六朝⑦。湖頭明月滿，無夜不吹簫。

自愜逍遙理⑧，誰同汗漫遊⑨。異書中秘得⑩，名墨太清留⑪。夜月漁陽鼓⑫，春山燕子樓⑬。六橋楊柳色⑭，無處避驊騮⑮。

《少室山房集》卷三十三，文淵閣四庫全書本

【注釋】

① 高深甫：高濂（一五二七或略前至一六〇六或略後），字深甫，號瑞南，一作瑞南居士，錢塘（今浙江杭州）人。工詩詞及戲曲。家中藏書豐富，「少嬰羸疾，復苦瞶眼」，遂喜談醫道，重養生，咨訪奇方秘藥，用以治療羸疾，眼疾遂愈。曾在北京鴻臚寺任官，後隱居西湖。平生著述甚豐，有傳奇《玉簪記》、《節孝記》（含《賦歸記》、《陳情記》兩種），又有《遵生八箋》等。

② 高常侍：唐代詩人高適（七〇一至七六五），官至散騎常侍，人稱高常侍。此處比喻高濂。

③ 饒：多。

④ 騄駬（音錄耳）：古代駿馬名，也作騄耳。

⑤ 紅綃：紅色薄綢，多用於歌舞妓名。

⑥ 古蹟：古文物。三代：夏商周。

⑦ 新聲：指崑曲。六朝：東吳、東晉、宋、齊、梁、陳，都建都於南京。

⑧ 愜（音怯）：恰當，合乎。

⑨ 汗漫遊：世外之遊。形容漫遊之遠。《淮南子》卷十二《道應訓》：「吾與汗漫期於九垓之外，吾不可以久駐。」漢・高誘注：「汗漫，不可知之也。九垓，九天之外。」杜甫《奉送王信州崟北歸》詩：「復見陶唐理，甘為汗漫遊。」

⑩ 中秘：宮廷珍藏圖書文物之所。金・元好問《密公寶章小集》詩：「王家書絕畫亦絕，欲與中秘論低昂。」

⑪ 太清：天空。

⑫ 漁陽鼓：即漁陽摻，鼓曲名，又名「漁陽參撾」、「漁陽摻撾」。摻撾是一種擊鼓之法。南朝宋・劉義慶《世說新語・言語》：「禰衡被魏武謫為鼓吏。正月半，試鼓。衡揚枹為漁陽摻撾。淵淵有金石聲，四坐為之改奪。」

⑬燕子樓：唐貞元年間，武寧軍節度使張愔（張建封之子）鎮守徐州時，在其府第中為愛妾關盼盼特建的一座小樓，因其飛簷挑角，形如飛燕，且年年春天南來燕子多棲息於此，故名。張愔死後，關盼盼矢志不嫁，在燕子樓中度其餘生。唐代詩人張仲素有與白居易的一組唱和詩《燕子樓》。蘇軾有《永遇樂》詞，題「彭城夜宿燕子樓，夢盼盼，因作此詞」。

⑭六橋：杭州西湖外湖蘇堤上之六橋：映波、鎖瀾、望山、壓堤、東浦、跨虹。宋・蘇軾所建。亦指西湖裡湖之六橋：環璧、流金、臥龍、隱秀、景行、濬源。明・楊孟瑛所建。參閱明田汝成《西湖遊覽志・孤山三堤勝跡》。

⑮驊騮（音華留）：赤色的駿馬。杜甫《奉簡高三十五使君》詩：「驊騮開道路，鷹隼出風塵。」

【簡析】

高濂曾在北京任鴻臚寺官，後隱居西湖。精通音律，「能度曲，每開樽宴客，按拍高歌以為娛樂」，「又嘗聚鄰人為說宋江故事」。對於詩詞歌賦，鑒賞文物，無所不涉，琴棋書畫，茶酒烹調，無所不通。家境富裕，隱居西湖，徜徉山水之間，「嘗築山滿樓於跨虹橋，收藏古今書籍」，且以宋本為多，因之得以博覽古今。所作《玉簪記》膾炙人口，在崑曲舞臺上傳唱至今。胡應麟的這兩首詩，對於高濂的精神風貌，有很生動的描繪，使我們如見其人。

狄參戎邀集園亭觀女劇①，即席賦

將軍西第燕②，奏伎鬱金堂③。樊素先登席④，秦青正繞樑⑤。巫雲飛繡褥⑥，楚雪照羅裳⑦。不盡淳于興，留髡夜正長⑧。

飄飄青鳥使⑨，晨迓白鷗群⑩。豔舞偏傾國⑪，嬌歌盡遏雲⑫。江深桃葉度⑬，灘遠竹枝聞⑭。不分黃花色，霜前撲畫裙。

《少室山房集》卷四十，文淵閣四庫全書本

【注釋】

① 狄參戎：即狄明叔：山東臨清人，家世武弁出身，官至浙西參戎。酷愛崑曲，壯年去官歸家後將崑曲帶到家鄉，蓄有崑曲女樂一部。

② 燕：通「宴」。

③ 鬱金堂：女子居室的美稱。唐・沈佺期《古意》：「盧家少婦鬱金堂，海燕雙棲玳瑁梁。」

④ 樊素：白居易家姬，與小蠻齊名。唐・孟棨《本事詩・事感》：「白尚書（居易）姬人樊素善歌，妓人小蠻善舞，嘗為詩曰：櫻桃樊素口，楊柳小蠻腰。」

⑤ 秦青：戰國著名歌唱家。《列子・湯問》記載秦青曾收薛譚為徒。薛譚未盡得其藝欲辭歸。秦青送行至郊外，別時引吭高歌，聲震林木，響遏行雲。薛譚聞之大驚，乃放棄回歸之念。繞樑：《列子・湯問》：「昔韓娥東之齊，匱糧，過雍門，鬻歌假食，既去而餘音繞樑，三日不絕，左右以其人弗去。」

⑥ 巫雲：即巫山雲雨。戰國・楚・宋玉《高唐賦》寫楚王在此與巫山神女相遇。神女臨別時說：「妾在巫山之陽，高丘之阻，旦為朝雲，暮為行雨。朝朝暮暮，陽臺之下。」後因以「高唐」、「巫山」、「雲雨」指男女情事。

⑦ 白雪：即《陽春》、《白雪》，古代高雅之曲。戰國・楚・宋玉《對楚王問》：「其為《陽阿》、《薤露》，國中屬而和者數百人，其為《陽春》、《白雪》，國中屬而和者不過數十人而已。」明・袁宏道《集沈青平齋限韻》詩：「麗歌飛楚雪，方語雜吳都。」

⑧ 「不盡」二句：《史記・滑稽列傳》記淳于髡自述：「日暮酒闌，合尊促坐，男女同席，履舄交錯，杯盤狼藉。堂上燭滅，主

人留髡而送客。羅襦襟解，微聞薌澤。當此之時，髡心最歡，能飲一石。」後因稱留客為「留髡」，舊時亦特指青樓留客。

⑨青鳥使：神話傳說西王母有三青鳥代為取食報信，後因以「青鳥使」借指傳遞書信的使者。孟浩然《清明日宴梅道士房》詩：「忽逢青鳥使，邀入赤松家》」

⑩白鷗群：隱居之意。唐・劉長卿《秋日夏口》詩：「偶乘青雀舫，還在白鷗群。」

⑪傾國：形容女子容貌極美。《漢書・外戚傳下・孝武李夫人》：「北方有佳人，絕世而獨立。一顧傾人城，再顧傾人國。」

⑫遏云：指秦青之歌響遏行雲。

⑬桃葉：傳說東晉書法家王獻之有愛妾名叫桃葉，其妹曰桃根。桃葉往來於秦淮兩岸時，王獻之放心不下，常常都親自在南浦渡迎送，並為之作《桃葉歌》：「桃葉復桃葉，渡江不用楫。但渡無所苦，我自迎接汝。」從此南浦渡被稱為桃葉渡。

⑭竹枝：即竹枝詞。唐代樂府曲名。原是四川東部（今屬重慶）一種與音樂、舞蹈結合的民歌。唐劉禹錫被貶夔州時，曾學習竹枝詞，改作新詞，寫當地風土人情和男女戀情，也有表達自己感情的。每首七言四句，形同七絕，語言通俗優美。其後作者頗多。竹枝詞有民歌色彩，可用以歌唱，後來用作詞牌。

【簡析】

狄參戎家這次女劇演出，可以說歌舞並佳，所以觀眾興致勃勃，看到夜深也不覺得疲倦。細讀此詩可以發現，演出總體上說是「女劇」，實際上還有男歌者參加，而且演唱的水平很高，恐怕就是女樂的教師吧。

羅生館中閱伎作①（二首）

是夕奏梁辰魚《吳越春秋》②

逆旅愁無賴③，良宵興若何④？纖腰呈楚舞⑤，稚齒發吳歌⑥。院落飄紅霧⑦，樓臺駐絳河⑧。扁舟拉西子⑨，早晚若耶過⑩。

為探傾城色⑪，聊停上漢槎⑫。興移金谷樹⑬，春滿玉台花⑭。益壽懷羞壯⑮，安仁鬢未華⑯。異時雲水約⑰，珍重越溪紗⑱。

《少室山房文集》卷四十，文淵閣四庫全書本

【注釋】

①羅生：不詳。

②《吳越春秋》：梁辰魚所作傳奇《浣紗記》，演吳越爭霸故事。

③逆旅：客舍。無賴：無奈，無可如何。

④良宵：美好的夜晚。

⑤纖腰：細腰。

⑥稚齒：謂年少。吳歌：吳地歌曲，此處指崑曲。按楚舞、吳歌歷來著名。庾信《哀江南賦》：「吳歈越吟，荊豔楚舞。」

⑦「院落」句：說濃妝豔抹的藝人載歌載舞，院落裡彷彿飄揚著層層紅霧。

⑧「樓臺」句：樓臺裡燈光燦爛，彷彿銀河降落人間。

⑨扁（音偏）舟：小舟。西子：西施。

⑩若耶：溪名，又名五雲溪，在浙江紹興東南。相傳西施曾浣紗於此，故又名浣紗溪。

⑪傾城：形容女子貌美。漢·李延年詩：「北方有佳人，絕世而獨立。一顧傾人城，再顧傾人國。」

⑫上漢槎：神話傳說天河與海相通，漢代有人曾乘槎到天河，遇牽牛織女。見晉·張華《博物志》三。槎（音茶），木筏。

⑬金谷：地名，也稱金谷澗。在河南洛陽市西北。晉代石崇築園於此，即世傳之金谷園，賓遊極盛。

⑭ 玉台：台觀名。曹植《冬至獻襪履表》：「入金門，登玉台。」南朝・陳・徐陵《玉台新詠》取義於此。
⑮ 益壽：東晉謝安之子謝混，字益壽。
⑯ 安仁：潘岳（二四七至三〇〇），晉滎陽中牟人，當時有名的美男子。
⑰ 雲水約：相約漫遊。
⑱ 越溪：即若耶溪。

【簡析】

梁辰魚的《浣紗記》是早期的崑劇劇本。它對於崑腔的發展和傳播，具有里程碑的意義。但萬曆年間有些批評家對梁辰魚及《浣紗記》的評價卻不十分公允，說《浣紗記》「淺陋」（王驥德《曲律》卷二）、「出口便俗」（徐復祚《三家村老委談》）。胡應麟也是萬曆間人，他對梁辰魚及《浣紗記》的評價卻比較公允。這兩首詩描繪了演出《浣紗記》時的藝術氣氛及自己觀後的感受。

徐明府仁卿招集墅中有序①

時孫生國梁、金生石聲在坐②，酒酣，命小奚歌《紅線》侑卮③，入夜別明府，過劉總戎④，兩生拂衣從余，潦倒幾申旦⑤，復發興⑥，攜兩生入徐納言宅觀梨園⑦，適演雜劇《黃四娘》⑧，乞人有借名杜拾遺者⑨，傍觀爭目兩生，余為撫掌一大噱而出⑩。

面面朱簾霽色流⑪，主人攜榻自南州⑫。三年潁水傳新績⑬，一夕臨安話舊遊⑭。舞罷青萍霜照匣⑮，歌回紅線月如鈎。銜杯未劇高陽興⑯，笑殺君卿事五侯⑰。

《少室山房集》卷五十五，文淵閣四庫全書本

【注釋】

①徐明府仁卿：徐任道，字仁卿，浙江衢州人。萬曆十四年（一五八六）進士。明府，「明府君」的略稱，漢人用為對太守的尊稱。

②孫生國檠、金生石聲：未詳。

③小奚：未成年奴僕。《紅線》：梁辰魚所作雜劇《紅線女》，據唐・袁郊傳奇小說《紅線傳》改編，寫唐潞州節度使薛嵩家青衣紅線隻身潛入魏博節度使田承嗣戒備森嚴的住宅，盜走床頭金盒，使一向飛揚跋扈的田承嗣魂飛魄喪，不敢向鄰境發動不義之戰。祁彪佳《遠山堂劇品》稱此劇「工美之至，已幾於金相玉質矣」。侑卮（音右支）：佐酒。

④總戎：總兵。

⑤潦倒：舉止散漫，不自檢束。申旦：自夜達旦，猶「通宵」。《楚辭・九章・思美人》：「申旦以舒中情兮，志沉菀而莫達。」

⑥發興：激發意興。南朝・宋・鮑照《園中秋散》詩：「臨歌不知調，發興誰與歡。」

⑦納言：官名。梨園：唐代訓練樂工的機構。《新唐書・禮樂志》：「玄宗既知音律，又酷愛法曲，選坐部伎子弟三百，教於梨園。聲有誤者，帝必覺而正之，號皇帝梨園弟子。」梨園的主要職責是訓練樂器演奏人員，與專司禮樂的太常寺和充任串演歌舞散樂的內外教坊鼎足而三。後世遂將戲曲演出場所稱梨園，戲曲演員稱為梨園弟子。

⑧雜劇《黃四娘》：據杜甫詩意創作。杜甫《江畔獨步尋花七絕句》其六：「黃四娘家花滿蹊，千朵萬朵壓枝低。留連戲蝶時時舞，自在嬌鶯恰恰啼。」

⑨杜拾遺：杜甫，曾官左拾遺。

⑩ 噱（音決）：大笑。
⑪ 霽色：晴朗的天色。唐・元稹《飲致用神曲酒三十韻》詩：「雪映煙光薄，霜涵霽色泠。」
⑫ 「主人」句：東漢陳蕃做豫章太守時，不接待賓客，唯徐稚來訪，特設一榻，徐一去就把榻懸掛起來。因徐稚為豫章人，故稱「南州榻」。見《後漢書・徐稚傳》。後用為禮遇嘉賓之典實。
⑬ 潁水：即潁川，古郡名，治所在陽翟（今河南禹州）。
⑭ 臨安：浙江杭州。
⑮ 青萍：寶劍名。李白《送族弟單父主簿凝攝宋城主簿至郭南月橋卻回棲霞山留飲贈之》詩：「吾家青萍劍。操割有餘閒。」
⑯ 高陽興：高陽，古鄉名，在今河南杞縣西南。秦末酈食其即此鄉人，他求見劉邦，劉邦說沒有工夫見儒生，他自稱「高陽酒徒」，劉邦接見了他。見《史記・酈生陸賈列傳》。後遂用「高陽酒徒」指好飲酒而狂放不羈的人。
⑰ 君卿事五侯：漢代婁護，字君卿，歷遊五侯之門，以五侯之食彙而為美食五侯鯖。見魯迅編撰《古小說鉤沉・裴子語林》。

【簡析】

胡應麟與孫、金二生，一夜之間，先到徐明府墅中觀看梁辰魚雜劇《紅線女》的演出，又到徐納言宅中觀看雜劇《黃四娘》的演出，通宵達旦，既可見三位狂生觀劇興致不淺，又可見當時名宦士紳之家戲曲演出極為頻繁，當時社會就是這樣彌漫著一種陶醉於戲曲的氣氛。

七月望抵武林①，陸履素使君招集湖上②，樂人周生瑾者年少善歌，酒酣持扇索題，即席塗抹四韻③

華星明月遍西園④，皂蓋追隨識大藩⑤。南國風流周小史⑥，東吳才望陸平原⑦。

朱弦度曲飛霜麗⑧，玉局觀棋墜露繁⑨。夾岸芙蕖千萬朵⑩，歸來何異宿桃源⑪。

《少室山房集》卷五十八，文淵閣四庫全書本

【注釋】

①七月望：農曆七月十五日。武林：今浙江杭州。

②陸履素：陸從平，字履素，華亭人。隆慶二年（一五六八）進士。萬曆八年（一五八〇）任漳州知府。萬曆二十四年（一五九四）前後，曾在杭州任都轉鹽運使司運使。

③四韻：八句。

④西園：即銅雀園，位於鄴都西郊，園中有銅雀台、芙蓉池等景觀，曹丕、曹植兄弟及孔融之外的六子常在那裡聚會遊宴，「酒酣耳熱，仰而賦詩」，因此他們的詩中也常提到西園。西園宴游作為文人雅事，令後世文人豔羨不已。又，北宋駙馬都尉王詵宅第亦名西園。宋元豐初，王詵曾邀蘇軾兄弟及黃庭堅、米芾、李之儀、李公麟、晁補之、張耒、秦觀等十六人在此雅集，米芾為記，李公麟作《西園雅集圖》。

⑤皂蓋：古代官員所用的黑色蓬傘。大藩：指陸履素。

⑥周小史，是晉朝美男子，晉・張翰《周小史》詩：「翩翩周生，婉孌幼童。年十有五，如日在東。香膚柔澤，素質參紅。團輔圓頤，菡萏芙蓉。爾形既淑，爾服亦鮮。輕車隨風，飛霧流煙。轉側綺靡，顧盼便妍。和顏善笑，美口善言。」小史，侍從，書童。

⑦陸平原：陸機（二六一至三〇三），字士衡，吳郡吳縣華亭（今上海松江）人，西晉文學家，與其弟陸雲合稱「二陸」，後死於「八王之亂」，被夷三族。曾歷任平原內史、祭酒、著作郎等職，故世稱「陸平原」。

⑧度曲：按曲譜歌唱。

⑨玉局：棋盤的美稱。唐李商隱《燈》詩：「錦囊名畫掩，玉局敗碁收。」

⑩芙蕖：荷花。

⑪桃源：桃花源。

【簡析】

張岱的小品文《西湖七月半》寫了西湖形形色色的遊湖人群，其中有一種是「亦船亦聲歌，名妓閒僧，淺斟低唱，弱管輕絲，竹肉相發」，本詩寫陸使君招飲湖上，歌者周瑾演唱崑曲，正是此種情景。詩中聯想到曹丕、曹植等人的西園宴游，王詵、蘇軾等人的西園雅集，雖然都是文人的風流雅事，而今多了崑曲這一藝術元素，情調自然又不同了。

狄明叔後房姬侍甚都①，而新畜小鬟十餘②，合奏南劇③，尤為賓客豔慕④，先是余未及睹，特此訊之

十斛明珠燕子樓⑤，白櫻桃下最風流⑥。爭誇靜婉腰圍細⑦，每憶嬌嬈態度柔⑧。買處赤繩頻繫足⑨，歌來紅錦半纏頭⑩。龍鍾定遠龜茲外，底事當年筆浪投⑪。

《少室山房集》卷六十一，文淵閣四庫全書本

【注釋】

① 狄明叔：山東臨清人，家世武弁出身，官至浙西參戎。酷愛崑曲，壯年去官歸家後將崑曲帶到家鄉，蓄有崑曲女樂一部。都：美。

② 小鬟：舊時用以代稱小婢。李賀《追賦畫江潭苑》詩：「小鬟紅粉薄，騎馬佩珠長。」

③南劇：崑曲。

④豔慕：愛慕，羨慕。

⑤燕子樓：唐貞元年間，武寧軍節度使張愔（張建封之子）鎮守徐州時，在其府第中為愛妾關盼盼特建的一座小樓，因其飛簷挑角，形如飛燕，且年年春天南來燕子多棲息於此，故名。張愔死後，關盼盼矢志不嫁，在燕子樓中度其餘生。唐代詩人張仲素有與白居易的一組唱和詩《燕子樓》。蘇軾有《永遇樂》詞，題「彭城夜宿燕子樓，夢盼盼，因作此詞」。

⑥「白櫻桃」句：形容姬侍之美。唐．陸龜蒙《鄴宮詞二首》之一：「曉日靚妝千騎女，白櫻桃下紫綸巾。」

⑦靜婉：張靜婉，南朝．梁．羊侃姬妾。據《梁書》記載，羊侃為人豪奢，善音律，姬妾眾多，其中張靜婉，容貌絕世，腰圍一尺六寸，身輕如燕，時人皆認為她能在掌中起舞。羊侃為其作《採蓮》《棹歌》二曲。

⑧嬌嬈：董嬌嬈，女子名。樂府有《董嬌嬈》。後以「董嬌嬈」作為美人或歌姬的典故。

⑨赤繩系足：舊指男女雙方經由媒人介紹而成親。唐．李復言《續玄怪錄》：「固問囊中何物，曰：『赤繩子耳！以繫夫妻之足，及其生則潛用相繫，雖仇敵之家，貴賤懸隔，天涯從宦，吳楚異鄉，此繩一繫，終不可綰。』」

⑩纏頭：古代歌舞者常以錦帛裹頭，以為裝飾，後來轉變為贈送演員財物的通稱。

⑪「龍鍾」二句：班超，字仲升，漢扶風平陵（今陝西咸陽東北）人。《漢書》撰著人班彪之子，班固之弟，班昭之兄。投筆從戎，在西域三十年，立下豐功，被封定遠侯。曾經帶領三十六人的一支小軍隊，推翻龜茲國在疏勒國所立的傀儡政權，重立疏勒故王兄長之子為王。晚年思念故土，表示「臣不敢望到酒泉郡，但願生入玉門關」。見《後漢書．班超傳》。龍鍾，年老體衰、行動不便的樣子。龜茲（音秋詞），古西域國名，在今新疆維吾爾自治區庫車縣一帶。

【簡析】

這首詩明確地記錄狄明叔家班新買歌女十餘人，演唱的是崑曲。她們年輕貌美，唱得好，演得也好。詩中還指出，狄明叔壯年去官歸家，以欣賞崑曲為樂，這是最好的人生享受，使得在座的賓客羨慕不已。

伶人奏劇，適歌陸濬明《明珠記》①，戲成此章呈水部②

朱門何事濫吹竽③，玳瑁筵開系白駒④。是處雲霞聯趙璧⑤，頻年風雨泣隋珠⑥。
華名第一歸仙客⑦，高價無雙得麗姝⑧。美酒十千拚盡醉，共將行樂賦《山樞》⑩。

《少室山房文集》卷六十一，文淵閣四庫全書本

【注釋】

① 陸濬明：陸粲，字子餘，一字濬明，長洲（今江蘇吳縣）人。曾協助其弟陸采（字子玄）寫成傳奇《明珠記》。《明珠記》取材於唐薛調傳奇小說《無雙傳》，寫少女劉無雙與王仙客相戀，劉父被奸相盧杞誣陷入獄，無雙母女被拘入宮。王仙客得義士古押衙之助，用計救出無雙，結為夫妻。後劉父冤案得雪，全家團圓。

② 水部：官名，在明清即為都水司，掌有關水道的政令。此處疑指趙用賢。按用賢，字汝師，常熟人。與李維楨、魏允中、屠隆、胡應麟稱「末五子」。

③ 朱門：紅漆的門，官僚府第。濫吹竽：《韓非子・內儲》上：「齊宣王使人吹竽，必百人。南郭處士請為王吹竽，宣王說之，廩食以數百人。宣王死，湣王立，好一一聽之，處士逃。」此處是作者自謙作詩不美。

④ 玳瑁筵：以玳瑁裝飾坐具的宴席，指盛宴。白駒：《莊子・知北遊》：「人生天地間，若白駒之過隙，忽然而已。」引申即以白駒指光陰。

⑤ 趙璧：即和氏璧，戰國時楚人卞和得之於荊山之下，後歸趙國。

⑥ 隋珠：傳說中的寶珠。《淮南子・覽冥》注：「隋侯，漢東之國，姬姓諸侯也。隋侯見大蛇腸斷，以藥傅之，後蛇於江中銜大珠以報之，因曰隋侯之珠。」按以上二句自曹植《與楊德祖書》「人人自謂握靈蛇之珠，家家自謂抱荊山之玉」化出。

⑦ 華名：美名。仙客：王仙客。

⑧ 無雙：劉無雙。麗姝：美女。

⑨ 美酒十千：言酒之價貴。曹植《名都篇》：「我歸宴平樂，美酒斗十千。」

⑩《山樞》：《詩・唐風》有《山有樞》篇。樞，木名，即刺榆。此詩表現了及時行樂的思想。

【簡析】

陸采創作傳奇《明珠記》時，只有十九歲。他的創作得到其兄陸粲與蘇州曲師的幫助，故胡應麟將此劇作者誤題為陸濬明（粲）。此劇也是當時舞臺上經常演出的一部傳奇，可以看出，詩人對此劇頗為欣賞。

狄明叔邀集新居①，命女伎奏劇②，凡《玉簪》、《浣紗》、《紅拂》三本③，即席成七言律四章

名花十院盡蛾眉④，美酒金樽照陸離⑤。霧裡雙鸞騰玉闕⑥，雲中八駿下瑤池⑦。
參差趙瑟傳情遠⑧，縹緲秦笙度曲遲⑨。後夜屋樑頻悵望，河橋孤館月明時⑩。

伎十人，二尤善謳。

【注釋】

① 狄明叔：山東臨清人，家世武弁出身，官至浙西參戎。酷愛崑曲，壯年去官歸家後將崑曲帶到家鄉，蓄有崑曲女樂一部。

② 奏劇：唱曲。

③《玉簪》：高濂所作傳奇《玉簪記》，寫道姑陳妙常與書生潘必正愛情婚姻故事，取材於《古今女史》和明人雜劇《張于湖誤宿女貞觀記》。《浣紗》：梁辰魚所作傳奇《浣紗記》，演吳越爭霸故事。《紅拂》：張鳳翼所作傳奇《紅拂記》，演李靖、紅拂事，取材於唐人杜光庭傳奇小說《虬髯客傳》。

④蛾眉：蠶蛾觸鬚細長而彎曲，因以比喻女子美麗的眉毛。《詩・衛風・碩人》：「螓首蛾眉，巧笑倩兮。」借指女子容貌的美麗。《楚辭離騷》：「眾女嫉余之蛾眉兮，謠諑謂余以善淫。」

⑤陸離：色彩繁雜絢麗。

⑥「霧裡」句：漢・劉向《列仙傳・蕭史》：「蕭史者，秦穆公時人也。善吹簫，能致孔雀白鶴於庭。穆公有女，字弄玉，好之。公遂以女妻焉……公為作鳳台，夫婦止其上，不下數年，一日皆隨鳳凰飛去。」南朝・宋・鮑照《升天行》：「鳳台無還駕，簫管有遺聲。」玉闕：傳說中天帝、仙人所居的宮闕。又指皇宮、朝廷。

⑦「雲中」句：據《穆天子傳》，周穆王得赤驥、盜驪、白義、逾輪、山子、渠黃、驊騮、綠耳八匹駿馬，御者造父，伯夭作嚮導，西征昆侖山，見到西王母。瑤池，古代傳說中昆侖山上的池名，西王母所居。

⑧趙瑟：指瑟。因這種樂器戰國時流行於趙國，澠池會上秦王又要趙王鼓瑟（見《史記・廉頗藺相如列傳》），故稱。

⑨秦笙：北周・庾信《周冠軍公夫人烏石蘭氏墓誌銘》：「留連趙瑟，悽愴秦笙。」度曲：按曲譜歌唱。

⑩「後夜」二句：表示對朋友的懷念。杜甫《夢李白》詩：「落月滿屋樑，猶疑照顏色。」

⑪高唐：戰國時楚國台觀名。戰國・楚・宋玉《高唐賦》寫楚王在此與巫山神女相遇。神女臨別時說：「妾在巫山之陽，高丘之阻，旦為朝雲，暮為行雨。朝朝暮暮，陽臺之下。」後因以「高唐」、「巫山」、「雲雨」指男女情事。

【簡析】

狄明叔家的崑曲女樂在當時是有名的，馮夢禎《快雪堂日記》萬曆二十四年（一五九六）十二月初九：「狄明甫來。留敘，底暮而別。狄，臨清人，名某，家世武弁，仕至浙西參戎，三十解官歸。有文彩，家畜聲伎。」這首詩所寫的《玉簪記》、《浣紗記》、《紅拂記》三劇，是狄明叔長期生活和遊歷過的江南地區的崑曲流行劇目，狄明叔把它們帶到了山東臨清一帶。此時正當萬曆中期，正是崑曲開始進入北京的時代，活動在運河沿岸的狄明叔家崑曲女樂對此是作出了貢獻的。

痛飲狂歌白日酣，何人同住百花潭①。明妝陳女開金屋②，妙舞羊姬弄玉簪③。

滿架荼蘼風乍入④，當庭楊柳月初含。追歡拚竭良宵興⑤，滿眼關河繫別驂⑥。

【注釋】

①百花潭：在四川成都市西郊。潭北有杜甫草堂。杜甫《狂夫詩》：「萬里橋西一草堂，百花潭水即滄浪。」此處指去官後居住之所。

②「明妝」句：用金屋藏嬌典故。據《漢武故事》，劉徹幼時喜歡表姐陳阿嬌，說：「若得阿嬌作婦，當作金屋貯之。」

③「妙舞」句：張靜婉，南朝・梁・羊侃姬妾。據《梁書》記載，羊侃為人豪奢，善音律，姬妾眾多，其中張靜婉，容貌絕世，腰圍一尺六寸，身輕如燕，時人皆認為她能在掌中起舞。羊侃為其作《採蓮》《棹歌》二曲。

④荼蘼（音途迷）：一種薔薇科的草本植物，春天之後，往往直到盛夏才會開花。因此人們常認為荼蘼花開是一年花季的終結。宋・王淇《春暮遊小園》：「開到荼蘼花事了，絲絲天棘出莓牆。」

⑤追歡：猶尋歡。蘇軾《去歲與子野遊逍遙堂》：「往歲追歡地，寒窗夢不成。」

⑥驂（音參）：古代車所駕的三匹馬。又指駕在車前兩側的馬。

【簡析】

這首詩寫觀看《玉簪記》的演出。「明妝陳女」雙關劇中的女主角陳妙常。「滿架荼蘼」一句渲染了劇中的意境。「滿眼關河」一句則是對潘必正、陳妙常秋江離別戲劇情境的描繪。

繡柱雕欄夾畫圖，幽棲河上擅菰蘆①。壺觴元亮開三徑②，舟楫陶朱泛五湖③。
草色共悲吳苑廢④，花枝猶傍越台無⑤。干將對舞東風夜⑥，燦爛明星墜轆轤⑦。

【注釋】

① 菰蘆：菰和蘆葦。陸游《聞新雁有感》詩：「新雁南來片影孤，冷雲深處宿菰蘆。」

② 元亮：陶淵明，字元亮。三徑：歸隱者的家園。晉．趙岐《三輔決錄．逃名》：「蔣詡歸鄉里，荊棘塞門，舍中有三徑，不出，唯求仲、羊仲從之遊。」陶淵明《歸去來兮辭》：「三徑就荒，松竹猶存。」

③ 陶朱泛五湖：范蠡輔助勾踐滅吳之後，乘舟泛海而去，經商積資巨萬，稱「陶朱公」。傳說去時偕西施同行。五湖，太湖。

④ 吳苑：吳國的宮苑。

⑤ 越台：春秋時越王勾踐登眺之所。故址在今浙江紹興種山。李白有《越台覽古》詩。

⑥ 干將：干將、莫邪，古代寶劍名。鋒利的寶劍的代稱。

⑦ 轆轤：用手動絞車牽引水桶自井中汲水的提水工具。此處以轆轤轉達比喻無止無休。

【簡析】

這首詩寫觀看《浣紗記》的演出。范蠡功成不居，偕西施泛遊五湖，表現出人生的大智慧。當年吳越爭霸，多少龍爭虎鬥，又有多少離合悲歡，而今吳苑、越台，同樣埋沒於萋萋草色之中，令人感喟無窮。

畫檻參差照綠苔，三山何處問蓬萊①。朱顏驛向新春合，紅拂偏宜靜夜來②。風娲梅香縈玉砌③，月穿蘿影度瑤台④。高唐總入襄王夢，未擬重憐宋玉才⑤。

《少室山房集》卷六十四，文淵閣四庫全書本

【注釋】

①三山：傳說中海上的三座神山。《史記・秦始皇本紀》：「齊人徐福等上書，言海中有三神山，名曰蓬萊、方丈、瀛洲。」

②「紅拂」句：紅拂夜奔李靖事，見張鳳翼《紅拂記》第十出《俠女私奔》。

③玉砌：玉石砌的臺階，亦用為臺階的美稱。

④蘿影：藤蘿之影。瑤台：傳說中的神仙居處。晉・王嘉《拾遺記・昆侖山》：「傍有瑤台十二，各廣千步，皆五色玉為台基。」

⑤「高唐」二句：高唐為戰國時楚國台觀名。戰國・楚・宋玉《高唐賦》寫楚王在此與巫山神女相遇。神女臨別時說：「妾在巫山之陽，高丘之阻，旦為朝雲，暮為行雨。朝朝暮暮，陽臺之下。」後因以「高唐」、「巫山」、「雲雨」指男女情事。

【簡析】

這首詩寫觀看《紅拂記》的演出。紅拂慧眼識人，夜奔李靖，他們的愛情，俠骨柔腸兼備，有著與眾不同的浪漫情調，在浩如煙海的崑曲劇目之中是別具一格的。

為沈生題扇。沈生善歌，余使習司馬《大雅堂》四劇①，詩以勖之②

清夜琵琶搊落梅③，香山司馬玉山頹④。若為《長恨歌》成誦，一曲千金意未回⑤。

《少室山房集》卷七十五，文淵閣四庫全書本

【注釋】

①司馬：指汪道昆，見前汪道昆詩作者介紹。《大雅堂》四劇：汪道昆所作雜劇《高唐夢》、《五湖遊》、《遠山戲》和《洛水悲》四種，合稱《大雅堂樂府》。

②勖（音序）：勉。

③搊（音抽）：彈撥。落梅：即《梅花落》，古笛曲名。

④香山司馬：指白居易。白居易晚年號香山居士，曾被貶為江州（今江西九江）司馬。玉山頹：即醉玉頹山，形容男子風姿挺秀，酒後醉倒的風采。南朝·宋·劉義慶《世説新語·容止》：「山公曰：『嵇叔夜之為人也，岩岩若孤松之獨立；其醉也，傀俄若玉山之將崩。』」

⑤「若為」二句：白居易《與元九書》：「及再來長安，又聞有軍使高霞寓者，欲聘倡妓，妓大誇曰：『我誦得白學士《長恨歌》，豈同他哉？』由是增價。」

【簡析】

這首詩將汪道昆《大雅堂》四劇與白居易《長恨歌》相提並論，認為都可以廣泛流傳。詩人特別勉勵沈生演唱《大雅堂》四劇，説那就和擅長吟誦《長恨歌》的唐代歌伎一樣，身價大增的。

歌者屢召不至，汪生狂發，據高座劇談《水滸傳》①，奚童彈箏佐之②，四席並傾③，余賦一絕賞之

琥珀蒲桃白玉缸④，巫山紅袖隔紗窗⑤。不知誰發汪倫興⑥，象板牙籌說宋江⑦。

《少室山房集》卷七十五，文淵閣四庫全書本

【注釋】

①劇談：暢談。晉・左思《蜀都賦》：「劇談戲論，扼腕抵掌。」

②奚童：未成年男僕。

③傾：傾倒。

④琥珀：琥珀色的美酒。王維《登樓歌》：「琥珀酒兮雕胡飯，君不御兮日將晚。」蒲桃：即葡萄。白玉缸：酒杯。

⑤巫山：戰國・楚・宋玉《高唐賦》寫楚王在高唐觀與巫山神女相遇。神女臨別時說：「妾在巫山之陽，高丘之阻，旦為朝雲，暮為行雨。朝朝暮暮，陽臺之下。」後因以「高唐」、「巫山」、「雲雨」指男女情事。紅袖：女子的紅色衣袖，指美女。唐・韋莊《菩薩蠻》詞：「騎馬倚斜橋，滿樓紅袖招。」

⑥汪倫：李白友人。李白《贈汪倫》詩：「李白乘舟將欲行，忽聞岸上踏歌聲。桃花潭水深千尺，不及汪倫送我情。」

⑦象板牙籌：即紅牙拍板。

【簡析】

汪生並不是一位職業說書人，但是他即興說起水滸故事來卻是有聲有色，令人叫絕，可見當時水滸故事的深入人心。

當然，當日在場諸位更想欣賞的是崑曲，而歌者屢召不至，可見當時崑曲唱得好的歌者是何等吃香。

同房仲過雲間①，舟中聽趙五叔遠夜歌作

樓船明月夜如霜，一曲清歌趙五郎②。貪聽陽關第三疊③，不知行色在吳閶④。

《少室山房集》卷七十五，文淵閣四庫全書本

【注釋】

① 房仲：王士驌（一五六六至一六〇一），字房仲，江蘇太倉人，王世貞次子。工制義及古文詞，世貞特奇愛之。為諸生，以蔭入太學，會邑有海警，其兄士騏以兵曹在假，鳩眾習射為捍衛計，士驌亦招聚材勇角藝於家，或以招納亡命譖之。當路下檄捕治，既得釋，坎稟不平之氣悉寓詩歌，識者謂有隱痛焉。年三十六卒。有《中弇山人稿》、《王房仲稿》等。雲間：今上海松江。

② 清歌：清亮的歌聲。晉·葛洪《抱朴子·知止》：「輕體柔聲，清歌妙舞。」

③ 陽關：唐王維《送元二使安西》：「渭城朝雨浥輕塵，客舍青青柳色新。勸君更盡一杯酒，西出陽關無故人。」配樂稱《陽關三疊》，又名《陽關曲》、《渭城曲》，送別時唱。

④ 吳閶：江蘇吳縣（今蘇州）的別稱。因其地曾為春秋時吳國都城，其城西北門稱閶門，故以吳閶代之。又可稱吳門。

【簡析】

這首詩詩題中的「趙五叔遠」，詩中的「趙五郎」，疑即趙五老。稍遲的程嘉燧有《聽曲贈趙五老五首》（見後），小序說趙五老「太倉人，名淮，字長源，號瞻雲。善醫，能詩」。首句「菊花閣裡殷勤唱」，作者原注：「王冏伯家。」按王冏伯即士騏，士驌之兄。既然都在王家演唱崑曲，則「趙五叔遠」、「趙五郎」、「趙五老」同為一人，應當是沒有疑問的。

樓船明月，夜色如霜，因為貪聽趙五郎演唱的美妙崑曲，竟然忘記了身在旅途，詩的意境也很美。

再贈小范歌《玉簪》①

欲解綈袍換綠衫②，梅花明月夜毿毿③。不因趙氏連城在④，那得尊前聽《玉簪》。

《少室山房文集》卷七十五，文淵閣四庫全書本

【注釋】

①《玉簪》：高濂所作傳奇《玉簪記》，寫道姑陳妙常與書生潘必正愛情婚姻故事，取材於《古今女史》和明人雜劇《張于湖誤宿女貞觀記》。

②綈袍：以質粗厚、平滑而有光澤的絲織品所織之袍。綠衫：唐制，六七品服綠，故唐人詩常用「綠衫」表示官位卑微。白居易《憶微之》詩：「分手各拋滄海畔，折腰俱老綠衫中。」

③毿（音三）毿：長貌。

④趙氏連城：即前首所言之「趙璧」，秦昭王曾表示願以十五城易之，因稱連城璧。此處「趙氏」疑指趙用賢。

【簡析】

高濂的《玉簪記》寫了書生與道姑的愛情故事，問世不久，就招來了不少非議。明人陶奭齡《喃喃錄》就說：「若夫《西廂》、《玉簪》等，諸淫蝶之戲，亟宜放絕，禁書坊不得鬻，禁優人不得學，違則痛懲之，亦厚風俗、正人心之一助也。」與陶奭齡的意見相反，胡應麟把觀看《玉簪記》這部優美清新的戲曲當作一次難得的藝術享受。兩種態度孰是孰非，十分清楚。

湖上酒樓聽歌王檢討敬夫、汪司馬伯玉二樂府及張伯起傳奇戲作（三首）①

其一

光陰百歲迅流霞，一曲東籬擅馬家②。何似翰林【新水令】③，秋風遷客走天涯。

【注釋】

①王檢討敬夫：即王九思。汪司馬伯玉：即汪道昆。張伯起：即張鳳翼，見前張鳳翼作者介紹。

②「光陰」二句：元馬致遠，號東籬，作有【雙調・夜行船】套曲，首句為「百歲光陰如夢蝶」，被王世貞稱為元人第一，見王世貞《曲藻》。

③翰林：指王九思。【新水令】：王九思的【雙調・新水令】套曲，首句是「憶秋風遷客走天涯」，見《遺山樂府》卷二。

【簡析】

本詩說王九思寫作的某些曲詞超過馬致遠，這是很高的評價。

其二

水雲深處木蘭航①，白雪紛飛《大雅堂》②。莫向五湖尋舊跡③，於今司馬在鄖陽④。

【注釋】

①木蘭：木名，又名杜蘭、林蘭，可造船。此處指船。

②白雪紛飛：即「陽春白雪」之意。《陽春》、《白雪》，古代高雅之曲。戰國・楚・宋玉《對楚王問》：「其為《陽阿》、《薤露》，國中屬而和者數百人，其為《陽春》、《白雪》，國中屬而和者不過數十人而已。」此處謂汪道昆所作雜劇高雅。《大雅堂》：汪道昆所作雜劇《大雅堂四種》。

③五湖：太湖。傳說勾踐滅吳後，范蠡偕西施泛舟隱居於此。《大雅堂四種》中之《五湖遊》即演此事。

④司馬：指汪道昆，他曾任兵部左侍郎，故稱為司馬（古代司馬管兵事）。鄖（音雲）陽：明府名（今湖北省鄖縣）。汪道昆當時任鄖陽巡撫，故云。

【簡析】

本詩稱讚汪道昆的《大雅堂四種》風格清逸高雅。

其三

掩徑頻年侶博徒①，陽春堂上白雲孤②。才聞北里歌《紅拂》③，又見東園演《竊符》④。

《少室山房文集》卷七十，文淵閣四庫全書本

【注釋】

①徑：掩門。頻年：年年。侶：與……為伴。博徒：賭徒。

②陽春堂：指張鳳翼住處。張鳳翼傳奇即名《陽春六集》。

③北里：唐長安平康里，又名平康坊，因在城北，也稱北里。其地為妓院所在，後因稱妓院所在地為「平康」或「北里」。《紅拂》：張鳳翼的傳奇《紅拂記》，演李靖、紅拂事，取材於唐人杜光庭傳奇小說《虯髯客傳》。

④東園：園名，在江蘇儀征縣東。宋・施昌言建，歐陽修作記，蔡襄書。後人稱園、記、書三絕。這裡指一般園林。《竊符》：張鳳翼的傳奇《竊符記》，演魏如姬竊符救趙事，本《史記・信陵君列傳》。

【簡析】

沈瓚《近事叢殘》說張鳳翼「文學品格，獨邁時流，而恥以詩文字翰，結交貴人」。本詩前二句即寫張鳳翼的這種品格。後二句寫張鳳翼的戲曲作品流傳之廣。

贈梨園邵生①

豔舞嬌歌向月明，金釵羅襪鬥輕盈。何緣飽聽花卿曲②，今日錢塘是錦城③。

《少室山房集》卷七十六，文淵閣四庫全書本

【注釋】

①梨園：唐代訓練樂工的機構。《新唐書・禮樂志》：「玄宗既知音律，又酷愛法曲，選坐部伎子弟三百，教於梨園。聲有誤者，帝必覺而正之，號皇帝梨園弟子。」梨園的主要職責是訓練樂器演奏人員，與專司禮樂的太常寺和充任串演歌舞散樂的內外教坊鼎足而三。後世遂將戲曲演出場所稱梨園，戲曲演員稱為梨園弟子。

②花卿曲：指美妙的樂曲。杜甫《贈花卿》詩：「錦城絲管日紛紛，半入江風半入雲。此曲只應天上有，人間能得幾回聞。」花卿，名敬定，唐代成都尹崔光遠部將。

③錢塘：今浙江杭州。錦城：今四川成都。

【簡析】

詩人稱讚邵生崑曲唱得好，說自己能在杭州聽到邵生的演唱，正如當年杜甫能在成都聽到花卿的演唱一樣，都是一種難得的緣分。

安二席上重聽輕紅歌作①

深夜西林棹雪過②，一尊其奈故人何。寧辭大白千鍾醉③，飽聽輕紅百遍歌。

《少室山房集》卷七十七，文淵閣四庫全書本

【注釋】

① 安二：安紹芳（生卒年不詳），字茂卿，號硯亭居士，後更名泰來，更字未央，所居曰西林一片石，無錫（今屬江蘇）諸生。能詩，工詞翰，又工書畫。書臨曹娥碑，山水摹黃公望、倪瓚。旁及寫蘭竹，別具一種清芳。不輕易為人作，姑以自寄其瀟灑而已。有《西林全集》。

② 西林一片石：西林一片石，安紹芳所居。

③ 大白：大酒杯。漢．劉向《說苑．善說》：「魏文侯與大夫飲酒，使公乘不仁為觴政，曰：『飲不釂者，浮以大白。』」劉良注：「大白，杯名。」

【簡析】

這首詩以安紹芳家的歌者為例，描述了崑曲在無錫流行的情況。詩題曰「重聽輕紅歌」，詩中又曰「飽聽輕紅百遍歌」，可見輕紅這位歌者已經演唱多年，她的演唱時很受歡迎的。在無錫，在江南，這樣的歌者正不知有多少。

李應徵（生卒年不詳），初名衷毅，字伯遠，浙江嘉興人。萬曆元年（一五七三）舉人，選授臨安教諭，升南京國子監博士。其詩宏麗悲壯，卓然成家。有《青蓮館》、《澄遠堂》、《偶寄軒》、《藿園》等集。

舟過松陵沈子勺邀同顧別駕王半刺諸公宴集作①，兼呈長公伯英②

扁舟遡廣澤③，蒹葭浩蒼蒼④。芙蓉被江堤，間以秋蘭芳。恍如覿容儀⑤，曄曄舒其光⑥。美人忽見招⑦，忝竊登斯堂⑧。余遊伯仲間⑨，常恐不得當。匪云托肺腑⑩，所恃道誼長⑪。市交若春華⑫，改葉隨秋霜。苟能抱微衷⑬，乖離亦何傷⑭。所以一水間⑮，落穆如相忘⑯。豈謂山澤臞⑰，無意偕岩廊⑱。跡遠心不遐⑲，斯意兩不妨。樂哉此良會，周親情所康⑳。肴來俱異味，酒至無返觴㉑。新聲奏逸響㉒，妙伎呈中央㉓。主人詞壇雄㉔，樂府兼擅場㉕。曲誤必屢顧㉖，按節知宮商㉗。此中有妙理，奚必非文章㉘。世多混真贗㉙，誰別否與臧㉚。吾將托優孟㉛，抵掌以徜徉㉜。

《明詩綜》卷五十七，文淵閣四庫全書本

【注釋】

①松陵：吳江（今江蘇蘇州吳江區）。沈子勺：沈瓚（一五九六前後在世），字孝通，又字子勺、子與，號定庵，南直隸蘇州府吳江（今江蘇蘇州吳江區）人，沈璟之弟。生卒年均不詳。萬曆十四年（一五八六）進士，授南京刑部主事，進郎中，後任江西僉事，二年後乞歸。家居十八年後，被薦補廣東僉事，剛入境即病逝，卒年五十五。好作散曲，但多託他人之名行世，故曲名不盛。所作今見《太霞新奏》等曲選中。呂天成《曲品》云：「沈僉憲清望斗山。」有《近事叢殘》、《靜暉堂集》等。別駕：官名。亦稱別駕從事，通常簡稱「別駕」。漢置，為州刺史的佐官。因其地位較高，出巡時不與刺史同車，別乘一車，故名。宋各州的通判，職任似別駕，後世因以別駕為通判之習稱。半刺：指州郡長官下屬的官吏，如長史、別駕、通判等。

②長（音掌）公：行次居長。伯英：沈璟（一五五三至一六一〇），字伯英，晚字聃和，號寧庵，別號詞隱。吳江（今江蘇蘇州吳江區）人。萬曆二年（一五七四）進士，曾任兵部職方司主事，吏部驗封司員外郎等職。萬曆十四年（一五八六）上疏請立儲忤旨，左遷吏部行人司司正，奉使歸里。萬曆十六年（一五八八）還朝，升光祿寺丞，次年充任順天鄉試同考官，因科場舞弊案受人攻擊，辭官回鄉。後家居三十年，潛心研究詞曲，考訂音律，與王驥德、呂天成、顧大典等切磋曲學，成為吳江派的領袖，在當時戲曲界影響頗大。編纂有《南九宮十三調曲譜》，著有傳奇十七種，總稱「屬玉堂傳奇」，現存七種：《紅蕖記》、《雙魚記》、《桃符記》、《一種情》（即《墜釵記》）、《埋劍記》、《義俠記》和《博笑記》。

③廣澤：指太湖。

④蒹葭：蘆葦。

⑤覿（音笛）：見，相見。

⑥暐暐：光芒四射貌。

⑦美人：此處指相貌俊逸、才德出眾的男子。

⑧忝（音舔）竊：謙言辱居其位或愧得其名。杜甫《長沙送李十一》詩：「李杜齊名真忝竊，朔雲寒菊倍離憂。」

⑨伯仲：兄弟。此處指沈璟、沈瓚兄弟。

⑩肺腑：肺腑之交，指無話不談、推心置腹的朋友。白居易《代書詩一百寄韻微之》：「肺腑都無隔，形骸兩不羈。」

⑪道誼：道義。宋．戴復古《送侄孫汝白往東嘉》詩：「道誼無窮達，文章有是非。」

⑫市交：市肆交易。

⑬微衷：猶微誠，微小的誠意。常用作謙詞。

⑭乖離：分離。
⑮一水間：李應徵的家鄉嘉興和沈氏兄弟的家鄉吳江都在大運河邊。
⑯落穆：猶落寞，冷落，寂寞。
⑰山澤臞：山澤臞儒。金·元好問《寄劉光甫》詩：「山澤臞儒亦自豪，塵埃俗吏豈勝勞。」臞，清瘦。
⑱岩廊：高峻的廊廡。借指朝廷。漢·桓寬《鹽鐵論·憂邊》：「今九州同域，天下一統，陛下優遊岩廊，覽群臣極言。」
⑲遐：遠。
⑳周親：至親。《書·泰誓中》：「雖有周親，不如仁人。」
㉑返觴：回敬酒。元·鄧牧《鑒湖修禊序》：「禮竟，主僧持酒出觴客，客亦返觴焉。」
㉒逸響：飄逸的樂音。《古詩十九首·今日良宴會》：「彈箏奮逸響，新聲妙入神。」
㉓妙伎：美妙的歌伎。
㉔詞壇：猶文壇。
㉕樂府：此處指曲。
㉖「曲誤」句：周瑜精通音樂，能夠指出演奏者的錯誤。《三國志·吳志·周瑜傳》：「瑜少精意於音樂，雖三爵之後，其有闕誤，瑜必知之，知之必顧。故時人謠曰：『曲有誤，周郎顧。』」後來用「顧曲周郎」指代音樂行家。
㉗宮商：古代音律中的宮音和商音，後用以泛指音樂。
㉘奚：文言疑問詞。哪里，什麼，為什麼。
㉙真贗（音雁）：真假。
㉚否（音痞）：批評。臧：表揚，褒獎。諸葛亮《出師表》：「宮中府中，俱為一體，陟罰臧否，不宜異同。」
㉛優孟：《史記·滑稽列傳》記載，優孟是楚莊王時伶人。楚相孫叔敖死後，兒子很窮，優孟就穿戴了孫叔敖的衣冠去見楚莊王，神態和孫叔敖一模一樣。莊王以為孫叔敖復生，讓他做宰相。優孟以孫叔敖的兒子很窮為辭，並趁機對楚王進行規勸，莊王終於封了孫叔敖的兒子。後來就用「優孟衣冠」比喻模仿他人或化妝演出。
㉜抵（音紙）掌：擊掌。指人在談話中的高興神情。亦因指快談。或說以一手覆按另一手的手掌。《史記·滑稽列傳》：「〔優孟〕即為孫叔敖衣冠，抵掌談語。」徜徉（音常陽）：安閒自得貌。韓愈《送李願歸盤谷序》：「膏吾車兮秣吾馬，從子於盤兮，終吾生以徜徉。」

【簡析】

李應徵的家鄉嘉興和沈氏兄弟的家鄉吳江都在大運河旁，又都在太湖周邊，這裡正是崑曲最為興盛的地方。沈璟是戲曲家兼散曲家，沈瓚也是散曲家，沈氏的曲學是有傳統的。這次宴會上有崑曲的演唱，主人格外內行，歌者水平出眾，因此也激發了客人極大的興趣。詩篇最後說，自己願意經常欣賞崑曲，從中得到藝術的享受。

徐熥（生卒年不詳），字惟和，閩縣（今屬福建）人。萬曆十六年（一五八八）舉人。負才淹蹇，肆力詩章，圭臬唐人而不為決裂餖飣之習。諸體兼擅，謝肇淛謂其才情聲調足以伯仲高啟，微憾古體不及。與王稚登、顧大典、梅鼎祚等人交往。卒年僅三十九。有《幔亭集》。

七夕曹能始宅上觀妓①

涼風吹動黃姑渚②，正值牽牛逢帝女③。一年佳會阻星河，數刻交歡罷機杼④。
主人留客當今宵，鳴箏少婦紅羅綃⑤。嬌聲宛轉鸞凰曲，媚眼低回烏鵲橋。引羽流商歌愈緩⑥，玉繩漸落明星爛⑦。履墜簪遺樂未休⑧，鐘沉漏盡愁將旦⑨。臨別殷勤贈七襄⑩，秋宵雖短此情長，燭龍已駕扶桑曉⑪。

《幔亭集》卷三，文淵閣四庫全書本

【注釋】

① 曹能始：曹學佺（一五七四至一六四六），字能始，一字尊生，號雁澤，又號石倉居士、西峰居士，福建福州府侯官縣人。萬曆二十三年（一五九五）進士，任四川右參政、按察使、廣西參議，以撰《野史紀略》得罪魏忠賢黨，被劾去職，家居二十年。唐王時在閩中稱帝，授禮部尚書。清兵入閩，自縊殉節。學者、藏書家，閩中十子之首。又精通音律，擅長度曲。有《石倉詩文集》。

② 黃姑：牽牛星。

③ 帝女：織女。

④ 機杼（音助）：機梭。

⑤ 鳴箏：彈箏。

⑥ 引羽流商：引，流，均延長、延緩之義。羽，商，均為古代樂律中的調名。

⑦ 玉繩：星名。唐・陸龜蒙《新秋月夕作吳體以贈》詩之二：「清談白紵思悄悄，玉繩銀漢光離離。」

⑧ 履墜簪遺：形容因歡樂而忘形。

⑨ 鐘沉漏盡：形容天色將曉。

⑩ 七襄：原指織女星。《詩・小雅・大東》：「跂彼織女，終日七襄。雖則七襄，不成報章。」後又指精美的織品。此處指精心推敲的詩篇。

⑪ 燭龍：太陽。《楚辭・天問》：「日安不到，燭龍何照？」扶桑：東方。《楚辭・九歌・東君》：「暾將出兮東方，照吾檻兮扶桑。」

【簡析】

曹學佺是福建名士，他精通音律，擅長度曲，其家班演出也是經常的。徐𤊹此詩記載的，是七夕的一次演出。歌者「引羽流商歌愈緩」，十分婉轉動人，觀眾「履墜簪遺樂未休」，可見也十分盡興。這首詩也可以說是崑曲在福建流行的一份寫照。

歌者陳郎戲作姬妝即席調贈①

梨園推麗質②，結束作妖姬③。妙舞風前合，清歌雲外遲④。彩衣裁袖窄，翠鈿壓眉低⑤。何必悲黃鵠⑥，愁多貌不移。

《幔亭集》卷五，文淵閣四庫全書本

【注釋】

① 姬妝：女妝。

② 梨園：唐代訓練樂工的機構。《新唐書・禮樂志》：「玄宗既知音律，又酷愛法曲，選坐部伎子弟三百，教於梨園。聲有誤者，帝必覺而正之，號皇帝梨園弟子。」梨園的主要職責是訓練樂器演奏人員，與專司禮樂的太常寺和充任串演歌舞散樂的內外教坊鼎足而三。後世遂將戲曲演出場所稱梨園，戲曲演員稱為梨園弟子。

③ 結束：裝束，打扮。妖姬：美女。多指妖豔的侍女、婢妾。

④ 清歌：清亮的歌聲。晉・葛洪《抱朴子・知止》：「輕體柔聲，清歌妙舞。」遲：舒緩。

⑤翠鈿：用翠玉製成的首飾。南朝樂府《西洲曲》：「樹下即門前，門中露翠鈿。」

⑥悲黃鵠：陶嬰。春秋・魯陶門之女。少寡，撫養幼孤，紡績為生。魯人或聞其義，將求匹。嬰聞之，乃作《黃鵠之歌》以明志。魯人聞之，遂不敢復求。事見漢・劉向《列女傳・魯寡陶嬰》。

【簡析】

陳郎男扮女裝，歌舞俱佳，儀態萬方，儼然一位好女子。詩的最後兩句調笑他：你不必像魯國陶嬰那樣擔心有人求你為妻，你的丈夫本質是不會改變的。

吳兆（生卒年不詳），字非熊，休寧（今屬安徽）人。少警敏，喜為傳奇詞曲。萬曆中，遊金陵，留連曲中，與鄭之文合作《白練裙》雜劇，譏嘲馬湘蘭，影響頗大。已而自悔，專力創作詩歌。與曹學佺相善，常共同出遊。客死於廣東新會。其詩早年穠華婉至，中歲以後清真瀟灑。有《金陵》、《遊閩》、《豫章》、《武林》、《姑蘇》等稿。

潯陽張侍御宅詠伎①

房櫳花色色②，池館月盈盈③。古服仍椎髻④，新妝忽曼聲⑤。聞香方覺笑，辨佩即知名⑥。上客莫言醉，分歌緩夜情。

《吳非熊集》，明刻本

【注釋】

①潯陽：江名，長江流經江西九江北的一段。張侍御：張科，字進卿，別字達泉，江西湖口人。嘉靖三十五年（一五五六）進士，授中書舍人。晉陝西道御史，巡視中城，尋掌七道印，並以執法聞。嘉靖四十一年（一五六二），以事告歸，年僅二十八歲，家居五十餘年，以「聲色自晦」。

②色色：原意是生出這種顏色，這裡指色彩紛繁。《列子・天瑞》：「有形者，有形形者，有色者，有色色者。」

③盈盈：形容清澈。

④椎髻：將頭髮結成椎形的髻，也是我國古老的髮式之一。

⑤曼聲：舒緩的長聲。

⑥佩：玉佩。

【簡析】

梅鼎祚《與呂玉繩》：「湖口張侍御有女伎，演《章台》甚妖豔」（《鹿裘石室集》書牘卷九）。可見張侍御家班在當時有一定知名度。這是崑曲流傳到江西的一條例證。

錢希言（約一六一二前後在世），原字象先，後避祖諱改字簡棲，江蘇常熟人。錢謙益之高祖從叔。生卒年均不詳，約明神宗萬曆四十年前後在世。博覽好學，刻意為詩。恃才負氣，人爭避之，卒以窮死。有《松樞十九山》、《戲瑕》、《劍莢通》、《遼志》等。

今夕篇

湯義仍膳部席與帥氏從升從龍、郎君尊宿叔寧觀演「二夢」傳奇作①

今夕復何夕②？凄序迎新涼③。明月漸以遲，繁星燦其光。仰視雲中雁，各各東南翔。有客正思歸④，何堪滯異鄉。幸逢賢主人⑤，式燕此華堂⑥。芳筵溢玉俎⑦，懸膏熺玳樑⑧。風吹羅帷開，麗妙爛齊行。秦青將宋禕⑨，一一皆名倡。乍換倭墮髻⑩，俄更金縷裳⑪。舞巾既雙映，歌扇亦並颺。競奏堂下伎，羅行堂上觴⑫。折腰何嫋嫋⑬，《集羽》何鏘鏘⑭。妍和當緩唱⑮，駛彈應急張⑯。鈴盤與假面⑰，戲樂非一方⑱。借問顧曲者，主人勝周郎⑲。平生宦不達，寫韻于宮商⑳。譜彼虞初說㉑，填詞播教坊㉒。《南柯》似孟浪㉓，《邯鄲》太荒唐。本言夢中事，借作尊前妝。富貴等浮蟻㉔，功名喻炊粱㉕。疇云鐘鼎業㉖，而異傀儡場㉗。紛紛聚觀人，誰短更誰長？追陪盛群彥㉘，文采誇琳琅㉙。復睹謝庭秀㉚，兼聞荀座香㉛。羈懷良已陶㉜，清夜殊未央㉝。銀河忽倒掛，瀉影入迴塘㉞。何以盡一石㉟，促席清謳揚㊱。達人賤珪珇㊲，志士托縹緗㊳。雕蟲雖小技㊴，信美流芬芳。請看「二夢」言，千秋煥樂章。劇罷客亦散，城烏下枯桑。樂莫今夕樂，延年壽千霜㊵。

《松樞十九山・討桂編》卷上，明刻本

【注釋】

① 湯義仍：湯顯祖。膳部：古官署名。掌祭器、牲豆、酒膳及藏冰等事。湯顯祖曾在南京任禮部祠祭司主事，故稱。帥氏從升從龍：帥從升、帥從龍，湯顯祖同里友人帥機之子。郎君尊宿叔寧：湯顯祖二子大耆字尊宿，開遠字叔寧。「二夢」傳奇：《南柯記》、《邯鄲記》。

② 今何夕：即「今夕何夕」，今夜是何夜？多用作讚歎語，指此是良辰。《詩經・唐風・綢繆》：「今夕何夕？見此良人。」

③ 淒涼的節序，指秋季。北周・庾信《和潁川公秋夜》：「泬寥空色遠，葉黃淒序變。」

④ 客：作者自指。

⑤ 賢主人：指湯顯祖。

⑥ 式燕：一作「式宴」。宴飲。《詩・小雅・鹿鳴》：「我有旨酒，嘉賓式燕以敖。」

⑦ 玉俎：古代祭祀、設宴時，用以盛牲的禮器。曹植《九詠賦》：「蘭肴御兮玉俎陳，雅音奏兮文虞羅。」

⑧ 膏：油燈。熺：古通「熹」，光明。玳樑：玳瑁樑，畫樑。

⑨ 秦青：戰國時著名的歌者。宋禕（音徽）：晉代善吹笛的女子。

⑩ 倭墮髻：亦稱「墮馬髻」，髮髻偏歪在頭部一側，似墮非墮，是東漢後期流行的一種髮式。漢樂府《陌上桑》：「頭上倭墮髻，耳中明月珠。」

⑪ 金縷裳：金縷衣。

⑫ 羅：羅列。行觴：依次敬酒。

⑬ 折腰：形容女子舞態。東漢大將軍梁冀之妻孫壽，色美而善為妖態，作愁眉、啼妝、墮馬髻、折腰步、齲齒笑等，京師婦女爭相仿效，成為風尚。見《後漢書》三四《梁冀傳》。

⑭ 《集羽》：晉．王嘉《拾遺記》卷四云，燕昭王時，廣延國來獻善舞者二人：一名旋娟，一名提謨，「其舞一名《縈塵》，言其體輕與塵相亂；次曰《集羽》，言其婉轉若羽毛之從風；末曰《旋懷》，言其肢體纏曼，若入懷袖也。」

⑮ 妍和：美好和煦。南朝．宋．鮑照《代白紵曲》之二：「春風澹蕩俠思多，天色淨淥氣妍和。」

⑯ 駛彈：唐太宗（一作董思恭）《詠琵琶》：「駛彈風響急，緩曲釧聲遲。」

⑰ 鈴盤：梁元帝《觀妓詩》：「胡舞開春閣，鈴盤出步廊。」

⑱ 戲樂：娛樂。《管子．四稱》：「馳騁無度，戲樂笑語。」

⑲ 「借問」二句：周瑜精通音樂，能夠指出演奏者的錯誤。《三國志．吳志．周瑜傳》：「瑜少精意於音樂，雖三爵之後，其有闕誤，瑜必知之，知之必顧。故時人謠曰：『曲有誤，周郎顧。』」後來用「顧曲周郎」指代音樂行家。

⑳ 宮商：古代音律中的宮音和商音，後用以泛指音樂。

㉑ 虞初：虞初（約前一四〇至前八七），西漢人，號「黃車使者」，河南洛陽（今洛陽東）人，漢武帝時為方士侍郎。著有《周說》，已失傳。被認為是最早的小說家。

㉒ 填詞：元明以來曲劇，亦須按曲牌選用字詞，進行創作，故亦稱填詞。教坊：唐代置教坊，掌俳優雜技，教習俗樂，以宦官為教坊使。此後凡祭祀朝會用太常雅樂，歲時宴享則用教坊俗樂。宋、金、元亦置教坊，明置教坊司，清廢。

㉓ 孟浪：大而無當，不著邊際。《莊子．齊物論》：「夫子以為孟浪之言，而我以為妙道之行也。」

㉔ 「富貴」句：指《南柯記》所寫螻蟻夢。

㉕ 「功名」句：指《邯鄲記》所寫黃粱夢。

㉖ 疇（音籌）：誰。鐘鼎：鐘鳴鼎食，擊鐘列鼎而食。形容富貴豪華。唐．錢起《送李兵曹赴河中》：「能荷鐘鼎業，不矜紈綺榮。」

㉗ 傀儡：木偶。有時也指戲曲演員。

㉘ 群彥：眾英才。漢．蔡邕《答元式》詩：「濟濟群彥，如雲如龍。」

㉙ 琳琅：精美的玉石。形容美好的事物。南朝．宋．劉義慶《世說新語．容止》：「今日之行，觸目見琳琅珠玉。」

㉚謝庭秀：比喻優秀子弟。南朝・宋・劉義慶《世說新語・言語》：「謝太傅問諸子侄：『子弟亦何預人事，而正欲使其佳？』諸人莫有言者，車騎（謝玄）答曰：『譬如芝蘭玉樹，欲使其生於階庭耳。』」

㉛荀座香：史載東漢荀彧為人偉美有儀容，好薰香，久而久之身帶香氣。《襄陽記》：「荀令君至人家，坐處三日香。」

㉜羈懷：寄旅的情懷。唐・司空曙《殘鶯百囀歌》：「謝朓羈懷方一聽，何郎閒詠本多情。」陶：陶洗，滌除。

㉝「清夜」句：夜未央，未半，未盡。《詩經・小雅・庭燎》：「夜如何其？夜未央。」朱熹集傳：「央，中也。」

㉞「銀河」二句：形容夜已深。

㉟石（音時）：古代容量單位，十斗為一石。

㊱清謳：清美的歌唱。《後漢書・張衡傳》：「弈秋以棊局取譽，王豹以清謳流聲。」

㊲達人：通達事理、心胸豁達的人。王勃《滕王閣序》：「所賴君子見機，達人知命。」珪珇（音組）：珪、珇都是玉，比喻仕宦。屠隆《彩毫記・知幾引退》：「夙無珪珇之緣，終是山林之骨。」

㊳縹緗（音瞟湘）：縹，淡青色；緗，淺黃色。古時常用淡青、淺黃色的絲帛作書囊書衣，因以指代書卷。南朝・梁・蕭統《文選序》：「詞人才子，則名溢於縹囊；飛文染翰，則卷盈乎緗帙。」元・關漢卿《竇娥冤》楔子：「讀盡縹緗萬卷書，可憐貧殺馬相如。」

㊴雕蟲小技：比喻微不足道的技能。漢・揚雄《法言・吾子》：「或問：『吾子少而好賦？』曰：『然。童子雕蟲篆刻。』俄而曰：『壯夫不為也。』」

㊵千霜：千年。

【簡析】

萬曆三十二年（一六〇四）七月至閏八月，錢希言自常熟來臨川訪湯顯祖，湯顯祖熱情地接待了他，其間曾請他觀看《南柯記》、《邯鄲記》的演出，錢希言作《今夕篇》記其事（參見徐朔方《湯顯祖年譜》本年，《徐朔方文集》，浙江古籍出版社一九九三年版，第四卷，第四一六至四一七頁）。

詩篇稱讚演員們演得很好，整個演出顯得豐富多彩，特別稱讚湯顯祖創作的《南柯記》、《邯鄲記》如夢如幻，看似荒唐，其實對歷史、社會、人生作了極為透徹的思考，燭幽洞微，入木三分，寓意非常深刻。錢希言認為「二夢」和《牡丹亭》一樣都是傑作，可以傳之久遠而不朽。

沈璟（一五五三至一六一〇），字伯英，晚字聃和，號寧庵，別號詞隱。吳江（今江蘇蘇州吳江區）人。萬曆二年（一五七四）進士，曾任兵部職方司主事，吏部驗封司員外郎等職。萬曆十四年上疏請立儲忤旨，左遷吏部行人司司正，奉使歸里。萬曆十六年還朝，升光祿寺丞，次年充任順天鄉試同考官，因科場舞弊案受人攻擊，辭官回鄉。後家居三十年，潛心研究詞曲，考訂音律，與王驥德、呂天成、顧大典等切磋曲學，成為吳江派的領袖，在當時戲曲界影響頗大。編纂有《南九宮十三調曲譜》，著有傳奇十七種，總稱「屬玉堂傳奇」，現存七種：《紅蕖記》、《雙魚記》、《桃符記》、《一種情》（即《墜釵記》）、《埋劍記》、《義俠記》和《博笑記》。

【二郎神】套曲

【二郎神】何元朗①，一言兒啟詞中寶藏，道欲度新聲休走樣②，名為樂府，須教合律依腔。寧使時人不鑒賞，無使人撓喉捩嗓③說不得才長④，越有才越當著意斟量⑤。

【前腔】⑥參詳⑦，含宮泛徵⑧，延聲促響⑨，把仄韻平音分幾項。倘平音窨處，須巧將入韻埋藏。這是詞隱先生獨秘方⑩，與自古詞人不爽⑪，若是調飛揚，把去聲兒填他幾字相當。

【囀林鶯】詞中上聲還細講，比平聲更覺微茫。去聲正與分天壤，休混把仄聲字填腔。析陰辨陽，卻只有那平聲分黨⑫，細商量，陰與陽還須趁調低昂⑬。

【前腔】用律詩句法當審詳，不可廝混詞揚。【步步嬌】首句堪為樣⑭，又須將【懶畫眉】推詳⑮，休教鹵莽⑯，試比類⑰，當知趨向。豈荒唐，請細閱《琵琶》⑱，字字平章⑲。

【啄木鸝】《中州韻》⑳，分類詳，《正韻》也因他為草創。今不守《正韻》填詞，又不遵中土宮商㉑，制詞不將《琵琶》仿，卻駕言韻依東嘉樣㉒，這病膏肓㉓，東嘉已誤，安可襲為常㉔！

【前腔】北詞譜㉕，精且詳，恨殺南詞偏費講。今始信舊譜多訛㉖，是鯫生稍為更張㉗，改弦又非翻新樣㉘，按腔自然成絕唱。語非狂，從教顧曲，端不怕周郎㉙。

【黃鶯兒】奈獨力怎提防，講得口唇乾，空鬧攘。當筵幾曲添惆悵！怎得詞人當行㉚，歌客守腔，大家細把音律講。自心傷，蕭蕭白髮，誰與共雌黃㉛？

【前腔】曾記少陵狂㉜，道細論文晚節詳㉝，論詞亦豈容疏放㉞？縱使詞出繡腸㉟，歌稱繞樑㊱，倘不諧音律，也難褒獎㊲，耳邊廂，訛昔俗調，羞問短和長。

【尾聲】吾言料沒知音賞，這流水高山逸響，直待後世鍾期也不妨㊳。

《博笑記》卷首，明天啟間刻本

【注釋】

① 何元朗：何良俊，字元朗。

② 「何元朗」三句：何良俊論曲重視音律，他說：「金、元人之筆也，詞雖不能盡工，然皆入律，正以其聲之和也。夫既謂之辭，寧聲葉而辭不工，無寧辭工而聲不葉。」見他的《四友齋叢說》。

③ 撓喉捩（lie列）嗓：拗嗓。以上二句與何良俊「寧聲葉而辭不工，無寧辭工而聲不葉」意思相同。

④ 才長：才氣大。

⑤ 斟量：斟酌，推敲。按上二句是針對湯顯祖而發。

⑥ 前腔：仍用前面的曲牌，即【二郎神】。這是南曲中的術語。北曲中重複前面的曲調叫「么」或「么篇」。

⑦ 參詳：參酌詳審。

⑧ 含宮泛徵：品味音律。

⑨ 延聲：引長的聲音，指平聲。促響：短促的聲音，指仄聲。

⑩ 「倘平音」三句：可參看王驥德《曲律・論平仄第五》：「詞隱謂入可代平，為獨泄造化之秘。」

⑪ 不爽：沒有差錯。

⑫ 分黨：分別，分開。

⑬ 低昂：高低起伏。

⑭ 【步步嬌】：曲牌名。此處指高明《琵琶記》第三十八出《張公遇使》的一段【步步嬌】，首句為「只見黃葉飄飄把墳頭覆」。

⑮ 【懶畫眉】：曲牌名。此處指《琵琶記》第八齣《文場選士》的一段【懶畫眉】，首句為「君恩喜見上頭時」，以及第二十齣《琴訴荷池》中的一段【懶畫眉】，首句為「強對南熏奏虞弦」。

⑯鹵莽：粗疏。

⑰比類：比較。

⑱《琵琶》：高明的傳奇《琵琶記》。

⑲平（音駢）章：辨別明白。

⑳《中州韻》：《中州音韻》，元周德清《中原音韻》的別稱。周德清根據元代北方語音系統和元曲用韻的實際情況，歸納出十九個韻部，把《廣韻》中的平、上、去、入四部，改為符合當時實際的陰平、陽平、上聲、去聲四聲。入聲在北方話中已經消失，因此分別歸入平、上、去三聲中。其後《洪武正韻》即以此本為藍本，但仍保留入聲。

㉑中土：中州，中原。宮商：古代音律中的宮音和商音，後用以泛指音樂。

㉒駕言：猶「駕說」，傳佈說法。東嘉：《琵琶記》作者高明，端安（今屬浙江）人，後人稱為東嘉先生。

㉓病膏肓（音荒）：病入膏肓，病重到無法醫治。

㉔襲為常：沿襲下來，以為常規。

㉕北詞：即北曲，宋元時北方戲曲、散曲所用的各種曲調的統稱。同南詞（南曲）相對。大都淵源於唐宋大曲、宋詞和北方民間曲調，並吸收了金元音樂。盛行於元代。用韻以《中原音韻》為準，無入聲。音樂上用七聲音階，聲調遒勁樸實，以絃樂器伴奏，有「弦索調」之稱；一說也用笛伴奏。元雜劇都用北曲，明清傳奇也採用部分北曲。崑劇中的北曲唱法，一般認為尚有若干元代北曲遺音。北詞譜：北曲曲譜，如明初朱權《太和正音譜》等。

㉖訛：差錯。

㉗鯫（音書）生：自謙詞，猶言小生。更張：重新張設，重新調整。

㉘改弦：與「更張」合為「改弦更張」之意。

㉙周郎：周瑜精通音樂，能夠指出演奏者的錯誤。《三國志・吳志・周瑜傳》：「瑜少精意於音樂，雖三爵之後，其有闕誤，瑜必知之，知之必顧。故時人謠曰：『曲有誤，周郎顧。』」後來用「顧曲周郎」指代音樂行家。

㉚詞人：填詞的人，指戲曲作者。當行：內行，指熟悉戲曲的創作規律。

㉛雌黃：礦物名，晶體，橙黃色，可製顏料。古人用以塗改文字。此處為評論之意。

㉜少陵：杜甫，字少陵。

㉝「道細論」句：杜甫《遣悶戲呈路十九曹長》：「晚節漸於詩律細。」

㉞ 疏放：任意，無拘束。

㉟ 繡腸：比喻構思精巧，文詞華美。

㊱ 繞樑：用「餘音繞樑」的典故。繞樑：《列子・湯問》：「昔韓娥東之齊，匱糧，過雍門，鬻歌假食，既去而餘音繞樑，三日不絕，左右以其人弗去。」

㊲ 褒獎：稱讚，誇獎。

㊳ 流水高山、鍾期：用伯牙、鍾子期故事。據《列子・湯問》，伯牙善鼓琴，鍾子期善聽。伯牙鼓琴，志在高山。鍾子期曰：「善哉，峨峨兮若泰山！」志在流水，鍾子期曰：「善哉，湯湯兮若江河！」伯牙所念，鍾子期必得之。子期死，伯牙謂世再無知音，乃破琴絕弦，終身不復鼓。

【簡析】

明初以來，丘濬、邵燦一類劇作家以儒生手腳編劇。他們根本不懂得音律為何物，只是熟讀了四書五經，便要借戲曲的樣式代理學家宣傳封建禮教。在這種情況下，沈璟提倡注意音律，要求劇作家析辨陰陽，分清平仄，審詳句法，嚴格用韻，這就反對了戲曲創作脫離舞臺實際的頹風，有一定的現實針對性，有其積極作用。但他把音律強調到不恰當的地位，就有些失之偏頗了。

張大復（一五五四至一六三〇），字元長，又自號病居士，崑山（今屬江蘇）人。家道殷實，但不治生產，喜愛詞曲，且頗有造詣。一生多災多病，四十歲以後更遭失明。陳繼儒《梅花草堂筆談序》稱其「貧不能享客而好客，不能買書而好讀書，老不能詢世而好經世，蓋古者狷狹之流，讀其書可以知其人矣」。有《梅花草堂集》、《梅花草堂筆談》。

夏士琰投贈《草堂聽歸、雷兩翁談曲》之作①，賦答四韻

曲罷風泠泠，焉知味轉深。兩翁口作譜②，吾子筆如心③。頓使草堂夜，似鼓伯牙琴④。往來成四老⑤，何處不開襟⑥。

《梅花草堂集》卷十五，明萬曆間刻本

【注釋】

① 雷：雷敷民，崑山有名的唱曲家。《梅花草堂筆談》卷十四「聲歌」條：「雷敷民望八之年，足開雨雪，逢場詠嘯，耳識稍鈍，發音愈高。」歸：未詳。

② 「兩翁」句：指歸、雷兩翁精通曲理，他們吟唱的曲都可以作為曲譜。

③ 「吾子」句：說夏士琰文筆高妙，能恰當地表現自己內心的感情。吾子，表示敬愛的稱呼。

④ 伯牙琴：用俞伯牙、鍾子期故事。據《列子・湯問》，伯牙善鼓琴，鍾子期善聽。伯牙鼓琴，志在高山。鍾子期曰：「善哉，峨峨兮若泰山！」志在流水，鍾子期曰：「善哉，湯湯兮若江河！」伯牙所念，鍾子期必得之。子期死，伯牙謂世再無知音，乃破琴絕弦，終身不復鼓。

⑤ 四老：指歸、雷兩翁，夏士琰和作者自己。

⑥ 開襟：開懷。

【簡析】

張大復的家鄉崑山，是崑腔的發源地。《梅花草堂筆談》卷十二「崑腔」條說：崑山人張新「取良輔校本，出青於藍，偕趙瞻雲、雷敷民與其叔小泉翁，踏月郵亭，往來唱和，號『南馬頭曲』。」可見崑山曲家與愛好者是經常在一起切磋曲藝的。本詩正反映了這樣一種情況。

懷人詩（十一首選二）

其一

王季昭，行五①，窈窕多姿②，解吟理歌曲③，為詞家所字④，後乃剃落⑤。

丰姿濯濯壓詞闈⑥，對酒當歌思轉微。一入淞南皈繡佛⑦，陽臺寂寞鷓鴣飛⑧。

【注釋】

① 行五：排行第五。
② 窈窕（音咬挑上聲）：美好貌。
③ 吟理：吟唱。
④ 詞家：詞人，擅長文詞的人。字：愛。
⑤ 剃落：削髮為尼。

⑥濯濯（音灼灼）：明淨貌，清朗貌。《晉書・王恭傳》：「恭美姿儀，人多愛悅，或目之云：『濯濯如春月柳。』」詞闈：猶言曲壇。

⑦皈（音歸）：歸依。

⑧鷓鴣飛：象徵寂寞荒涼。李白《越中覽古》詩：「越王勾踐破吳歸，戰士還家盡錦衣。宮女如花滿春殿，只今惟有鷓鴣飛。」

【簡析】

《梅花草堂筆談》卷三「度曲」條云：「喉中轉氣，管中轉聲，其用在喉管之間，而妙出聲氣之表，故曰微若絲，發若括，真有得之心應之手與口，出之手與口而心不知其所以者。嘗聽張伯華吹簫，王季昭度曲，庶幾至無而供其求，時騁而要其束。今日納涼張時可北亭上，聞徐生歌，大有故人風味，不覺怏然。季昭歌者也，微言冷謔，雅冠一時，後為尼數年化去。」可見對王季昭的崑曲演唱藝術，張大復評價很高，甚至認為是一種典範。對於王季昭退出崑曲藝壇，為尼數年化去，張大復內心感到深深的惋惜。

其二

蔡月素，秀眉目①，歌容舞態，橫絕一時②，四明調宗風大振始此③。

文姬月貌鬥芙蕖④，一笑傾城態有餘⑤。歌舞場邊紅燭下，烏啥花墜逼游魚⑥。

《梅花草堂集》卷十六，明萬曆間刻本

【注釋】

①秀眉目：眉目清秀。

②橫絕：超越。

③四明：浙江寧波。宗風：某一宗派特有的風格。

④文姬：蔡琰，字文姬，東漢陳留人，蔡邕女。博學能文，善音律。初嫁河東衛仲道，夫亡無子，遂歸母家。興平中，為亂兵所掠，又嫁南匈奴左賢王，生二子，居留匈奴十二年。漢獻帝建安十三年曹操遣使以金璧贖回，改嫁同郡屯田都尉董祀。《後漢書》有傳，並載其《悲憤詩》二首。又《胡笳十八拍》相傳亦文姬作。芙蕖（音渠）：荷花的別名。本句以蔡月素比蔡文姬。

⑤傾城：形容女子貌美。漢李延年詩：「北方有佳人，絕世而獨立。一顧傾人城，再顧傾人國。」

⑥「鳥喑（音音）」句：即「閉月羞花之貌，沉魚落雁之容」之意。喑，緘默，不說話。因為蔡月素的歌喉動聽，連鳥兒也不好意思再歌唱了。

【簡析】

這首詩稱讚蔡月素眉目清秀，歌舞俱佳，最大的貢獻是開創了崑曲演唱中的四明調一派，說不定就是後來甬崑的淵源之一呢。

江盈科（一五五五至一六〇五），字進之，號淥蘿山人，桃源（今屬湖南）人。萬曆二十年（一五九二）進士，授長洲令，有政聲。官至四川提學副使，卒於蜀。與袁宏道友善，文學主張也十分相近，是公安派重要成員。有《雪濤閣集》。

湯理問邀集陳園①，楊太史、鍾內翰、袁國學同集②，看演《荊釵》③

侯家亭館殊突兀④，畫棟年深半湮沒。老樹槎枒似禿翁⑥，秋草蒙茸如亂髮⑦。湯君脫冠自掃除，行炙以馬酒以車⑧。褒衣肅客次第坐⑨，奉觴踧踖行趑趄⑩，本問客為誰？何官何氏？檇李中書⑪，雲間太史⑫，武陵廷尉⑬，公安博士⑭。主是同年及第人，臭味契合肝腸真⑮。尊前大嚼意興劇⑯，一石五斗何須論⑰。傳奇人愛客情獨詣⑱，揀得梨園佳子弟。歌聲婉轉如串珠，又似鳴泉觸石際⑲。或演出號《荊釵》，恰少歡會多離哀⑳。極意描寫逼真境，四座太息仍徘徊㉑。或云此戲本偽撰㉒，當日龜齡無此變㉓。便如說夢向癡人㉔，添出一番閒識見㉕。從來天地是俳場㉖，生旦丑淨由人裝。假固假兮真亦假，浪生歡喜浪悲傷㉗。何如對客傾杯酒，且自雄談開笑口㉘。醒能多事醉能忘，曲里糟丘真樂土㉙。五更酩酊金罍竭㉚，歸鞭撻碎長安月㉛。西窗一覺成未成，曉雞喔喔催明發㉜。

《雪濤閣集》卷二，明萬曆間刻本

【注釋】

① 湯理問：湯沐，湖廣安陸（今湖北省安陸縣）人。理問：官名，掌勘校刑名，屬布政司。

② 楊太史：楊繼禮，華亭（今上海松江）人。太史：史官。鍾內翰：鍾鳴陛，直隸丹陽（今江蘇丹陽）人。內翰：翰林。袁國

學：袁宏道。參見後袁宏道詩作者介紹。國學：國子博士。按作者與湯、楊、鍾、袁均為萬曆二十年（一五九二）進士，故後云「本是同年及第人」。

③《荊釵》：南戲劇本《荊釵記》，元柯丹丘作。現今流傳者多為明人改本。寫王十朋中狀元後，拒絕丞相逼婚，被貶潮州；妻錢玉蓮也拒絕富豪孫汝權的逼迫，投江自殺，為人救起。最後夫妻團圓。為元末明初流行的四大傳奇之一（另三個劇本為《劉知遠白兔記》、《拜月記》、《殺狗記》）。

④突兀（音務）：高聳的樣子。

⑤湮（音淹）沒：埋沒。

⑥槎（音茶）枒：樹木枝杈歧出貌。

⑦蒙茸：蓬鬆；雜亂的樣子。

⑧行炙（音治）：傳送烤肉。亦泛指宴會時上菜。

⑨褒衣：寬大之衣。肅客：引導客人。次第：依次。

⑩奉觴（音傷）：舉杯敬酒。踧踖（音促及）：恭敬而不安的樣子。趑趄（音資居）：想前進又不敢前進。形容疑懼不決，猶豫觀望。

⑪檇（音最）李：古地名，在今浙江省嘉興市一帶。檇李中書，即鍾鳴陛，題目上的「鍾內翰」（因丹陽、檇李同屬古會稽郡，故稱）。

⑫雲間：華亭古名。雲間太史，即楊繼禮，題目上的「楊太史」。

⑬武陵：古郡名。陶潛《桃花源記》謂武陵郡漁人入桃花源，故桃花源又稱武陵源。江盈科為桃源縣人，時又在大理寺任職，故自稱武陵廷尉。

⑭公安博士：即袁宏道，題上的「袁國學」。他是湖北公安人。

⑮臭（音嗅）味契合：氣味相投。

⑯劇：極，甚。這裡指意興濃。

⑰石（音時）：古代容量單位，十斗為一石。

⑱詣：往，到。

⑲石際：石頭交界或靠邊的地方。

⑳ 歡會：歡聚。

㉑ 太息：深深歎息。

㉒ 或云：有人說。

㉓ 龜齡：王十朋（一一一二至一一七一），宋溫州樂清（今浙江省樂清縣）人，字龜齡，號梅溪。紹興二十七年（一一五七）進士第一。《荊釵記》以他為男主角。無此變：無此事。

㉔ 說夢向癡人：《五燈會元》二十《道行禪師》：「癡人前不得說夢。」之所以不能對癡人說夢，是因為恐其信以為真。

㉕ 閒識見：不必要的議論。

㉖ 俳場：劇場。

㉗ 浪：徒然。

㉘ 雄談：高談。

㉙ 曲：酒母。糟丘：積釀酒所餘的糟滓堆積成山。比喻沉溺於酒。樂土：安樂的地方。

㉚ 酩酊（音溟頂）：大醉。罍（音雷）：古代盛酒器。

㉛ 撻（音塌）：鞭打。

㉜ 明發：黎明，平明。《詩・小雅・小宛》：「明發不寐，有懷二人。」朱熹《集傳》：「明發，謂將旦而光明開發也。」

【簡析】

《荊釵記》是元末明初「四大傳奇」之一，是長期活在舞臺上的戲曲名作。但是對於《荊釵記》與其本事的關係，前人有各種不同的看法。如《天錄識餘》謂：「玉蓮者，王梅溪（十朋）先生女。孫汝權，宋進士，與梅溪為友，敦尚風誼。先生劾史浩八罪，汝權實慫恿之，力史氏所最切齒，遂妄作《荊釵》傳奇，謬其事以蔑之。」（翟灝《通俗編》引）對於類似這樣的意見，江盈科是不同意的。他認為《荊釵記》對人情世態「極意描寫逼真境」，因此便能打動觀眾，使得「四座太息仍徘徊」。如果不懂得戲曲創作允許藝術虛構，允許「假固假兮真亦假」，硬要把劇中人物王十朋與歷史人物王十朋等同起來，那就「便如說夢向癡人，添出一番閒識見」，就會鬧笑話。江盈科的看法把藝術真實與生活真實區別開來，是符合文學創作包括戲曲創作的規律的。

董其昌（一五五五至一六三六），字玄宰，號思白、香光居士。華亭（今上海松江）人。曾任庶起士、南京禮部尚書、太子太保，卒贈太子太傅，謚文敏。其人霸道，橫行鄉里，為地方一霸。但富文藝才能，工詩文書畫。其畫長於山水，書法長於行、草、楷諸體。有《容台集》、《畫禪室隨筆》等。

清源狄將軍席上觀女樂①

急管繁弦寫《竹枝》②，聽來不作異方悲③。六千君子舊名將④，兩隊美人新教師。

《容台詩集》卷三，明崇禎三年董庭刻本

【注釋】

①清源：山東臨清。狄將軍：即狄明叔，山東臨清人，家世武弁出身，官至浙西參戎。酷愛崑曲，壯年去官歸家後將崑曲帶到家鄉，蓄有崑曲女樂一部。

②竹枝：即竹枝詞。唐代樂府曲名。原是四川東部（今屬重慶）一種與音樂、舞蹈結合的民歌。唐劉禹錫被貶夔州時，曾學習竹枝詞，改作新詞，寫當地風土人情和男女戀情，也有表達自己感情的。每首七言四句，形同七絕，語言通俗優美。其後作者頗多。竹枝詞有民歌色彩，可用以歌唱，後來用作詞牌。

③異方：他鄉，外地。杜甫《陪鄭公秋晚北池臨眺》詩：「異方初豔菊，故里亦高桐。」

④六千君子：蘇軾《論養士》：「越王勾踐，有君子六千人。魏無忌、齊田文、趙勝、黃歇、呂不韋皆有客三千人。」指狄明叔官至浙西參戎。

【簡析】

狄明叔的家鄉山東臨清，就在大運河旁邊，而大運河也是崑曲北上的重要通道之一。狄明叔本人在浙江領兵，接觸崑曲很多，非常喜愛，壯年去官歸家後將崑曲帶到家鄉，建立了自己的崑曲家班。由董其昌這首詩可以看出，家班的陣容很是整齊，還新聘請了教師，可見狄明叔對崑曲的喜愛真的是非同一般。

潘之恒（一五五六至一六二二），字景升，號鸞嘯生、冰華生等。歙縣（今屬安徽）人。青年時代曾師事汪道昆、王世貞；後傾心「公安派」。與張鳳翼、湯顯祖、屠隆、臧懋循以及袁宏道兄弟等友誼很深，與李贄也有來往。曾長期生活在南京、蘇州等地；晚年住在黃山，專心整理著述。潘之恒一生愛好戲曲，曾多次主持「曲宴」活動。寫了許多演員小傳和論戲曲表演藝術的文章，都收入他的綜合性著作《亘史》、《鸞嘯小品》中。又有《漪遊草》、《黃海》等。

崑山聽楊生曲有贈①

板橋南岸柳如絲，柳下誰家將叛兒②。《白苧》尚能調魏譜③，紅牙原是按梁詞④。雨添山翠通城染，潮沒堤痕去路疑。年少近來無此曲，舊遊零落使人悲。

《列朝詩集》丁十五，清順治九年毛氏汲古閣本

【注釋】

①崑山：縣名，在江蘇省，為崑山腔發源地。

②將：攜帶。叛兒：楊叛兒，或作楊伴兒。相傳南齊隆昌時，女巫之子楊旻隨母入內宮，長大後為何後所寵愛。當時童謠云：「楊婆兒，共戲來。」見《樂府詩集》四九。訛傳為「楊伴兒」、「楊叛兒」。

③《白苧》：《白苧歌》，樂府名，吳之舞曲，其詞盛稱舞者姿態之美，現存歌詞以晉之《白苧舞詞》為最早。此處「《白苧》」，指梁辰魚的散曲集《江東白苧》，亦泛指崑曲。魏譜：指魏良輔改造過的崑腔。

④梁詞：指梁辰魚的戲曲、散曲作品。

【簡析】

作為一名戲曲理論家，潘之恒顯著的長處之一是和演員保持經常的、密切的聯繫。對於這些被一般士大夫認為下等人的戲曲藝人，潘之恒能以一種平等的尊重的態度和他們相處，充分肯定他們的藝術創造，熱情指導他們的藝術實踐。因此，一些演員把與潘之恒相識比喻為「一識韓荊州」。這首詩所反映的，正是這種情況的一個側面。

白下逢梁伯龍感舊（二首）①

梨園處處按新詞②，桃葉家家度翠眉③。一自流傳江左調④，令人卻憶六朝時⑤。

【注釋】

① 白下：南京的別稱。

② 梨園：唐代訓練樂工的機構。《新唐書．禮樂志》：「玄宗既知音律，又酷愛法曲，選坐部伎子弟三百，教於梨園。聲有誤者，帝必覺而正之，號皇帝梨園弟子。」梨園的主要職責是訓練樂器演奏人員，與專司禮樂的太常寺和充任串演歌舞散樂的內外教坊鼎足而三。後世遂將戲曲演出場所稱梨園，戲曲演員稱為梨園弟子。按：奏。新詞：指梁辰魚所作傳奇《浣紗記》等及散曲《江東白苧》。

③ 桃葉：傳說東晉書法家王獻之有愛妾名叫桃葉，其妹曰桃根。桃葉往來於秦淮兩岸時，王獻之放心不下，常常都親自在南浦渡迎送，並為之作《桃葉歌》：「桃葉復桃葉，渡江不用楫。但渡無所苦，我自迎接汝。」從此南浦渡被稱為桃葉渡。翠眉：用黛螺畫的眉。

④ 江左：長江下游以東地區，即今江蘇省一帶。古代敘地理以東為左。江左調：指梁辰魚所作散曲《江東白苧》。

⑤ 六朝：東吳、東晉、宋、齊、梁、陳。它們相繼建都建康（今江蘇南京），為南朝六朝。按六朝歌曲中有《白苧歌》，故唱起梁辰魚的《江東白苧》，便令人想起六朝往事。

【簡析】

這兩首詩反映了詩人和著名戲曲家梁辰魚的友誼，以及詩人對梁辰魚的高度評價。以上這一首寫梁辰魚的戲曲作品在戲班、妓院頻繁演出的情況。

一別長干已十年①，填詞贏得萬人傳②。歌樑舊燕雙棲處③，不是烏衣亦可憐④。

《列朝詩集》丁十五，清順治九年毛氏汲古閣本

【注釋】

①長干：地名，在今江蘇省南京境內。唐．崔顥有《長干曲》，李白有《長干行》。此處指南京。

②填詞：元明以來曲劇，亦須按曲牌選用字詞，進行創作，故亦稱填詞。

③歌樑：歌台之樑。

④烏衣：烏衣巷，在今南京市東南。三國吳時於此置烏衣營，以兵士服烏衣而名。東晉時，王謝諸望族居此。唐．劉禹錫《烏衣巷》詩：「朱雀橋邊野草花，烏衣巷口夕陽斜。舊時王謝堂前燕，飛入尋常百姓家。」

【簡析】

梁辰魚是一位不得意的文人，但他的劇作卻在江南地區群眾中產生了廣泛的、持久的影響。這對一個作家來說，正是最好的褒獎。

觀劇贈王文冰（五首）

其一

掌中曾憶漢宮人①，飛向雕樑號玉真②。不是然犀龍女窟③，定須喚醒洛川神④。

【注釋】

①「掌中」句：用趙飛燕典故。相傳漢成帝皇后趙飛燕在太液池舟上作舞，風大起，飛燕揚袖曰：「仙乎！去故而就新乎！」成帝令左右持其裙，風止裙為縐。後宮女襞裙而縐，號留仙裙。見舊題漢伶玄撰《飛燕外傳》。

②玉真：謂仙人。此處指仙女。

③然犀龍女窟：傳說晉溫嶠至牛渚磯，水底有音樂之聲，水深不可測。人云下多怪物，嶠乃燃犀角而照之，須臾見水族覆火，奇形怪狀。見南朝宋劉敬叔《異苑》七。

④洛川神：曹植作《洛神賦》，說他在洛水邊遇見洛水女神宓妃。有人附會說是曹丕亡去的甄后。

其二

停雲釀雪意何如①，一曲《梁州》盡破除②。片月易沉星欲墮，神光冉冉照庭虛③。

【注釋】

①醸雪：宋・范成大《過鄱陽湖》詩：「春工醸雪無端密，大塊囊風不肯收。」

②《梁州》：《梁州令》，一名《涼州令》唐教坊曲名，後用作詞牌名、曲牌名。破除：除去，使歸於無。韓愈《贈鄭兵曹》詩：「杯行到君莫停手，破除萬事無過酒。」

③庭虛：庭院。南朝・梁・陶弘景《尋山志》：「庭虛月映，琴響風哀。」

其三

翹翠盤龍結束成①，登場送態轉輕盈②。新調百字驪珠串③，妒殺春林晛睆聲④。

【注釋】

①翹翠：古代婦人首飾的一種。狀似翠鳥尾上的長羽，故名。翹，鳥尾上的長羽。翠，青綠色。唐・韋應物《長安道》詩：「麗人綺閣情飄颻，頭上鴛釵雙翠翹。」盤龍：形容婦女髮髻盤旋的樣子。明・朱權《元宮詞》之三六：「梨花素臉髻盤龍，南國嬌娃乍入宮。」結束：裝束。

②送態：表達情態。指表演。

③驪珠：傳説出自驪龍頷下，故名。《莊子・列禦寇》：「夫千金之珠，必在九重之淵，而驪龍頷下。」明・劉兑《嬌紅記》：「紅牙緩引驪珠串，個個一般圓。」

④晛睆（音現緩）：鳥叫聲，又作「間關」。《詩經・邶風・凱風》：「晛睆黄鳥。」

其四

欲馮行雨夢難分①，揚出留仙巧樣裙②。何處清輝相映發，半塘寒水浸薌雲③。

【注釋】

①馮（音平）：徒涉。

②留仙巧樣裙：相傳漢成帝皇后趙飛燕在太液池舟上作舞，風大起，飛燕揚袖曰：「仙乎！去故而就新乎！」成帝令左右持其裙，風止裙為縐。後宮女擘裙而縐，號留仙裙。見舊題漢．伶玄撰《飛燕外傳》。

③薌（音香）雲：即香雲，謂女子鬢髮。

其五

氍毹花隊度娉婷①，鳳想鸞情夜夜惺②。乍向筵前歌《出塞》③，一時庭草見回春。

《鸞嘯小品》卷二，明崇禎二年刻本

【注釋】

①氍毹（音瞿書）：一種織有花紋圖案的毛毯。古代產於西域。可用作地毯、壁毯、床毯、簾幕等。舊時，居家演劇用紅氍毹鋪地，因而又用為歌舞場、舞臺的代稱。娉婷（音乒亭）：姿態美好。這裡指姿態美好的女子。

②惺（音星）：領會。

③《出塞》：漢橫吹曲名。漢武帝時，李延年因胡曲造新聲二十八解，內有《出塞》、《入塞》曲。見《晉書・樂志》下。此處當指有關昭君出塞的戲曲。

【簡析】

王文冰是一位旦角演員，這一組詩對他的表演藝術表示熱情贊賞。一、四兩首及第三首前半言其舞臺形象之佳，二、五兩首及第三首後半言其歌喉之莀。作者在《金鳳翔》一文中曾經稱讚「文冰之高韻」，而這一組詩即對此作了形象的描繪。

豔曲（十三首）

從吳越石水田精舍觀劇出①，吳兒十三人乞品題②，各以名作姓，以字作名，以諸孺作字，得詩十三絕，以小序冠之。

其一

蘅紉之③，字江孺。有沉深之思④，中含悲怨，不欲自陳；知音者得之度外，令人神魂飛越。

選得宮鶯出上林⑤，淒清江上帶餘音。多情何處飄殘夢，一段《梅花》泛古琴⑥。

【注釋】

①吳越石：吳琨，字越石，號水田精舍主人，徽州名士。
②吳兒：吳地（今蘇州一帶）少年。
③蘅紉之：旦角演員。
④深沉：深沉。
⑤上林：宮苑名，有多處：秦所建、漢武帝所擴建者，在陝西長安。東漢所建者，在河南洛陽。南朝宋、梁所建者，在今江蘇江寧縣。
⑥《梅花》：即《梅花落》，漢橫吹曲名，本笛中曲。李白《與史郎中欽聽黃鶴樓上吹笛》詩：「黃鶴樓中吹玉笛，江城五月落梅花。」泛：浮現，透出。

【簡析】

蘅紉之是一位旦角演員，以擅演《牡丹亭》中的杜麗娘而聞名。其表演的特點是「多情」而不浮露，而是「有沉深之思」，使「知音者得之度外」，「令人神魂飛越」。也就是說，這位演員善於調動觀眾的想像力，讓觀眾和演員一道完成藝術形象的創造。

其二

荃子之①，字昌孺。慷慨激烈，覺逸韻迫人，殊無兒女子態②，能濯濯自振者矣③。

千百場中獨擅奇，朱弦雕管雜新詞④。誰能一曲偏驚座，愧殺吳門游冶兒⑤。

【注釋】

①荃子之：小生演員。
②兒女子態：兒女間表現的情態，多指悱惻纏綿，依戀不捨等。
③濯（音濁）濯：清朗，明淨。
④朱弦：樂器上的紅色絲弦。雕管：帶有彩繪裝飾的管樂器。
⑤吳門：指蘇州（春秋時為吳都）西北門閶門。又可作蘇州別稱。遊冶：遊蕩娛樂。

【簡析】

荃子之是小生演員，擅演《牡丹亭》中的柳夢梅。詩人特別讚賞他的「逸韻迫人，殊無兒女子態」。

其三

茹淡之，字連孺。佻達中每持勁節①，曼聲亦合宮商②，慧性解脫，何必誇毗取媚也③。

滑稽不用脂與韋④，應響當弦自發機⑤翻笑叔敖空相業，尚煩優孟中人微⑥。

【注釋】

① 佻（音條）達：戲謔。勁節：堅貞不屈的節操。
② 曼聲：舒緩的長聲。宮商：古代音律中的宮音和商音，後用以泛指音樂。
③ 詩毗（音皮）：諂媚，卑屈。見《詩・大雅・板》及朱熹《集傳》。
④「滑稽」句：《楚辭》屈原《卜居》：「寧廉潔正直以自清乎？將突梯滑稽、如脂如韋以潔楹乎？」脂，油脂。韋，軟皮。後以喻阿諛、圓滑。
⑤ 應響當弦：本形容箭法之準，《漢書・李廣傳》：「李廣度不中不發，發即應弦而倒。」此處形容應對敏捷。發機：本指撥動弩牙，此處形容口舌之利。曹植《矯志詩》：「口為禁闥，吞為發機。」
⑥「翻笑」二句：《史記・滑稽列傳》記載，優孟是楚莊王時伶人。楚相孫叔敖死後，兒子很窮，優孟就穿戴了孫叔敖的衣冠去見楚莊王，神態和孫叔敖一模一樣。莊王以為孫叔敖復生，讓他做宰相。優孟以孫叔敖的兒子很窮為辭，並趁機對楚王進行規勸，莊王終於封了孫叔敖的兒子。後來就用「優孟衣冠」比喻模仿他人或化妝演出。中人微：《史記・滑稽列傳》：「談言微中，亦可以解紛。」微中，以微言中人之意。

【簡析】

丑角的表演如何才能達到高水準？詩人認為，不能搞庸俗的、低級的那一套，而應當於「佻達」中保持「勁節」，同時運用「慧性」，「應響當弦自發機」，即通過富有幽默感的、耐人尋味的機智的語言，來揭示生活中的哲理，以啟迪觀眾的心智。這才是喜劇表演的高的境界。

其四

蘋羞之，字南孺。眼語眉韻①，亦自可人②，巧舌弱文，足誇吳趨之豔③，吾將索諸神情之間④。

吳趨何得太多情，媚眼波人百態生⑤。總為曼聲難自遏⑥，半乘流去半空行。

【注釋】

① 眼語：謂以目傳情示意。南朝・梁・蕭統《擬古詩》之二：「眼語笑靨近來情，心懷心想甚分明。」「眉韻」義近。
② 可人：使人滿意。
③ 吳趨：即《吳趨行》，吳地歌曲。詞見《樂府詩集》六四。此處泛指吳歌。
④ 索諸：求之於……。
⑤ 「媚眼」句：白居易《長恨歌》：「回眸一笑百媚生，六宮粉黛無顏色。」
⑥ 曼聲：舒緩的長聲。

【簡析】

追求「傳神」的境界中是中國古典藝術的一個特點。詩人認為戲曲表演的理想境界，也應當「索諸神情之間」。

其五

支翰之，字崧孺。頎頎濯濯①，不蘄乎樊中②，時其兄來遊，乍登歡場③，發豔呈秀④，令人想觽韘之豐⑤，倘離薌澤⑥，不將與蕭艾同流耶⑦。

蝶徑鶯林曲度遲⑧，香塵飛處落花隨。因君愛結雙童佩，不羨芄蘭葉與支。

【注釋】

①頎（音奇）頎：長貌。濯（音濁）濯：清朗，明淨。

②蘄（音奇）：求，通「祈」。樊：關鳥獸的籠子。《莊子・養生主》：「澤雉十步一啄，百步一飲，不蘄畜乎樊中。」

③歡場：尋歡作樂的地方。

④發豔：煥發出豔麗的光彩。宋・梅堯臣《觀王氏書》詩：「先觀雍姬舞六麼，妍葩發豔春風搖。」呈秀：呈現出秀麗的姿態。

⑤觽（音西）：解結的用具，象骨製成，形如錐，也用為佩飾。韘（音社）：象骨做成，著右手大拇指，射箭時用以鉤弦。《詩・衛風・芄蘭》：「芄蘭之支，童子佩觽。」「芄蘭之葉，童子佩韘。」後因以「觽韘」指少年。詩中「童佩」、「芄蘭」均出此。芄蘭，植物名，即蘿藦，草本，蔓生。

⑥薌澤：即香澤。香氣。

⑦蕭艾：惡草。《離騷》：「何昔日之芳草兮，今直為此蕭艾也？」

⑧曲度：樂曲的節度。遲：舒緩。

【簡析】

本詩稱讚支翰之的舞臺形象光彩照人。

其六

芫懷之，字益孺。毀容多姿①，落英偏豔②。苟和璧之足珍③，何瑕瑜之易掩④。吾得之齲齒折腰間矣⑤。

分林佳色競邀歡⑥，瑤圃飛英秀可餐⑦。最喜嫣然含半瓠⑧，懶將溫語向人寒。

【注釋】

① 毀容：被毀傷的面容。
② 落英：落花。
③ 和璧：和氏璧，楚人卞和所發現。
④ 瑕：玉上面的斑點。瑜：玉石的光彩。本句即「瑕不掩瑜」之意。
⑤ 齲（音取）齒折腰：東漢大將軍梁冀之妻孫壽，色美而善為妖態，作愁眉、啼妝、墮馬髻、折腰步、齲齒笑等，京師婦女爭相仿效，成為風尚。見《後漢書》三四《梁冀傳》。
⑥ 分林：唐．沈佺期《興慶池侍宴詩》：「向浦回舟萍已綠，分林蔽殿槿初紅。」
⑦ 瑤圃：美麗的園地，指神仙所居之處。秀可餐：秀色可餐，贊婦女容色之美。晉．陸機《日出東南隅行》：「鮮膚一何潤，秀色若可餐。」

⑧嫣（音煙）然：美的樣子。半瓠（音戶）：露出牙齒的一半。瓠，瓠犀，美女的牙齒。《詩．衛風．碩人》：「齒如瓠犀」。朱熹《集傳》：「瓠犀，瓠中之子，方正潔白，而比次整齊也。」

【簡析】

芫懷之這位演員的容貌不是很美，但表演十分出色，真說得上是瑕不掩瑜，或者不如說，他是具有一種「缺陷美」的罷。

其七

柄執之，字調孺。儼然大奸，甘心鴆毒①。誰云悟主片言②，亦可回生頃刻。今之院本，欲壓彈章③，非斯人無幸矣④。

霽虹雕鶻語模糊⑤，翻手傾卷一捋鬚⑥滿座悄然更喜怒⑦，誰言顰笑不關渠⑧

【注釋】

①鴆（音振）毒：毒害。鴆是一種有毒的鳥，傳說羽有劇毒，浸酒飲之立死。
②悟主片言：隻言片語而使主上醒悟。《唐書．房琯傳贊》：「原琯以忠誼自奮，片言悟主而取宰相，必有以過人者。」
③彈章：彈劾官吏的章疏。
④無幸：沒有希望。
⑤霽虹雕鶻：形容表演者各種不同的表情。「雕鶻」指眼神，可參《金史．王鬱傳》：「鬱……儀狀魁奇，目光如鶻。」

⑥捋（音羅陰平）鬚：捋虎鬚，撩撥強有力者。《三國志・吳・朱桓傳》注引《吳錄》：「（孫）權馮几前席，桓近前捋鬚曰：『臣今日真可謂捋虎鬚也。』」此處指諷刺當權者。

⑦更：更替。

⑧渠：他。

【簡析】

柄執之是一位淨角，扮演反面人物十分逼真。詩人對這種嘻笑怒罵、放言無忌的表演十分重視，認為它具有揭露醜惡、針砭現實的作用。

其八

苾達之，字邦孺。曼聲既自繞樑①，巧態況能傾國②。雖蓬山萬里③，知夢魂之非遙也。

莫憑雞舌問含香④，才近驪淵自有光⑤。雙淚不因《何滿子》⑥，柔情先斷使君腸。

【注釋】

①曼聲：舒緩的長聲。繞樑：《列子・湯問》：「昔韓娥東之齊，匱糧，過雍門，鬻歌假食，既去而餘音繞樑，三日不絕，左右以其人弗去。」

②傾國：形容女子容貌極美。《漢書．外戚傳下．孝武李夫人》：「北方有佳人，絕世而獨立。一顧傾人城，再顧傾人國。」
③蓬山：即蓬萊山，神話中的海外仙山。李商隱《無題》詩：「劉郎已恨蓬山遠，更隔蓬山一萬重。」
④雞舌：香名，即今丁香。漢三省故事，郎官日含雞舌香，欲其奏事對答，氣味芬芳。見漢．應劭《漢官儀》上。
⑤驪淵：驪龍居住的深淵。《莊子．列禦寇》：「千金之珠，必在九重之淵，而驪龍頷下。」
⑥《何滿子》：舞曲名，相傳以樂人何滿而得名。《樂府詩集》八十引白居易曰：「何滿子，開元中滄州歌者，臨刑進此曲以贖死，竟不得免。」唐．張祜《宮詞》：「一聲《何滿子》，雙淚落君前。」

【簡析】

苾達之，即趙必達，旦角演員，也以擅演《牡丹亭》中的杜麗娘而聞名。張大復《梅花草堂筆談》卷十一說：「趙必達扮杜麗娘，生者可死，死者可生，譬之以燈取影，橫斜平直，各相乘除。又如秋夜月明，林間可數毛髮。」可與本詩參看。

其九

慧樹之，字心孺。為人柔順婉至，頗具情癡，亦多吳韻。登場度曲①，雖為曼聲②，密意傾心，似各有所屬者③。

病後秋林錦色凋，月明澄水夜迢迢。何人為奏湘靈瑟④，個是通情第一宵⑤。

【注釋】

①度曲：按曲譜歌唱。
②曼聲：舒緩的長聲。
③屬（音主）：屬意，注意。
④湘靈瑟：湘靈，湘水之神。屈原《遠遊》：「使湘靈鼓瑟兮，令海若舞馮夷。」唐．錢起有《湘靈鼓瑟》詩。
⑤個：指示代詞，這，那。

【簡析】

由詩中可以看出，蕙樹之是一位善於把劇中人物的思想感情表達得深婉曲至、細膩入微的演員。

其十

茜漸之，字絳孺。與淡之發科取諢①，亦復唐突可喜②。茹既隱微情，而茜尤多浮志，深淺之間，亦各從所尚耳。

警策偏憐細語真③，似含飛色暫依人④。隴山夢斷難傳語⑤，不問悲歡也愴神⑥。

【注釋】

①發科取諢：即插科打諢之意。

② 唐突：橫衝直撞。引申為冒犯、褻瀆。此處有大膽之意。
③ 警策：文章中精煉切要、辭義深妙之處。晉・陸機《文賦》：「立片言而居要，乃一篇之警策。」
④「似含」句：用「飛鳥依人」典故。《舊唐書》六五《長孫無忌傳》太宗評褚遂良：「譬如飛鳥依人，自加憐愛。」形容與人親近。
⑤「隴山」句：用隴鳥典故。按隴鳥（亦作隴禽）指鸚鵡，因多產於隴西，故名。唐・吳融《浙東筵上有寄》詩：「隴禽有意猶能說，江月無心也解圓。」李商隱《五言述德抒情詩一首四十韻，獻上杜七兄僕射相公》詩：「隴鳥悲丹嘴，湘蘭怨紫莖。」
⑥ 愴（音創）神：神情悲傷。

【簡析】

茜漸之與茹淡之（見本組詩第三首）都是丑角，但二人表演風格不同。詩人認為正確的態度應當是「深淺之間，亦各從所尚」，即提倡藝術風格的多樣性。

其十一

忠純之，字臣孺。孝慕之，字子孺。以官私二外①，體具莊嚴，不刻不纖②，而節度繁苛③，調實勁捷④可謂剛柔相濟，分擅眾長，儀眾彥者矣⑤。

吳歈元自備宮商⑥，按拍唯宗魏與梁⑦。俚俗不隨群雅集，馮誰分署總持場⑧。

【注釋】

①官私二外：「外」這一行當中兩種不同身份的角色，猶小生之有官生、窮生。
②刻：雕琢。纖：纖巧。
③繁苛：多而嚴。
④勁捷：有力而敏捷。晉·左思《魏都賦》：「誰勁捷而無葸。」
⑤儀眾彥：取法眾美。彥：美士，才德傑出之人。
⑥吳歈：春秋吳國的歌。後泛指吳地的歌。《楚辭·招魂》：「吳歈蔡謳，奏大呂些。」王逸注：「吳、蔡，國名也。歈、謳，皆歌也。」此處指崑曲。宮商：古代音律中的宮音和商音，後用以泛指音樂。
⑦魏：魏良輔。梁：梁辰魚。
⑧凴（音憑）：憑仗，依靠。總持：梵語陀羅尼的義譯，謂持善不失，持惡不生，無有漏忌。

【簡析】

忠純之、孝慕之都是外角。他們在表演中既善於博採眾長（「儀眾彥」），又注意發揮自己的特色（「分擅所長」），因而得到詩人的高度評價。

其十二

商浴之，字谷孺。視荃偉俊而慧遜之①，百度盡可肩隨②，令狎他場③，俱堪雄長④。

楚楚衣裳一色明，眾中爭豔最鍾情。滿堂絲管聲俱合⑤，誰辨塤、篪葦與兄⑥。

【注釋】

①荃：即本篇其二之荃子之。
②百度：猶言百事。肩隨：相差無幾，大致可以比並。
③狎（音狹）：戲弄。這裡指演出。
④雄長：稱霸。
⑤絲管：猶弦管。
⑥塤（音群陰平）、篪（音遲）：皆為樂器，前者土製，後者竹製，合奏起來，聲音和諧。

【簡析】

作者以商浴之與小生演員荃子之相比，可見他也是一位小生演員。在表演藝術上，他與荃子之可以說是各有千秋。

其十三

才掄之，字殊孺。具婉弱之質，而氣度豪舉①，視夫以貌取人者，安知真英雄哉！

柔情弱質不勝衣②，誰道王孫意氣微③。肯把娉婷贈名士，彩雲歌處鳳同歸④。

《鸞嘯小品》卷二，明崇禎二年刻本

【注釋】

① 豪舉：豪放超拔。
② 不勝衣：身體極柔弱，承擔不起衣服。
③ 意氣：意志與氣概。
④「彩雲」句：宋・晏幾道《臨江仙》詞：「當時明月在，曾照彩雲歸。」

【簡析】

本詩提出，看一位演員的表演，不僅要著眼於他的「貌」，更要著眼於他的「氣度」。才掄之的表演柔中寓剛，因此得到詩人的高度評價。

再贈江孺、南孺①，時病起作劇，尚有悴容。

秋後虛歡宴②，冬來見捧心③。水流偏寫態④，月聽自知音⑤。易舞公孫劍⑥，
難挑卓女琴⑦。生平憐俠骨⑧，為予一沉吟。

《鸞嘯小品》卷二，明崇禎二年刻本

【注釋】

① 江孺：蘅紉之，字江孺，見前《豔曲十二首》其一。南孺：蘋羞之，字南孺。

②虛：無。
③捧心：古越國美女西施因患心病而捧心皺眉。後用捧心形容美人的病態。
④「水流」句：謂其演劇知行雲流水，情態舒展自然。
⑤「月聽」句：謂其唱曲高妙，月亮也來傾聽，不乏知音。宋・楊萬里《感秋詩》：「我吟月解聽，月轉我亦步。」
⑥公孫劍：唐代著名舞蹈藝人公孫大娘善舞劍器。杜甫有《觀公孫大娘弟子舞劍器行》。
⑦卓女：卓文君。
⑧俠骨：舊指勇武仗義的性格或氣質。

【簡析】

本詩讚揚了江孺、南孺的表演藝術，特別指出表現豪放英武的氣概比較容易，而表達內心深曲微細的感情就比較困難。看來這兩位演員對這一方面是擅長的。

廣陵散二則①有序

（附詩十三首於後）

余辛亥仲夏訪李本寧太史於京口②，同至廣陵③。社友汪季玄招曲師④，教吳兒十餘輩。竭其心力，自為按拍協調，舉步發音。一釵橫⑤，一帶揚⑥，無不曲盡其致⑦。為余具十日飲，使畢技於前⑧。旦日披緗衣⑨，抵旅次⑩，乞詩以示指南⑪。余喜吾鄉之有賞音也，欣為之品題，得十三首，以二序冠之。其濃淡煩簡，折衷合度⑫，所未能勝吳歈者，一間耳⑬。別之五年，季玄且厭去，以贈范學憲長倩⑭，欲終其愛以進於技⑮，今得列之班行⑯，余謂似當少勁，恨未得再睹，頗懷斷袖之思⑰，效前魚之泣⑱。追述初詠，標為《廣陵散》以憶之。

【注釋】

① 廣陵散：本是古琴曲名，三國時魏嵇康以善彈此曲著稱。據《晉書》記載，嵇康因不滿當政的司馬氏集團而遇害，臨刑前曾索琴彈奏此曲。這裡潘之恒以《廣陵散》命題，表示自己對一種不可復睹的絕技的讚歎。

② 辛亥：明神宗萬曆三十九年（一六一一）。李本寧：李維楨，字本寧，湖北京山人。隆慶進士，歷任翰林院編修、修撰、陝西參議、南京禮部侍部、尚書等職。交遊很廣，以詩文著於當時。京口：今江蘇鎮江。

③ 廣陵：今江蘇揚州。

④ 社友：志趣相同者結社，互稱為社友。汪季玄：汪猶龍，字季玄，徽州歙縣人。曾為潘之恒校勘《黃海》。

⑤ 釵橫：玉釵橫斜。王安石《題扇》詩：「青冥風露非人世，鬢亂釵橫獨自寒。」

⑥ 帶揚：衣帶飄動，與「帶搖」同意。梁簡文帝《大垂手詩》：「羅帶恣風引，輕帶任情搖。」

⑦ 曲盡其致：意態、情趣表達得曲折無遺。

⑧ 畢技：把技藝表演完畢。

⑨ 旦日：明日。

⑩ 旅次：旅途中寄居之所。

⑪ 指南：指導。

⑫ 折衷：調和二者，取其中正，無所偏頗。王充《論衡·自紀》：「折衷以聖道，析理於通材。」合度：符合事物的節度。漢·阮瑀《箏賦》：「不疾不徐，遲速合度。」曹植《洛神賦》：「穠纖得中，修短合度。」

⑬ 一間：非常接近，所差無幾。間：間隙。

⑭ 范學憲長倩：范允臨（一五五八至一六四一），字至之，別號長倩，又號長白先生。南直隸蘇州府吳縣（今屬江蘇）人。范仲淹十七世孫。萬曆二十三年（一五九五）進士，官至福建參議。允臨少年失怙，終日勤奮讀書。後家道中落，及壯入贅於吳門

徐時泰。夫人徐媛，少工書，善古文，亦工詩翰。伉儷情篤，倡和成集《絡緯吟》。工書畫，時與董其昌齊名。歸築室蘇州天平山，全家遷居，流連詞文，常與好友遨遊於山水之間，不復在意功名。有《輸寥館集》。其家樂也很有名。

⑮進於技：超過一般技術。《莊子・養生主》：「庖丁釋刀對曰：『臣之所好者道也，進乎技矣。』」

⑯班行：班列。

⑰斷袖：《漢書・董賢傳》：「常與上臥起，嘗晝寢，偏藉上袖。上欲起，賢未覺，不欲動賢，乃斷袖而起。」後因稱男寵為「斷袖」。

⑱前魚：戰國時，魏王與龍陽君在一起釣魚。龍陽君釣了十多條就哭起來。魏王問他為什麼哭，龍陽君說：「臣之始得魚也，臣甚喜，後得又益大。今臣直欲棄臣前之所得矣。」這是龍陽君借魚自喻。後因以「前魚」比喻失寵被遺棄之人。事見《戰國策・魏》。

初品云：語有之：「禮失，而求之野樂。」①樂其所自生，中古已亡②，今何以觀哉！季玄閒廣③，不慧子徒寄慨於昔④，而未諦審於今⑤。今之樂，猶古之樂。其亡者音耳，其聲未始亡也。審聲而知音，審音而知樂，應幾近之。余尚吳歈，以其亮而潤，宛而清。乃若法以律之，暢以導之，重以出之。揚抉風生⑥，垂手如玉，同心齊度，則天趣所成⑦，非由人力。唯童子年，其穎易露⑧，其變適神，誠能恣之以逸⑨，不繼以惰，翻然爾思⑩，亦足追古矣。不慧慕古而未能，偶就五生一寓品題⑪，以質于季玄⑫。世有求之法外者，乃可語法中⑬，覺禮樂差去古不遠爾。

【注釋】

①「禮失」二句：《左傳》哀公十六年：「禮失則昏，名失則愆。」隋王通《文中子》：「吾聞禮于關生，見負樵者幾焉；正樂於霍生，見持竿者幾焉。吾將退而求諸野矣。」

② 中古：次於上古的時代。我國歷史上的中古，一般指魏、晉、南北朝、隋、唐。

③ 閒廣：閒靜開朗。《南史・豫章文獻王子子雲傳》：「子雲性沈靜，不樂仕進，風神閒廣，任性不群。」

④ 不慧：愚笨。《列子・湯問》：「甚矣，汝之不慧！」後作為自謙之辭。

⑤ 諦審：仔細考察。

⑥ 揚袂（音妹）：揚起衣袖。戰國・楚・宋玉《高唐賦》：「揚袂障日，而望所思。」

⑦ 天趣：自然的情趣。

⑧ 穎露：鋒芒顯露。穎：尖頭。

⑨ 恣（音字）：更迭。

⑩ 翻然爾思：指鑽研藝術能深入思考，使境界提高一步。《荀子・大略》：「君子之學如蛻，幡然遷之。」注：「幡與翻同。」翻然，改變貌。

⑪ 五生：指初品所評五位演員。

⑫ 質：就正，請評定。

⑬ 「世有」二句：謂不拘泥於法的字句，才可以得到法的實質。《晉書・陶侃傳》：「謝安每言『陶公雖用法，而恒得法外意。』」即此意。

其一

國瓊枝有場外之態，音外之韻，閨中雅度，林下風流①，國士無雙②，一見心許。

何處《梅花》笛裡吹③，歌餘縹緲舞餘姿。涉江聊可克余佩④，攀得瓊台帶露枝⑤。

【注釋】

① 林下風流：南朝・宋・劉義慶《世説新語・賢媛》：「王夫人神情散朗，故有林下風氣。」王夫人，晉王凝之妻謝道韞。後因稱婦女超逸之致為林下風氣。此處「林下風流」義同。

② 國士：國中才能出眾的人。

③《梅花》：即《梅花落》。

④「涉江」句：據漢・劉向《列仙傳》記載：「鄭交甫常遊漢江，見二女，皆麗服華裝，佩兩明珠，大如雞卵。交甫見而悅之，不知其神人也。謂其僕曰：『我欲下請其佩。』……（二女）手解佩以與交甫，交甫受而懷之。即趨而去，行數十步，視佩，空懷無佩。顧二女，忽然不見。」克：約定。

⑤ 瓊台：玉台。

【簡析】

國瓊枝的表演藝術的特點，潘之恒概括為「婉至」（見後《後品》）。這首詩所寫的「場外之態，音外之韻，閨中雅度，林下風流」，「歌餘縹緲舞餘姿」，皆是深婉曲至這一風格的體現。

其二

曼修容徐步若馳①，安坐若危②，蕙情蘭性③，色授神飛④，可謂百媚橫陳者矣⑤。

宛轉歌喉態轉新，鶯鶯燕燕是前身。已憐花底魂銷盡，謾向梁間語撩人⑥。

【注釋】

① 徐步：戰國．楚．宋玉《神女賦》：「動霧縠以徐步兮，拂墀聲之珊珊。」

② 安坐若危：即曹植《洛神賦》「動無常則，若危若安」之意。

③ 蕙情蘭性：蘭與蕙，花開香氣清淡。常以比喻婦女幽靜高雅的品格。

④ 色授神飛：睹貌動情，心馳神往，與「色授魂與」意同。司馬相如《上林賦》：「長眉連娟，微睇綿藐，色授魂與，心愉於側。」

⑤ 橫陳：雜陳。

⑥ 謾：隨意。撩人：逗引人。

【簡析】

在《鸞嘯小品》卷二的《與楊超超評劇五則》一文中，潘之恒概括戲曲表演有五個要點，即「度、思、步、呼（又作音）、歎」。從本詩可以看出，曼修容在步、音兩個方面都是相當出色的。

其三

希疏越翛然獨立①，顧影自賞②，敘情慷慨，忽發悲吟，有野鶴雞群之致③。

年少登場一座驚，眾中遺盼為多情④。主人向夕頻留客，百尺垂楊自選鶯。

【注釋】

①翛（音消）然：自然超脫貌。
②顧影自賞：即「顧影自憐」之意。
③野鶴雞群：即鶴立雞群，比喻卓然出眾。
④遺（音未）盼：以目光傳情。

【簡析】

本篇稱讚了希疏越表演的「野鶴雞群之致」。對於戲曲表演中「致」這一要素，潘之恒十分重視，後面我們還可以見到。

其四

元靡初雲徹未半①，秋駕方升②，孤月凌空，獨傳清嘯③，儻謂同歡畢輪④，毋蘄發豔於三歲矣⑤。

黃鵠高飛不可呼⑥，羽衣瀟灑髻懸珠⑦。曾棲句曲三峰頂⑧，肯傍淮南桂樹無⑨。

【注釋】

①雲衢（音渠）：雲路。
②秋駕：駕馬的技術。又指馬車。王勃《送白七序》：「整秋駕，駐春裝。」
③清嘯：清亮的長鳴。
④儻（音躺）謂：倘若說。畢輪：《韓非子・十過》：「師曠曰：昔者黃帝合鬼神於泰山之上，駕象車而六蛟龍，畢方並鎋，蚩尤居前。」按畢方為神名，「畢輪」即並駕齊驅之意。
⑤蘄（音奇）：求，通「祈」。
⑥黃鵠（音胡）：鳥名，天鵝。
⑦羽衣：用羽毛編織成的衣服。後常稱道士或神仙所著衣為羽衣。
⑧句曲：山名，在江蘇句容縣。相傳漢茅盈與其弟固、哀在此處修道，故又稱茅山。
⑨淮南桂樹：用漢淮南王劉安的故事與傳說。漢・王充《論衡・道虛》：「淮南王學道，招會天下有道之人，……並會淮南，……。王遂得道，舉家升天，畜產皆仙，犬吠於天上，雞鳴於雲中。」明・高啟《芳桂隝》詩：「欲攀淮南樹，人去山寂寞。」無：問詞，用同「否」、「麼」。

【簡析】

元靡初是一位年輕的演員，藝術上正處於上升時期，詩人因此對他寄託了殷切的期望。

其五

掌翔鳳顏如初日①，曲可崩雲②，巫峰洛水，彷彿飛越，豈直作掌中珍耶③。

風前垂柳門腰低④，一剪青絲覆額齊⑤。含意未申心已醉⑥，高雲墮砌月沉西⑦。

【注釋】

① 顏如初日：即曹植《洛神賦》「遠而望之，皎若太陽升朝霞」之意。
② 崩雲：唐・封希顏《六藝賦》：「萬仞崩雲，千岩落石。」
③ 掌中珍：猶言掌中珠，值得珍愛的事物。
④ 「風前」句：以楊柳比喻女子纖柔的細腰。
⑤ 青絲：喻黑髮。
⑥ 含意未申：《古詩十九首・今日良宴會》：「齊心同所願，含意俱未申。」
⑦ 高雲墮砌：即前「崩雲」之意。

【簡析】

從詩中可以看出，掌翔鳳的表演風格是飄逸的。

後品云：乍見定情，自媚者為難。況草草品題，不無觖望①。然私所屬在首舉者：國以婉至②，慧以格高③，才有殊長④，何嫌媲美⑤。乃若色失之瑤⑥，典失之正⑦，致失之昭⑧，望失之直⑨，權變失之粉郎⑩，余實不敏⑪，於諸技中何貶焉⑫。倘有當於心⑬，不妨再續矣。

【注釋】

①觖（音決）望：不滿所望。
②國：指前品其一國瓊枝。
③慧：指後品其一慧心憐。
④殊長：特長。
⑤媲（音譬）美：比美。
⑥瑤：指後品其二瑤萼英。
⑦正：指後品其四正之反。
⑧昭：指後品之五昭冰玉。
⑨直：指後品之三直素如。
⑩粉郎：即續品中所寫「粉色」即二淨。
⑪不敏：不才，自謙之詞。
⑫「於諸技」句：對以上各種技藝不加貶低。
⑬當：判斷。

其一

慧心憐音葉鸞鳳①，步騄驊騮②，千人中亦見，卓乎超距之士③。

音如環轉體如弦，個是場中最少年。莫怪同儕心為折④，縱令垂老亦知憐⑤。

【注釋】

①葉（音協）：和，合。
②駸（音侵）：馬行疾。驊騮（音華留）：赤色駿馬，亦名棗騮。古之良馬。
③超距：跳躍。古代練習武功的一種活動。
④同儕（音柴）：同輩。
⑤垂老：垂老之人，作者自指。

【簡析】

慧心憐的表演藝術的特點，詩人概括為「格高」（見《後品》）。至於他的具體的表演技巧，像「音如環轉體如弦」等等，都在「格高」的前提下達到了和諧的統一。因此，詩人對他評價很高，把他和國瓊枝分別列為前、後品的榜首，並稱讚他們是「才有殊長，何嫌媲美」。

其二

瑤蕚英色豔而恌①，氣吁以暢②，如縹眇仙人③，乍游林水，而纖塵不染④。

美豔由來自有聲，眾中識曲不知情。若教藺子親操璧，肯博秦庭十五城⑤。

【注釋】

①恌（音挑）：輕薄。
②吁（音須）：即吁吁，安閒自得的樣子。
③縹眇：高遠隱約。晉・木華《海賦》：「群仙縹眇，餐玉清涯。」
④纖塵不染：即「一塵不染」之意。《元史・黃溍傳》：「君子稱其清風高節，如冰壺三尺，纖塵弗汙。」
⑤「若教」二句：用戰國時趙國藺相如故事。秦昭王欲得趙國和氏璧，佯稱願以十五城交換，藺相如出使秦國，挫敗秦王陰謀，完璧歸趙。見《史記・廉頗藺相如列傳》。

【簡析】

瑤蕚英的表演藝術，潘之恒特別指出「色」這一點（見《後品》），即形象豔麗，光采照人。

其三

直素如錦文自刺①，冰操同堅②，寵或弛於前魚，怨每形於《別鶴》③，無金買賦④，為獻《長門》者接踵，悟後之歡，自溢於初薦爾⑤。

淡泊無由表素心⑥，聊將貞操托孤琴。相如不淺臨邛意⑦，托諷何嘗為賜金⑧？

【注釋】

①錦文：即織錦迴文。前秦時期，秦州刺史竇滔因得罪了苻堅的手下大官被流放到流沙縣，夫妻天各一方。其妻蘇蕙特地在一塊錦緞上繡上八百四十個字，縱橫二十九個字的方圖，可以任意地讀，共能讀出三千七百五十二首詩，表達了她對丈夫的思念與關心之情。見《晉書・列女傳・竇滔妻蘇氏》。

②冰操：純潔的操守。

③《別鶴》：《別鶴操》，樂府琴曲名。相傳商陵牧子娶妻五年無子，父兄命其休妻改娶。牧子悲傷作歌，後人為之譜曲，名《別鶴操》，比喻夫妻分離。

④買賦：相傳陳皇后被漢武帝廢棄，居住在長門宮。她花千金，請司馬相如代作《長門賦》獻給漢武帝，武帝終於回心轉意。

⑤溢於初薦：超過初歡。

⑥素心：心地純潔，沒有胡思亂想、欲望雜念。陶淵明《移居》其一：「聞多素心人，樂與數晨夕。」

⑦臨邛意：指司馬相如與卓文君的愛情。卓文君為四川臨邛人。

⑧「托諷」句：說司馬相如作《長門賦》是為了諷喻，並不是為了得到陳皇后的賜金。

【簡析】

此詩寫直素如善於表現失意婦女（如陳皇后等）的哀傷、怨望心理，這也就是詩人在《後品》中所概括的「望」。

其四

正之反松筠挺秀①，笙簧自鳴②，如徒逐靡麗，亦幾於玄賞③。

松聲竹韻雜笙簧，箕踞長林古道旁④。不獨塵囂能盡隔⑤，頓令丘壑有遺光⑥。

【注釋】

①筠（音雲）：竹之別稱。
②笙簧：笙，管樂器。簧，樂器中有彈性的薄片，用以振動發聲。此處「笙簧」指管樂器。
③玄賞：此處指不正確的鑒賞。
④箕（音機）：伸開兩足，手按雙膝，若箕狀坐。為傲慢不敬之容。
⑤塵囂：世間的紛擾、喧囂。
⑥丘壑：深山幽谷；常指隱居的地方。遺光：光采照人。漢・張衡《思玄賦》：「離朱唇而微笑兮，顏的礫以遺光。」

【簡析】

潘之恒在《後品》中指出正之反表演的特點是「典」，即風格典雅而不靡麗。本詩稱其「松筠挺秀，笙簧自鳴」，也即此意。

其五

昭冰玉美秀而潤，動止含情①，水靜而心澄，雲遏而響逸矣②。

一束宮絛一串珠③，風前美度擅吳趨④。排空群玉君應見⑤，曲罷湘靈定有無⑥。

【注釋】

①動止：作息，動作與靜止。

②「雲遏」句：用「響遏行雲」典故。《列子·湯問》記載秦青曾收薛譚為徒。薛譚未盡得其藝欲辭歸。秦青送行至郊外別時引吭高歌聲震林木響遏行雲。薛譚聞之大驚乃放棄回歸之念。

③絛（音濤）：絲帶，絲繩。

④吳趨：即《吳趨行》，吳地歌曲。詞見《樂府詩集》六四。此處泛指吳歌。

⑤群玉：群玉山，神話中傳說的仙山，產玉。李白《清平調》之一：「若非群玉山頭見，會向瑤台月下逢。」

⑥曲罷湘靈：湘靈為湘水之神。《楚辭》屈原《遠遊》：「使湘靈鼓瑟兮，令海若舞馮夷。」唐·錢起《湘靈鼓瑟》：「曲終人不見，江上數峰青。」

【簡析】

昭冰玉的表演「美秀而潤，動止含情」，特別表現出一種「風前美度」。作者在《後品》中概括其表演的特點是有「致」，與詩中意同。

續品三首附

其一

二淨①，色中之蒜酪也②，顰笑關乎喜怒，謔浪亦示微權③。古稱施、孟能近人情④，則二子庶幾矣⑤。

解識吳儂善滑稽⑥，憨情軟語態如癡。略加粉色非真面，便放機鋒不自持⑦。

【注釋】

①淨：又稱二面、副淨，簡稱副，為丑的一支，是介乎丑、淨之間的角色。
②蒜酪：調味品。
③謔浪：戲謔放蕩。微權：小的權變。明．宋濂《靜學齋記》：「管仲所陳於桓公而見於行事者，皆微權小智而已。」
④施：優施，春秋時晉國優人。孟：優孟，春秋時楚國優人。
⑤庶幾：相近，差不多。
⑥吳儂：猶言吳人。
⑦機鋒：佛教禪宗名詞，指問答迅捷，不落跡象，含有深意的語句。自持：自己克制。

【簡析】

本詩闡明二淨這種角色在整個戲曲表演中的地位和這種角色的表演特色。《鸞嘯小品》卷二的《致節》一文說：「若副淨，猶尚科諢蒜酪，最忌瑣屑。」可與本詩參看。

其二

和美度身不滿五尺，虹光繚繞，氣已吞象①，壯夫不當如是耶！

公孫渾脫舞氍毹②，氣索登場為大巫③。不獨喑嗚驚客座④，生來膽略與人殊。

【注釋】

①吞象：形容氣概之大。屈原《天問》：「靈蛇吞象，厥大何如？」

②公孫渾脫：即公孫大娘劍器舞。氍毹（音瞿書）：一種織有花紋圖案的毛毯。古代產於西域。可用作地毯、壁毯、床毯、簾幕等。舊時，居家演劇用紅氍毹鋪地，因而又用為歌舞場、舞臺的代稱。

③氣索：意氣索然。《三國志・吳・張紘傳》注引陳琳《答張紘書》：「此間率少於文章，易為雄伯。……今景興（王朗）在此，足下與子布（張昭）在彼，所謂小巫見大巫，神氣盡矣。」小巫，陳琳自喻。按本句意謂和美度登場，使其他演員如小巫見大巫。

④喑（音印）嗚：猶「喑噁」，發怒聲。

【簡析】

和美度是一位淨角演員。他身材矮小，但表演起來氣概非凡。《鸞嘯小品》卷二《神合》一文要求淨角表演要「氣概雄毅，規模巨集遠，足以蓋世」，可以看出和美度的表演是符合這一要求的。

其三

寰無方跳波浪子①，巧舌如簧②，脫逢吳兒③，尚當掩袂④。

乍作冰山乍火輪⑤，朱唇才啟翠眉顰。古來三語堪為掾⑥，價抵丹樓兩玉人。

《鸞嘯小品》卷三，明崇禎二年刻本

【注釋】

① 跳（音挑）波：水勢奔流。浪子：本意是不務正業的遊蕩子弟，這裡指性格伶俐的人。

② 巧舌如簧：口舌伶俐，猶如笙中之簧。

③ 脫：倘若，或許。吳兒：吳地（今蘇州一帶）少年。

④ 掩袂（音妹）：以衣袖遮面。

⑤ 火輪：太陽。韓愈《桃源圖》詩：「夜半金雞啁哳鳴，火輪飛出客心驚。」按本句指忽冷忽熱，忽悲忽喜。

⑥ 三語堪為掾（音願）：南朝・宋・劉義慶《世說新語・文學》：「阮宣子（阮修）有令聞，太尉王夷甫（王衍）見而問曰：『老莊與聖教同異？』對曰『將無同。』太尉善其言，辟之為掾。世謂三語掾。」掾，屬官。

【簡析】

寰無方是一位丑角。他表演詼諧，口舌伶俐，出語不凡，發人深思。

觀演杜麗娘，贈阿蘅江孺①

本是情深者，冥然會此情②。難逢醒若夢，願向死求生。化蝶飄無影③，啼鵑怨有聲。柳狂飛似絮④，終與浪花平。

《鸞嘯小品》卷三，明崇禎二年刻本

【注釋】

① 阿蘅江孺：即前潘之恒《豔曲十三首》其一所寫的「蘅紉之，字江孺」。
② 冥然：深思的樣子。
③ 化蝶：睡夢。《莊子・齊物論》：「昔者莊周夢為蝴蝶。」
④ 「柳狂」句：杜甫《絕句漫興九首》之一：「顛狂柳絮隨風舞，輕薄桃花逐水流。」

【簡析】

本詩和下一首《觀演柳夢梅贈阿荃昌孺》都是潘之恒在好友吳越石家觀看《牡丹亭》演出後所作。潘之恒同時還作了《情癡觀演〈牡丹亭還魂記〉書贈二孺》一文。在《情癡》一文中，潘之恒指出，要演好杜麗娘，「最難得者，解杜麗娘之情人也」，「能情者，而後能寫其情」。就是說，演員只有深入體會杜麗娘的感情，才能把它「一字無遺，無微不極」地表現出來。本詩「本是情深者，冥然會此情」也即此意。

觀演柳夢梅，贈阿荃昌孺①

不謂情癡絕，癡來轉自憐。幽婚冥府牒②，禁臠丈人權③。雀舞開屏暗④，鸞歡照影全⑤。吳儂心總慧，似得董狐傳⑥。

《鸞嘯小品》卷三，明崇禎二年刻本

【注釋】

① 阿荃昌孺：即前潘之恒《豔曲十三首》其二所寫的「荃子之，字昌孺」。

② 幽婚：陰間的婚姻。冥府牒（音蝶）：陰間的名錄。

③ 禁臠（音巒）：本指皇帝所食之肉，後借喻他人不得染指之物。南朝・宋・劉義慶《世說新語・排調》：「孝武（晉孝武帝）屬王珣求女婿，……珣舉謝混。後袁山松欲擬謝婚，王曰：『卿莫近禁臠。』」後因以「禁臠」為帝婿之典。後又以稱科舉榜下所擇之婿。

④「雀舞」句：《舊唐書・竇后傳》謂竇后少美，其父竇毅於門屏畫二孔雀，諸公子有求婚者，輒以兩箭射之，潛約中目者許之。前後數十輩莫能中，而李淵兩發各中一目，遂妻之。舊時因稱被選中女婿的人為「雀屏中選」。此處謂柳夢梅與杜麗娘的婚姻受到杜寶阻撓。

⑤「鸞歡」句：南朝・宋・范泰《鸞鳥詩序》：昔罽賓王得鸞鳥甚愛之，欲其鳴而不能致。夫人曰：「聞鳥得類而後鳴，何不懸鏡映之？」從其言。鸞鳥睹影而鳴，一奮而絕。此句指柳夢梅與杜麗娘終於團圓。

⑥ 董狐：春秋時晉國史官，舊稱「良史」。

病中觀劇有懷吳越石①

潘生曰：余喜湯臨川《牡丹亭記》②，得越石徵麗於吳③，似多慧心者，足振逸響④。既各有品題，復作《情癡》一段⑤，並搜《太平廣記》與此劇牽合者⑥，悉補之，將以綴以卷末，亟遺之越石⑦，庶無憾於賞音之莫寄矣⑧。

謾道觀如幻⑨，寧非情所鍾⑩。高談能折鹿⑪，變態宛游龍⑫。避俗偏宜雨，餘歡欲迫冬。江南相憶處，花信喜春逢⑬。

《鸞嘯小品》卷三，明崇禎二年刻本

【注釋】

① 吳越石：吳琨，字越石，號水田精舍主人，徽州名士。
② 湯臨川：湯顯祖。
③ 徵麗：此處指徵召演員。
④ 逸響：飄逸的樂聲。晉・傅休奕（玄）《琵琶賦》：「素手紛其若飄兮，逸響薄於高梁。」此處指超眾脫俗的表演。
⑤ 《情癡》：潘之恒文，題為《情癡觀演〈牡丹亭還魂記〉，書贈二孺》，見《鸞嘯小品》卷三。
⑥ 《太平廣記》：宋・李昉等編輯。所引野史傳奇小說，自漢代以迄宋初，共約五百種。牽合：有關聯。
⑦ 亟：趕快，急速。遺（音位）：贈與。

⑧賞音：猶言「知音」。聽其音而知其曲，並識其人。寄：寄託。
⑨謾道：即「漫道」，胡亂說，隨便說。
⑩寧非：難道不是。鍾：聚，集。
⑪折鹿：形容極有口才，通常作「折角」。據《漢書》六七《朱雲傳》：漢元帝命五鹿充宗與諸家論《易》。充宗貴幸，有口才，諸儒皆稱病不敢會。獨朱雲與論難，屢譏充宗，諸儒為之語曰：「五鹿岳岳，朱雲折其角。」
⑫游龍：曹植《洛神賦》：「翩若驚鴻，婉若游龍。」
⑬花信：開花的消息，猶「花期」。

【簡析】

潘之恒是一位酷愛戲曲藝術的評論家，一生與演員、演出保持密切的聯繫。他病中猶不忘觀劇，正是一個生動的證明。對潘之恒來說，觀看好的戲劇，是一種最好的藝術享受。《鸞嘯小品》卷三的《情癡》一文說：「不慧抱恙一冬，而觀《牡丹亭記》覺有起色。信觀濤之不余欺，而夢鹿之足以覺世也。」可以毫不誇張地說，潘之恒是一位「劇癡」。

贈吳亦史（四首）

湯臨川所撰《牡丹亭還魂記》初行，丹陽人吳太乙攜一生來留都①，名曰亦史，年方十三。邀至曲中②，同允兆、晉叔諸人坐佳色亭觀演此劇③，唯亦史甚得柳夢梅恃才恃婿、沾沾得意、不肯屈服景狀④，後之生色極力模擬⑤，皆不能及，酷令人思之。因檢出《情癡》舊文，附錄於此。

其一

明月清輝送盡秋，西風吹曲入涼州⑥。從今不用悲團扇⑦，留得餘光在玉鉤。

【注釋】

① 丹陽：縣名，今江蘇省丹陽市。留都：古代王朝遷都後，在舊都常置官留守，稱留都。此處指明舊都南京。
② 曲：曲巷，偏僻的狹巷，後也指妓院。此處用後一義。
③ 允兆：吳夢暘（一五四六至一六二〇），字允兆，歸安（今浙江湖州）人。與同郡臧懋循、茅維、吳稼登並稱「四子」。有《射堂詩鈔》。作者的朋友。晉叔：臧懋循，字晉叔。見後臧懋循詩作者介紹。他也是作者的朋友。
④ 恃才恃婿：指柳夢梅倚仗自己的才學，倚仗自己是杜麗娘的夫婿，對於杜寶不表示屈服。
⑤ 生色：生角。
⑥ 涼州：地名，在今甘肅。
⑦ 悲團扇：《文選》漢．班婕妤《怨歌行》有「裁為合歡扇，團團似明月」之句，後人因稱為「團扇歌」。唐．王昌齡《長信秋怨》詩：「奉帚平明金殿開，且將團扇暫徘徊。」
⑧ 玉鉤：彎月。唐．李賀《七夕》：「天上分金境，人間望玉鉤。」

【簡析】

吳亦史只有十三歲，但由於比較準確地把握了劇中人物的性格特徵，所以他扮演的柳夢梅給觀眾（包括詩人）留下了難忘的印象。《情癡》一文說：「丹陽太乙生家童子演柳生者，宛有癡態，賞其為解。」可與本詩參看。

其二

風流情事盡堪傳，況是才人第一編。剛及秋宵宵漸永①，出門猶恨未明天。

【注釋】

①宵：夜晚。永：長。

【簡析】

本詩高度評價了湯顯祖的《牡丹亭》，稱其為「才人第一編」。另在《情癡》一文中，潘之恒推許湯顯祖為「良史」，稱讚《牡丹亭》「是能生死死生，而別通一竇於靈明之境」，「有關於性情，可為驚心動魄者矣」，驚歎「臨川筆端，直欲戲弄造化」。這些與本詩觀點都是一致的。

其三

無論後代與前身，聞即相思見即真。優孟但知傳楚相①，可能彷彿向來人②？

【注釋】

①「優孟」句：《史記·滑稽列傳》記載，優孟是楚莊王時伶人。楚相孫叔敖死後，兒子很窮，優孟就穿戴了孫叔敖的衣冠去見

楚莊王，神態和孫叔敖一模一樣。莊王以為孫叔敖復生，讓他做宰相。優孟以孫叔敖的兒子很窮為辭，並趁機對楚王進行規勸，莊王終於封了孫叔敖的兒子。後來就用「優孟衣冠」比喻模仿他人或化妝演出。

② 彷佛：此處指模仿、扮演得很象。向來人：古往今來的人。

【簡析】

本詩稱讚吳亦史表演藝術出眾，無論扮演什麼角色，都十分逼真而富有感染力。比起只能扮演孫叔敖的優孟，他是高明得多了。

其四

丰韻超群豔過都①，天閑雖有世應無②。易償一顧千金璧③，難買當筵如意珠④。

《鸞嘯小品》卷三，明崇禎二年刻本

【注釋】

① 過都：越過城邑。漢・王褒《聖主得賢臣頌》：「過都越國，蹶如歷塊。」言過都越國，疾如越過一小塊土地。後遂以「歷塊」、「過都」指駿馬，比喻傑出之人材。杜甫《戲為六絕句》之三：「龍文虎脊皆君馭，歷塊過都見爾曹。」

② 天閑：皇帝養馬的地方。陸游《感秋》詩：「古來真龍駒，未必置天閑。」

③ 「易償」句：南朝・齊・謝朓《和王主簿季哲怨情詩》：「平生一顧重，宿昔千金賤。」庾信《擬詠懷詩二十七首》其六：「一顧重尺璧，千金輕一言。」

④ 如意珠：一種寶珠。《震澤龍女傳》：「如意珠上上者夜光照四十餘里，中者十里，下者一里。」

【簡析】

本篇稱讚吳亦史表演的最大特色是「手韻超群」，是難得的戲曲表演人材。

贈何禽華（正生）以下三詩為鄒氏歌兒作①

正生錦禽華，閒情遠致，止步翹首，即有煙霞之思②，而所覯多中離晚合③，余閱世既稔④，每從歡前輒為垂涕⑤，不待觸景而後神傷。言以相酬，亦覺感愴⑥。

高視翩然欲出塵⑦，偶於度曲得其真⑧。路當愁絕初揚臂⑨，會向歡來已愴神⑩。
槭槭林風吹落葉⑪，沉沉潭月映垂綸⑫。試看鵬運消搖處⑬，始信登場是化身。

【注釋】

① 鄒氏歌兒：指鄒迪光家班。鄒迪光，見前鄒迪光詩作者介紹。
② 煙霞之思：超凡出世之想。南朝・梁・沈約《桐柏山金庭館碑》：「吐吸煙霞，變煉丹液。」
③ 覯（音夠）：遇見。
④ 稔（音忍）：熟悉。
⑤ 輒（音哲）：總是。
⑥ 感愴（音創）：感傷。

⑦高視：氣概不凡。《隋書・盧思道傳》引《勞生論》：「抵掌揚眉，高視闊步。」翩然：飄逸飛翔貌。出塵：超出世俗之外。《文選》南朝・齊・孔稚圭《北山移文》：「耿介拔俗之標，蕭灑出塵之想。」
⑧度曲：按曲譜歌唱。
⑨愁絕：極端憂愁。李白《灞陵行送別》詩：「正當今夕斷腸處，黃鸝愁絕不忍聽。」按此句寫離別。
⑩會向歡來：歡會，即歡聚。曹植《閨情》詩之一：「歡會難再逢，芝蘭不重榮。」
⑪槭（音設）槭：風聲。
⑫垂綸：垂絲釣魚，常指隱居生活。《晉書・嵇含傳》：「圖莊生垂綸之象，記先達辭聘之事。」宋・秦觀《滿庭芳》詞：「金鉤細，絲綸慢卷，牽動一潭星。」
⑬鵬運消搖：《莊子・逍遙游》說北海有大鵬，其背有幾千里，其翼若垂天之雲，乘海風飛向南海。

【簡析】

潘之恒評論戲曲表演，對於「致」很重視。《鸞嘯小品》卷二有《致節》一篇，其中說：「以致觀劇，幾無劇矣。致不尚嚴整，而尚瀟灑；不尚繁纖，而尚淡節。淡節者，淡而有節，如文人悠長之思、雋永之味，點水而不撓，飄雲而不礙，故足貴也。」本詩特別讚揚何禽華的「閒情遠致」，正是他這種觀點的具體化。

贈潘鎣然①（旦色）

旦色純鎣然，慧心人也。情在態先，意超曲外，余憐其宛轉無度，於旋袖飛趾之間②，每為蕩心③，復若有制而不馳④。此豈繩於法者可得其彷彿⑤，姑貌言之爾⑥。

金作精神玉作姿⑦，鎣然天趣本心師⑧。欲揚忽止方閒步⑨，將進中還一繫思⑩。
納手袖長便自畫⑪，含情臆結解通辭⑫。寄言吳會繁華子⑬，莫負聽歌少年時。

【注釋】

①潘鎣（音迎）然：鄒迪光家班的旦角演員。潘之恒《鸞嘯小品》卷二《與楊超超評劇五則》說當時演員有「鄒班之小潘」，即指潘鎣然。
②旋袖飛趾：旋轉的舞袖，飛揚的舞步。
③蕩心：動心。
④不馳：比喻有所節制。《禮記》：「入國不馳，入里必式。」《史記・司馬穰苴傳》：「軍中不馳。」
⑤繩於法：以法為標準。
⑥貌言：無實之言。
⑦「金作」句：即「金相玉質」之意。《詩・大雅・棫樸》：「追琢其章，金玉其相。」《傳》：「相，質也。」形容人物、事物質美，有如精雕細琢之金玉。
⑧心師：即師心，以己意為師，不拘守成法。
⑨揚：飛起，升高。
⑩繫思：即繫心，心有所寄託。按以上二句即曹植《洛神賦》「進止難期，若往若還」之意。
⑪袖長：《韓非子・五蠹》：「鄙諺曰：『長袖善舞，多財善賈。』」
⑫含情臆結：感情鬱結於胸中。臆：當胸之處。通辭：傳達言語。曹植《洛神賦》：「無良媒以接歡兮，托微波而通辭。」
⑬吳會：秦漢會稽郡郡治吳縣，郡縣連稱為吳會（即今蘇州市）。

【簡析】

潘之恒評論戲曲表演，特別強調「天趣」即自然之趣，強調「心師」即不拘守成法。他不否認戲曲表演要有程式、有法則，即所謂「有制而不馳」，但他認為不應當被程式、法則死死束縛住，即不應當簡單地「繩於法」。潘鎣然的表演「情在態先，意超曲外」，「宛轉無度」，正如長袖善舞，舒卷自如，對於這種境界，潘之恒是欣賞備至的。

贈何文倩（小旦）

小旦文倩①，揭車園中之傑出②，余字之「令修」。姿態既婉麗，而慷慨有丈夫氣。時主人將散其群。余抗言復留③，語多激烈，益念其楚楚耳④。

酒闌猶唱《鬱輪袍》⑤，尚有空音發夜濤⑥。楊柳未銷翡翠舞⑦，梧桐何損鳳凰毛⑧。遊當小歲星偏聚⑨，和少《陽春》價倍高⑩。自是禽文雄采擅⑪，忍教慷慨付雌豪⑫。

《鸞嘯小品》卷三，明崇禎二年刻本

【注釋】

①小旦：旦行之一種。
②揭車園：鄒迪光園名。
③抗言：高聲而言。
④楚楚：女子嬌弱貌。
⑤《鬱輪袍》：古曲名。唐王維諳於音律，妙能琵琶，為岐王所重。曾由岐王引見安樂公主，進琵琶新曲號《鬱輪袍》。
⑥空音：空谷足音，喻難得的聲音。發夜濤：催動夜濤。南朝・齊・張融《海賦》：「回混浩潰，顛倒發濤。」
⑦翡翠：鳥名，一名翠雀。
⑧梧桐：傳說為鳳凰棲息之樹。《莊子・秋水》說鵷雛（鸞鳳一類的鳥）「非梧桐不止」。
⑨小歲：臘日的第二天。星聚：比喻人的團圓，與「星離」、「星散」意反。唐・孟浩然《入峽寄弟詩》：「離闊星難聚，秋深露已繁。」
⑩和少《陽春》：取古諺「陽春白雪，和者蓋寡」之意。戰國・楚・宋玉《對楚王問》：「其為《陽阿》、《薤露》，國中屬而和者數百人，其為《陽春》、《白雪》，國中屬而和者不過數十人而已。」
⑪禽文：飛禽的花紋。
⑫雌豪：猶言女中豪傑。按以上二句即序中「姿態既婉麗，而慷慨有丈夫氣」之意。

【簡析】

何文倩的表演「姿態既婉麗，而慷慨有丈夫氣」，這正是一種剛柔相濟的藝術風格，潘之恒對這種風格是大力提倡的。

鄒長公以老①，傳移居錫山②，將省歌舞之半，分棲外舍。余陳詩乞還舊觀，即召入以劇娛客，觀賞如初

明珠十斛未應虛③，入掌相看合浦初④。欲繫紅絲憐去燕⑤，別開芳沼縱前魚⑥。

夢違巫峽心常寄⑦，主勝臨邛客第如⑧。莫道名園春意淺，松聲竹韻盡堪書。

《漪遊草》卷之三

【注釋】

①鄒長公：即鄒迪光，見前鄒迪光詩作者介紹。

②錫山：在今江蘇省無錫市西郊，是惠山東峰脈斷處凸起的小峰。相傳周秦時代盛產錫礦，故稱錫山。

③明珠十斛：形容鄒迪光家班演員身價之高。唐・喬知之《綠珠篇》：「石家金谷重新聲，明珠十斛買娉婷。」斛（音胡），古代量器名，亦是容量單位，一斛本為十斗，後來改為五斗。

④「入掌」句：即「掌上明珠」之意。合浦，合浦珠，產於合浦（今廣西壯族自治區北海市合浦縣），極珍貴。南朝・梁・沈約《少年新婚為之詠》：「盈尺青銅鏡，徑寸合浦珠。」

⑤去燕：《詩經・邶風・燕燕》：「燕燕於飛，差池其羽。之子于歸，遠送于野。瞻望弗及，泣涕如雨。」《毛詩序》曰：「《燕燕》，衛莊姜送歸妾也。」

⑥前魚：戰國時，魏王與龍陽君在一起釣魚。龍陽君釣了十多條就哭起來。魏王問他為什麼哭，龍陽君說：「臣之始得魚也，臣甚喜，後得又益大。今臣直欲棄臣前之所得魚矣。」這是龍陽君借魚自喻。後因以「前魚」比喻失寵被遺棄之人。事見《戰國策・魏》。

⑦巫峽：戰國．楚．宋玉《高唐賦》寫楚王在此與巫山神女相遇。神女臨別時説：「妾在巫山之陽，高丘之阻，旦為朝雲，暮為行雨。朝朝暮暮，陽臺之下。」後因以「高唐」、「巫山」、「巫峽」、「雲雨」指男女情事。

⑧臨邛（音瓊）：指司馬相如與卓文君。卓文君為四川臨邛人。

【簡析】

鄒迪光看了自己的家班演出屠隆的《曇花記》之後，覺得深有所悟，於是動了遣散家班、屏除聲色之好的念頭。潘之恒對此大不以為然，在《鸞嘯小品》卷三，有詩《贈何文倩》（何文倩為鄒迪光家班中著名小旦），詩序中有：「……時主人將散其群，余抗言復留，語多激烈，益念其楚楚耳。」在潘之恒的力爭之下，鄒迪光終於收回成命。潘之恒深感欣慰，遂有此詩之作。

范允臨（一五五八至一六四一），字至之，別號長倩，又號長白先生。南直隸蘇州府吳縣（今屬江蘇）人。范仲淹十七世孫。萬曆二十三年（一五九五）進士，官至福建參議。允臨少年失怙，終日勤奮讀書。後家道中落，及壯入贅於吳門徐時泰。夫人徐媛，少工書，善古文，亦工詩翰。伉儷情篤，倡和成集《絡緯吟》。工書畫，時與董其昌齊名。歸築室蘇州天平山，全家遷居，流連詞文，常與好友遨遊于山水之間，不復在意功名。有《輸寥館集》。其家樂也很有名。

贈清之歌姬彩鸞①

銀字生寒咽未調②，月明緱嶺夜迢迢③。如何不逐文簫去④，即理《霓裳》伴舞腰⑤。
春衣葉葉細生香，飄向東風舞柳狂⑥。章台未敢輕攀折，恐斷君平九曲腸⑦。

《輸寥館集》卷一，清初刻本

【注釋】

① 清之：徐溶（一五九七至？），字清之，徐泰時之子。父早喪，由姐徐媛、姐夫范允臨撫養長成。以耿介絕俗自負，生平羞言紈綺。官至工部郎中。能繼承父業。距其父所建東園不遠處，有元代歸元寺廢址，徐溶在此基礎上建西園。院內多美石，有「太湖甲族」、「不染塵」、「移雲」三亭。建成不久，即舍為寺，名復古歸元寺。

② 銀字：笙笛類管樂器上用銀作字，以表示音調的高低。借指樂器。白居易《南園試小樂》詩：「高調管色吹銀字，慢拽歌詞唱《渭城》。」

③ 緱（音溝）嶺：即緱氏山。多指修道成仙之處。唐崔湜《寄天臺司馬先生》詩：「何年緱嶺上，一謝洛陽城。」

④ 文簫：傳說唐大和年間，書生文簫中秋日遊鍾陵西山遊帷觀，遇見一美麗少女，口吟：「若能相伴陟仙壇，應得文簫駕彩鸞。自有繡襦兼甲帳，瓊台不怕雪霜寒。」雙方相互愛慕，忽有仙童到來宣佈天判：「吳彩鸞以私欲而泄天機，謫為民妻一紀。」兩人遂成夫婦，後來雙雙騎虎仙去。見唐・裴鉶《傳奇・文簫》。因徐溶歌姬名叫彩鸞，故有此戲語。

⑤ 《霓裳》：《霓裳羽衣曲》，唐代大曲中的法曲精品，唐歌舞的集大成之作。唐玄宗作曲，安史之亂後失傳。在南唐時期，李煜和大周后將其大部分補齊，但是金陵城破時，被李煜下令燒毀了。到了南宋年間，姜夔發現【商調・霓裳曲】的樂譜十八段。這些片斷還保存在他的《白石道人歌曲》裡。

⑥ 「飄向」句：杜甫《絕句漫興九首》之一：「顛狂柳絮隨風舞，輕薄桃花逐水流。」

⑦「章台」二句：用唐・許堯佐《柳氏傳》故事。章台，西漢長安城街名，當時妓院集中之處，後人以之代指妓院等場所。《柳氏傳》記韓翃贈柳氏詩：「章台柳，章台柳！昔日青青今在否？縱使長條似舊垂，也應攀折他人手。」君平，韓翃字。九曲腸：即九曲回腸，形容無限痛苦。司馬遷《報任少卿書》：「是以腸一日而九回，居則忽忽若有所忘。」

【簡析】

袁宏道《伯修》：「吳儂可與語者，徐參議園亭，徐少卿歌兒耳。」（錢伯城《袁宏道集箋校》，上海古籍出版社一九八一年版，第二三二至二三三頁）

「徐參議」，指嘉靖年間任浙江參議的徐廷祼。徐廷祼有東莊，世稱「徐參議園」。袁宏道在《園亭記略》中寫道：「近日城中，唯葑門內徐參議園最盛。」（錢伯城《袁宏道集箋校》，上海古籍出版社一九八一年版，第一八〇頁）

「徐少卿」，指太僕寺少卿徐泰時（號漁浦）。徐泰時有東、西二園，西園後為其子舍宅為寺。東園即留園，號稱中國四大名園之一。

袁宏道當然也是欣賞徐泰時家的園林的，但是卻更加欣賞他家的歌兒。《徐漁浦》：「吏吳兩載，罪過丘積。唯足下若以為可教也者，每至名園，則談笑移日，絲肉競作，不肖亦每每心醉而歸。不意一病，遂至暌別。朱華綠池之約，竟落夢境。人生離合，信有制哉！吏道如網，世法如炭，形骸若牿，可以娛心意悅耳目者，唯有一唱一詠一歌一管而已矣。」（錢伯城《袁宏道集箋校》，上海古籍出版社一九八一年版，第三〇四頁）可見有名園，還要有妙曲，一丘一壑一舟一笠也離不開一唱一詠一歌一管。

徐泰時家班，後來傳到他的兒子徐溶手裡。范允臨是徐溶的姐夫，又是撫養徐溶長成的，他對徐溶歌姬的描繪，自然格外真切。

祁承㸁（一五六三至一六二八），字爾光，號夷度，又稱曠翁，晚號密士老人。浙江山陰（今紹興）人。萬曆三十二年（一六〇四）進士，歷任山東、江蘇、安徽、河南等地地方官，官終江西右參政。樂於汲古，藏書極富。初建「曠園」於梅里，另建藏書樓名「澹生堂」，藏書甲於江左。又喜抄書，多世人未見之本。版刻精湛，紙墨優良。撰《澹生堂藏書目》一書，著錄所藏圖書九千餘種，十萬餘卷。又撰《澹生堂藏書約》，總結平生聚書、讀書、購書經驗。有《澹生堂集》、《澹生堂外集》等。

單子老而耽於傳奇①，手著行世者已數種，偕予同遊苕溪舟中戲贈②

有客乘風放棹過③，白頭猶是口懸河。少年行樂高陽酒④，老態狂呼易水歌⑤。

寧借東門虛左重⑥，恰憑長笑賞音多⑦。年來不逐繁華隊，鎮日宮商為曲魔⑧。

《澹生堂集》卷六，明萬曆間刻本

【注釋】

①單子：單本（約一五六二至一六三六後），字槎仙，生平事蹟不詳，會稽（今浙江紹興）人。著有傳奇《蕉帕記》、《合釵記》、《菱鏡記》、《鼓盆記》、《露綬記》，今存《蕉帕記》。耽：沉溺，入迷。

②苕溪：在浙江北部，為浙江八大水系之一。由於流域內沿河各地盛長蘆葦，進入秋天，蘆花飄散水上如飛雪，引人注目，當地居民稱蘆花為「苕」，故名苕溪。

③放棹：乘船，行船。

④高陽酒：西晉永嘉年間鎮南將軍山簡鎮守襄陽時，常來習家池飲酒，醉後自呼「高陽酒徒」。

⑤易水歌：古歌名。《戰國策・燕策三》載，荊軻將為燕太子丹往刺秦王，丹在易水（今河北易縣境）邊為他餞行。高漸離擊筑，荊軻和而歌曰：「風蕭蕭兮易水寒，壯士一去兮不復還！」

⑥夷門虛左：《史記・魏公子列傳》說魏有隱士曰侯嬴，年七十，家貧，為大梁夷門監者。信陵君大宴賓客，「從車騎，虛左，自迎夷門侯生。」

⑦長笑：應為長嘯。《晉書・阮籍列傳》：「籍嘗於蘇門山遇孫登，與商略終古及棲神導氣之術，登皆不應，籍因長嘯而退。至半嶺，聞有聲若鸞鳳之音，響乎岩谷，乃登之嘯也。遂歸著大人先生傳。」

⑧鎮日：整日。宮商：古代音律中的宮音和商音，後用以泛指音樂。

【簡析】

祁承㸁這首詩對單本的評價很高，特別推許他不戀功名，不慕富貴，摯愛戲曲，老而不倦。祁承㸁的兒子祁彪佳對單本的評價也很高，他在《遠山堂曲品》中說單本「生而不好學，故詞無腐病；生而不事家人產，故曲無俗情；且又時以衣冠優孟，為按拍周郎，故無局不新，無詞不合」。由這些評論看來，單本不愧為一位藝術生命很長而又始終保持創新精神的劇作家。

黃知和（生卒年不詳），女，浙江蕭山人，明嘉靖末至崇禎間在世。有《臥月軒稿》。

讀《四聲猿》①，調寄沁園春

才子禰衡②，鸚武雄詞③，錦繡心腸。恨老瞞開宴④，視同鼓史⑤；摻撾罵座⑥，聲變漁陽⑦。豪傑名高，奸雄膽裂，地府重翻姓字香⑧。玉禪老，歎失身歌妓，何足聯芳⑨木蘭代父沙場⑩，更崇嘏名登天子堂⑪真武堪陷陣，雌英雄將；文堪華國⑫，女狀元郎。豹賊成擒⑬，鸘裘新賦⑭，誰識閨中窈窕娘⑮。鬚眉漢⑯，就石榴裙底⑰，俯伏何妨。

明崇禎間澂道人評本《四聲猿》卷首

【注釋】

①《四聲猿》：明徐渭所作雜劇，包括《狂鼓史漁陽三弄》、《玉禪師翠鄉一夢》、《雌木蘭替父從軍》、《女狀元辭凰得鳳》四種。

②禰（音米）衡（一七三至一九八）：字正平，東漢平原般人。少有才辯，而氣剛傲物。與孔融交好，融薦於曹操。操召為鼓吏，令其改服鼓吏之裝，欲辱之。衡於操前裸身更衣，後又至操營門外大罵。操怒，欲殺禰衡，因其有才名，恐殺之為天下人議論，乃送衡於荊州劉表，劉表又送之於江夏太守黃祖處，終為黃祖所殺。《四聲猿》中之《狂鼓史》一劇，即演禰衡受閻羅判官之請，在陰間重演擊鼓罵曹的故事。

③鸚武雄詞：指禰衡的《鸚鵡賦》，見《文選》。

④老瞞：曹操小字阿瞞，老年人稱老瞞。

⑤鼓史：即鼓吏，掌鼓的官吏。

⑥搊撾（音抓）：一種擊鼓的方法。

⑦陽：即漁陽摻，鼓曲名，又名「漁陽參撾」、「漁陽摻撾」。南朝・宋・劉義慶《世說新語・言語》：「禰衡被魏武謫為鼓吏。正月半，試鼓。衡揚枹為漁陽摻撾。淵淵有金石聲，四坐為之改奪。」

⑧地府：陰間。

⑨「玉禪老」三句：《四聲猿》中之《玉禪師》一劇寫寫柳宣教任臨安府尹，因水月寺僧人玉通不赴庭參，心憾之，遣妓紅蓮詭稱迷路，詣寺投宿，忽詐發病，引誘玉通與其發生關係。

⑩「木蘭」四句：《四聲猿》中之《雌木蘭》一劇演花木蘭替父從軍的故事。

⑪「更崇嘏」句：《四聲猿》中之《女狀元》一劇寫四川臨邛女子黃春桃取名崇嘏，女扮男裝，考中狀元，為國立功的故事。

⑫華國：光耀國家。

⑬豹賊：《雌木蘭》一劇中敵方首領名豹子皮，為花木蘭所擒。

⑭鷫裘：即鷫鸘裘，用鷫鸘（雁的一種）羽毛製成之裘。《女狀元》中黃崇嘏考試的試題是《賦得相如脫鷫鸘裘，當酒為文君撥悶》。按司馬相如偕卓文君私奔成都，居貧愁懣，相如遂以所著鷫鸘裘就市人當酒與文君為歡。事見舊題漢・劉歆《西京雜記》二。

⑮窈窕（音咬挑上聲）：美好貌。

⑯鬚眉漢：男子漢。古時以為男子之美在鬚眉，故言。

⑰石榴裙：大紅裙。指女子。

【簡析】

本詞作者是一位婦女，因此她對花木蘭、黃崇嘏這一文一武兩位女性英雄特別欽佩。末二句大有巾幗壓倒鬚眉之意，這在夫權占踞統治地位的社會裡，無疑是驚世駭俗之論，也是明萬曆以後新思潮的影響的一個表現。

王伯稠（生卒年不詳），字世周，其先常熟人，後移家崑山。萬曆初前後在世。少隨父入京師，為順天府諸生。在京見城闕戚里之盛，輒有歌詠，號神童。東歸後閒居僧舍，常經月不窺戶。肆力於歌詩，為王世貞兄弟所稱，其作好事者爭相傳寫。有《王世周集》。

贈梁伯龍①

彩毫吐豔曲，粲若春花開②。斗酒清夜歌，白頭擁吳姬③。家無擔石儲④，出多年少隨。

《芳佘詩話》，轉引自焦循《劇說》卷二

【注釋】

① 梁伯龍：即梁辰魚，見前梁辰魚詩作者介紹。

② 「彩毫」二句：指梁辰魚創作的《浣紗記》等戲曲和散曲作品。

③ 吳姬：吳地的美女。

④ 家無擔石（音石）儲：家無存糧，比喻生活清貧。古時十斗為一石，兩石為一擔。《晉書·何無忌傳》：「劉毅家無擔石之儲，樗蒲一擲百萬。」

【簡析】

《芳畬詩話》云：「梁辰魚，字伯龍，以例貢為太學生。虬鬚、虎顴，好輕俠，善度曲。世所謂『崑山腔』，自良輔始，而伯龍獨得其傳。著《浣紗》傳奇，梨園子弟多歌之。同里王伯稠贈詩云云。」（焦循《劇說》卷二轉引）由此詩可以看出，梁辰魚晚年生活清貧，但仍然豪放自適，耽情戲曲，並且擁有一批年輕的追隨者。

聽沈二彈北曲

燕歌撩亂夜弦鳴①，訴盡青樓恨別情②。四十年前明月夜，夢回曾聽斷腸聲③。

《列朝詩集》丁十，清順治九年毛氏汲古閣本

【注釋】

① 燕歌：燕地（今河北一帶）的歌謠。
② 青樓：妓院。
③ 夢回：夢醒。

【簡析】

本詩作於明代後期。這時南曲雖已占踞統治地位，但北曲卻並未成為絕響，崑曲也部分地吸收了北曲。

贈歌者

盡說青樓碧玉家①，舞風歌月鬥鉛華②。自從誤識櫻桃後③，懶看閶門路畔花④。

《續本事詩》卷五，清光緒十四年邵武徐氏刻本

【注釋】

①碧玉：原為人名。後以「小家碧玉」稱小戶人家的美貌少女。《樂府詩集．清商曲辭．碧玉歌二》：「碧玉小家女，不敢攀貴德。感郎意氣重，遂得結金蘭。」

②鉛華：古時婦女化妝用的鉛粉。借指婦女的美麗容貌。

③櫻桃：東晉列國後趙石虎寵愛優童鄭櫻桃。樂府有《鄭櫻桃歌》。

④閶門：江蘇吳縣（今蘇州）城西北門。

【簡析】

這一首說蘇州人多遊狹邪，流連坊曲，因為那裡是聲色歌舞之地，但這位男性歌者的魅力使人們的興趣發生了轉移。

柳應芳（生卒年不詳），字陳父，海門（今屬江蘇）人，僑居金陵。與潘之恒、曹學佺、林茂之等往還。作詩不輕出語，興會清發，剪刻常言。有《柳陳父詩》。

金陵竹枝詞（二首）①

其一

御前隊子小梨園②，長奉千秋萬歲歡。一自武宗巡幸後③，可憐跳與外人看。

【注釋】

① 竹枝詞：唐代樂府曲名。原是四川東部（今屬重慶）一種與音樂、舞蹈結合的民歌。唐劉禹錫被貶夔州時，曾學習竹枝詞，改作新詞，寫當地風土人情和男女戀情，也有表達自己感情的。每首七言四句，形同七絕，語言通俗優美。其後作者頗多。竹枝詞有民歌色彩，可用以歌唱，後來用作詞牌。

② 隊子：唐宋宮廷歌舞有隊舞。此處「隊子」指明代宮廷藝人。梨園：唐代訓練樂工的機構。《新唐書・禮樂志》：「玄宗既知音律，又酷愛法曲，選坐部伎子弟三百，教於梨園。聲有誤者，帝必覺而正之，號皇帝梨園弟子。」梨園的主要職責是訓練樂器演奏人員，與專司禮樂的太常寺和充任串演歌舞散樂的內外教坊鼎足而三。後世遂將戲曲演出場所稱梨園，戲曲演員稱為梨園弟子。

③ 武宗：指明武宗朱厚照。

【簡析】

這首說南京教坊的變化。明武宗之後，皇帝不到南京，南京教坊也從專為帝王演出轉為面向社會，這實際上是一種進步。

其二

舊院後門春草新①，前門又聽叫官身②。盧姬已嫁徐娘老③，歌舞行中有幾人。

《列朝詩集》丁十四，清順治九年毛氏汲古閣本

【注釋】

① 舊院：南京秦淮歌妓聚居的地方，前面對著武定橋，後門在鈔庫街，和貢院隔江相對，長板橋在院牆外。

② 叫官身：封建社會裡官僚可以隨時召妓女進衙門聽候使喚，稱為叫官身。

③盧姬：漢末曹操宮女，善鼓琴，魏明帝曹睿死後出嫁。後來詩文常用「盧姬」或「盧女」代指宮人。唐崔顥《盧姬篇》：「盧姬小小魏王家，綠鬢紅唇桃李花。」徐娘：《南史・后妃傳》下：「徐娘雖老，猶尚多情。」指梁元帝蕭繹妃徐氏。後稱婦女年長而猶有風韻為徐娘半老，本此。

【簡析】

明代末年，南京教坊已經冷落，但在民間，在秦淮歌妓中，還有一些優秀的戲曲演員，如傅靈修、沙宛在等人。她們不僅要為遊客獻藝，還要被「叫官身」，即擔承到官府演出的任務，她們就是在這樣的環境裡從事藝術活動的。

湯三俊（生卒年不詳），吳江（今江蘇蘇州吳江區）人，諸生。

吳江竹枝詞①

詞隱先生譜九宮②，撒鹽飛絮逞家風③。近來樂府推荀鴨④，猶愛吳江有鞠通⑤。

荀鴨、鞠通並知音者。

雷夢水等編《中華竹枝詞》二「滬蘇卷」，北京古籍出版社一九九七年版

【注釋】

① 吳江：原為吳江縣，後改吳江市，現為蘇州市吳江區。竹枝詞：唐代樂府曲名。原是四川東部（今屬重慶）一種與音樂、舞蹈結合的民歌。唐劉禹錫被貶夔州時，曾學習竹枝詞，改作新詞，寫當地風土人情和男女戀情，也有表達自己感情的。每首七言四句，形同七絕，語言通俗優美。其後作者頗多。竹枝詞有民歌色彩，可用以歌唱，後來用作詞牌。

② 詞隱：沈璟，見前沈璟詩作者介紹。

③ 「撒鹽」句：南朝・宋・劉義慶《世説新語・言語》：「謝太傅寒雪日內集，與兒女講論文義。俄而雪驟，公欣然曰：『白雪紛紛何所似？』兄子胡兒曰：『撒鹽空中差可擬。』兄女曰：『未若柳絮因風起。』公大笑樂。」謝太傅，謝安。兄子胡兒，謝安長兄謝奕之子謝朗。兄女，謝安次兄謝據之女謝道韞。

④ 荀鴨：范文若（一五八八至一六三六，一說一五九一至一六三八），原名景文，字更生，號香令，又號吳儂、荀鴨，上海人。萬曆四十七年（一六一九）進士。初授山東汶上知縣，調浙江秀水縣，再調湖北光化縣，遷南京兵部主事，又遷南京評事，後以丁憂去官。家居時因送官重治家奴劉貞，為貞刺死，其母同隕。有傳奇《花筵賺》、《夢花酣》、《鴛鴦棒》，合稱《博山堂三種》，有崇禎年間博山堂刊本。另有傳奇十三種無刻本。

⑤ 鞠通：沈自晉（一五八三至一六六五），字長康、伯明，號鞠通生，吳江（今江蘇蘇州吳江區）人，沈璟之侄。精通音律，作有傳奇《望湖亭》等三種，並將沈璟《南九宮十三調曲譜》增補為《南詞新譜》。

【簡析】

沈璟作為一代曲學大師，對其家族影響極大。自沈璟以下，沈氏家族中戲曲作家有沈自晉、沈自征、沈自昌、沈永隆、沈永令、沈永喬、葉小紈七人。其中葉小紈是沈璟的孫媳，其母沈宜修為沈璟侄女。沈氏家族是吳江當之無愧的曲學世家，湯三俊身為吳江人，對此深感自豪，於是將這件事寫進了吳江竹枝詞。

陸弼（生卒年不詳），字無從，江都（今屬江蘇）人。約明神宗萬曆十年（一五八二）前後在世，年七十餘歲。歲貢生。好博涉，多所撰述。結納貴豪長者，其聲藉甚。當時執政議修正史，征魏學禮、王穉登及弼等入史館與纂修，未上而罷。工曲，著有傳奇《存孤記》，又與欽虹江合作《酒家傭》。詩文有《正始堂集》。

晚泊毗陵諸君攜酒過集舟中①

孤城春水浸桃花②，白髮逢君酒重賒。一曲清歌滿船月③，不知今夜是天涯。

《明詩綜》卷六十八，文淵閣四庫全書本

【注釋】

① 毗（音皮）陵：今江蘇常州。
② 浸桃花：謂桃花倒影在水中。
③ 清歌：清亮的歌聲。晉・葛洪《抱朴子・知止》：「輕體柔聲，清歌妙舞。」

【簡析】

常州是崑曲盛行的重要地區之一。余懷《寄暢園聞歌記》說：「合曲必用簫管，而吳人則有張梅谷，善吹洞簫，以簫從曲；毗陵人則有謝林泉，工按管，以管從曲，皆與良輔遊。」潘之恒《鸞嘯小品・傳音》說：「余丁丑歲居毗陵，得善音者三人相朝夕也：茂才徐宗南，音細而潤。從事潘海桑有大兒，音勁而圓。逸客褚養心，音亮而潔。皆一時競爽，而褚稱擅場。」褚養心女弟子李紉之，崑曲演唱水平也很高。

陸弼本人就是崑曲行家，這次他晚泊常州，有多位朋友攜酒過集舟中，唱曲甚歡，其中恐怕就有潘之恒所說的徐宗南、潘海桑大兒、褚養心一類曲家吧。

顧起元（一五六五至一六二八），字太初（一作璘初），南京人。萬曆二十六年（一五九八）探花，官至吏部侍郎，兼翰林院侍讀學士。乞退後，築遁園，閉門潛心著述。有《懶真草堂集》。

樂府

《陽春》自古和人稀①，天上《霓裳》有是非②。吟就《浮鳩》、《石城樂》③，彈成《阿濫》驪山飛④。花間小拍低檀注⑤，扇底流雲濕縷衣⑥。何處雪兒堪授曲⑦？江東《子夜》送將歸⑧。

《懶真草堂集》卷八，明萬曆四十六年刻本

【注釋】

① 「《陽春》」句：取古諺「陽春白雪，和者蓋寡」之意。戰國・楚・宋玉《對楚王問》：「其為《陽阿》、《薤露》，國中屬而和者數百人，其為《陽春》、《白雪》，國中屬而和者不過數十人而已。」

② 《霓裳》：《霓裳羽衣曲》，唐代大曲中的法曲精品，唐歌舞的集大成之作。唐玄宗作曲，安史之亂後失傳。在南唐時期，李煜和大周后將其大部分補齊，但是金陵城破時，被李煜下令燒毀了。到了南宋年間，姜夔發現【商調・霓裳曲】的樂譜十八段。這些片斷還保存在他的《白石道人歌曲》裡。有是非：有爭議。

③ 《浮鳩》：《白浮鳩》，又作《白附鳩》，古拂舞曲，出自江左，舊云吳舞，而其歌非吳辭。《樂府詩集》四九著錄南朝梁吳均《白附鳩》、《白浮鳩》各一首。《石城樂》：樂府《西曲》歌名，南朝宋臧質作，共五首。見《樂府詩集》四七《清商曲辭》四。

④ 「彈成」句：驪山多飛禽，名阿濫堆。唐玄宗採其聲，翻為曲子，因以《阿濫堆》為名，命左右傳唱，播於遠近。

⑤ 檀注：女子紅唇。李煜《一斛珠》詞：「曉妝初過，沈檀輕注些兒個。」檀為淺絳色，古代婦女用以點唇。

⑥ 縷衣：金縷衣，飾以金絲的舞衣。

⑦ 雪兒：家伎。隋末李密之愛姬名雪兒，能歌舞，密每見賓僚文章有奇麗入意者，即付雪兒叶音律以歌之，稱《雪兒歌》。見《唐詩紀事》七一。後因稱能歌舞之家伎名雪兒。授曲：教唱曲。

⑧ 江東：自安徽蕪湖以下的長江下游南岸地區。《子夜》：樂府曲名，相傳是東晉女子子夜所作，故名。後人更為《子夜四時歌》等。送將歸：送將歸之人。戰國・楚・宋玉《九辯》：「登山臨水兮送將歸。」

【簡析】

顧起元生活的年代，與明神宗萬曆一朝（一五七三至一六二〇）大體相近。這是崑劇迅猛發展的時期，「四方歌者皆宗吳門」（明徐樹丕《識小錄》），江東一帶成了戲曲藝術的中心。這裡的作曲者眾，唱曲者多，演唱的技術也特別精湛。本詩所詠的正是這樣一種情況。

復憶得十二事，亦齋中所不廢也，因漫賦之。一入宦途，雅好都盡①，言此但似憶昨夢耳，為之慨然（十二首選三）

其一顧曲②

拍按頳牙小③，歌翻《子夜》新④。隱囊斜倚後⑤，渺渺下樑塵⑥。

【注釋】

① 雅好：高雅的嗜好。
② 顧曲：欣賞音樂戲曲。《三國志・吳志・周瑜傳》：「瑜少精意於音樂，雖三爵之後，其有闕誤，瑜必知之，知之必顧。故時人謠曰：『曲有誤，周郎顧。』」後來用「顧曲周郎」指代音樂行家。
③ 頳（音撐）牙：即紅牙，檀木製的拍板。
④ 《子夜》：樂府曲名，相傳是東晉女子子夜所作，故名。後人更為《子夜四時歌》等。
⑤ 隱囊：靠枕。《資治通鑒》陳至德二年注：「隱囊者，為囊實以細軟，置諸坐側，坐倦則側身曲肱以隱之。」
⑥ 下樑塵：用「餘音繞樑」典故。《列子・湯問》：「昔韓娥東之齊，匱糧，過雍門，鬻歌假食，既去而餘音繞樑，三日不絕，左右以其人弗去。」

其二閱舞

伎訝平陽妙①，腰憐靜琬纖②。氍毹明月夜③，相賞坐厭厭④。

【注釋】

①平陽：漢武帝皇后衛子夫，原為平陽公主歌女。

②靜琬：即張靜婉，南朝・梁・羊侃姬妾。據《梁書》記載，羊侃為人豪奢，善音律，姬妾眾多，其中張靜婉，容貌絕世，腰圍一尺六寸，身輕如燕，時人皆認為她能在掌中起舞。羊侃為其作《採蓮》《棹歌》二曲。

③氍毹（音瞿書）：一種織有花紋圖案的毛毯。古代產於西域。可用作地毯、壁毯、床毯、簾幕等。舊時，居家演劇用紅氍毹鋪地，因而又用為歌舞場、舞臺的代稱。

④厭（音煙）厭：安靜，和悅。《詩・小雅・湛露》：「厭厭夜飲，不醉無歸。」

其三奏樂

小部梨園曲①，清音入杳冥②。只疑天上有③，更向月中聽。

《懶真草堂集》卷十七，明萬曆四十六年刻本

【注釋】

①小部：樂部名。《唐書・禮樂志》謂唐玄宗「更置小部，音聲三十餘人。」梨園：唐代訓練樂工的機構。《新唐書・禮樂志》：「玄宗既知音律，又酷愛法曲，選坐部伎子弟三百，教於梨園。聲有誤者，帝必覺而正之，號皇帝梨園弟子。」梨園的主要職責是訓練樂器演奏人員，與專司禮樂的太常寺和充任串演歌舞散樂的內外教坊鼎足而三。後世遂將戲曲演出場所稱梨園，戲曲演員稱為梨園弟子。

②清音：清亮的樂音。杳（音咬）冥：高遠不能見的地方。

③只疑天上有：形容曲子高妙動聽。杜甫《贈花卿》詩：「錦城絲管日紛紛，半入江風半入雲。此曲只應天上有，人間能得幾回聞？」花卿，名敬定，唐代成都尹崔光遠部將。

【簡析】

顧曲，閱舞，奏樂，成了晚明時代文人雅致的重要組成部分，反映出士大夫審美情趣的變化，而崑曲正是曲、舞、樂三者兼備的綜合藝術形式，具有特殊的美感，因此受到當時士大夫的喜愛。

陶奭齡（一五六五至一六三九），字君奭，又字公望，號石樑，又號小柴桑老，陶望齡之弟，會稽（今浙江紹興）人。王陽明之三傳弟子。與其兄均以講學於白馬山聞名，其學術已雜於禪學，含有因果說，去王守仁日遠。生平有「五不問，五不答」，「一不問朝政，二不問生計，三不問世間閒泛事，四不問他家是非長短，五不問生平親知」。曾與劉宗周一同講學。有《賜曲園今是堂集》、《小柴桑喃喃錄》等。

乳周侄治具曹山①，邀謝大將軍痦云②，出家伎奏樂，賓主各沾醉③丈方對弈④，即鼾睡局中。夜歸風雨甚，偶讀堯丈詩⑤，有「醉和風雨夜深歸」之句⑥，遂足成博笑⑦兼訂後期，時二月晦日也⑧

林下即今推小阮⑨，能將折簡招玄暉⑩。隊分羅綺新呈曲，坐入楸枰夢解圍⑪。
愁看鶯花春老去，醉和風雨夜深歸。尚餘三十韶華在⑫，酒盞不妨時一揮。

《賜曲園今是堂集》卷十，明崇禎間刻本

【注釋】

① 乳周：陶崇文，字乳周。治具：置辦酒席。曹山：在紹興吼山北面，隔河與吼山相峙，為吼山風景區中一主要景觀。上有曹山寺。

② 謝大將軍痦雲：謝弘儀，一名謝國，字簡之，號痦雲。浙江會稽（今紹興）人。以中丞出鎮粵東，多所建樹。約明萬曆中前後在世。有《蝴蝶夢》傳奇。

③ 沾醉：大醉。

④ 丈：作者自稱。

⑤ 堯丈：邵雍（一〇一一至一〇七七），字堯夫，謚號康節，自號安樂先生、伊川翁，後人稱百源先生。其先範陽（今河北涿州）人，幼隨父遷共城（今河南輝縣）。少有志，讀書蘇門山百源上。仁宗嘉祐及神宗熙寧中，先後被召授官，皆不赴。創「先天學」，以為萬物皆由「太極」演化而成。有《觀物篇》、《先天圖》、《伊川擊壤集》等。

⑥ 醉和風雨夜深歸：邵雍《謝彥國相公和詩用醉和風雨夜深歸》詩句。

⑦博笑：謙詞。謂換取別人一笑。
⑧晦日：農曆每月的最後一天，即大月三十日、小月二十九日。
⑨小阮：阮咸。阮咸與叔父阮籍都是「竹林七賢」之一，世因稱咸為小阮，後藉以稱侄兒。李白《陪侍郎叔遊洞庭醉後》詩之一：「三杯容小阮，醉後發清狂。」
⑩折簡：書札，信箋。玄暉：謝朓（四六四至四九九），字玄暉，陳郡陽夏（今河南太康）人，南朝・齊著名山水詩人。此處指謝國。
⑪楸枰（音秋平）：圍棋棋盤，引申指圍棋。楸木質輕而文致，古代多選來做棋具。唐・溫庭筠《觀棋》詩：「閒對楸枰傾一壺。」
⑫三十韶華：指春天還有一個月。韶華，美好的時光。常指春光。唐・戴叔倫《暮春感懷》詩：「東皇去後韶華盡，老圃寒香別有秋。」

【簡析】

陶奭齡《小柴桑喃喃錄》卷上說：「余嘗欲第院本作四等。如《四喜》、《百順》之類，《頌》也，有慶喜之事則演之；《五倫》、《四德》、《香囊》、《還帶》等，《大雅》也，《八義》、《葛衣》等，小雅也，尋常家庭燕會則演之；《拜月》、《繡襦》等，《風》也，閒庭別館，朋友小集，或可演之。至於《曇花》、《長生》、《邯鄲》、《南柯》之類，謂之逸品，在四品之外，禪林道院，皆可搬演，以代道場齋醮之事。若夫《西廂》、《玉簪》等，諸淫媟之戲，亟宜放絕。」陶奭齡的思想有迂腐的一面，但他對戲曲並沒有從總體上加以排斥，這次曹山聚會有戲曲演出，就是生動的證明。

程嘉燧（一五六五至一六四三），字孟陽，號松圓、偈庵。其先休寧（今屬安徽）人，初寓武林（今浙江杭州），後僑嘉定（今屬上海），晚居虞山（今江蘇常熟）之拂水莊，題其室曰耦耕。與唐時升、李流芳、婁堅稱「嘉定四先生」。善畫山水，學倪瓚、黃公望，筆墨細淨而枯淡。兼工寫生，最矜重其畫，不輕點染。詩風流典雅，論詩反對前後七子剽竊模擬之風，為晚明一大家。書法清勁披俗，時復散朗生姿。崇禎十三年歸新安。有《松圓浪淘集》。

聽曲贈趙五老四首

太倉人，名淮，字長源，號瞻雲。善醫，能詩。

其一

菊花閣裡殷勤唱①，芍藥園中仔細聞②。此後但逢歌曲伴，何曾聽罷不言君。

【注釋】

① 「菊花閣」句：作者原注：「王冏伯家。」按王冏伯名士騏，江蘇太倉人，王世貞長子。萬曆十七年（一五八九）進士，仕至吏部員外部，有政績。然性倜儻，為權者所嫉，被削籍，屢薦不起，骯髒以終。有《醉花庵詩》。

② 「芍藥園」句：作者原注：「相公南園。」按相公指王錫爵，太倉人，曾任大學士。其子王衡，是戲曲家。

其二

好友相邀不用催，況聞君到我須陪。茶香酒辣渾閒事①，且趁朝涼聽一回②

【注釋】

①渾閒事：都是不重要的事。
②本首作者原注：「過子魚家。」按子魚姓金，作者的友人。

其三

紛紛酒事少心情①，只辦停杯鬥耳明②。翻恨聽時心太切③，歸來摹得不多聲。

【注釋】

①酒事：酒席上的應酬。
②只辦：只是。鬥耳明：盡力想聽清楚。
③翻：反。

其四

逐調安排見典型①，緣情巧妙是心靈②。寄言度曲紅顏子③，白卻髭鬚始解聽④。

《松圓浪淘集》卷六，明崇禎間刻本

【注釋】

①典型：模範，典範。
②緣情：抒發感情。
③度曲：按曲譜歌唱。紅顏子：少年。
④解聽：能聽。

【簡析】

趙五老究竟是何許人也？過去沒有搞清楚。有的論者將趙五老同趙瞻雲當作兩個人。讀了這組詩，事情清楚了：趙五老就是趙瞻雲。錢謙益《似虞周翁八十序》說：「或曰：太倉趙五老。趙五老者，良輔高足弟子也。」（見《初學集》卷三十七）張大復《梅花草堂筆談》卷十二《崑腔》：「張進士新……取良輔校本，出青於藍，偕趙瞻雲、雷敷民與其叔小泉翁，踏月郵亭，往來唱和，號『南馬頭曲』。」卷十三《趙瞻雲》言趙曾請張大復為自己作傳，「意欲補出年少時貧苦自力狀，……。瞻雲，老布衣也。」這裡四首詩，第一、二首寫趙五老廣泛的唱曲活動，第三首寫自己聽曲的感受，第四首寫趙五老演唱技藝的高超，對我們瞭解當時的戲曲活動都很有幫助。

曲中聽黃問琴歌，分韻八首①

其一

夜掃歌樓集鈿車②，白頭占曲點紅牙③。樑間三日餘音在④，偷得新聲遍狹邪。

（牙字）

【注釋】

①曲中：妓院中。黃問琴：崑曲演唱家。其老師鄧全拙，與魏良輔同時。可參見潘之恒《鸞嘯小品》卷三《曲派》。

②鈿（音電）車：飾以金花之車。

③占曲：口授曲。紅牙：檀木製的拍板。

④「樑間」句：用「餘音繞樑」典故。《列子・湯問》：「昔韓娥東之齊，匱糧，過雍門，鬻歌假食，既去而餘音繞樑，三日不絕，左右以其人弗去。」

其二

初學鶯簧響露梢①，還疑鳳吹拂雲旓②。金屏笑劇如花女③，紅豆憑將記曲拋④。

（拋字）

【注釋】

①鶯簧：鶯聲，謂其宛轉如笙簧。露梢：帶露的花梢。

②鳳吹（讀去聲）：笙簧等細樂。雲旓（音梢）：繪有雲彩之旗。

③金屏：金飾的屏風。笑劇：笑得很厲害。

④「紅豆」句：據唐．段安節《樂府雜錄．歌》，唐大曆（七六六至七七九）中宮人張紅紅，潛聽樂工新曲，以小豆數盒記其節拍，即能歌之，一聲不誤。後召人宜春院，為才人。宮中號為記曲娘子。

其三

莫論歌難聽亦稀①，坐中有客欲沾衣②。不看天上行雲駐③，試辨林端木葉飛④。

（飛字）

【注釋】

①莫論：不要說。

②沾衣：淚沾濕衣裳。

③行雲駐：用「響遏行雲」典故。《列子．湯問》記載秦青曾收薛譚為徒。薛譚未盡得其藝欲辭歸。秦青送行至郊外別時引吭高歌聲震林木響遏行雲。薛譚聞之大驚乃放棄回歸之念。

④木葉飛：唐・賈島《留別光州王使君建》詩：「既見林花落，須防木葉飛。」

其四

曾憐古調背同時①，廿載心期老曲師②。為是唱情聽不得，鬢邊先著幾莖絲③。

（絲字）

【注釋】

①背：不。

②心期：兩相期許。

③幾莖絲：幾莖白髮。

其五

歌郎酒客盡知名①，畫燭紅妝作隊迎②簷竹蕭蕭香閣裡，花叢十月坐流鶯③。

（鶯字）

【注釋】

①歌郎：以歌唱為業的男子。
②紅妝：婦女的盛裝。代指美女。
③流鶯：鳴聲圓轉的鶯聲。比喻歌聲。

其六

緩節安歌妙入神①，玉盤鈴走串珠勻②。小姬情事防人覺③，挽著雙蛾不肯顰④。

（顰字）

【注釋】

①緩節安歌：舒緩的音節，安詳的歌唱。屈原《九歌．東皇太一》：「疏緩節兮安歌。」
②「玉盤」句：形奈歌聲的流轉自潤。南朝．梁元帝《觀妓詩》：「胡舞開春閣，鈴盤出步廊。」白居易《琵琶行》：「大珠小珠落玉盤。」
③情事：感情，心事。
④雙蛾：女子雙眉。顰（音頻）：皺眉。

其七

輕染鴉黃拂髻鬟①，鶯雛巧笑鬥雙彎②。不知《水調》聲能苦，蹙損橫波一寸山③。

（彎字）

【注釋】

① 鴉黃：婦女塗額的黃粉。
② 鶯雛巧笑：指少女清脆的笑聲、美好的笑貌。雙彎：雙眉。
③ 橫波：眼神流動，如水閃波。一寸山：形容女子之眉像遠山。

其八

十分飛盞任君銜①，四座無聲罷酒監②。更請白頭歌一曲③，不須看舞越羅衫④。

（監字）

《松圓浪淘集》卷九，明崇禎間刻本

【注釋】

①飛盞：傳遞著的酒杯。銜（杯）：飲酒。

②酒監：古代宴會上設一人監酒。

③白頭：白髮老人。

④舞越羅衫：穿著越地羅綺所制的衫起舞。蘇軾《有以官法酒見餉者因用前韻求述古為移廚飲湖上》詩：「遊舫已妝吳榜穩，舞衫初試越羅新。」

【簡析】

黃問琴是明末著名的清曲家。潘之恒《敘曲》一文說：「魏良輔其曲之正宗乎，張五雲其大家乎，張小泉、朱美、黃問琴其羽翼而接武者乎。」（《鸞嘯小品》卷二）《曲派》一文又說，崑曲「如黃問琴、張懷萱，其次高敬亭、馮三峰，至王渭台，皆遞為雄。」（《鸞嘯小品》卷三）這一組詩細緻地描繪了黃問琴的戲曲活動，包括他高超的演唱藝術，他如何教歌妓們唱曲，以及他演唱所取得的藝術效果，等等，對我們瞭解晚明的崑曲活動極有幫助。

贈徐君圖按曲圖歌①

徐君神宇和且清②，翩翩濁世稱達生③。但持一杯蟹螯足④，能揮萬事鴻毛輕⑤。

自言百年在行樂⑥，千金買歌恣歡謔⑦。尊傍二豪與七貴⑧，醉後五白兼六博⑨。

寧藉疏家有賜金⑩，那識洛陽亡負郭⑪。烏雀門中結駟來⑫，蛟龍壁上纏頭作⑬。暗思少小當筵喚奈何⑭，年來老盡怕聞歌。君家歌兒動心魄，半齣已覺魂傞傞⑮。暗思沉吟還絕倒⑯，恰似看花被花惱。空惹顛狂氣味存⑰，難遣歌詞風格老。九齡十齡解音律，本事家門俱第一⑱。黃口天教與擅場⑲，白頭自歎曾入室⑳。金陵洞房今老大㉑，柘湖歌台久蕭瑟㉒。憑誰寫向丹青裡㉓，如畫天魔嬈居士㉔。彷彿花間按曲時，恍欲揚蛾發皓齒㉕。便上九天歌一聲，不惜此聲無此耳㉖。

《耦耕堂集．耦耕堂詩》卷中，清順治十二年刻本

【注釋】

① 徐君：徐錫允，字爾從，號文虹，江蘇常熟人。
② 神宇：神情氣宇。和且清：溫和而又高潔。
③ 翩翩：風度翩翩。濁世：混亂的時世。達生：不受世務牽累之意。《莊子．達生》：「達生之情者，不務生之所無以為。」注：「生之所無以為者，分外物也。」
④ 蟹螯：蟹的第一對足。本句說只要有一杯酒、有蟹螯下酒，就心滿意足了。
⑤ 「能揮」句：把世間萬事都看得像鴻毛一樣輕微不足道。
⑥ 百年：人的一生。
⑦ 恣（音字）：放縱，聽任。歡謔（音血）：歡樂。
⑧ 尊：酒尊。二豪：指貴介公子、晉紳處士，見劉伶《酒德頌》及注。七貴：西漢時七個以外戚關係把持政權的家族：呂、霍、上官、趙、丁、傅、王。見《文選》潘岳《西征賦》及注。此處泛指權貴。

⑨五白：古代賭博的五木之戲，五子全白。見戰國・楚・宋玉《招魂》。六博：古代的一種博戲。共十二棋，六黑六白，兩人相博，每人六棋。故名。見《史記・蘇秦傳》及《索隱》。

⑩藉：借。疏家：疏廣，漢宣帝時為太傅，兄子受同時為少傅，在位五年，俱謝病免歸。日與族人、故舊、賓客娛樂，不為子孫置田產。

⑪洛陽：指戰國時的縱橫家蘇秦，他是洛陽人。負郭：靠近城郭，此處指靠近城郭的田地。《史記・蘇秦傳》載蘇秦言：「且使我有洛陽負郭田二頃，吾能佩六國相印乎？」

⑫結駟：用四馬並轡駕一車。此處指結隊。

⑬纏頭：古代歌舞者常以錦帛裹頭，以為裝飾，後來轉變為贈送演員財物的通稱。

⑭少小：少年時。

⑮齣（音出）：明清傳奇分作齣，或簡作「出」。傞（音梭）傞：醉舞失態貌。

⑯絕倒：極為佩服。

⑰「恰似」二句：由杜甫《江畔獨步尋花七絕句》之一「江上被花惱不徹，無處告訴只顛狂」化出。

⑱本事家門：宋元南戲、明清傳奇的第一齣，通常由一副末上場，唱幾支曲子，介紹作者創作意圖，敘述劇情梗概，叫做「本事家門」，或「家門大意」，或「副末開場」。這裡指戲曲演出。

⑲黃口：幼兒時。

⑳白頭：年老時。入室：比喻學問技藝的成就達到精深的階段。

㉑洞房：連接相通的房間。老大：年老。此句指家伎年老。

㉒柘（音這）湖：湖名，原在今上海金山北，已乾涸。何良俊號柘湖。按以上二句作者原注：「秦淮汪景純、雲間何柘湖家並有女樂。」汪景純：汪宗孝，字景純，一作景淳，原籍徽州歙縣。早年為諸生，又習武，精於拳術和輕功。後遷揚州，經營鹽業，發家後移住南京。負俠氣，憂時慷慨，期毀家以紓國難，又好畜古書畫鼎彝之屬。名姬孫瑤華依之。何良俊，號柘湖，見前何良俊詩作者介紹。

㉓丹青：圖畫。

㉔天魔：佛教語，即天子魔。元順帝時曾有《天魔舞》。嬈：妍媚。居士：梵語「迦羅越」的義譯，後專稱在家奉佛的人。

㉕恍欲：好像要。揚蛾：揚眉。皓齒：浩白的牙齒。

㉖「不惜」句：說不怕唱曲，只怕遇不到知音。

【簡析】

王應奎《柳南隨筆》卷二云：「徐錫允，字爾從，廉憲待聘之子，文虹其自號也。家蓄優童，親自按樂句指授。演劇之妙，遂冠一邑。詩人程孟陽為作《徐君按曲歌》，所謂『九齡十齡解音律，本事家門俱第一』，蓋紀實也。時同邑瞿稼軒先生以給諫家居，為園於東皋，水石台榭之勝，亦擅絕一時。邑人有『徐家戲子瞿家園』之語，目為虞山二絕云。」本詩就是徐錫允家班藝術活動的一份生動記錄。瞿稼軒即瞿式耜（一五九〇至一六五〇），字起田，號稼軒，江蘇常熟人。崇禎朝官至戶科給事中。晚年參加抗清活動，擁立桂王朱由榔。永曆四年（一六五〇），城破被捕，與張同敞同在桂林風洞山就義。明末的常熟，他家的園林與徐錫允的家班同樣著名。

聞歌引題畫新柳贈叟徐四①

南曲以單題《柳》為冠②，廿年前遇金壇馬曲師③，曾傳其概，又嘗聞趙五、黃二輩歌④徐生在廣陵秋夜歌⑤，情事感動，含嚼吐納⑥十一月十三，季康適至⑦，集曲中⑧，復請唱此，曩許為圖⑨，兼書此引。

元詞舊數「窺青眼」⑩，時曲新翻歌漸罕⑪。閑中著意教人難⑫，聲外加工聽自懶。曾傳點拍粗解聽，江城聞罷空惺惺⑬。似禁楚女腰肢瘦⑭，如見蕭郎眉眼青⑮。悠揚逐夢風前縷⑯，攧落飛花水上萍⑰。別來無處向人道，年少兒郎自矜好⑱。倡樓社裡人已非⑲，吳北海、黃問琴⑳，相國園中客俱老㉑。白頭最是可憐人，濯濯新圖為誰掃㉒？沉吟理曲忽沾纓㉓，憶著風流被君惱。邗江舊侶來月明㉔，重向紅樓歌一聲。何處老翁能此曲，霜天燭下啼新鶯。囀聲自覺無橫笛，放指還疑有鳳笙㉕。渭曲灞陵渾在眼㉖，暮雨斜陽陰復晴。迷樓一望無窮處㉗，端倚愁中卻盡生。

《續本事詩》卷六，清光緒十四年邵武徐氏刻本

【注釋】

① 引：一種詩體。

② 《柳》：南曲套曲《詠柳》，由【南正宮・白練序】、【醉太平】、【白練序】、【醉太平】、【尾聲】組成，見《全明散曲》。

③ 金壇：今江蘇省金壇市。馬曲師：未詳。

④ 趙五：即趙五老，見前《聽曲贈趙五老四首》。黃二：即黃問琴，見前《曲中聽黃問琴歌，分韻八首》。

⑤ 徐生：即詩題中「徐四」。廣陵：今江蘇省揚州市。

⑥ 含嚼吐納：形容唱得好。《通典・樂五》：「大唐貞觀中，有尚書侯貴和妾名麗音，特善唱《行天》，清暢舒雅，含嚼姿態，有喉牙吐納之異。」

⑦ 季康：方季康，揚州人，作者友人。

⑧ 曲中：南京舊院。余懷《板橋雜記・雅遊》：「舊院人稱曲中。前門對武定橋，後門在鈔庫街，妓家鱗次，比屋而居。」

⑨ 曩（音攮）：以往，從前。

⑩「窺青眼」：南曲套曲《詠柳》首句為「窺青眼，漸葉葉顰眉效淺妝」。
⑪「時曲」句：意謂當下流行時曲，像《詠柳》這樣的古曲演唱的人漸漸少了。
⑫著意：集中注意力，用心。《楚辭・九辯》：「罔流涕以聊慮兮，惟著意而得之。」朱熹《集注》：「著意，猶言著乎心，言存於心而不釋也。」
⑬惺惺：動聽。宋・楊無咎《滴滴金》詞：「憶得歌翻腸斷句，更惺惺言語。」
⑭楚女腰肢瘦：泛稱女子的細腰。杜甫《清明》詩之一：「胡童結束還難有，楚女腰肢亦可憐。」
⑮蕭郎：蕭史。漢・劉向《列仙傳・蕭史》：「蕭史者，秦穆公時人也。善吹簫，能致孔雀白鶴於庭。穆公有女，字弄玉，好之。公遂以女妻焉……公為作鳳台，夫婦止其上，不下數年，一日皆隨鳳凰飛去。」
⑯縷：即晴絲。
⑰「攧落」句：意境似杜甫《風雨看舟前落花，戲為新句》「影遭碧水潛勾引，風妒紅花卻倒吹」。
⑱自矜：自誇。
⑲倡樓：倡女居處，妓院。
⑳吳北海：潘之恒《鸞嘯小品・敘曲》説善於唱曲者有「新安之吳」，未知是否此人。
㉑相國園：指王錫爵南園，參見前《聽曲贈趙五老四首》。
㉒濯（音卓）濯：明淨貌，清朗貌。《晉書・王恭傳》：「濯濯如春月柳。」掃：畫。
㉓沾纓：淚水浸濕冠纓，指痛哭。
㉔邗江：今江蘇省揚州市邗江區，指代揚州。
㉕鳳笙：笙。漢・應劭《風俗通・聲音・笙》謂笙「長四寸，十二簧，像鳳之身，正月之音也。」
㉖渭曲：即《渭城曲》。唐・王維《送元二使安西》詩：「渭城朝雨浥輕塵，客舍青青柳色新。勸君更盡一杯酒，西出陽關無故人。」配樂稱《陽關三疊》，又名《陽關曲》、《渭城曲》，送別時唱。灞陵：即霸陵，漢文帝陵墓，位於今陝西省西安市東郊。
㉗迷樓：煙霧籠罩的高樓。

【簡析】

王世貞《曲藻》：「南曲之美者，無過於《題柳》『窺青眼』。」王驥德《曲律·論章法第十六》：「古曲如《題柳》『窺青眼』，久膾炙人口。」這套名曲的演唱，程嘉燧曾經聆聽過多次，二十年前是金壇馬曲師，後來是趙五老、黃問琴，再後便是徐四。徐四的演唱聽了兩次，揚州一次，南京又是一次，真可以說是百聽不厭。

程嘉燧的曲學修養非常好，明清之交的錢龍惕在《聞歌引為朱翁樂隆作》一詩中寫道：「新安程老詩律高天下，當筵顧曲稱絕工。昔曾為我言：牌名腔拍宜相從。青樓舊識端與鳳，歌場喚出曾驚眾。端歌人悅『窺青眼』，『長空萬里』推徐鳳。」可見，程嘉燧欣賞的南曲套曲《詠柳》，到後來還有人不斷傳唱。

程嘉燧是曲家，又是畫家、書法家。因為徐四唱《詠柳》，程嘉燧就畫了一幅《新柳》相贈，並且在畫上題了這首《聞歌引》，這真是崑曲和詩、畫結緣的一樁盛事。

湯賓尹（一五六七至一六二八後），字嘉賓，號睡庵，別號霍林，安徽宣州人。萬曆二十三年（一五九五）榜眼及第，授翰林院編修。此後升為中允，署國子監司業，後升南京國子監祭酒，三次出任鄉試、會試主考官。萬曆三十八年（一六〇〇），其擔任會試分校官時，因錄用其門生韓敬為狀元，後被彈劾罷免。崇禎初年朝臣薦之起復，未及而卒。時文頗負盛名，亦善詩，著有《睡庵集》。

南中春詞①（二十三首選三）

其十

雨花臺上酒簾高②，木末亭中絲鼓嘈③。鬧處能閑濃處澹④，背人無語折櫻桃。

其十二

時樣輕妝別樣新⑤，竊紅衫子竊黃裙⑥。秦淮昨夜翻新譜⑦，迭迭纖歌更遏雲⑧。

其十四

掠約愁情半額黃⑨，歌雲唱雨逐流光。近來小部抄名字⑩，猶說當年馬四娘⑪。

《睡庵集》卷二，明萬曆三十八年刊本

【注釋】

①南中：指南京。

②雨花臺：在南京。傳說南朝梁武帝時，高僧雲光法師在此設壇講經，感動上蒼，落花如雨，由此得名。酒簾：賣酒的旗招，又稱「酒旗」、「酒望」、「招子」、「望子」。用布綴於竿頭，懸在門前，招引酒客。

③木末亭：位於雨花臺東崗之巔。亭名出自屈原《九歌・湘君》「採薜荔兮水中，搴芙蓉兮木末」。絲：絃樂器。

④澹（音淡）：恬靜、安然的樣子。

⑤輕妝：淡妝。南朝・梁簡文帝《東飛伯勞歌》之二：「誰家妖麗鄰中止，輕妝薄粉光閭裡。」

⑥竊：通「淺」。

⑦秦淮：此處指秦淮舊院，南京秦淮河畔歌妓聚居的地方，前面對著武定橋，後門在鈔庫街，和貢院隔江相對，長板橋在院牆外。

⑧遏雲：《列子・湯問》記載秦青曾收薛譚為徒。薛譚未盡得其藝欲辭歸。秦青送行至郊外別時引吭高歌聲震林木響遏行雲。薛譚聞之大驚乃放棄回歸之念。

⑨掠約：不經意，隨便。湯顯祖《紫簫記》第十四齣《假駿》：「他便是尋常笑語，掠約精神，也有許多天厝。」額黃：古代婦女的一種美容妝飾，以黃色顏料染畫或粘貼於額間，亦稱「鵝黃」、「鴉黃」、「約黃」、「貼黃」，「花黃」。

⑩小部：樂部名。《唐書・禮樂志》謂唐玄宗「更置小部，音聲三十餘人。」

⑪馬四娘：馬湘蘭（一五四八至一六〇四），名守真，字湘蘭，小字玄兒，又字月嬌，因在家中排行第四，人稱「四娘」。秉性靈秀，能詩善畫，又通音律，擅歌舞，撰有《湘蘭子集》詩二卷和《三生傳》劇本。在教坊中她所教的戲班，能演出全本《西廂記》。

【簡析】

這幾首詩寫南京春日風情，「木末亭中絲鼓嘈」也罷，「秦淮昨夜翻新譜，迭迭纖歌更遏雲」也罷，「歌雲唱雨逐流光」也罷，崑曲的動人歌唱，可以說是無處不在。這是古都南京最美妙的春之旋律。

虎丘①

春山好向便帆逢②，滿目春陰細雨供。石意悟時僧不語③，劍光降後虎無蹤④。

臨池壁峭半天坼⑤，出水雲多千樹封。惆悵闔廬墳上月⑥，年年絲管醉吳儂⑦。

《睡庵集》卷二，明萬曆三十八年刊本

【注釋】

①虎丘：原名海湧山，在蘇州市西北閶門外。據《史記》載，吳王闔閭葬於此，傳説葬後三日有「白虎蹲其上」，故名。

②便帆：風帆。唐·司空圖《楊柳枝壽杯詞十八首》：「萬里往來無一事，便帆輕拂亂鶯啼。」

③「石意」句：指千人石，一名生公石，在蘇州虎丘山劍池旁。相傳晉末高僧竺道生，世稱生公，曾在此説法。《蓮社高賢傳》：「竺道生入虎丘山，聚石為徒，講《涅盤經》，群石皆點頭。」

④「劍光」句：指劍池，傳説其下為吳王闔閭埋葬處，入葬時將闔閭生前喜愛的「專諸」、「魚腸」等三千寶劍作為殉葬品，同時埋在墓中。

⑤坼（音徹）：裂開。

⑥闔廬（音合驢）（?至前四九六年）：姬姓，吳氏，名光，吳王，夫差之父。

⑦吳儂：吳人。吳地稱己或稱人皆曰儂。

【簡析】

虎丘風景秀麗，歷史悠久，既有自然景觀，又有人文景觀，而今千人石上多了崑曲演唱活動，「年年絲管醉吳儂」，又增添了一道獨具特色的風景線。

婁堅（一五六七至一六三一），字子柔，嘉定（今屬上海）人。經明行修，學者推為大師。萬曆四十四年（一六一六）貢於春官，不仕而歸。與唐時升、李流芳、程嘉燧稱「嘉定四先生」。工行楷，書法妙天下。風日晴美，筆墨精良，方欣然染翰，不受促迫。有《學古緒言》、《吳歈小草》。

起龍枉招①，偶以觀劇不赴

知君具蔬果②，呼我共談言。卻為聽歌去，真同歸市喧③。兒童心尚在，張弛道堪論④。衰白新添歲，謀歡始上元⑤。

《嘉定四先生集・吳歈小草》卷六，清康熙間刻本

【注釋】

①起龍：作者友人，餘未詳。枉招：屈尊邀召。

②具：備辦。

③歸市喧：即歸市，湧向市集，形容踴躍。《孟子・梁惠王下》：「從之者如歸市。」

④張弛道：《禮・雜記》下：「張而不弛，文武弗能也；弛而不張，文武弗為也。一張一弛，文武之道也。」《疏》：「喻民一時須芳，一時須逸，勞逸相參。」

⑤上元：農曆正月十五日為上元節，十五夜稱元夜、元宵。

【簡析】

明萬曆年間，龍洞山農為《西廂記》新刻本作序，末語說：「知者勿謂我尚有童心可也。」李贄對這句話很不贊同，他說：「夫童心者，真心也。若以童心為不可，是以真心為不可也。」「若失卻童心，便失卻真心；失卻真心，便失卻真人。」正是從這種「童心說」出發，李贄得出了院本、雜劇、《西廂曲》、《水滸傳》皆是「有感於童心者之自文」，皆是「古今至文」（以上引文均見李贄《焚書》卷三《雜述》）。婁堅看來是贊同李贄的主張的，他公開聲言自己「兒童心尚在」，並且在行動上也是「真人真情，任性而行」，要看戲就看戲，要不赴宴就不赴宴。考察明末文士風氣，這也是一條有趣的材料。

袁宏道（一五六八至一六一〇），字中郎，又字無學，號石公。湖廣公安（今屬湖北）人。萬曆二十年（一五九二）進士，曾任吳縣令，遷稽勳郎中，赴秦中典試。事畢請假歸里，定居沙市。與兄宗道、弟中道時號「三袁」，宏道實為「公安派」領袖。他反對盲目擬古，主張文隨時變，其目標是去偽存真，抒寫性靈。其散文極富特色，清新明暢，卓然成家。詩歌亦自可觀。著有《敝篋集》、《錦帆集》、《解脫集》、《廣陵集》、《瓶花齋集》、《瀟碧堂集》、《破硯齋集》、《華嵩遊草》等。今人錢伯城整理有《袁宏道集箋校》。

張伯起①

兩年稀面見，一字到官疏②。白石連雲煮③，青苓帶雨鋤④。尊前《紅拂傳》⑤，花下古釵書⑥。兄弟多名理⑦，何山故不如⑧。

《袁宏道集箋校》卷三，上海古籍出版社一九八一年版

【注釋】

① 張伯起：即張鳳翼，見前張鳳翼作者介紹。

② 「一字」句：指張鳳翼給作者寫信很少。

③ 「白石」句：相傳道家煮白石為食，為修煉之一法。

④ 青苓：茯苓。中藥。

⑤ 《紅拂傳》：張鳳翼所作傳奇《紅拂記》，演李靖、紅拂事，取材於唐人杜光庭傳奇小說《虯髯客傳》。

⑥ 古釵書：謂寫字筆法曲折，圓而有力，如釵股。《談苑》：「或問郭兵曹筆法，懷素以古釵腳對。」

⑦ 兄弟：指張鳳翼及其弟獻翼（字幼于）、燕翼（字叔貽）。幼于：張獻翼（？至一六〇四），蘇州府長洲人，字幼于，改名敉。十六歲以詩見文徵明。徵明語其徒陸師道：「吾與子俱弗如也。」嘉靖中入貲為國子監生。刻意為詩。與兄弟張鳳翼、張燕翼稱三張。好學《易》，十年中箋注三易其稿。晚年與王穉登爭名不勝，頹然自放，多為詭異之行。以攜妓居荒圃中，為盜所殺。有《讀易紀聞》、《讀易通考》、《文起堂集》、《紈綺集》。名理：善於辨別事物是非，分析事物道理。

⑧ 何山：南朝隱士何氏兄弟。宋·葉廷珪《海錄碎事·人事·隱逸》：「何子有子晳、子香，俱隱遁，子季先在若耶山，晚還吳，居虎丘寺，號何氏三高，亦曰東山兄弟焉。」

【簡析】

張鳳翼不但是一位戲劇家，而且和他的弟弟獻翼、燕翼都是萬曆年間著名的豪放不羈的文人。清初陳維崧說他們「以布衣骯髒頡頏公卿間，甚至屠沽椎埋下賤，亦能感慨立志節」（《贈蔡孟昭序》）。本詩對張鳳翼的性格特徵和藝術造詣作了簡要、概括的描述。

萬曆二十四年（一五九六）作於吳縣，參見徐朔方《張鳳翼年譜》本年（《徐朔方文集》，浙江古籍出版社一九九三年版，第二卷，第二四〇頁）。袁宏道對張鳳翼兄弟懷有美好的情感，在尺牘《張幼于》中感歎相聚太少：「吳中無足繫去客者，獨大小何君經年未得傾腸一吐為恨耳。」

迎春歌和江進之①

東風吹暖婁江樹②，三衢九陌凝煙霧③。白馬如龍破雪飛④，犢車輾水穿香度。鐃吹拍拍走煙塵⑤，炫服靚裝十萬人⑥。羅額鮮妍棽彩勝⑦，社歌繚繞簇芒神⑧。緋衣金帶印如斗⑨，前列長官後太守。烏紗新縷漢宮花⑩，青奴跪進屠蘇酒⑪。採蓮舟上玉作幢⑫，歌童毛女白雙雙⑬。梨園舊樂三千部⑭，蘇州新譜十三腔⑮。假面胡頭跳如虎⑯，窄衫繡褲槌大鼓。金蟒纏身神鬼妝，白衣合掌觀音舞⑰。觀者如山錦相屬⑱，雜遝誰分絲與肉⑲。一路香風吹笑聲，十里紅紗遮醉玉⑳。青蓮衫子藕荷裳，透額垂髻淡淡妝。拾得青條誇姊妹㉑，袖來瓜子擲兒郎。急管繁弦又一時，千門楊柳破青枝。獨有閉門袁大令㉒，塵擁書床生網絲。

《袁宏道集箋校》卷三，上海古籍出版社一九八一年版

【注釋】

①江進之：江盈科（一五五五至一六〇五），字進之，號淥蘿山人，桃源（今屬湖南）人。萬曆二十年（一五九二）進士，授長洲令，有政聲。官至四川提學副使，卒於蜀。與袁宏道友善，文學主張也十分相近，是公安派重要成員。有《雪濤閣集》。

②婁江：出太湖，穿蘇州婁門而東流，一路迤邐百餘里，由劉家港（今太倉瀏河）入長江。處於婁江中段的崑山，曾經稱為婁縣，而太倉則有婁東之稱。

③三衢九陌：眾多的街道。

④破雪：冒雪。元・戴表元《雪後泛湖歌》：「良時樂遊古亦有，何人破雪浮官廚。」

⑤鐃吹：即鐃歌，軍中樂歌，為鼓吹樂的一部，所用樂器有笛、觱篥、簫、笳、鐃、鼓等。

⑥炫服：華豔的衣服。靚裝：靚妝：美麗的裝飾。

⑦羅額：紗羅製的抹額。棼：亂。彩勝：亦稱「華（花）勝」、「彩花」。古代立春日和人日（正月初七），用有色歲絹或紙，剪成雙燕、小幡、人形、花朵等頭飾，統稱「彩勝」。婦女與兒童插在髮上迎春，並互相饋送。

⑧芒神：即句（音勾）芒，古代神話中的春神。

⑨緋衣：古代朝官的紅色品服。

⑩宮花：絹類織物製作的花，戴在頭上作飾物，宮廷裡常作為賞賜。

⑪青奴：指役吏，差役。屠蘇酒：用屠蘇草浸泡的酒，舊時民俗，在正月初一時，家家按照先幼後長的次序飲屠蘇酒。

⑫幢：刻著佛號或經咒的石柱。

⑬毛女：神話中的仙女，字玉姜，形體生毛，在華陰山中。自言秦始皇宮中人，秦亡入山。食松葉，遂不饑寒。身輕如飛。見漢・劉向《列仙傳・毛女》。

⑭梨園：唐代訓練樂工的機構。《新唐書・禮樂志》：「玄宗既知音律，又酷愛法曲，選坐部伎子弟三百，教於梨園。聲有誤者，帝必覺而正之，號皇帝梨園弟子。」梨園的主要職責是訓練樂器演奏人員，與專司禮樂的太常寺和充任串演歌舞散樂的內外教坊鼎足而三。後世遂將戲曲演出場所稱梨園，戲曲演員稱為梨園弟子。

⑮「蘇州」句：指崑曲。

⑯假面：面具。胡頭：即《拔頭》或《缽頭》，唐代西域傳入中原的民間歌舞節目。《樂府雜錄・鼓架部》：「《缽頭》：昔有人父為虎所傷，遂上山尋其父屍，山有八折，故曲八疊。戲者被髮，素衣，面作啼，蓋遭喪之狀也。」

⑰觀音舞：又名《菩薩舞》。據明・姚旅《露書》記載，明代北京、南京貴族之家集宴，常演《菩薩舞》，舞者扮成觀音像，額上頂一碗，手持兩碗，擊節而舞。又《曲中志》載，明代舞人徐驚鴻以善演《觀音舞》聞名。

⑱相屬：相接連；相繼。

⑲雜遝：紛雜繁多貌。絲：絃樂器，此處泛指樂器。肉：指從口中發出的歌聲，相對樂器之聲而言。

⑳醉玉：即醉玉頹山，形容男子風姿挺秀，酒後醉倒的風采。南朝・宋・劉義慶《世說新語・容止》：「山公曰：『嵇叔夜之為人也，岩岩若孤松之獨立；其醉也，傀俄若玉山之將崩。』」

㉑青條：青色枝條。唐・司空曙《新柳詩》：「撩亂發青條，春風來幾日。」

㉒袁大令：作者自指。

【簡析】

萬曆二十五年（一五九七）作於吳縣。蘇州迎神賽會之風甚盛，王稚登《吳社編》有概括性記述：「每春夏之交，妄言神降，於是遊手逐末、亡賴不逞之徒張惶其事，亂市井之聽，惑稚狂之見，朱門纓笏之士、白首耄耋之老、莽鏄蓑笠之夫、建牙羆虎之客、紅顏窈窕之媛，無不驚心奪志，移聲動色，金錢玉帛川委雲輸，百戲羅列，威儀雜遝。」袁宏道此作，則對這種活動作了形象的描繪。「梨園舊樂三千部」，即《吳社編》所云「雜劇則《虎牢關》、《曲江池》、《楚霸王》、《單刀會》、《遊赤壁》、《劉知遠》、《水晶宮》、《勸農丞》、《採桑娘》、《三顧草廬》、《八仙慶壽》」；「蘇州新譜十三腔」，應是新興的崑曲。「假面胡頭跳如虎，窄衫繡褲槌大鼓。金蟒纏身神鬼妝，白衣合掌觀音舞」，與《吳社編》所云「優伶伎樂粉墨綺縞，角抵魚龍之屬繽紛陸離，靡不畢陳」，「神鬼則觀世音、二郎神、漢天師、十八羅漢、鍾馗嫁妹、西竺取經、雷公電母、後土夫人」，「專諸巷有兩觀世音：坐石者歙人女，閒靚有豔姿；魚籃觀世音，是天庫前民家子，纖弱娟媚，子都之姣也，觀者尤嘖嘖云」，「散妝則打圍場、野仙人、八蠻朝、山魈戲、太保參、平倭隊、沙兵隊、廣兵隊、毛女仙、小僧道、小醫師、金錢卜、蓮花鼓、琵琶婦、行腳僧、小將軍、射生弩、鬥蟋蟀、采芝仙、白猿精」，正可參看。

江南子（五首選一）

蜘蛛生來解織羅，吴兒十五能嬌歌①。舊曲嘹厲商聲緊②。新腔嘽緩務頭多③。
一拍一簫一寸管，虎丘夜夜石苔暖。家家宴喜串歌兒④，紅女停梭田畯懶⑧。

《袁宏道集箋校》卷八，上海古籍出版社一九八一年版

【注釋】

① 吴兒：吴地（今蘇州一帶）少年。
② 嘹厲：響亮淒清。

③ 新腔：指崑腔。嘽（音灘）緩：寬綽舒緩。《禮記・樂記》：「其樂心感者，其聲嘽以緩。」「嘽」下注：「寬綽貌。」務頭：一般認為指曲中精采、警闢、動聽之處。

④ 虎丘：原名海湧山，在蘇州市西北閶門外。據《史記》載，吳王闔閭葬於此，傳說葬後三日有「白虎蹲其上」，故名。宴喜：宴飲嬉樂。

⑤ 紅女：古指從事紡織、縫紉、刺繡等勞作的婦女。田畯：周代勸農之官。後指農民。

【簡析】

本詩作於萬曆二十二年（一五九七），作者時年三十三歲，在吳縣。詩歌描繪了明萬曆年間蘇州人民對新興的崑曲趨之若狂的情景。「舊曲嘹厲商聲緊，新腔嘽緩務頭多」二句，反映出崑腔與以前腔調風格上的差異。

答君御諸作①（四首選一）

打疊歌甕與群裙②，九芝堂上氣如雲③。無緣得見金門叟④，齒落唇枯嬲細君⑤。

《袁宏道集箋校》卷三十一，上海古籍出版社一九八一年版

【注釋】

① 君御：龍膺（一五六〇至一六二二），初字君善，改字君御，號朱陵。湖南武陵（今常德）人。萬曆八年（一五八〇）進士，終大常寺卿。少有才名，慷慨論事。著有傳奇《藍橋記》、《金門記》。

②打疊：收拾，安排。歌鬟：歌女。群裙：一群女子。

③九芝堂：龍膺的堂名。膺有《九芝集》。

④金門叟：東方朔（前一五四至前九三），漢平原厭次（今山東陽信縣東南）人，字曼倩。武帝時待詔金馬門，官至太中大夫。以奇計俳辭得親近，為武帝弄臣。因其以詼諧滑稽著名，後人傳其異聞甚多，方士又附會之為神仙。

⑤齒落唇枯：言其老。嬲（音鳥）：戲弄，通「嬈」。細君：古時諸侯的妻稱小君，也稱細君。後為妻的通稱。

【簡析】

本首作者原注：「時君御演出《金門記》。」《金門記》今已失傳，由詩中描寫看，是一部喜劇作品，與此相適應，袁宏道這首詩也寫得幽默詼諧。

馮小青（生卒年不詳），名元元，以字行，廣陵（今江蘇揚州）人。母為女塾師。自幼嫻習文墨。年十六，嫁杭州馮生為妾。大婦悍妒，二年後感疾卒。

讀《牡丹亭》（二首）

其一

稽首慈雲大士前①，莫生西土莫生天②。願為一滴楊枝水③，灑作人間並蒂蓮。

【注釋】

①稽首：舊時所行跪拜禮。慈雲：佛家稱佛以慈悲為懷，如大雲之覆蓋世界。大士：菩薩的通稱。
②西土：猶言「西天」，佛教所説的極樂世界。「西土」與「天」互文見義。
③楊枝水：佛教比喻能使萬物復蘇的甘露。

【簡析】

向佛祈求來生的幸福，當然是軟弱的；但馮小青的願望，既不是升天，又不是成佛，她所祈求的只是幸福的愛情。不難想像，不合理的封建婚姻制度曾經給這位女子帶來多麼深刻的痛苦。

其二

冷雨幽窗不可聽①，挑燈閒看《牡丹亭》。人間亦有癡於我，豈獨傷心是小青。

引自《花朝生筆記》，上海古籍出版社一九八四年版

【注釋】

①幽窗：昏暗的窗戶。

【簡析】

湯顯祖的傑作《牡丹亭》，以生動的藝術形象揭露了封建禮教對人們、特別是對青年一代幸福生活和美好理想的摧殘，傳達了廣大青年衝破封建專制主義的網羅，要求個性解放，爭取愛情自由和婚姻自主的呼聲。因此，《牡丹亭》在青年、特別是在青年婦女中激起了巨大的感情波瀾。馮小青這首詩就是生動的證明。

袁中道（一五七〇至一六二三），字小修，湖廣公安（今屬湖北）人。萬曆進士，官南京吏部郎中。與兄宗道、宏道並稱「三袁」，同為「公安派」重要作家。其文學主張反對摹擬，崇尚自然。與李贄、湯顯祖、潘之恒等交好。所著有《珂雪齋集》等。

流波館宴集①，時楊舜華病起同長孺諸公賦②

歲暮蕭蕭建業城③，流波尊酒若為情。客中相愛渾同氣④，病起重逢類隔生。墮珥遺簪人盡醉⑤，落花依草句先成⑥。何須枚《發》能蘇骨⑦，珠串當筵體自輕⑧。

《珂雪齋集》卷一，明萬曆間刻本

【注釋】

①流波館：潘之恒《鸞嘯小品》卷二《與楊超超評劇五則》提到「流波君楊美」，當即此人寓所。

②長孺：丘坦（一五七六至？），字坦之，號長孺，湖北麻城人。公安派作家。

③建業：三國東吳國都，東晉和南朝宋、齊、梁、陳相繼在此建都，即今江蘇南京。

④同氣：同氣相求，比喻志趣相同的人自然結合在一起。《周易·乾》：「同聲相應，同氣相求。水流濕，火就燥，雲從龍，風從虎。聖人作而萬物睹。」

⑤墮珥（音耳）遺簪：形容歡飲而不拘形跡。《史記·滑稽列傳》：「若乃州閭之會，男女雜坐，行酒稽留，六博投壺，相引為曹，握手無罰，目眙不禁，前有墮珥，後有遺簪，髡竊樂此，飲可八斗而醉二參。」

⑥落花依草：南朝·梁·鍾嶸《詩品》評丘遲詩：「點綴映媚，似落花依草。」

⑦枚《發》能蘇骨：漢·枚乘所作《七發》是一篇諷諭性作品。賦中假設楚太子有病，前去探望的吳客認為太子的病因在於貪欲過度，享樂無時，非藥和針灸所能治癒，於是通過七大段問答，以「要言妙道」使其警醒。

⑧珠串：比喻歌聲連貫圓潤。唐·李商隱《擬意》詩：「銀河撲醉眼，珠串咽歌喉。」

【簡析】

袁中道《游居柿錄》卷十記萬曆四十三年（一六一五）崑曲藝人在長沙演出《明珠記》的情況時說：「諸公共至徐寓演《明珠》。久不聞吳歈矣，今日復入耳中，溫潤恬和，能去人之躁競，誰謂聲音之道，無關性情耶？」這首詩的立意正與此同。枚乘的《七發》能以「要言妙道」為人治病，袁中道認為崑曲具有同樣的功能，特別對楊舜華這樣以崑曲為生命的歌者來說更是如此。

同顧司馬沖庵虎丘看月①，兼懷梅開府克生②

生公之石一掌平③，白淨忽如一方雲。明月出林影墮地，冰上交加荇藻文④。四角隱隱歌聲起，清和圓美氣氤氳⑤。蟬聯珠綴無斷時，但恨雙耳難遍聞。紅去紅來渾不住，此地從來無日暮⑥。七尺氍毹揀地鋪⑦，鋪向笙歌鼎沸處⑧。主人有酒百餘瓶，興來飛杯不知數⑨。高人一見眼自明，不在區區新與故。紅林漸疏聲漸靜，燦燦天中分月路。大言小言及諧言⑩，沛若黃河水東注。拔劍翻酒酒汙身，咄哉誰是英雄人⑪。上馬橫槊下馬詩⑫，曹家父子我所欽⑬。只今海內真名士⑭，爾與麻城梅客生⑮。梅也權奇渾不測⑯，司馬膽氣號絕倫⑰。詞賦文章雅亦敵⑱，滾滾千言好筆力。爾曹天下有事時⑲，囊底餘智能了得⑳。梅今尚作韝上鷹㉑，卻放司馬入山林㉒。水田瀟灑掛軍持㉓，青山處處訪名僧。泛舟來探太湖色，又向虎丘看明月。虎丘明月天下奇，況是同心好相知。酒寒再熱為君醉，今夜剛才半夜時。

《珂雪齋集》卷二，明萬曆間刻本

【注釋】

① 顧司馬沖庵：顧養謙（一五三七至一六〇四），字益卿，號沖庵，南直隸通州（今江蘇南通）人。嘉靖四十四年（一五六五）進士，官至戶部侍郎，因母喪南歸。不久起用總督薊遼，經略朝鮮。辭官歸里後，隱跡於山水間，絕不言生平宦業，所提拔將

史，概謝不見。死後被追封為兵部尚書，謚襄敏。有《沖庵撫遼奏議》等。虎丘：原名海湧山，在蘇州市西北閶門外。據《史記》載，吳王闔閭葬於此，傳說葬後三日有「白虎蹲其上」，故名。

②梅開府克生：梅國楨（一五四二至一六〇五），字克生，號衡湘，湖北麻城人。萬曆十一年（一五八三）進士。曾以監軍御史身份，參與平叛，以功升太僕少卿，次年任右僉都御史，巡撫大同。後又調任兵部右侍郎，總督宣（宣府）、大（大同）、山西軍務。在鎮三年，平定西北叛亂。與李贄友善，曾為《藏書》作序。有《梅司馬遺文》、《燕台集》等。

③生公石：即千人石。在蘇州虎丘山劍池旁。相傳晉末高僧竺道生，世稱生公，曾在此說法。《蓮社高賢傳》：「竺道生入虎丘山，聚石為徒，講《涅盤經》，群石皆點頭。」

④「明月」二句：與袁宏道《虎丘》一文「比至夜深，月影橫斜，荇藻凌亂」意境相同。荇（音杏）藻，多年生草本植物，葉子略呈圓形，葉子浮在水面，根生在水底，花黃色，蒴果橢圓形。

⑤氤氳（音因暈）：煙雲彌漫。

⑥「紅去」二句：意謂整日整夜都在這裡。

⑦氍毹（音瞿書）：一種織有花紋圖案的毛毯。古代產於西域。可用作地毯、壁毯、床毯、簾幕等。舊時，居家演劇用紅氍毹鋪地，因而又用為歌舞場、舞臺的代稱。

⑧笙歌：管樂器演奏聲和歌唱聲。

⑨飛杯：即飛觴，舉杯之義。

⑩大言：正大的言論。小言：不合大道的言論。《莊子・齊物論》：「大言炎炎，小言詹詹。」諧言：詼諧戲謔的話。

⑪咄哉：常見於禪宗經典，斷喝的語氣。范成大《偶箴》：「逆順境來欣戚變，咄哉誰是主人翁。」

⑫「上馬」句：意謂能文能武。《南齊書・垣榮祖傳》：「若曹操、曹丕上馬橫槊，下馬談論，此於天下可不負飲食矣。」

⑬曹家父子：指曹操、曹丕、曹植。

⑭只今：如今，現在。

⑮爾：你，指顧養謙。

⑯權奇：形容人智謀出眾。三國・魏・劉劭《人物志・材能》：「夫人材不同，能各有異，……有權奇之能，有威猛之能。」

⑰司馬：指顧養謙。

⑱雅：極，甚。

⑲爾曹：你們。

⑳囊底餘智：謂老年餘智。古謂多謀為智囊，故稱。《晉書・慕容垂載記》：「吾計決矣。吾且投老，扣囊底智，足以克之，不復留逆賊以累子孫也。」

㉑韝（音溝）上鷹：比喻尚有為之時。南朝・宋・鮑照《代東武吟》詩：「昔如韝上鷹，今似檻中猿。」韝，革製的臂衣。打獵時用鷹，鷹立在韝上。

㉒山林：指隱居之地。

㉓水田：水田衣，明代流行的一種「時裝」，以各色零碎錦料拼合縫製而成，形似僧人所穿的袈裟，因整件服裝織料色彩互相交錯形如水田而得名，也叫百衲衣。軍持：一種盛水器，又名軍墀、君遲、群持、捃稚迦、淨瓶等，為雲遊僧人盛水洗手用具。大約在隋唐時期傳入我國，長盛不衰。

【簡析】

顧養謙、梅國楨都是領兵打仗的將軍，但也都是文化人，他們和袁中道一樣，都愛賞虎丘的明月，聽虎丘的崑曲，本詩就從這兩方面切入，表現出三人共同的情趣。

詩中對虎丘曲會的描寫真切生動，可與袁宏道《虎丘》一文對讀。

茅元儀（一五七〇至一六三七），字止生，號石民。歸安（今浙江吳興）人。茅坤孫。崇禎中以薦授翰林院待詔，後輔佐孫承宗軍務，歷官副總兵，守邊關覺華島，不久以兵變被下獄，後戍漳浦。為庸奸所忌，悲憤縱酒而卒。家富藏書，編撰有《九學十部目》。著有《西峰談話》、《青油史稿》、《福堂詩貝錄》、《嘉靖大政類稿》、《石民四十集》等。

觀大將軍謝簡之家伎①，演所自述《蝴蝶夢》樂府②

耳目無久玩③，新者入我懷。奇賞竟何許④？忽在天之涯。豈無歌舞園⑤？鑾音習濫哇⑥。塞耳亦已久⑦，負此風日佳⑧。我公宴笑余，奴隸狼與豺⑨。開尊出家伎⑩，惠我忘形骸⑪。煉音變時俗⑫，出態如初芽⑬。命意何寥廓⑭，托詞非優俳⑮。哀我勞生久⑯，將與大道偕⑰。我思漆園叟⑱，語曠因心悲⑲。飽鴟寧得已？不甘螻蟻欺⑳。盜譃我尼父㉑，道偽恨切肌㉒。非不愛令尹㉓，聊欲免文犧㉔。名泰身則否㉕，監河亦何漓㉖。公將極人臣㉗，去就何坦夷㉘。道齊遇自殊㉙，樂哉鐘鼓宜。莫言今日易，歌舞垂光儀㉚。

《石民橫塘集》卷二，明崇禎間刻本

【注釋】

① 謝簡之：謝弘儀，一名謝國，字簡之，號寤雲。浙江會稽（今紹興）人。以中丞出鎮粵東，多所建樹。約明萬曆中前後在世。家伎：豪門貴族家中的歌舞女伎。

② 《蝴蝶夢》樂府：謝弘儀所作傳奇，以莊周夢蝶開場，而終之以赴西池蟠桃之宴。其關目及文詞，與明傳奇舊有《蝴蝶夢》不同。最大異點，莊周妻為韓氏，於莊周復活後，並未自殺，命其單獨修道。功果將成，導之飛升，儼然大團圓結局。

③ 耳目之玩：猶言聲色之好。

④ 奇賞：令人感覺新奇的賞心悅目之事。

⑤歌舞圍：歌場舞臺。

⑥蠻音：南方土音。習：習慣。濫哇：雜亂而靡曼的樂聲。

⑦塞耳：指不聽濫哇之聲。

⑧風日：風光。李白《宮中行樂詞》：「今朝風日好，宜入未央遊。」

⑨「我公」二句：謂謝弘儀懲治惡勢力，修明政治之後，宴飲笑樂。

⑩開尊：設酒。

⑪忘形骸：忘記了自己的形體。此處指觀劇而心馳神往。

⑫「煉音」句：錘煉音律，一變時俗之音，即上文所云「蠻音」。

⑬「出態」句：言《蝴蝶夢》傳奇頗有新意，如初生之芽。

⑭「命意」句：言《蝴蝶夢》傳奇意境開闊。

⑮優俳：即俳優，古代以樂舞作諧戲的藝人，後用以指戲曲演員。本句言《蝴蝶夢》傳奇文詞優雅。

⑯勞生：為生活所勞累。《莊子・大宗師》：「夫大塊載我以形，勞我以生，佚我以老，息我以死。」

⑰大道：大道理。指老莊之道。

⑱漆園叟：莊子，因其曾為漆園吏，故稱。

⑲「語曠」句：說莊子語言故作曠達，內心其實很悲憤，對現實不滿。

⑳飽鴟（音吃）：吃飽的貓頭鷹。《莊子・秋水》：惠子相梁，莊子往見之。或謂惠子曰：「莊子來，欲代子相。」於是惠子恐，搜於國中三日三夜。莊子往見之，曰：「南方有鳥，其名曰鵷雛，子知之乎？夫鵷雛，發於南海而飛於北海，非梧桐不止，非練實不食，非醴泉不飲。於是鴟得腐鼠，鵷雛過之，仰而視之曰：嚇！今子欲以子之梁國而嚇我邪？」按茅元儀此二句從惠施角度立論，說他當官並非得已，為的是不受小人之欺。按《蝴蝶夢》傳奇第四十齣為《謁惠》。

㉑恣謔（音字血）：隨意調笑。尼父：指孔子。孔子名丘，字仲尼。父，同「甫」，古代對男子的美稱。按莊子曾經在《人間世》、《天地》等篇嘲笑過孔子。

㉒「道偽」句：茅元儀認為，莊子的本意不是嘲笑孔子，而是對那些標榜孔子之道的偽君子恨之入骨，故爾加以嘲諷。

㉓令尹：楚國的宰相。

㉔文犧：披上花布以供祭祀用的純色牛。《史記・莊子列傳》：楚威王聞莊周賢，使使厚幣迎之，許以為相。莊周笑謂楚使者

曰：「千金，重利；卿相，尊位也。子獨不見郊祭之犧牛乎？養食之數歲，衣以更繡，以入太廟。當是之時，雖欲為孤豚，豈可得乎？子亟去，無汙我！」按《蝴蝶夢》傳奇第二十二齣《宋聘》改楚聘為宋聘。

㉕泰：通達。否（音痞）：閉塞，不通。此句言：名聲通達，地位上卻不能顯要。指莊子的情況。

㉖監河：監河侯。《莊子．外物》謂莊子家貧，曾向監河侯貸粟而遭到拒絕。此句謂《蝴蝶夢》傳奇刻劃監河侯的神態淋漓盡致。按《蝴蝶夢》傳奇第五齣為《貸粟》。

㉗公：指謝弘儀。極人臣：位極人臣，謂登高位。

㉘去就：指仕途上的去留、進退。坦夷：坦蕩，平坦。

㉙適齊：道理通達。遇自殊：境遇自然與常人不一樣。

㉚光儀：光采和儀表。以上二句說，謝弘儀家伎儀表出眾，光采照人，這是很難得的。

【簡析】

茅元儀在評論戲曲時，特別強凋一個「新」字。他對《蝴蝶夢》傳奇的評價，也是從「煉音」、「出態」、「命意」、「托詞」四個方面強調了它的屏棄陳言，自出新意。在《批點牡丹亭記序》中，茅元儀也說過，《牡丹亭》之所以成為一代戲劇傑作，就是因為「其播詞也，鏗鏘足以應節，詭麗足以應情，幻特足以應態，自可以變詞人抑揚俯仰之常局，而冥符於創源命派之手」。從以上詩文來看，茅元儀論戲曲，難能可貴的是注意到創作與接受兩個方面。從觀眾來說，「耳目無久玩，新者入我懷」，審美心理不斷發生變化，那麼從創作者來說，就應該敢於在藝術上打破「常局」，「創源命派」，以適應觀眾豐富多變的審美需求。這些見解，對清代李漁在《閒情偶寄》中強調戲曲要「新」、要「變」，有著明顯的影響。

陳泰始京兆開社①，觀演《李白彩毫記》②，同馬季聲、徐興公、鄭汝交、倪柯古、陳叔度、高景倩、林懋禮、陳昌基賦③，探得四支④

閑夜能消翡翠卮⑤，華燈吐穗半酣時⑥。柳眉欲語佳人意⑦，銀管爭傳重客詞⑧。

彩筆亦曾天上賞⑨，金雞未見夜郎追⑩。主恩自是難恩議⑪，錫與高朋地主宜⑫。

《石民橫塘集》卷二，明崇禎間刻本

【注釋】

① 陳泰始：陳一元，字泰始。福建侯官人。在江西，振饑有法。移疾去。天啟初，起歷應天府丞。御史余文縉劾向高，及一元，遂落職。崇禎初，復官。溫體仁柄國，惡其附東林，而以為己門生也，引嫌不召。卒於家。有《漱石山房集》。

② 《李白彩毫記》：明屠隆所作傳奇《彩毫記》，演李白故事。

③ 馬季聲：馬欻，字季聲，馬森之子，懷安人，萬曆間貢生，官武昌府興國州判官，著有《漱六齋集》、《廣陵遊草》。徐興公：徐𤊹（一五七〇至一六四二），字惟起，又字興公，閩縣（今福建福州）人。與鄧原岳、徐熥、謝肇淛、曹學佺，復振閩中風雅。後進學徐𤊹詩，人稱「興公詩派」。藏書家，積書數萬卷，多善本、秘本，建紅雨樓、綠玉齋、宛羽樓貯之。有《幔亭集》、《紅雨樓集》、《筆精》等。鄭汝交：倪柯古：陳叔度：陳鴻，字叔度，福建侯官人。家貧，曹學佺賞其詩，遂依曹學佺。曹學佺死，陳鴻年七十二，不能自存，以貧病死。高景倩：高景，字景倩。林懋禮：陳昌基：陳肇曾，字昌基，福建長樂人。天啟元年（一六二一）舉人。南平教諭。著有《春秋四傳辯疑》、《濯纓堂集》、《江田陳氏詩系》、《昌基詩集》。

④ 探得四支：分得「支」韻作詩。

⑤ 翡翠卮（音支）：綠色酒杯。

⑥ 吐穗：生出燈花。

⑦柳眉：柳葉纖細如眉，舊時常以形容女子細長秀美的眉毛。
⑧銀管：銀管之筆。又樂器，即銀字，管笛之屬，管上用銀作字，標明音色高低。重客：尊客，貴客。
⑨「彩筆」句：此句說李白的文才曾經得到唐玄宗的賞識。
⑩金雞：古頒赦詔日，設金雞於竿，以示吉辰。雞以黃金飾首，故名金雞。李白《流夜郎贈辛判官詩》：「我愁遠謫夜郎去，何日金雞放赦回。」夜郎：唐地名，轄境約當今貴州桐梓及正安西部地區。李白流放於此。此句言，李白長流夜郎，並不曾得到赦免。按李白實際中途遇赦，此為作者憤激之言。
⑪主恩：君主之恩。
⑫錫：與，賜給。高朋：猶言貴賓。

【簡析】

茅元儀是一位才氣橫溢卻又懷才不遇的士人，他看《彩毫記》，由李白的坎坷際遇想到自己的窮愁潦倒，因此進發出一股抑鬱不平之氣。劇作者屠隆創作《彩毫記》的時候，恐怕也有類似的情感活動吧。

卜世臣（一五七二至一六四五），字孝裔，一字大匡、大荒，別號藍水，亦稱大荒逋客，秀水（今浙江嘉興）人。諸生，博學多聞，藏書甲於一郡。為人磊落不諧俗，居家著述，詩文典雅。所著有《山水合志》、《樂府指南》、《玉樹清商》等。從姑為沈璟母，璟妹又適其從兄卜二南，曲學深受沈璟影響。沈璟姪沈自晉在《望湖亭》首出【臨江仙】曲中把卜世臣列入吳江派。所作散曲見《太霞新奏》、《吳騷合編》諸書。傳奇有《冬青記》、《起魔記》、《雙串記》，後二種不見傳本，《冬青記》今存。

【上馬踢】套曲

中秋夜集虎丘四望閣①

【上馬踢】金天霽爽開②，虛谷馳清籟③，林端晚照微，碧空霞散彩。路入三泉④，額外添瀟灑。試上古台，縱目雄奇，蟾魄憑闌待⑤。

【月兒高】碎影初篩，霎侵斗牛界⑥。萬里長煙淨，鴻悲蘋瀨⑦。宋玉愁深⑧，秋光卻難買。把一塊生公石⑨，做了風流寨⑩。

【蠻江令】足擁行多礙，聲喧語不解。狡童和豔女⑪，浪謔饒情態⑫。兩兩攜手，拂塵坐青苔。耳畔紅牙伎⑬，對壘通宵賽⑭。

【涼草蟲】舉卮才暢懷⑮，露涼蟲韻改⑯。東方白，曉星在，且收拾琴樽返棹哉⑰。黑甜聊快⑱，等月印山塘，還呼酒伴重來。

《太霞新奏》卷一，明天啟刻本

【注釋】

①虎丘：原名海湧山，在蘇州市西北閶門外。據《史記》載，吳王闔閭葬於此，傳說葬後三日有「白虎蹲其上」，故名。

②金天：秋天。杜甫《贈虞十五司馬》詩：「爽氣金天豁，清談玉露繁。」

③清籟：清亮的歌聲。

④三泉：虎丘石井泉。唐代貞元年間，陸羽曾住虎丘，親自到山上挖了一口井，水質清冽甘美，被唐代品泉家劉伯芻評為「天下第三泉」。
⑤蟾魄：月的別稱。
⑥斗牛：二十八宿中的斗宿與牛宿。
⑦蘋瀨：長著水草的水流。
⑧宋玉愁深：戰國・楚・宋玉《九辯》：「悲哉，秋之為氣也！」
⑨生公石：即千人石，在蘇州虎丘山劍池旁。相傳晉末高僧竺道生，世稱生公，曾在此說法。《蓮社高賢傳》：「竺道生入虎丘山，聚石為徒，講《涅盤經》，群石皆點頭。」
⑩風流寨：風流之所，此處指表演伎藝之處。
⑪狡童：美少年。
⑫浪謔：放浪戲謔。
⑬紅牙：檀木製的拍板。
⑭對壘：雙方相持。
⑮卮（音知）：古代盛酒的器皿。
⑯蟲韻：蟲鳴聲。
⑰樽：古代的盛酒器具。
⑱黑甜：酣睡。蘇軾《發廣州》詩：「三杯軟飽後，一枕黑甜餘。」自注：「俗謂睡為黑甜。」

【簡析】

作者用套曲的形式，為我們描繪了萬曆年間虎丘山曲會的生動場景，饒有風情，別具韻味。呂天成《曲品》卷下評卜世臣傳奇《冬青記》：「悲憤激烈，誰謂腐儒酸也？音律精工，情景真切。吾友張望侯曰：『檇李屠憲副中秋帥家優於虎丘千人石上演此，觀者萬人，多泣下者』。」可見《冬青記》在虎丘演出反響強烈，作者對此也許保留著十分美好的回憶吧。

鍾惺（一五七四至一六二四），字伯敬，號退谷，湖廣竟陵（今湖北天門）人。萬曆三十八年（一六一〇）進士。曾任工部主事，後官至福建提學僉事。辭官歸家，晚年入寺院。為人嚴冷，不喜接俗客，由此得謝人事，研讀史書。與同里譚元春共選《唐詩歸》、《古詩歸》，名揚一時，形成「竟陵派」，世稱「鍾譚」。有《隱秀軒集》。

舟中看《邯鄲夢》傳奇偶題左方①

舟中片時間，世上幾代傳。爨下片時間②，夢中幾十年。仙齡亦已促③，夢境亦已延④。誰明修短故⑤，疇司伸縮權⑥。

《隱秀軒詩》地集，明天啟二年沈春澤刻本

【注釋】

①《邯鄲夢》：湯顯祖所作傳奇，「玉茗堂四夢」之一，取材於唐．沈既濟《枕中記》。
②爨（音竄）：灶。指煮黃粱之灶。
③仙齡：仙人的壽命。
④延：長。
⑤修短：長短。
⑥疇（音籌）：誰。司：掌管。

【簡析】

詩人閱讀《邯鄲記》劇本，企圖從「修」、「短」、「伸」、「縮」、「促」、「延」關係的角度來探討其思想意義，頗帶哲學意味。這也說明《邯鄲夢》本身確是具有一定哲學色彩的。

彥吉先生席上觀劇贈周郎①（二首）

獨絲抽半管灰過②，四坐冥冥但有歌③。一縷風中香欲去，燭燈影裡占無多。

乍見聲聞好女身④，寒空一葉下無因⑤。可知今夜登場者，卻是前生顧曲人⑥。

《隱秀軒詩》月集，明天啟二年沈春澤刻本

【注釋】

① 彥吉：鄒迪光，字彥吉，見前鄒迪光詩作者介紹。周郎：演員。

② 「獨絲」句：形容唱曲聲輕柔悠揚，嫋嫋不絕。管灰：亦稱葭灰，葭莩之灰。葭是初生的蘆葦，葭莩是蘆葦杆內壁的薄膜。古人燒葦膜成灰，置於律管中，放密室內，以占氣候。某一節候到，某律管中葭灰即飛出，示該節候已到。杜甫《小至》詩：「刺繡五文添弱線，吹葭七琯動飛灰。」

③ 冥冥：猶冥寂，靜默。但：只。

④ 聲聞：聲聞乘，佛教三乘之一。聲聞好女：猶言西天美女。

⑤ 「寒空」句：說乍見西天美女的形象，彷佛寒空中飄下一片樹葉，不知從何而來。無因：無由，無所因依。

⑥ 顧曲人：指周瑜。因為演員也姓周，所以說他前生是周瑜。

【簡析】

這位周姓演員唱做俱佳，因此整個筵席上寂然無聲，觀眾都被深深吸引住了。

王思任（一五七四至一六四六），字季重，號謔庵，浙江山陰（今紹興）人。萬曆二十三年（一五九五）進士，曾任九江僉事。清兵破南京後，魯王監國，以思任為禮部右侍郎，進尚書。順治三年，紹興城破，絕食而死。詩重自然，文章筆調詼諧，時有憤世之作。有《王季重十種》。

題湯若士小像①

西江兩墮碧霞蓮②，秀骨文心拔盡天③。若較廬山真面目④，神情清遠更臨川⑤。

《王季重十種・爾爾集》，貝葉山房一九三六年版

【注釋】

①湯若士：湯顯祖。見前湯顯祖詩作者介紹。

②西江：西來的大江，泛指大江。碧霞：神仙所居。《太平御覽》：「元始天尊居紫雲之閣，碧霞為城。」

③秀骨：清秀的骨格。李白《贈張相鎬》詩：「秀骨象山嶽，英謀合鬼神。」文心：錦繡的心腸。鄧渼《寄湯義仍》詩：「句琢

文心巧，時推筆力銛。」

④較：比較，考校。盧山真面目：比喻事物的真相，或人的本來面目。蘇軾《題西林壁》詩：「橫看成嶺側成峰，遠近高低各不同。不識廬山真面目，只緣身在此山中。」

⑤清遠：清秀廣遠。臨川：臨水，廬山面臨大江。按本句為雙關句，因湯顯祖為江西臨川人，又自號清遠道人。

【簡析】

本篇作者原注：「匡廬萬八千丈，玉茗六十七年，豫章之貴，抉破洪濛矣。叔寧至越，以先生小像索題。人琴忽涕，恍是遂昌仙令晤玄玄都觀也。」王思任是湯顯祖的崇拜者。在《批點玉茗堂牡丹亭敘》這篇有名的文章裡，王思任曾把湯顯祖與左丘明、莊子、司馬遷、陶淵明、杜甫、蘇軾、羅貫中、王實甫等大作家相比。在這首詩裡，他又把湯顯祖比作秀絕塵寰的廬山。這不但是湯顯祖的人格、而且是湯顯祖的作品風格的傳神寫照。

李流芳（一五七五至一六二九），字茂宰，又字長蘅，號檀園，又號香海、泡庵，晚稱慎娛居士，歙縣（今屬安徽）人，僑居嘉定（今屬上海）。與唐時升、婁堅、程嘉燧稱「嘉定四先生」。亦與錢謙益為友。萬曆三十四年（一六〇六）舉人，天啟間宦官專權，遂絕意進取。性孝友，能急友難。文品為士林翹楚。工詩，擅書法篆刻，精繪事。有《檀園集》。

三月十三夜同陸大無界待月虎丘得殿字①

清遊及佳辰，載酒出芳甸②。日落風氣高③，晴郊綠初遍。入寺踏清陰，登高攬蔥蒨④。須臾劍壑暝⑤，素月流紺殿⑥。林影散積雪，石光搖匹練。鼓罷揚清歌，人開出素面⑦。此時人境空，喧寂同一善。低迴洵可樂⑧，去留亦無戀。吾儕區中人⑨，蹤跡轆轤轉⑩。今日與明日，時乎會有變。空懷買山期⑪，坐受塵網罥⑫。百年春幾逢，一春月幾見。春月此丘中，契闊共談燕⑬。我唱子可和，滌子端溪研⑭。

無界有宋端研細潤宜墨可愛。

《檀園集》卷一，文淵閣四庫全書本

【注釋】

① 陸大無界：陸廣明，字無界。江蘇長洲（今蘇州）人。祖父陸師道、父陸士仁皆為書畫大家。虎丘：原名海湧山，在蘇州市西北閶門外。據《史記》載，吳王闔閭葬於此，傳說葬後三日有「白虎蹲其上」，故名。得殿字：以「殿」字押韻。

② 芳甸：芳草豐茂的原野。南朝・齊・謝朓《晚登三山還望京邑》詩：「喧鳥覆春洲，雜英滿芳甸。」

③ 風氣：指空氣和由空氣流動而生的風。北魏・酈道元《水經注・河水四》：「西四十里有風山，上有穴如輪，風氣蕭瑟，習常不止。」

④蔥蒨：草木青翠茂盛貌。南朝・梁・江淹《池上酬劉記室》詩：「蔥蒨亙華堂，葐蒀雜綺樹。」

⑤劍壑：即劍池，傳說其下為吳王闔閭埋葬處，入葬時將闔閭生前喜愛的「專諸」、「魚腸」等三千寶劍作為殉葬品，同時埋在墓中。

⑥紺（音甘）殿：指佛殿。隋・江總《幡贊》：「光分紺殿，采布香城。」紺，紅青，微帶紅的黑色。

⑦素面：指婦女不施脂粉。

⑧低迴：指曲子迴旋起伏，曲調多變。

⑨吾儕：我輩，我們這類人。杜甫《宴胡侍御書堂》詩：「今夜文星動，吾儕醉不歸。」區中：人世間，宇內。唐・王昌齡《裴六書堂》：「窗下長嘯客，區中無遺想。」

⑩轆轤轉：形容蹤跡不定。

⑪買山：比喻賢士的歸隱，亦用以形容人的才德之高。南朝・宋・劉義慶《世說新語・排調》：「支道林因人就深公買印山，深公答曰：『未聞巢由買山而隱。』」

⑫罥（音倦）：用繩子套。

⑬「契闊」句：即「契闊談宴」，兩情契合，在一處談心宴飲。契闊中的「契」是投合，「闊」是疏遠，此處是偏義複詞，偏用「契」的意義。曹操《短歌行》：「契闊談宴，心念舊恩。」

⑭端溪研：即端硯，中國四大名硯之首，產於端州（今廣東肇慶）。

【簡析】

明清之際虎丘曲會，以八月中秋最為著名，實際上並不僅限於此。這首詩寫三月十三夜詩人與朋友在虎丘看月，也有清歌悅耳，曲調低迴，朋友之間也可你唱我和，令人流連忘返。

海上和孟陽觀伎詩次韻①

但能取醉莫論文，春色闌珊已十分②。海上楊花空作雪③，西陵松樹藹為雲④。

出船素面如纖月⑤，倚檻紅芳學茜裙⑥。堪恨風流不同賞，斬新詩句亦輸君⑦。

時公路言其家牡丹方開⑧，共為酒賞之，余滯海上不得與。

《檀園集》卷四，文淵閣四庫全書本

【注釋】

① 海上：指上海。孟陽：即程嘉燧，見前程嘉燧詩作者介紹。

② 闌珊：將盡，衰殘。

③ 楊花空作雪：用蘇軾《少年遊》詞「去年相送，餘杭門外，飛雪似楊花。今年春盡，楊花似雪，猶不見還家」之意，說自己滯留上海，未能返回嘉定。

④ 西陵松樹：用南齊時錢塘名妓蘇小小典故。古樂府《蘇小小歌》：「我乘油壁車，郎乘青驄馬。何處結同心？西陵松柏下。」唐・李紳《真娘墓》詩序：「嘉興縣前有吳妓人蘇小小墓，風雨之夕，或聞其上有歌吹之音。」

⑤ 素面：指婦女不施脂粉。

⑥ 茜裙：絳紅色的裙子。唐・李群玉《黃陵廟》詩：「黃陵廟前莎草春，黃陵女兒茜裙新。」

⑦ 斬新：即「嶄新」。

⑧ 公路：張名由，又名凡，字公路，嘉定人，居崑山安亭江上，年三十即棄諸生業，通古今學，好奇計，博考前代掌故，於兵農禮樂，星占分野，輿圖阨塞，皆如指掌，素工詩，歷遊燕、趙、韓、魏間，吊古興懷，詩筆益雄健，所居江口有第六泉，因以六泉自號。

【簡析】

李流芳與唐時升、婁堅、程嘉燧並稱「嘉定四先生」，再加上張名由等人，時常在一起舉行崑曲演唱活動。這次李流芳因故滯留上海，未能參加張名由發起的賞花飲酒聽曲活動，內心十分遺憾，於是和了程嘉燧的《觀伎詩》，表達自己的嚮往。

范鳳翼（一五七五至一六五五），字異羽，號太蒙，學者稱真隱先生，江蘇南通人。范仲淹後人。萬曆二十六年（一五九八）進士。歷官光祿寺卿。為時所忌，稱病還鄉，後屢召不起。工詩，有《范勳卿詩集》、《范勳卿文集》。

李徹侯玄素同文文學啟美迭奏家樂①，招予同觀，分韻得「豪」字，時玄素於席上成詩

主人雪調互能操②，歌舞教成各自豪。曲寫情姿方奏肉③，韻選樂句已飛毫④。

紛陳魚味無彈鋏⑤，繞坐虹光有佩刀⑥。箭盡銀虬仍戀賞⑦，旌門月落曙星高⑧。

《范勳卿詩集》卷十三，明崇禎間刻本

【注釋】

① 李徹侯玄素：李宗城（一五六〇至一六二三）字葵嶽，號汝藩，南直隸鳳陽府盱眙（今屬江蘇）人。明開國功臣李文忠九世孫，李言恭之子，襲爵臨淮侯。少以文學知名，萬曆中倭犯朝鮮，兵部尚書石星薦宗城為正使，擬封豐臣秀吉為日本王，使罷兵，至朝鮮釜山，倭來益眾，為之膽怯，變服逃歸，下獄論戍。徹侯：爵位名。秦統一後所建立的二十級軍功爵中的最高級。漢初因襲之，多授予有功的異姓大臣，受爵者還能以縣立國。後避武帝諱，改稱通侯或列侯。新莽時廢。後用以泛指侯伯高官。明・王世貞《觚不觚錄》：「徹侯緹帥，延飲必上座。」文啟美：文震亨（一五八五至一六四五），字啟美，長洲（今江蘇蘇州）人。震孟弟。天啟五年（一六二五）恩貢，崇禎初為中書舍人，給事武英殿。書、畫咸有家風，山水韻格兼勝。明亡，絕粒死，謚節湣。有《文生小草》。

② 雪調：猶言《白雪》，即《陽春》、《白雪》，古代高雅之曲。戰國・楚・宋玉《對楚王問》：「其為《陽阿》、《薤露》，國中屬而和者數百人，其為《陽春》、《白雪》，國中屬而和者不過數十人而已。」

③ 肉：指從口中發出的歌聲，相對樂器之聲而言。

④ 飛毫：動筆書寫。

⑤ 「紛陳」句：《戰國策・齊策四》：齊人馮諼家貧，托食孟嘗君。因自言無能，孟嘗君便笑予收留。「左右以君賤之也，食以草具。居有頃，倚柱彈其劍。歌曰：『長鋏歸來乎，食無魚！』左右以告，孟嘗君曰：『食之，比門下之客。』」其後兩次複彈其鋏，歌曰：「長鋏歸來乎，出無車！」「長鋏歸來乎，無以為家！」孟嘗君一一給予滿足，於是馮諼不復歌。鋏，劍把。

⑥ 「繞坐」句：謂座有武將。

⑦ 箭：漏箭，漏壺的部件。上刻時辰度數，隨水浮沉以計時。宋・陸游《晨起》詩：「夜潤熏籠暖，燈殘漏箭長。」銀虯：漏壺底部的銀質流水龍頭。王維《送張舍人佐江州同薛據十韻》：「清晨聽銀虯，薄暮辭金馬。」

⑧ 旌門：猶旌閭，旌表門閭。舊時朝廷對忠孝節義之人，賜給匾額，掛於門廷之上，或樹立牌坊，以示表彰。

【簡析】

李宗城、文震亨兩家都有家樂，在一起演出，有相互競爭之意。兩家主人都是戲曲行家，教成的家伎水平自然不俗。演出的劇本時精心挑選的，演員的演唱不僅宛轉動聽，而且能夠曲盡劇中人物情態。因為迭相演出，演員都鉚足了勁，越演越精彩。在場的觀眾看得過癮，不知不覺之中，天色已經放明瞭。

蔡復一（一五七六至一六二五），字敬夫，同安（今屬福建）人。萬曆二十三年（一五九五）進士，曾任兵部右侍郎、貴州巡撫，總督貴州雲南湖廣軍務，後被解任，卒於軍中。好古博學，善屬文，著有《遯庵全集》。

送韓孟郁①

鸕鷀取酒擁文君②，誰遣長安天子聞③。笑殺同時無狗監④，虛憑辭賦欲凌雲⑤。

《遯庵詩集》卷十，明刻本

【注釋】

①韓孟郁：韓上桂（?至一六四四），字孟郁，號月峰，別署天遊子，廣東番禺人。作有傳奇《凌雲記》，演司馬相如、卓文君故事，全用北曲，女藝人傅壽（靈修）曾在南京演出。

②鷫鸘（音肅霜）：雁的一種，長頸，其羽毛可製為裘。此處指鷫鸘裘。舊題漢．劉歆《西京雜記》二：「司馬相如初與卓文君還成都，居貧愁懣，以所著鷫鸘裘就市人陽昌貰酒與文君為歡。」

③遣：讓，使。

④狗監：漢代掌管皇帝獵犬的官。蜀人楊得意為漢武帝狗監，司馬相如得他的推薦，才為武帝所知。見《史記．司馬相如傳》。

⑤虛憑：空憑。辭賦：指司馬相如向漢武帝所獻的辭賦。凌雲：高入雲霄。《史記．司馬相如傳》：「相如既奏《大人》之頌，天子大悅，飄飄有凌雲之氣，似遊天地之間意。」

【簡析】

本詩作者原注：「韓演《凌雲記》。」按此劇當時曾在南京由著名女藝人傅壽（靈修）及其兄傅卯演出。潘之恒《亙史．傅靈修傳》：「己酉（萬曆三十七年，一六〇九）夏，嶺南韓君來，適當秦淮結社。……靈修請寓目（《凌雲記》），一夕而竟，十日而成音。卯之司馬，壽之文君，宛然絕代才人復出。韓大快，立賦詩數千言，傾橐金為贈。」由此可見當時演出的盛況。詩的末二句說司馬相如當年全靠狗監楊得意的推薦，言下之意今天連楊得意這樣的人也沒有了。這在明末文人當中，是一種有代表性的慨歎。

茅維（一五七六至一六四四後），字孝若，歸安（今浙江湖州）人，茅坤幼子。好奇策，以經世自負，曾上治安疏、足兵足餉二議，逾三萬言，終不用。還遭遇過被誣的訴訟。晚年以訪友、寫詩和作劇為娛，落拓不遜。與吳夢暘、臧懋循、吳稼竳並稱「吳興四子」。著述有《十賚堂甲集》、《十賚堂乙集》、《十賚堂丙集》、《凌霞閣內外編諸曲》等。

病裡思聽音樂，戲呈諸公①

繞籬黃蝶隱秋花，病裡閒情遣狹斜②。伎作東山懷謝傅③，笛吹古墓憶桓家④。那堪殘曲歌《金縷》⑤，敢向今時鬥麗華⑥。紅燭最嬌丸髻妓⑦，胡床企脚聽琵琶⑧。

《列朝詩集》丁十五，清順治九年毛氏汲古閣本

【注釋】

① 音樂：指戲曲。
② 閒情：閒適的心情。
③ 謝傅：即謝安。
④ 桓家：指桓伊，晉譙國銍縣人，字叔夏，小字野王。歷任淮南太守、豫州刺史等官職，曾與謝玄大破秦軍於淝水。伊善吹笛，藏漢蔡邕柯亭笛，時稱江左第一。杜牧《寄題甘露寺北軒》詩：「孤高堪弄桓伊笛，縹緲宜聞子晉笙。」
⑤ 《金縷》：《金縷曲》，曲調名，亦作《金縷衣》。

⑥麗華：張麗華（？至五八九），南朝陳後主妃，以美色見寵。隋兵入陳，與後主自投宮內景陽井中，為隋軍搜出，被殺。

⑦丸髻：小圓髻。

⑧胡床：一種可以折疊的輕便坐具，由胡地傳入，故名。至隋改名交椅、交床，唐穆宗又改為繩床。企腳：踮起腳跟。

【簡析】

對於戲曲的作用，明中葉以後的文人有多種多樣的理解與感受。古文家唐順之酒酣作文，一定先要手舞足蹈一番，「高唱《西廂》惠明『不念法華經』一齣」（焦循《劇說》卷六引《操觚十六觀》）。黃周星流連山水，覺得奇山異水「大似《牡丹亭・尋夢》」（《九煙先生遺集》卷二）。吳偉業鼓勵生徒用心看戲，認為可以啟發靈感，使得「思風發而言泉湧，筆墨為之歌舞」（《婁東雜著》革集）。這首詩中，茅維認為看戲可以療治心靈，因而可以治病，也是一種獨特的感受。

汪然明（一五七七至一六五五），字汝謙，歙縣人，寄籍杭州。富商。父為萬曆進士。雅好文學，任俠好客，多與名士交接。曾為柳如是出資刻印《戊寅草》、《湖上草》與《（柳如是）尺牘》。錢謙益、柳如是姻緣，賴其撮合。死後，錢謙益為其撰《墓誌銘》。有《春星草堂集》。

春日湖上觀曹氏女樂①

銷魂每為聽吳歌②，況復名家豔綺羅③。風吹遙聞花下過，遊人應向六橋多④。

《春星堂詩集》卷二，清初刻本

【注釋】

① 湖上：指杭州西湖。

② 銷魂：形容傷感或歡樂到極點，若魂魄離散軀殼，也作「消魂」。吴歌：吴地歌曲，此處指崑曲。

③ 豔綺羅：豔妝女子，指家班女伎。

④ 六橋：杭州西湖外湖蘇堤上之六橋：映波、鎖瀾、望山、壓堤、東浦、跨虹。宋・蘇軾所建。亦指西湖裡湖之六橋：環璧、流金、臥龍、隱秀、景行、濬源。明・楊孟瑛所建。參閱明・田汝成《西湖遊覽志・孤山三堤勝跡》。

【簡析】

在西湖的山光水色之中欣賞崑曲演出，無疑是令人陶醉的賞心樂事。而船上美麗的女演員和她們美妙的歌聲，又構成了春日西湖一道獨特的風景。

秋日過汝開侄山居聽周元仲彈琴①，余出歌兒佐酒②

吳歌壓酒夜飛觴③，林裡張燈樂未央④。謾說新聲能震木⑤，只緣座上有周郎⑥。

《春星堂詩集》卷二，清初刻本

【注釋】

① 過：過訪，登門探視訪問。汝開侄：未詳。周元仲：未詳。

② 佐酒：勸酒；陪同飲宴。

③ 壓酒：米酒釀製將熟時，壓榨取酒。李白《金陵酒肆留別》詩：「風吹柳花滿店香，吳姬壓酒勸客嘗。」

④ 未央：未半，未盡。《詩・小雅・庭燎》：「夜如何其？夜未央。」朱熹《集傳》：「央，中也。」

⑤ 震木：即聲振林木，形容歌聲悠揚，使樹梢也受到振動。《列子・湯問》：「聲振林木，響遏行雲。」

⑥ 周郎：周瑜精通音樂，能夠指出演奏者的錯誤。《三國志・吳志・周瑜傳》：「瑜少精意於音樂，雖三爵之後，其有闕誤，瑜必知之，知之必顧。故時人謠曰：『曲有誤，周郎顧。』」後來用「顧曲周郎」指代音樂行家。此處雙關周元仲。

【簡析】

詩人到侄子家中探視，聽見友人彈琴，自然很高興。喝酒的時候，他讓自己家中的歌伎唱崑曲助興，可見歌伎是隨身跟從的，他簡直是一時一刻也離不開崑曲。友人說歌伎唱得好，詩人說這是因為座上有崑曲的行家啊，實際上還是頗為得意的。

次兒去粵西三年不通音信①，入夏焦勞成疾②，伏枕浹旬③，得詩八章，自嘲並示兒輩（八首其七）

常懷時事恐淒涼，愁緒應消翰墨場。每聽歌聲耽絕調④，猶懷筆硯在精良。清供
適興能增韻⑤，良友陶情孰肯忘⑥。今日欣逢天作合，因緣前定莫思量。

昔馮開之司成延黃問琴教習青衣⑦，予因邀傳歌童⑧自問琴去世，無復此趣。有女史以善歌者寄予⑨，久離教師，十忘其七。忽於新安遇吳友蘇昆生⑩，典型宛然⑪，殆天作之合也⑫。

《春星堂詩集》卷五，清初刻本

【注釋】

① 次兒：汪然明次子名繼昌，字徽五，號悔岸。粵西：廣西。
② 焦勞：焦慮煩勞。白居易《感所見》詩：「巧者焦勞智者愁，愚翁何喜復何憂。」
③ 浹（音夾）旬：一旬，十天。
④ 耽：沉溺，入迷。
⑤ 清供：在室內放置在案頭供觀賞的物品擺設，主要包括各種盆景、插花、時令水果、奇石、工藝品、古玩、精美文具等等，可以為廳堂、書齋增添生活情趣。適興：猶遣興。
⑥ 陶情：陶冶性情。

⑦馮開之：馮夢禎（一五四八至一六〇五），字開之。秀水（今浙江嘉興）人。萬曆五年（一五七七）進士，官編修、遷國子祭酒，因傷於流言蜚語辭官而歸。富收藏，精品甚多，因收藏有王羲之《快雪時晴帖》，故以名堂。與學者沈懋學、屠隆等人以文章相尚。曾刻書數種，刻有《大唐新語》、《陶靖節集注》、《先秦諸子合編》等。其主刻的南監本，在收藏界頗為知名。有《快雪堂集》。司成：古代教育貴族子弟之官職，後世稱國子監之祭酒為「大司成」。延：請。黃問琴：崑曲演唱家。其老師鄧全拙，與魏良輔同時。可參見潘之恒《鸞嘯小品》卷三《曲派》。青衣：自漢以後以青衣為卑賤者之服，故稱奴婢為青衣。

⑧傳：傳授。

⑨女史：對知識婦女的美稱。

⑩新安：徽州的古稱。蘇昆生（一六〇〇至一六七九）：原名周如松，河南固始人。著名崑曲演唱家，人稱「南曲天下第一」。晚明時流寓金陵（今南京），以善歌出入公卿府邸和青樓妓院，曾為名妓李香君拍「玉茗堂四夢」等曲。左良玉守武昌，昆生亦以歌投其幕下。南明小朝廷覆滅，左病死九江，他憤而削髮入九華山為僧。清順治七年（一六五〇），隨汪然明去杭州。順治十二年（一六五五），汪然明故世，入吳中以歌求食。康熙二年（一六六三），受太倉王時敏之聘，為其家班授曲。康熙六年（一六六七），又由吳偉業介紹，到如皋為冒襄家班教曲。蘇昆生在水繪園未逗留多久，即往返於金陵、吳中之間，康熙十八年（一六七九）夏病死於無錫惠山僧舍。

⑪典型：亦作「典刑」。謂舊法，常規。蘇軾《次韻子由送蔣夔赴代州學官》詩：「功利爭先變法初，典型獨守老成餘。」

⑫天作之合：好像是上天給予安排，很完美地配合到一起。《詩．大雅．大明》：「文王初載，天作之合。」

【簡析】

蘇昆生度曲有出神入化之妙，係魏良輔嫡派。王時敏曾曰：「魏良輔遺響當在蘇生。」陳維崧譽其為「南曲當今第一」。吳偉業為其和柳敬亭並立傳。其實在他們之前，汪然明就給蘇昆生以崇高的評價，稱其「典型宛然」，稱自己在徽州偶遇蘇昆生「殆天作之合也」，欽佩與欣喜之情溢於言表。蘇昆生隨汪然明在杭州生活了五年，對於崑曲的傳承是有貢獻的。

徐石麒（一五七八至一六四五），字寶摩，號虞求。原籍秦川，後遷浙江嘉興。天啟進士。官至刑部尚書、吏部尚書。後受馬士英、阮大鋮排擠，去職回鄉。清兵南下，堅守孤城。城破後不屈，自縊死。有《可經堂集》。

雙舟伎酌①

演伎夾雙舟②，樊山月正幽③。尊罍依水置④，歌吹雜雲流⑤。鼓作漁陽摻⑥，
珠經漢女留⑦。乘槎從此逝⑧，我欲到瀛洲⑨。

《可經堂集》卷四，清順治間可經堂刻本

【注釋】

① 伎酌：一邊觀劇，一邊飲酒。

② 演伎：演劇。

③ 樊山：山名。今稱雷山。在湖北鄂城縣西北。蘇軾有《樊山記》。

④ 尊：酒尊。罍（音雷）：古代盛酒器。

⑤ 「歌吹」句：歌聲和鼓吹聲伴隨天空的雲彩一道流動。南朝・宋・鮑照《蕪城賦》：「歌吹沸天。」

⑥ 漁陽摻：鼓曲名，又名「漁陽參撾」、「漁陽摻撾」。摻撾是一種擊鼓之法。南朝・宋・劉義慶《世說新語・言語》：「禰衡被魏武謫為鼓吏。正月半，試鼓。衡揚枹為漁陽摻撾。淵淵有金石聲，四坐為之改奪。」

⑦「珠經」句：據漢・劉向《列仙傳》記載：「鄭交甫常游漢江，見二女，皆麗服華裝，佩兩明珠，大如雞卵。交甫見而悅之，不知其神人也。謂其僕曰：『我欲下請其佩。』……（二女）手解佩以與交甫，交甫受而懷之。即趨而去，行數十步，視佩，空懷無佩。顧二女，忽然不見。」

⑧槎：木筏。

⑨瀛洲：傳說仙人所居山名。《史記・秦始皇紀》：「齊人徐市等上書，言海中有三神山，山曰蓬萊、方丈、瀛洲，仙人居之。」

【簡析】

夾舟演劇，這是水上的劇場，鼓樂悠揚，別有一番情趣，正反映出當時戲曲活動的廣泛流行，無所不在。

沈德符（一五七八至一六四二），字景倩，又字虎臣，浙江嘉興人。萬曆舉人。精音律，熟諳掌故。所撰《萬曆野獲編》，多記萬曆以前朝章國故，並保存了有關戲曲小說的豐富資料。有《清權堂集》。

秦淮冶兒曲十六首①（選一）

珠琲犀玉貯筐籯②，坊曲先期約久成③。昨日新安鹽賈至④，盡酬高價不須評。

《清權堂集》卷五，明刻本

【注釋】

①秦淮：秦淮河。冶兒：冶游兒，狎妓少年。

②珠琲：珠串。《文選・左思〈吳都賦〉》：「金鎰磊砢，珠琲闌干。」劉逵注：「琲，貫也。珠十貫為一琲。」犀玉：指以犀牛角和玉製作的頭飾。唐・薛調《無雙傳》：「遇舅母生日，市新以獻，雕鏤犀玉，以為首飾。」籯（音贏）：竹籠。

③坊曲：指妓女所居之地。明・楊慎《詞品・坊曲》：「唐制，妓女所居曰坊曲。《北里志》有南曲、北曲，如今之南院、北院。」

④新安：徽州的古稱。鹽賈：鹽商。

【簡析】

晚明秦淮妓女，大都善於演唱崑曲，身價頗高，要會她們，需要重金預約。徽州鹽商財大氣粗，揮金如土，因此搶先成為座上客，使得一般狎客只能望而卻步。

慧山逢徐君話舊五首①（選一）

徐善新聲②，故彥吉先生客③

天香隊裡教吳歈④，顧曲風流舉世無⑤。曹伎散亡唐換主⑥，人間留得老周瑜⑦。

《清權堂集》卷十二，明刻本

【注釋】

①慧山：即惠山，坐落於江蘇無錫西郊。

②新聲：指崑曲。

③彥吉先生：鄒迪光，見前鄒迪光詩作者介紹。客：門客。

④天香隊：指家班。天香，美女。吳歈：春秋吳國的歌。後泛指吳地的歌。《楚辭．招魂》：「吳歈蔡謳，奏大呂些。」王逸注：「吳、蔡，國名也。歈、謳，皆歌也。」此處指崑曲。

⑤顧曲風流：周瑜精通音樂，能夠指出演奏者的錯誤。《三國志．吳志．周瑜傳》：「瑜少精意於音樂，雖三爵之後，其有闕誤，瑜必知之，知之必顧。故時人謠曰：『曲有誤，周郎顧。』」後來用「顧曲周郎」指代音樂行家。

⑥曹伎、唐：均為鄒迪光家班演員。

⑦老周瑜：指徐君。

【簡析】

鄒迪光家班非常著名，而徐君本來將在鄒家班中教習崑曲。鄒迪光逝世之後，家班風流雲散，詩人在無錫重遇徐君，不覺感慨萬千。

毛以燧（生卒年不詳），字允遂，吳江（今江蘇蘇州吳江區）人。其父毛壽南曾任山陰知縣。以燧在山陰與王驥德相識，遂為忘年交垂三十年之久，常共同切磋曲學，並為王驥德校刻《曲律》。

哭王伯良先生詩①（十三首選二）

其一

官衙觚槧乍相依②，夜夜燒燈屑競霏③。非但能言不可得，只應天壤解人稀④。

【注釋】

① 王伯良：王驥德，字伯良，見前王驥德散曲作者介紹。
② 觚槧（音姑欠）：觚、槧均為古代供書寫、刊刻用的版片，引申指書冊。
③ 屑競霏：指王驥德論學時語多精妙。《晉書・胡母輔之傳》：「彥國吐傳言如鋸木屑，霏霏不絕，誠為後進領袖也。」
④「非但」二句：南朝・宋・劉義慶《世說新語・文學》：「非但能言人不可得，正索解人亦不得。」

【簡析】

作者《曲律跋》說：「猶憶弱冠之年，侍先君子山陰署中，獲同王伯良先生研席。先生於譚藝之暇，每及詞曲，津津乎有味其言之。余間舉古傳奇若雜劇中瑕瑜處相質，先生輒頤解首肯，謂可與言曲。」本詩所回憶的，正是這一段切磋曲學的生活。

其二

《方諸集》在見琳琅①，餘草塵緘積滿床②。手取一編臨歿寄③，敢辭含痛與商量。

王驥德《曲律》附，明天啟五年毛以燧刻本

【注釋】

①《方諸集》：王驥德的詩文集《方諸館集》。
②餘草：王驥德未刊遺稿。塵緘：塵封，塵土覆蓋。
③一編：指王驥德的曲學著作《曲律》。

【簡析】

毛以燧《曲律跋》說：「先生淹通藻發，其所為詩若古文辭，卓然成一家言，有《方諸館集》久行於世，遺草多未入梓，獨忍死以是編（按指《曲律》）相付。」本詩所敘正是這種情況。王驥德為什麼對《曲律》特別重視？原來他是把戲曲創作和戲曲研究當作自己畢生的事業，立志「從世界缺陷處一修補之」（亦見毛以燧《曲律跋》）。正是由這種崇高志向所鼓舞，王驥德才能在重病纏身的情況下，「左持藥碗，右驅管城，日疏數行，積盈卷帙」（王驥德《曲律自序》），完成《曲律》這一重要理論著作。這種為藝術和學術而獻身的精神，無疑是非常寶貴的。

沈自晉（一五八三至一六六五），字長康、伯明，號鞠通生，吳江（今江蘇蘇州吳江區）人，沈璟之侄。精通音律，作有傳奇《望湖亭》等三種，並將沈璟《南九宮十三調曲譜》增補為《南詞新譜》。

臨江仙

詞隱登壇標赤幟①，休將玉茗稱尊②。郁藍繼有槲園人③。方諸能作律④，龍子在多聞⑤。香令風流成絕調⑥，幔亭彩筆生春⑦。大荒巧構更超群⑧。鮿生何所似⑨？顰笑得其神⑩。

《望湖亭》第一齣，《沈自晉集》卷一，中華書局二〇〇四年版

【注釋】

① 詞隱：沈璟，見前沈璟詩作者介紹。赤幟：漢用赤色旗幟，韓信攻趙，誘趙軍空壁出戰，選輕騎馳入趙壁，拔趙旗，立漢赤幟。見《史記．淮陰侯列傳》。後以「赤幟」喻自成一家。

② 玉茗：湯顯祖。

⑧ 郁藍：即呂天成。槲園：葉憲祖（一五六六至一六四一），號槲園外史、槲園居士，浙江餘姚人。作有傳奇《鸞鎞記》等七種，雜劇《易水寒》等二十四種。

④ 方諸：王驥德，見前王驥德詩作者介紹。

⑤龍子：馮夢龍（一五七四—一六四六），別署龍子猶，長洲（今江蘇吳縣）人，輯有話本集《喻世明言》、《警世通言》、《醒世恒言》等，修改湯顯祖、李玉、袁于令等人傳奇多種，定名《墨憨齋定本傳奇》，創作有《雙雄記》傳奇。

⑥香令：范文若（一五八八至一六三六，一說一五九一至一六三八），原名景文，字更生，號香令，又號吳儂、荀鴨，上海人。萬曆四十七年（一六一九）進士。初授山東汶上知縣，調浙江秀水縣，再調湖北光化縣，遷南京兵部主事，又遷南京評事，後以丁憂去官。家居時因送官重治家奴劉貞，為貞刺死，其母同隕。有傳奇《花筵賺》、《夢花酣》、《鴛鴦棒》，合稱《博山堂三種》，有崇禎年間博山堂刊本。另有傳奇十三種無刻本。

⑦幔亭：袁晉（一五九二至一六一四），原名韞玉，字于令、令昭、鳧公，號籜庵、白賓，又號幔亭仙史、幔亭峰歌者、吉衣道人等。江蘇吳縣人。早年為秀才。降清後官至荊州知府。順治十年（一六五三）罷官。晚年住在浙江會稽，病卒。作有傳奇《西樓記》等八種、雜劇《雙鶯傳》。

⑧大荒：卜世臣，見前卜世臣【上馬踢】套曲作者介紹。巧構：結構巧妙。

⑨鯫（音鄒）生：小生。謙稱。顰（音頻）笑：憂和喜的表情。

【簡析】

明萬曆以後是我國戲曲史上又一個繁榮時期，名家輩出，傑作如林，並形成了多種多樣的風格流派。這一時期的劇壇上不但有偉大的浪漫主義戲曲家湯顯祖及其為首的臨川派，還有戲曲家沈璟及其為首的吳江派。有關吳江派對資料比較分散，沈自晉的這首詞雖然篇幅有限，卻寫得比較集中，它用詩的語言概括地描述了吳江派的主要成員以及他們各自的藝術個性，是研究明代戲曲史的寶貴資料。

范景文（一五八七至一六四四），字夢章，吳橋（今屬河北）人，萬曆四十一年（一六一三）進士，授東昌推官，歷官東閣大學士、工部尚書。李自成入北京，投井死。順治年間賜謚文忠。有《味鉉堂疏稿》、《思仁堂存稿》、《玉靜閣存稿》、《且園存稿》、《瀾園存稿》、《餐冰齋詩稿》諸目，後人編為《文忠集》。

題米家童①有序

予素不蓄歌兒②，以畏解③，故不蓄也。每至坐間，聞人度曲④，時作周郎顧誤⑤，又似小有解者。然則予自是無歌兒可蓄，以畏解，固強語耳⑥。一日過仲詔齋頭⑦，出家伎佐酒⑧，開題《西廂》⑨，私意定演日華改本矣⑩，以實甫所作向不入南弄也⑪再一傾聽，盡依原本，卻以崑調出之⑫。問之，知為仲詔創調，於是耳目之間，遂易舊觀。介孺云⑬：「米家一奇，乃正在此，不如是不奇矣。」予之自謂有解者，亦猶強語耶。因其賡詠⑭，以當鑒賞。拈得「腔」字，恨不能以仄韻作律體，堪與相對付耳。

生自吳趨來帝里⑮，故宜北調變南腔。每當轉處聲偏慢，將到停時調入雙。坐有周郎應錯顧，簫吹秦女亦須降⑯。恐人仿此翻成套，輕板從今唱大江⑰。

《文忠集》卷九，文淵閣四庫全書本

【注釋】

①米家：米萬鍾（一五七〇至一六二八），字仲詔、子願，號友石、湛園、文石居士、勺海亭長、海澱漁長、研山山長、石隱庵居士。陝西安化（今甘肅慶陽）人，居燕京（今北京），米芾後裔。萬曆二十三年（一五九五）進士，授江寧令。仕至太僕少卿、江西按察使。性好石。人謂「無南宮（芾）之顛而有其癖」。行草得芾家法，與董其昌齊名，時有「南董北米」之譽。又善畫石，間亦潑墨仿米法作巨幅。有《篆隸考訛》等。

②歌兒：《宋史・石守信傳》載宋太祖語：「人生駒過隙爾，不如多積金、市田宅以遺子孫，歌兒舞女以終天年。」

③解：講明白，分析說明。

④度曲：按曲譜歌唱。

⑤周郎顧誤：周瑜精通音樂，能夠指出演奏者的錯誤。《三國志・吳志・周瑜傳》：「瑜少精意於音樂，雖三爵之後，其有闕誤，瑜必知之，知之必顧。故時人謠曰：『曲有誤，周郎顧。』」後來用「顧曲周郎」指代音樂行家。

⑥強語：強辯。

⑦齋頭：指書齋。

⑧佐酒：勸酒；陪同飲宴。

⑨開題：此處指上演的劇目。

⑩日華改本：指李日華《南西廂記》。

⑪實甫：王實甫，元雜劇《西廂記》作者。南弄：南曲。

⑫崑調：崑曲。

⑬介孺：呂維祺（一五八七至一六四一），字介孺，新安（今屬河南）人。萬曆四十一年（一六一三）進士，授兗州推官，擢吏部主事。因得罪魏忠賢，辭官還鄉，設芝泉講會，傳播理學。崇禎元年（一六二八）復官，任南京兵部尚書。歸居洛陽，設立伊洛會，廣招門徒，著書立說。有《明德堂文集》等。

⑭賡詠：相繼詠和。

⑮吳趨：猶吳地。帝里：都城，指北京。

⑯「簫吹」句：用蕭史、弄玉典故。漢・劉向《列仙傳・蕭史》：「蕭史者，秦穆公時人也。善吹簫，能致孔雀白鶴於庭。穆公

有女，字弄玉，好之。公遂以女妻焉……公為作鳳台，夫婦止其上，不下數年，一日皆隨鳳凰飛去。」

⑰「輕板」句：宋・俞文豹《吹劍錄》：「東坡在玉堂，有幕士善謳。因問：『我詞比柳詞何如？』對曰：『柳郎中詞，只好十七、八女郎，執紅牙板，歌『楊柳岸曉風殘月』。學士詞，須關西大漢，銅琵琶鐵綽板，唱『大江東去』。」

【簡析】

米萬鍾家班在當時非常有名。其特點之一是武戲道具用真刀真槍。王季重《米太僕萬鍾傳》稱米萬鍾「出優童娛客，戲兀術，刀械悉真具，一錯不可知，而公喜以此驚座客」。特點之二就是本詩所寫的，用崑曲演唱王實甫的《西廂記》。與當時的崑曲戲班演唱李日華的《南西廂記》相比，這的確是大不相同。從詩中「每當轉處聲偏慢，將到停時調入雙」兩句看來，《西廂記》北曲南唱，的確也做了很多藝術處理，可謂煞費苦心，但正如本詩小序引呂維祺語所云：「米家一奇，乃正在此，不如是不奇矣。」

秋夜鄧未孩、馮上仙、曹愚公招飲淮河樓上①，看演《黃粱》傳奇②

秦淮河上低楊柳，歌舞樓中小月明。異地誰教賓作主③，同襟方見弟和兄④。已從戲局還看夢⑤，縱使談談總自清⑥。一曲遊仙催漏短⑦，貪歡怕是聽雞聲。

《文忠集》卷九，文淵閣四庫全書本

【注釋】

①鄧未孩：鄧良知（一五五八至一六三八），字未孩，號玉笥，江西新建人。萬曆四十一年（一六一三）進士。曾任福建興泉兵備道，鎮守興化府、泉州府海防重地，嚴守海疆，設策抗倭，又築堤防海汛，民賴安之。天啟初（一六二一），因忤魏忠賢閹黨，辭官歸里。天啟五年（一六二五），再薦起任廣東布政使司參政，兩年後致仕歸。馮上仙：未詳。曹愚公：曹谷，字愚公，曾任涇縣（今屬安徽）知縣。淮河：指秦淮河。

②《黃粱》傳奇：湯顯祖《邯鄲記》。

③「異地」句：指鄧未孩、馮上仙、曹愚公都是從外地來到南京，本來是賓客，現在倒做了東道主。

④同襟：彼此的襟懷相同。

⑤戲局：戲中的情節。

⑥詼談：詼諧談笑。

⑦遊仙：詩歌以「遊仙」名篇始於曹植，但以遊仙為題材可以上溯屈原《遠遊》。蕭統《文選》把詩分為二十類，其第九類就是「遊仙」。此處指《邯鄲記》。

【簡析】

范景文是北方人，對於南方文化卻一往情深。錢謙益《列朝詩集小傳》丁集「范閣學景文」條，稱其「秀羸文弱，身不勝衣，啜茶品香，論詩顧曲，每以江左風流自命」。崇禎七年起，范景文在南京先後任右都御史、兵部尚書，公務之餘，與二三好友泛舟秦淮河上，飲酒聽曲，大是賞心樂事。何況觀賞湯顯祖《邯鄲記》這樣的演出，還多出一層人生的感悟呢。

辰叟、聖符招同介孺看演《牡丹亭》傳奇①，得三字②

半吐梅花半尚含，主賓相對影成三。人從久別疑初識，酒漸停斟為極酣。醒眼難禁思好夢，歌喉直可當清談③。平時空說心冰冷，愛此將無小犯貪④。

豔事幽情與冶談⑤，如斯稱絕喜兼三。心知境幻終成劇，怕是魂銷預戒耽⑥。聽至闌情還罷酒⑦，時當隔歲亦傳柑⑧。夢殘誰可資歡具⑨，鬧歲填街鼓正酣⑩。

《文忠集》卷十，文淵閣四庫全書本

【注釋】

①辰叟：范景文友人。范景文《文忠集》卷九有《徐辰叟以詩名家，而書法、畫品亦復擅奇一時，遂有三絕之目。夫三者足為辰叟重哉，高情寄託，尚別有在，而此其餘也，然餘亦稱絕，是之謂辰叟耳》之詩。聖符：廖應兆（一五六八至一六四九），字聖符，號太初，廣東增城人。萬曆三十一年（一六〇三）舉人。歷任江南太平府（今安徽當塗）通判等，升任遼州知州。不久，以終養老母歸。清順治六年，南明與清交戰中，為清兵所殺。有《醉泥草著》等，惜皆廢於兵燹。介孺：呂維祺（一五八七至一六四一），字介孺，新安（今屬河南）人。萬曆四十一年（一六一三）進士，授兗州推官，擢吏部主事。因得罪魏忠賢，辭官還鄉，設芝泉講會，傳播理學。崇禎元年（一六二八）復官，任南京兵部尚書。歸居洛陽，設立伊洛會，廣招門徒，著書立說。有《明德堂文集》等。

②得三字：拈得「三」字為韻。

③歌喉：指演員的演唱。清談：魏晉時，承襲東漢清議的風氣，就一些玄學問題反覆辯難的文化現象。此處泛指清雅的談論。

④將無：莫非，表示測度的語氣。《晉書・阮瞻傳》：「瞻見司徒王戎，戎問曰：『聖人貴名教，老、莊明自然，其旨同異？』瞻曰：『將無同？』」

⑤幽情：鬱結、隱秘的感情。白居易《琵琶行》：「別有幽情暗恨生，此時無聲勝有聲。」冶談：此處指談論演員的表演。

⑥耽：沉溺，入迷。

⑦闘情：牽動情懷。唐・陸龜蒙《又酬襲美次韻》：「酒香偏入夢，花落又闘情。」

⑧傳柑：北宋上元夜宮中宴近臣，貴戚宮人以黃柑相贈，謂之「傳柑」。蘇軾《上元侍飲樓上》詩之三：「歸來一點殘燈在，猶有傳柑遺細君。」自注：「侍飲樓上，則貴戚爭以黃柑遺近臣，謂之傳柑。」

⑨歡具：歡樂的事情。

⑩填街：填街塞巷，形容人非常多。

【簡析】

新年來臨之際，范景文和朋友一道觀賞《牡丹亭》的演出，首先稱讚這是一齣好戲，演員也演得好，很有情趣，「歌喉直可當清談」。「平時空說心冰冷，愛此將無小犯貪」兩句，說我們平時都是清心寡欲的人，可是看了《牡丹亭》，也難免動情。

對於整個演出成功的原因，范景文概括為「豔事幽情與冶談，如斯稱絕喜兼三」，即《牡丹亭》所寫的動人的愛情故事，劇中表現的杜麗娘的深情至情，以及演員聲色俱佳的表演。因此，這兩首詩可以稱為以詩歌形式寫出的《牡丹亭》演出評論。

招戲設席於吳門舟上①，晚泊虎丘②

歌板初傳酒漸催③，金閶橋下放船開④。香風低散飄羅袂⑤，豔舞輕翻簇錦堆。

漁唱依林吹笛和，蓮舟拂水送花來。當場已自銷魂甚⑥，莫近生公說法台⑦。

《文忠集》卷十，文淵閣四庫全書本

【注釋】

① 吳門：指蘇州（春秋時為吳都）西北門閶門。又可作蘇州別稱。

② 虎丘：原名海湧山，在蘇州市西北閶門外。據《史記》載，吳王闔閭葬於此，傳說葬後三日有「白虎蹲其上」，故名。

③ 歌板：即拍板，樂器，歌唱時用以打拍子。唐・李賀《酬答》詩之二：「試問酒旗歌板地，今朝誰是拗花人？」

④ 金閶：蘇州有金門、閶門兩城門，故以「金閶」借指蘇州。

⑤ 羅袂（音妹）：絲羅的衣袖，亦指華麗的衣著。漢武帝《落葉哀蟬曲》：「羅袂兮無聲，玉墀兮塵生。」

⑥ 銷魂：形容傷感或歡樂到極點，若魂魄離散軀殼，也作「消魂」。

⑦ 生公說法台：即生公石，千人石，在蘇州虎丘山劍池旁。相傳晉末高僧竺道生，世稱生公，曾在此說法。《蓮社高賢傳》：「竺道生入虎丘山，聚石為徒，講《涅盤經》，群石皆點頭。」

【簡析】

詩題中寫明「招戲」，可見這次為范景文等人演出的是職業戲班。設席舟上，晚泊虎丘，一路有崑曲美妙的歌聲伴隨。這是一次蘇州之旅，也是一次名副其實的崑曲之旅。

病起聽歌坐中，約以茶賞，適仁常寄詩相訊①，即用其韻成詠

耽病因詩總是魔②，破除獨借幾回歌③。醉聽易惹閑思緒，茶韻銷來試若何④。

每至闌情喚奈何⑤，茶顛較酒不爭多⑥。曼聲怕到銷魂處⑦，雅諢從將換豔歌⑧。

《文忠集》卷十一，文淵閣四庫全書本

【注釋】

① 仁常：李天經（一五七九至一六五九），字長德，河北吳橋人。曆法家。神宗癸丑進士。崇禎六年（一六三三年）主持曆局，編寫《崇禎曆法》，運用了幾何學與三角學，還介紹了當時歐洲天文學家第谷的地心學説。並與徐光啟、利瑪竇合譯《同文算指》，介紹了西方的筆算數學。

② 耽病：染病。

③ 「破除」句：韓愈《贈鄭兵曹》詩：「杯行到君莫停手，破除萬事無過酒。」

④ 茶韻：品茶的韻味。

⑤ 「每至」句：南朝・宋・劉義慶《世説新語・任誕》：「桓子野每聞清歌，輒喚奈何！謝公聞之曰：『子野可謂一往有深情。』」

⑥茶顛：指唐．陸羽。陸羽嗜茶，性格狂放，故有「茶顛」之稱。不爭多：差不多。辛棄疾《江神子．博山道中書王氏壁》詞：「比著桃源溪上路，風景好，不爭多。」
⑦曼聲：舒緩的長聲。銷魂：形容傷感或歡樂到極點，若魂魄離散軀殼，也作「消魂」。
⑧雅諢：風雅的科諢。

【簡析】

本書前面選錄了潘之恒的《病中觀劇有懷吳越石》，茅維的《病裡思聽音樂，戲呈諸公》，袁中道的《流波館宴集，時楊舜華病起同長孺諸公賦》，這幾首詩一致讚揚崑曲的動人魅力，認為崑曲完全能夠以戲代藥，使人身心舒泰。范景文這兩首詩立意也是如此，他認為崑曲與酒、茶同樣屬於文人的風流雅事。

臘日郭伏生來自敬仲所①，留飲味元堂②，同王貞伯③

思對梅花發④，重來得友聲⑤。人如彝鼎貴⑥，語帶水山清。酒較泉逾澹⑦，燈因雪倍明。聽歌懸別賞⑧，微處想詩情。

《文忠集》卷十一，文淵閣四庫全書本

【注釋】

① 臘日：農曆十二月初八，俗稱臘八節。郭伏生：未詳。敬仲：鄭心材，字敬仲，號思泉，海鹽人。生卒年不詳，萬曆年間在世。屢試不第，年五十，始以蔭補官，官至應天府治中。有《京兆集》。

② 味元堂：范景文堂名。

③ 王貞伯：作有《合璧記》，演解縉事。見《新傳奇品》。

④ 「思對」句：唐・盧仝《有所思》詩：「相思一夜梅花發，忽到窗前疑是君。」

⑤ 友聲：比喻志同道合的朋友。《詩經・小雅・伐木》：「嚶其鳴矣，求其友聲。」

⑥ 彝鼎：泛指古代祭祀用的鼎、尊、罍等禮器。彝，尊。

⑦ 澹：淡。

⑧ 別賞：鑒賞。

【簡析】

窗外是夜雪梅花，窗內是淡酒良朋，因為有了美妙的崑曲，所以顯得格外詩意盎然，何況在座的還有一位崑曲劇作家——《合璧記》的作者王貞伯。

立秋日錢與立諸君送之廣陵影園①，月下聽歌，次鄭超宗韻②

恰當勝地又佳時，暑去人來月與期。空水亭為開面目，新秋柳亦競腰肢。園摹畫格形生影③，妙解歌情肉並絲④。囑語蕭蕭翻別調，登臨無事更傷離。

《文忠集》卷十一，文淵閣四庫全書本

【注釋】

① 錢與立：未詳。廣陵影園：萬曆末年到天啟初年，揚州鹽商鄭元勳為奉養母親，特請住鎮江的造園名家計成過江為他造園，園址選在揚州城外西南隅，荷花池北湖，二道河東岸中長嶼上。因園內柳影、水影、山影相映成趣，由董其昌命名為「影園」，並題寫匾額。為明末清初揚州八大名園之一。

② 鄭超宗：鄭元勳（一五九八至一六四五），江都（今揚州）人。字超宗，號惠東。崇禎十六年（一六四三）進士。官至清吏司主事。工詩善畫，為江東名流。善山水，宗吳鎮，尤工山水小景，措筆灑落全以士氣得韻。英年早逝，徐沁《明畫錄》卷五謂「因悍鎮分地臨揚，欲紓難而出語小誤，為眾擊，慘死，時論惜之。」

③ 「園摹」句：寫景，切合「影園」之名。

④ 肉：指從口中發出的歌聲，相對樂器之聲而言。絲：絃樂器。

【簡析】

明代中期以來，蘇州、揚州、南京、上海等地私家園林逐漸興盛，崑曲家班經常在其中演出，歌聲舞影，於雲霞翠軒、煙波畫船之外又增添了一道風景，這首詩所寫的廣陵影園聽曲也是這種情形。

阮大鋮（一五八七至一六四六），字集之，號圓海，一號石巢，又號百子山樵，安徽懷寧人。萬曆四十四年（一六一六）進士。天啟時，歷吏科都給事中，附魏忠賢，為士人所不齒。崇禎時，因名列逆案，失職。後避居南京，頗招納遊俠。復社名士顧杲等作《留都防亂揭》逐之。大鋮懼，閉門謝客，獨與馬士英深相納。福王時，士英執政，以為兵部侍郎，旋進兵部尚書。既得志，專翻逆案，中外憤怒。清兵渡江，走金華。為紳士所逐，轉投方國安。尋降清，從攻仙霞嶺，僵仆石上死。富文才，所作傳奇有《燕子箋》、《春燈謎》、《牟尼合》、《雙金榜》、《忠孝環》、《桃花笑》、《井中盟》、《獅子賺》、《賜恩環》、《老門生》等十種，詩文有《詠懷堂全集》。

同虞來初、馮夢龍、潘國美、彭天錫登北固甘露寺①

莫御馮高意②，同人況復臨。雲霞鄰海色，鴻雁赴霜心。川氣飲殘日，天風侮定林。無嫌誦居淺③，暝月已蕭森。

《詠懷堂詩》卷三，明崇禎八年刻本

【注釋】

① 虞來初：曾任縣令。顧憲成《涇皋藏稿》第五卷有《復虞來初明府》兩通，錢謙益《有學集》卷三十七有《祭虞來初文》。餘未詳。馮夢龍（一五七四至一六四六）：別署龍子猶，長洲（今江蘇吳縣）人，輯有話本集《喻世明言》、《警世通言》、

《醒世恒言》等，修改湯顯祖、李玉、袁于令等人傳奇多種，定名《墨憨齋定本傳奇》，創作有《雙雄記》傳奇。潘國美：未詳。彭天錫（生卒年不詳）：江蘇金壇人。本為富家子弟，對演劇藝術極為愛好，並潛心鑽研，常為學得一齣戲不惜花費數十金。他能戲很多，據張岱《陶庵夢憶》記載，彭天錫「曾五至紹興，到余（按指張岱）家串戲五、六十場，而窮其技不盡」。善演淨、丑戲，以扮演權奸之類的反面人物見長。《陶庵夢憶》說：「千古之奸雄佞倖，經天錫之心肝而愈狠，借天錫之面目而愈刁，出天錫之口角而愈險。」由於他本人的生活閱歷較深，對明末政治舞臺上的鬥爭有深刻的觀察，因而所塑造的人物形象鮮明。所以《陶庵夢憶》說：「蓋天錫一肚皮書史，一肚皮山川，一肚皮機械，一肚皮磥砢不平之氣，無地發洩，特於是發洩之耳。」北固：北固山，在江蘇鎮江東北。甘露寺：在北固山頂，相傳為劉備招親之處。

② 馮：古同「憑」，憑藉，依靠。

③ 誦居：唐・沈佺期《樂城白鶴寺》詩：「無言誦居遠，清淨得空王。」

【簡析】

這次同游北固山甘露寺的五位當中，馮夢龍、阮大鋮是劇作家，彭天錫是串客，說得上是戲曲家的一次聚會。

本詩作於崇禎六年（一六三三），其時正當阮大鋮罷職閒居，馮夢龍則在丹徒教諭任上（參見徐朔方《馮夢龍年譜》崇禎六年，《徐朔方文集》，浙江古籍出版社一九九三年版，第二卷，第四三一至四三二頁）。再過十三年，清順治三年（一六四六），馮夢龍病逝；阮大鋮降清，從攻仙霞嶺，僵仆石上死；彭天錫則不知所終。

劉同升（一五八七至一六四五），江西吉水人，字晉卿，又字孝則。為湯顯祖摯友劉應秋之子。湯顯祖曾以女妻同升，其女不幸早夭。萬曆四十四年（一六一六）湯顯祖病逝之前，同升還有書信問候。同升為崇禎十年（一六三七）丁丑科狀元。授翰林院修撰。因反對楊嗣昌奪情入閣，被貶官福建，於是引病歸鄉。清兵壓境，南都於世祖順治二年（一六四五）破，江西諸郡惟贛州獨存。唐王升其為國子祭酒。自雩都至贛，與翰林楊廷麟共謀興復，巡撫南贛。紹宗隆武元年（一六四五）因勞而卒，諡文忠。有《錦鱗詩集》。

同年宴集演《牡丹亭記》①有序

是夕，劉赤生誦《還魂》詞幾遍②，黃以實謔之云③，卿不如太倉女子也④，座客皆笑。因憶臨川先生氣節耿介⑤，而詞曲風流如此，既為荊石所嫉⑥，乃為太倉所好⑦，皆太倉人也，亦異矣。感往撫今，為之長歎。

開閣何年見履霜⑧，先生疏諫並封王⑨。堂前玉茗朝和暮⑩，掐遍檀痕自引觴⑪。
度曲風流消壯志⑫，年華雨過笑逢場⑬。江山文藻同懷古⑭，卻憶傷心在太倉⑮。

《錦鱗詩集》，明末刻本

【注釋】

①同年：古時科舉時代同榜錄取的人互稱同年。

②劉赤生：劉大年（？至一六三九），字赤生，號方白。崇禎十年（一六三七）進士。曾任兵部職方司主事。十二年（一六三九）正月，請假還鄉時，途經濟南，遇清兵攻城，他以全部財物犒勞守城將士，並和他們一道守城。城破，殉國。追贈光祿寺少卿。為人品行端正，名重當時。中進士前居京城十餘年，與史可法等人朝夕相處，關心國事，切磋詩藝。作品以詠懷詩最有成就。有《北山文集》。

③黃以實：黃耳鼎，字以實，號淡岩，湖廣蘄水人，復社成員。崇禎十年（一六三七）進士。任御史。

④太倉女子：指因閱讀《牡丹亭》惋憤而終的太倉女子俞二娘，見前湯顯祖《哭婁江女子二首》。

⑤耿介：正直不阿，廉潔自持。《楚辭・九辯》：「獨耿介而不隨兮，願慕先聖之遺教。」

⑥荊石：王錫爵（一五三四至一六一四），字元馭，號荊石，南直隸太倉（今屬江蘇）人，戲曲家王衡之父。萬曆十二年至十八年（一五八四至一六〇〇）任文淵閣大學士，萬曆二十一年至二十二年（一五九三至一五九四）任武英殿、建極殿大學士。卒後，贈太保，諡文肅。

⑦太倉：指太倉女子。

⑧開閣：《漢書・公孫弘傳》謂公孫弘為宰相，「起客館，開東閣以延賢人，與參謀議」。後以「開閣」指做宰相。履霜：本自《易・坤》中的「履霜之戒」。因為霜乃冰之先兆，故寓意防患未然，曉以自警。

⑨先生：指顧憲成（一五五〇至一六一二），字叔時，號涇陽，常州無錫（今屬江蘇）人。東林黨領袖。疏諫並封王：明神宗因寵愛鄭妃，欲立皇三子朱常洵為太子，群臣反對。萬曆二十一年（一五九三）正月，神宗下手詔給大學士王錫爵，要將皇長子朱常洛、皇三子朱常洵和皇五子朱常浩一併封王，以後再擇其中善者為太子。王錫爵曲承其意。顧憲成識破神宗用意，上疏反對，提出「有嫡立嫡，無嫡立長」。同時致信王錫爵，指責他「排群議而順上旨」，實屬負國誤君。神宗和王錫爵看後十分惱火，但迫於時論的壓力，只好放棄了「三王並封」的打算。

⑩「堂前」句：玉茗為白茶花上品，黃心綠萼，以為貴種。湯顯祖堂前植有玉茗花，因以名堂。在今江西撫州市沙井巷後，是湯顯祖晚年寫作、會客、排戲的場所。

⑪ 掐遍檀痕：指唱曲。湯顯祖《七夕醉答君東》其一：「傷心拍遍無人會，自掐檀痕教小伶。」檀，檀板，用以點拍。

⑫ 度曲：按曲譜歌唱。

⑬ 逢場：逢場作戲。宋・釋道原《景德傳燈錄》：「竿木隨身，逢場作戲。」

⑭ 文藻：詞采，文采。《三國志・魏志・文帝紀》：「文帝天資文藻，下筆成章。」杜甫《詠懷古蹟五首》其二：「江山故國空文藻，雲雨荒台豈夢思。」

【簡析】

湯顯祖與王錫爵關係不好，這是事實，湯顯祖親家劉應秋致湯顯祖信中說：「太倉（指王錫爵）甚不喜兄，不知為何。」（《劉大司成集》卷十四《與湯義仍》之六）但當時有一種議論，說《牡丹亭》中的杜麗娘是影射王錫爵之女王燾貞（未婚夫死後辟穀修仙，自號曇陽子），如明末徐樹丕《識小錄》卷四《湯若士牡丹亭》云：「往歲聞之文中翰啟美云：若士素恨太倉相公，此傳奇杜麗娘之死而更生，以況曇陽子。」這種說法純屬牽強附會。《牡丹亭》中的杜麗娘與王燾貞毫無關係，而《牡丹亭》所寫的純真愛情卻感動了很多人，包括王錫爵在內。朱彝尊《靜志居詩話》卷十五云：「世或相傳云刺曇陽子而作。然太倉相君，實先令家樂演之，且云：『吾老年人，近頗為此曲惆悵。』假令人言可信，相君雖盛德有容，必不反演之於家也。」至於太倉女子俞二娘的情感反應，就更能證明《牡丹亭》非比尋常的藝術魅力了。

王彥泓（一五九〇至一六四二），字次回，江蘇金壇人。出生於仕宦之家。仕途不濟，崇禎時以歲貢官松江府華亭縣訓導。博學工詩詞，詩學李商隱，愛情詩成就尤高，有《疑雨集》。

櫟園姨翁坐上預聽名歌並觀二劍即事呈詠①

風流領袖詞壇伯②，早歲傾家耽結客③。肝膽男兒四海空，卻隨長黛操歌拍④。烈士從來定賞音⑤，周郎顧曲況郎琴⑥。誰知唐勒宋騷況⑦，剩托清謳寫壯心⑧。蕭疏襟寄嫌華屋⑨，別向林塘選幽築⑩。摩詰軒窗儼畫圖⑪，安昌簾幕傳絲竹⑫。練色知聲第一流⑬，檀痕親掐教《伊州》⑭。呼來絳樹皆瓊樹⑮，倚遍笙樓即鏡樓⑯。臨川麗曲才人賦⑰，慧業情鍾兼妙悟⑱。妖唱能傳作者心⑲，圓喉脆節如絲度⑳。隻字悠揚刻漏移㉑，四筵傾耳盡支頤㉒。紅塵捲霧雙鸞出，繡帶迎風一燕吹。歌酣酒熱來孤憤㉓，畫鼓淵淵金石韻㉔。奮袂低昂雪腕催㉕，滿堂掩泣燈生暈㉖。濁酒何人識信陵㉗，感時悲事緒填膺㉘。飲醇長夜非荒晏㉙，映柱摩挲六尺冰㉚。丈夫意概矜然諾㉛，不惜如花換干莫㉜。自是荊卿俠氣深㉝，非關石尉歡情薄㉞。座隅有客百愁盈㉟，更倚雲和囀一聲㊱。試問清狂能酷似㊲，也應知是謝家甥㊳。

《疑雨集》卷一，宣統元年掃葉山房石印本

【注釋】

① 櫟園姨翁：唐獻可（一五七七至一六三二），字君俞，江蘇常州人。唐順之曾孫。崇禎初詣闕為順之請謚，不就蔭敘歸，而家益落。有大志無所展，悵怏而卒，士論惜之。工書、畫，書宗米芾，畫有宋、元餘韻。

② 詞壇伯：詞伯，稱譽擅長文詞的大家，猶詞宗。唐・宋之問《傷王七秘書監》詩：「書乃墨場絕，文稱詞伯雄。」

③ 耽：沉溺，入迷。

④ 長黛：長眉，指女性。

⑤ 賞音：知音。曹植《求自試表》之一：「夫臨博而企竦，聞樂而竊抃者，或有賞音而識道也。」

⑥ 周郎顧曲：《三國志・吳志・周瑜傳》：「瑜少精意於音樂，雖三爵之後，其有闕誤，瑜必知之，知之必顧。故時人謠曰：『曲有誤，周郎顧。』」後來用「顧曲周郎」指代音樂行家。顧曲，欣賞音樂。況郎：應即師曠，春秋時晉國著名琴師。

⑦ 唐勒牢騷：《史記・屈原賈生列傳》說：「屈原即死之後，楚有宋玉、唐勒、景差之徒者，皆好辭而以賦見稱；然皆祖屈原之從容辭令，終莫敢直諫」。《漢書・藝文志》載有唐勒賦四篇，今都亡失。

⑧ 清謳：清亮的歌聲。《後漢書・張衡傳》：「弈秋以棊局取譽，王豹以清謳流聲。」

⑨ 襟寄：猶襟懷。

⑩ 幽築：清幽的建築。

⑪ 摩詰：唐代詩人王維，字摩詰。軒窗：窗戶。唐・孟浩然《同王九題就師山房》詩：「軒窗避炎暑，翰墨動新文。」

⑫ 安昌：張禹（？至前五），字子文。河內軹（今河南濟源東）人。漢元帝時曾為太子授《論語》。成帝時為丞相，封安昌侯。性喜音樂，宋・晏殊《安昌侯》詩謂其「堂上繁聲逐管弦」。絲竹：絃樂器與竹管樂器之總稱。亦泛指音樂。《禮記・樂記》：「德者，性之端也，樂者，德之華也，金石絲竹，樂之器也。」

⑬ 練色知聲：曹丕《答繁欽書》：「今之妙舞，莫巧於絳樹，清歌莫善於宋腊，豈能上亂靈祇，下變庶物，漂悠風雲，橫厲無方。若斯也哉，固非車子喉轉長吟所能逮也。吾練色知聲，雅應此選，謹卜良日，納之閒房。」

⑭ 掐：用手的虎口及手指緊緊握住。檀：檀板，用以點拍。《伊州》：曲名。

⑮ 絳樹：曹魏時歌女名。瓊樹：比喻美女。

⑯ 笙樓：南唐・李璟《攤破浣溪沙》詞：「細雨夢回雞塞遠，小樓吹徹玉笙寒。」

⑰臨川麗曲：湯顯祖有《牡丹亭》、《紫釵記》、《邯鄲記》、《南柯記》，合稱「臨川四夢」。

⑱慧業：佛教語，指智慧的業緣。《維摩經・菩薩品》：「知一切法，不取不舍，入一相門，起於慧業。」情鍾：情之所聚。南朝・宋・劉義慶《世説新語・傷逝》記王戎語：「聖人忘情，最下不及情；情之所鍾，正在我輩。」妙悟：禪宗重要範疇之一，其要義是通過參禪來「識心見性，自成佛道」（《壇經》）。宋・嚴羽《滄浪詩話・詩辯》：「大抵禪道惟在妙悟，詩道亦在妙悟。」

⑲妖唱：妖嬈的歌唱。

⑳如絲度：蘇軾《前赤壁賦》：「餘音嫋嫋，不絕如縷。」

㉑刻漏：又稱漏刻、漏壺，中國古代的漏水計時器。

㉒傾耳：側耳。支頤：以手托下巴。白居易《除夜》詩：「薄晚支頤坐，中宵枕臂眠。」

㉓孤憤：耿直孤行，憤世嫉俗。

㉔金石：指鐘磬一類樂器。《國語・楚語上》：「而以金石匏竹之昌大、囂庶為樂。」韋昭注：「金，鐘也；石，磬也。」

㉕奮袂（音妹）：揮動衣袖，形容奮發或激動的狀態。晉・劉伶《酒德頌》：「乃奮袂攘襟，怒目切齒。」

㉖暈：燈暈，燈焰週邊的光圈。

㉗信陵：信陵君魏無忌，戰國四公子之一。

㉘「感時」句：即「義憤填膺」之義。

㉙「飲醇」句：《史記・魏公子列傳》説信陵君因受魏王猜忌，遂「飲醇酒，多近婦女。日夜為樂飲者四歲，竟病酒而卒」。

㉚六尺冰：題目中所言之劍。

㉛矜然諾：即「重然諾」。

㉜如花：指美女。干莫：寶劍。楚國有人名干將，奉王命煉劍不成，其妻莫邪跳入爐中，化為鐵水，遂成雌雄二劍，一名干將，一名莫邪。見晉・干寶《搜神記》。

㉝荊卿：荊軻。

㉞石尉：即晉・石崇，孫秀向他索要愛姬綠珠，石崇拒絕，於是被誣為亂黨，夷三族，綠珠也為了他墜樓。見《晉書・石苞傳》附《石崇傳》。

㉟客：作者自指。

㊱雲和：琴瑟琵琶等絃樂器統稱。《文選》張協《七命》：「吹孤竹，拊雲和。」李周翰注：「雲和，瑟也。」
㊲清狂：行為放達不羈。
㊳謝家甥：南朝・宋・著名詩人謝靈運。

【簡析】

本詩作於天啟六年（一六二六）。

明代常州唐家喜歡戲曲，自唐順之始。焦循《劇說》卷六引《操觚十六觀》云：「唐荊川半醉作文，先高唱《西廂》惠明『不念法華經』一齣，手舞足蹈，縱筆伸紙，文乃成。」他的曾孫唐獻可（即本詩詩題中的「櫟園姨翁」）繼承了這一傳統。錢謙益《列朝詩集小傳》丁集上「唐公子獻可」條謂其「讀書任俠，蓄聲伎，鑒別古書畫器物，家畜女伎，極園亭歌舞之勝。風流好事，甲於江左」。作為唐獻可的姨侄，王彥泓也繼承了這一傳統，細讀本詩，完全可以體味。

白山茶插髻①，甚可觀，因書二絕

玉茗先生迴出塵②，語言無處不清新。瓊花風度釵頭見③，更覺堂名絕可人④。

第一人簪第一花，風吹花葉霧鬟斜⑤。看來姿韻超天下，當得臨川麗句誇。

《疑雨集》卷二，宣統元年掃葉山房石印本

【注釋】

① 白山茶：玉茗為白茶花上品，黃心綠萼，以為貴種。湯顯祖堂前植有玉茗花，因以名堂。在今江西撫州市沙井巷後，是湯顯祖晚年寫作、會客、排戲的場所。

② 迥出塵：人品超世絕俗。

③ 瓊花：名花，花大如盤，潔白如玉。傳說隋煬帝就是為到揚州賞瓊花，下令開鑿大運河。

④ 可人：稱人心意。

⑤ 霧鬟：女子濃密秀美的頭髮。宋・吳文英《絳都春・燕亡久矣京口適見似人悵怨有感》詞：「當時明月娉婷伴。悵客路、幽扃俱遠。霧鬟依約，除非照影，鏡空不見。」

【簡析】

作於崇禎二年（一六二九）。

這兩首絕句構思之妙，在於將白山茶、插花美人和湯顯祖「玉茗堂四夢」的清詞麗句相互映照起來寫，突出三者的共同特點：清新絕俗，自然天成。

逋客叔菊筵①

幾拍吳歈日漸曛②，後堂香發捲簾聞。登牆雪貌東家子③，映燭明姿左阿君④。

花氣與人渾不辨，竹聲如肉驟難分⑤。分明玉樹尊前坐⑥，知是何人夢裡雲⑦。

《疑雨集》卷三，宣統元年掃葉山房石印本

【注釋】

① 逋客叔：未詳。

② 吳歈：春秋吳國的歌。後泛指吳地的歌。《楚辭・招魂》：「吳歈蔡謳，奏大呂些。」王逸注：「吳、蔡，國名也。歈、謳，皆歌也。」此處指崑曲。曛：暮，昏暗。

③ 「登牆」句：戰國・楚・宋玉《登徒子好色賦》：「天下之佳人，莫若楚國；楚國之麗者，莫若臣里；臣里之美者，莫若臣東家之子。……眉如翠羽，肌如白雪，腰如束素，齒如含貝。嫣然一笑，惑陽城，迷下蔡。然此女登牆窺臣三年，至今未許也。」

④ 「映燭」句：《漢書・遊俠傳》記陳崇彈劾陳遵：「始遵初除，乘藩車入閭巷，過寡婦左阿君置酒歌謳，遵起舞跳梁，頓仆坐上，暮因留宿，為侍婢扶臥。遵知飲酒飫宴有節，禮不入寡婦之門，而湛酒混肴，亂男女之別，輕辱爵位，羞汙印韍，惡不可忍聞。」

⑤ 竹聲如肉：古有「絲不如竹，竹不如肉」之說，此處反其意。絲，絃樂器。竹，管樂器。肉，指從口中發出的歌聲，相對樂器之聲而言。

⑥ 玉樹：形容人品貌非凡。南朝・宋 劉義慶《世說新語・容止》：「魏明帝使後弟毛曾與夏侯玄共坐，時人謂『蒹葭依玉樹』。」蒹葭，指毛曾。玉樹，指夏侯玄。

⑦ 「知是」句：白居易《花非花》詩：「花非花，霧非霧，夜半來，天明去。來如春夢幾多時？去似朝雲無覓處。」

【簡析】

作於崇禎二年（一六二九）。詩寫筵席上的崑曲演出，歌聲動聽，演員也很美，創造了令人陶醉的境界。

雲客堂中夜集①

疏燭晶瑩漏點長②，了無殘暑到處堂③。簷前過雨聞清溜④，幕後回風出異香。幾夕襟情留共醉⑤，半年詩語待相商。奚奴曉慣聞風味⑥，先拂吳箋置筆床⑦。
把臂欣逢舊飲徒⑧，攜茶花底聽吳歈⑨。難甘茉莉為蓮勝，暫署蘋婆作茘奴⑩。
向月吹彈鏗碎玉⑪，入雲歌字貫明珠⑫。簾間定有中丞按⑬，布鼓雷門許過無⑭。

《疑雨集》卷三，宣統元年掃葉山房石印本

【注釋】

①雲客：唐宇昭（一六〇二至一六七二），字孔明，號雲客，江蘇武進人。唐順之玄孫。崇禎九年（一六三六）舉人。明亡，隱於半園，自號半園居士，逍遙翰墨，能詩善畫，工於詞曲。鄒祗謨、王士禛《倚聲初集》存其詞一首。

②漏點：更漏所滴之水。

③了無：完全沒有。

④清溜：清澈的簷水。

⑤襟情：襟懷，情懷。南朝・宋・劉義慶《世說新語・賞譽》：「許掾嘗詣簡文，爾夜風恬月朗，乃共作曲室中語，襟情之詠，偏是許之所長，辭寄清婉，有逾平日。」

⑥奚奴：奴僕。

⑦吳箋：吳地所產之箋紙。筆床：擱放毛筆的專用器物。

⑧把臂：互挽手臂，表示親密。唐・孟浩然《傷視山雲表觀主》詩：「因之問閭里，把臂幾人全？」

⑨ 吳歈：春秋吳國的歌。後泛指吳地的歌。《楚辭・招魂》：「吳歈蔡謳，奏大呂些。」王逸注：「吳、蔡，國名也。歈、謳，皆歌也。」此處指崑曲。

⑩ 蘋婆：蘋果。荔奴：龍眼。

⑪ 鏗碎玉：唐・李賀《李憑箜篌引》：「崑山玉碎鳳凰叫，芙蓉泣露香蘭笑。」

⑫ 貫明珠：即貫珠，成串的珍珠。《禮記・樂記》：「故歌者上如抗，下如隊，曲如折，止如槀木，倨中矩，句中鉤，纍纍乎端如貫珠。」

⑬ 中丞：指唐文宗時宮人鄭中丞。唐・段安節《樂府雜錄・琵琶》：「文宗朝，有內人鄭中丞，善胡琴。內庫有二琵琶，號大、小忽雷，鄭嘗彈小忽雷。」

⑭ 布鼓：用布蒙的鼓。雷門：古代會稽（今浙江紹興）城門名。在雷門前擊布鼓，與「班門弄斧」義同。班固《漢書・王尊傳》：「毋持布鼓過雷門。」

【簡析】

作於崇禎六年（一六三三）。

唐順之玄孫唐宇昭，繼承了唐家喜愛戲曲的傳統，因此他家這次夜集，便有崑曲演唱供賓客欣賞。從詩中描寫可以看出，演唱和伴奏水平都很高，其中不乏高手。

凌義渠（一五九一至一六四四），字駿甫，號茗柯，浙江烏程人。天啟五年（一六二五）進士，任命為行人。崇禎三年（一六三〇）授禮部給事中。遷兵部給事中。升任福建按察使，轉任山東右布政使。召回京拜南京光祿寺卿，同時負責應天府尹事。崇禎十六年（一六四三），入朝為大理寺卿。次年三月，李自成入北京，懸樑自盡。清廷賜諡忠介。有《凌忠介公集》。

汶陽懷范香令①

一泓繞郭細生鱗②，風日含情早覺春③。應記他年半面好④，偶然茲地宰官身⑤。
懷磚樹碣尋常事⑥，說夢言愁宜此人。不道政成頻去掃⑦，行來步步惜香塵⑧。

《凌忠介公集》卷一，文淵閣四庫全書本

【注釋】

① 汶陽：即山東汶上縣。范香令：范文若（一五八八至一六三六，一說一五九一至一六三八），原名景文，字更生，號香令，又號吳儂、荀鴨，上海人。萬曆四十七年（一六一九）進士。初授山東汶上知縣，調浙江秀水知縣，再調湖北光化知縣，遷南京兵部主事，又遷南京評事，後以丁憂去官。家居時因送官重治家奴劉貞，為貞刺死，其母同隕。有傳奇《花筵賺》、《夢花酣》、《鴛鴦棒》，合稱《博山堂三種》，有崇禎年間博山堂刊本。另有傳奇十三種無刻本。

② 一泓：一道水面。

③ 風日：風光。

④ 半面好：即半面之交。《後漢書・應奉傳》李賢注引謝承《後漢書》：「造車匠於內開扇出半面視奉，奉即委去。後數十年於路見車匠，識而呼之。」

⑤ 「偶然」句：說自己也到這裡來做官。

⑥ 懷磚：北魏・楊衒之《洛陽伽藍記・秦太上君寺》：「齊土之民，風俗淺薄，虛論高談，專在榮利。太守初欲入境，皆懷磚叩首，以美其意；及其代下還家，以磚擊之。」言其勢利。碣：圓頂的石碑。

⑦ 政成：政務之暇。

⑧ 香塵：范文若號香令，故言。

【簡析】

詩人與范文若有過一面之交，此時來到范文若為官的故地，對他表示深深的懷念。詩的重點是強調范文若具有高雅的文人氣質，「說夢言愁宜此人」，情感豐富，文采飛揚，這是他成為劇作家的重要條件。

吳應箕（一五九四至一六四五），字次尾，號樓山，安徽貴池人。崇禎十五年（一六四二）中副榜。與侯方域、陳定生、冒辟疆、方以智結為摯友，成為「復社」領袖人物之一。崇禎十一年，與黃宗羲等作《留都防亂揭》，驅逐魏忠賢閹黨餘孽阮大鋮。清軍南下，投筆率眾起義。明唐王朱聿鍵授以池州推官之職。同年因叛徒出賣，被俘殉難。有《樓山堂集》。

旅夜看《犀軸》傳奇①，是沈青霞煉事②，末句深有感於聞氏③

生平愛說沉青霞，孤憤長鳴一劍斜④。旅夜無聊翻雜劇⑤，逢場作戲豈虛誇⑥。

偶然燈火窺雙淚，為與悲歌和一笳⑦。若使史遷重載筆⑧，肯將女子後朱家⑨。

《樓山堂集》卷二十五，國家圖書館藏清刻本

【注釋】

①《犀軸》傳奇：明無名氏所作傳奇《犀軸記》，寫明嘉靖時忠臣沈煉（青霞）等人與權奸嚴嵩鬥爭的故事，與馮夢龍《古今小說》中《沈小霞相會出師表》一篇題材相同。

②沈青霞煉：沈煉（?至一五五七），字純甫，號青霞。浙江會稽（今紹興）人。嘉靖十七年（一五三八）進士，除溧陽知縣。入為錦衣衛經歷。為人剛直，嫉惡如仇，每飲酒輒箕踞笑傲。以「十罪疏」彈劾嚴嵩，被處以杖刑，謫發居庸關守邊。在塞外，仍常詈罵嚴嵩父子。嘉靖三十六年（一五五七），嚴嵩之子嚴世蕃遣巡按御史路楷和宣大總督楊順合謀誅除沈煉。恰逢白蓮教教徒閻浩等人被捕，招供多名嫌犯，於是混入沈煉之名，殺沈煉及其次子沈袞、三子沈褒。隆慶初年，朝廷下詔褒獎敢於言事者，特追贈沈煉光祿寺少卿，任用一子為官。天啟初年，追諡忠湣。《明史》有傳。

③聞氏：沈煉長子沈襄（小霞）之妾，她機智勇敢，戲弄公差，掩護沈襄逃離險境。

④孤憤：耿直孤行，憤世嫉俗。

⑤翻：表演。

⑥逢場作戲：指戲曲表演。宋・釋道原《景德傳燈錄》：「竿木隨身，逢場作戲。」

⑦笳：胡笳，中國古代北方民族的一種樂器，類似笛子。

⑧史遷：司馬遷。載筆：攜帶文具記錄王事。

⑨朱家：秦末漢初魯人。好結交豪士，藏匿亡命，以任俠聞名。《史記・遊俠列傳》記載了他的事蹟。

【簡析】

明代末年，隨著社會矛盾的激化和文人士大夫政治熱情的高漲，人們對政治題材的戲劇表現出濃厚的興趣。所謂政治題材的戲劇，一是抨擊魏忠賢暴政、歌頌東林黨人鬥爭的時事劇，如范世彥《磨忠記》、高汝拭《不丈夫》、陳開泰《冰山記》等；二是描寫前朝的忠奸鬥爭以借古諷今的，如無名氏《犀軸記》等。

《犀軸記》是一部具有鮮明政治傾向的歷史劇。祁彪佳《遠山堂曲品》說：「是記成於逆黨亂政時，借一沈青霞以愧世之不為青霞者。雖不能協律比聲，逞運斤之技，亦可稱鐵中錚錚。」吳應箕是復社的中堅人物，對於權奸、閹黨亂政誤國，是極為痛恨的。本詩通過抒寫觀看《犀軸記》的感想，借古喻今，寄託內心的憤懣和悲慨。末句把聞氏這樣一位有膽有識的女子與大俠朱家相提並論，表現了一種真知灼見。

朱隗（生卒年不詳），字雲子，浙江嘉興人。與張溥、張采、吳昌時（鴛湖主人）等人發起應社。有《咫聞齋稿》。

鴛湖主人出家姬演《牡丹亭記》歌①

鴛鴦湖頭颯寒雨②，竹戶蘭軒坐容與③。主人不慣留俗賓，識曲知音有心許④。
徐徐邀入翠簾垂，掃地添香亦侍兒⑤。默默愔愔燈欲炧⑥，才看聲影出參差⑦。
氍毹只隔紗屏綠，茗爐相對人如玉⑧。不須粉項與檀妝⑨，謝卻哀絲及豪竹⑩。
縈盈澹蕩未能名⑪，歌舞場中別調清⑫。態非作意方成豔⑬，曲到無聲始是情。
幽明人鬼皆情宅⑭，作記窮情醒情癖⑮。當筵喚起老臨川⑯，玉茗堂中夜深魄⑰。

歸時風露四更初，暗省從前倍起予⑱。尊前此意堪生死⑲，誰似瑯琊王伯輿⑳。

陳田《明詩紀事》辛籤卷二十二，上海古籍出版社一九九三年版

【注釋】

① 鴛湖：即鴛鴦湖，在今浙江嘉興城南，亦名南湖。鴛湖主人：吳昌時，字來之，明末嘉興人。崇禎時，因首相周延儒之薦，擢吏部文選郎。後周延儒罷職自殺，吳昌時處斬。

② 颯（音薩）：此處為飄灑之意。

③ 容與：安逸自得的樣子。

④ 心許：賞識，贊許。

⑤ 侍兒：婢女。

⑥ 愔（音音）愔：和悅安閒的樣子。灺（音謝）：燈燭熄滅。

⑦ 聲影：歌聲舞影。

⑧ 茗爐：茶爐。

⑨ 粉項：搽了粉的頸脖。檀妝：紅妝。檀，淺紅色。

⑩ 哀絲豪竹：悲壯動人的弦管樂聲。杜甫《醉為馬墜，諸公攜酒相看》詩：「酒肉如山又一時，初筵哀絲動豪竹。」

⑪ 縈（音盈）盈：迴旋繚繞。澹（音淡）蕩：蕩漾。名：稱說。

⑫ 別調：別成一調。

⑬ 作意：故意。

⑭ 幽明：人鬼的界域。地下為陰，故稱幽；人間為陽，故稱明。情宅：情埋藏之處。

⑮ 「作記」句：謂湯顯祖作《牡丹亭》，深入探討「情」，喚醒沉溺於情的世人。窮：尋根究源。

⑯ 老臨川：湯顯祖。

⑰ 玉茗堂：湯顯祖堂名。玉茗為白茶花上品，黃心綠萼，以為貴種。湯顯祖堂前植有玉茗花，因以名堂。其傳奇《紫釵記》、《牡丹亭》、《邯鄲記》、《南柯記》即合稱「玉茗堂四夢」。

⑱ 起予：啟發我。《論語・八佾》：「起予者商也。」《疏》：「起，發也。予，我也。商，子夏名。」

⑲ 此意：指《牡丹亭》所表現的「情」。堪生死：能夠令人生而至於死，死而至於復生。

⑳ 瑯琊王伯輿：東晉王廞字伯輿，嘗登茅山大慟哭曰：「瑯琊王伯輿，終當為情死！」見南朝・宋・劉義慶《世說新語・任誕》。

【簡析】

這首七言歌行記敘明代末年浙江嘉興的一次演出《牡丹亭》的戲曲活動。詩人談了他對湯顯祖此劇創作意圖的理解：「幽明人鬼皆情宅，作記窮情醒情癖。」對於戲曲表演，詩人也有自己的看法，認為要自然、含蓄，「態非作意方成豔，曲到無聲始是情」。這些都豐富了這首詩的價值。

屠茝佩（生卒年不詳），字瑤芳，浙江秀水人，女詩人黃德貞子婦，文學孫渭璜室。有《咽露吟》、《鈿奩遺詠》。其小詞情思婉約，不讓乃姑。

觀沈氏諸姬演劇

梨園喜見屬紅妝①，三五娉婷出洞房②。檀口鶯聲歌細細③，柳枝蝶態舞將將④。
冠簪雅步參軍度⑤，粉墨塗顏傖父行⑥。底事酒闌人未散⑦，月明照徹錦雲裳。

《檇李詩系》卷三十四，文淵閣四庫全書本

【注釋】

①梨園：唐代訓練樂工的機構。《新唐書・禮樂志》：「玄宗既知音律，又酷愛法曲，選坐部伎子弟三百，教於梨園。聲有誤者，帝必覺而正之，號皇帝梨園弟子。」梨園的主要職責是訓練樂器演奏人員，與專司禮樂的太常寺和充任串演歌舞散樂的內外教坊鼎足而三。後世遂將戲曲演出場所稱梨園，戲曲演員稱為梨園弟子。

②洞房：連接相通的房間。

③檀口：紅豔的嘴唇。多形容女性嘴唇之美。

④將將：美盛貌。

⑤「冠簪」句：指扮演高雅的角色。

⑥「粉墨」句：指扮演粗鄙的角色。傖（音倉）父，東晉、南朝時，南人譏北人粗鄙，蔑稱之為「傖父」。

⑦底事：何事。

【簡析】

這首詩寫家班女演員演戲，陣容整齊，歌舞俱佳。更值得稱道的是演員們能夠扮演各種各樣的角色，可見演出的場面也很好看，無怪乎觀眾意猶未盡，演出結束之後還久久不願散去。

許經（生卒年不詳），字令則，別號智海居士，華亭（今上海松江）人。約生於萬曆二十八年（一六〇〇）前後。明諸生。陳繼儒弟子，亦為董其昌門人。長於書法、詩歌。著傳奇《擲杯記》，已佚。青浦姚弘緒輯《松風餘韻》卷三五收許經詩十九首。參見鄧長風《明清戲曲家考略續編・十位明清上海戲曲家生平史料拾補》，上海古籍出版社一九九七年版，第四三至四六頁。

四印堂夜集觀姬人紫雲歌舞即席賦贈二首①（之二）

隴頭團扇總新聲②，水樣磨成珠樣明③。最喜堂堂垂手處④，不將平視惱劉楨⑤。

姚弘緒輯《松風餘韻》卷三五，乾隆元年刻本

【注釋】

① 四印堂：董其昌堂名，董其昌有《四印堂詩稿》。

② 團扇：《團扇歌》是南方吳聲歌曲。

③「水樣」句：指聲音清透。

④ 垂手：大垂手、小垂手，古舞名。又為樂府雜曲歌辭名。《樂府詩集・雜曲歌辭十六・大垂手》宋郭茂倩題解：「《樂府解題》曰：『《大垂手》、《小垂手》，皆言舞而垂其手也。』隋江總《婦病行》曰『夫壻府中趨，誰能大垂手』是也。又《獨搖手》亦與此同。」

⑤ 平視惱劉楨：指建安七子之一的劉楨平視甄夫人而獲罪。平視，兩眼平著向前看。《禮記・曲禮下》「大夫衡視」漢鄭玄注：「衡，平也。平視，謂視面也。」《三國志・魏志・劉楨傳》「楨以不敬被刑」，南朝・宋・裴松之注引《典略》：「其後太子嘗請諸文學，酒酣坐歡，命夫人甄氏出拜。坐中眾人咸伏，而楨獨平視。」

【簡析】

詩歌記敘了晚明著名文人董其昌堂上的一次演出。演出給人印象最深刻的是歌姬紫雲演唱的崑山腔，「水樣磨成珠樣明」一句將崑曲委婉細膩、溫潔圓潤的美感描繪得極為形象，有助於豐富人們對「水磨調」的理解和感受。

張岱（一五九七至一六七九），字宗子、石公，號陶庵，山陰（今浙江紹興）人，僑寓杭州。出生於累代仕宦之家，早年曾漫遊蘇、浙、魯、皖等省，閱歷廣泛。他家經三代積累，聚集有大量明朝史料，讀書頗豐，三十二歲起就利用家藏資料編寫記傳體的明史。明亡後披髮入山，安貧著書。文學上沿襲公安派、竟陵派的主張，反對桎梏性靈的復古主義，提倡任情適性，但又不為公安、竟陵所囿。作品題材廣闊，小品文成就尤高。有《石匱書》、《琅嬛文集》、《陶庵夢憶》、《西湖夢尋》等。

祁奕遠鮮雲小伶歌①

世間何事堪搤腕②，好月一輪茶一碗。更有清謳妙入神③，三事雖佳難落款④。鮮雲小傒真奇異⑤，日日不同是其戲。揣摩已到骨節靈⑥，場中解得主人意。主人賞鑒無一錯，小傒喚來將手摸。無勞甄別費多詞，小者必佳大者惡⑦。昔日余曾教小伶，有其工致無其精。老腔既改白字換，誰能練熟更還生。出口字字能丢下，不配笙簫配弦索⑧。曲中穿渡甚輕微，細心靜氣方領略。伯騈串戲噪江南⑨，技藝精時慣作憨。銅雀妙音今學得⑩，這回真好殺羅三。

《張子詩秕》卷三，鳳嬉堂原鈔本

【注釋】

①祁奕遠：祁彪佳次兄祁鳳佳的長子祁鴻孫，字奕遠。
②搤腕：握住手腕。表示激動、振奮、悲憤、惋惜等的動作。
③清謳：清亮的歌聲。《後漢書・張衡傳》：「弈秋以棋局取譽，王豹以清謳流聲。」
④落款：在書畫、書信、禮品等上面題寫姓名、稱呼、年月等字樣。此處指以文字表達出來。
⑤小傒：即小奚奴，小男僕。
⑥骨節：指人的品性氣質。
⑦「小者」句：南朝・宋・劉義慶《世說新語・言語》：「孔文舉年十歲，隨父到洛。時李元禮有盛名，為司隸校尉。詣門者，皆俊才清稱及中表親戚乃通。文舉至門，……元禮及賓客莫不奇之。太中大夫陳韙後至，人以其語語之，韙曰：『小時了了，

大未必佳。』文舉曰：『想君小時，必當了了。』韙大踧踖。」踧踖，局促不安。

⑧弦索：絃樂器上的弦，指絃樂器。唐・元稹《連昌宮詞》：「夜半月高弦索鳴，賀老琵琶定場屋。」

⑨伯駢：一作「百駢」，著名演員羅三字。毛奇齡《羅三行》敘中寫道：「羅三百駢，杭州教歌頭，有稱名。甲午集紹興東昌坊，羅三率孌童十六人按歌……乙未復集紹興九曲里祁兵憲第，諸伎畢奏，羅三復引聲，乃悲懷激揚……。」這裡提及羅三的兩次演唱，都在紹興，第二次是在祁彪佳的府邸。串戲：演戲，特指非職業演員扮演戲曲角色。

⑩銅雀妙音：銅雀園，即西園，位於鄴都西郊，園中有銅雀台、芙蓉池等景觀，曹丕、曹植兄弟及孔融之外的六子常在那裡聚會遊宴，「每至觴酌流行，絲竹並奏，酒酣耳熱，仰而賦詩」，「銅雀妙音」指此。

【簡析】

祁奕遠是一位戲曲行家，這首詩盛讚祁奕遠調教的鮮雲小伶後生可畏，簡直把當時著名的演員羅三都給比下去了。張岱讚歎：觀看鮮雲小伶的演出，與品茶、賞月一樣是絕妙的享受。同樣的意思，亦見於《陶庵夢憶》卷六《彭天錫串戲》：「余嘗見一齣好戲，恨不得法錦包裹，傳之不朽，嘗比之天上一夜好月與得火候一杯好茶，只可供一刻受用，其實珍惜之不盡也。」鮮雲小伶「清謳妙入神」，「揣摩已到骨節靈」，其中一個訣竅是處理好了「生」與「熟」的關係：「老腔既改白字換，誰能練熟更還生」。對此，張岱在《與何紫翔》一文中，以彈琴為例，作了深入的闡發，得出的結論是：「蓋此練熟還生之法，自彈琴撥阮，蹴踘吹簫，唱曲演戲，描畫寫字，作文做詩，凡百諸項，皆藉此一口生氣。得此生氣者，自致清虛；失此生氣者，終成渣穢。」（《瑯嬛文集》卷三，《張岱詩文集》，上海古籍出版社一九九一年版，第二三四頁）張岱這裡所談，是「生」與「熟」的辯證法，在藝術創造中帶有普遍性。練熟還生，即有生氣。有生氣者才有「神」，才有藝術魅力。

曲中妓王月生①

金陵佳麗何時起，余見兩事非常理②。乃欲取之相比倫③，俗人聞之笑見齒。今來茗戰得異人④，桃葉渡口閔老子⑤。鑽研水火七十年⑥，嚼碎虛空辨渣滓⑦。白甌沸雪發蘭香⑧，色似梨花透高低。舌聞幽沁味同誰，甘酸都盡橄欖髓。及余一晤王月生⑨，恍見此茶能語矣。蹴三致一步吝移⑩，狷潔幽閒意如冰⑪。依稀籜粉解新篁⑫，一莖秋蘭初放蕊。轂霧猶嫌弱不勝⑬，尖弓適與湘裙委⑭。一往神情可奈何，解人不得多流視⑮。余惟對之敬畏生，君謨嗅茶得其旨⑯。但以佳茗比佳人⑰，自古何人見及此。猶言書法在江聲⑰，聞者噴飯滿其几。

《張子詩秕》卷三，鳳嬉堂原鈔本

【注釋】

① 曲中：南京舊院。余懷《板橋雜記・雅遊》：「舊院人稱曲中。前門對武定橋，後門在鈔庫街，妓家鱗次，比屋而居。」王月生：即王月，明末南京妓女，善崑曲。「生」是宋代以來對妓女的一種稱呼。見余懷《板橋雜記》、張岱《陶庵夢憶》。

② 兩事：指閔老子之茶、王月生之人。

③ 比倫：比並；匹敵。

④ 茗戰：鬥茶，是我國古代以競賽方式評定茶葉質量優劣、沏茶技藝高下的一種方法。

⑤ 桃葉渡：南京城南秦淮河上的一個古渡，位於秦淮河與古青溪水道合流處附近，南起貢院街東，北至建康路淮清橋西，又名南

浦渡。傳說東晉書法家王獻之有個愛妾叫桃葉，其妹曰桃根。桃葉往來於秦淮兩岸時，王獻之放心不下，常常都親自在渡口迎送，並為之作《桃葉歌》：「桃葉復桃葉，渡江不用楫；但渡無所苦，我自迎接汝。」從此渡口名聲大噪，而南浦渡也就被稱呼為桃葉渡了。閔老子指張岱《陶庵夢憶》卷三《閔老子茶》中的閔汶水，是一位茶道高手。

⑥「鑽研」句：指閔老子畢生研究茶道。張岱《陶庵夢憶》卷三《閔老子茶》：「汶水大笑曰：『予年七十，精賞鑒者，無客比。』」

⑦「嚼碎」句：謂能得其精華。

⑧甌：杯子。

⑨晤：遇，見面。

⑩「蹴三」句：形容女子嬌弱的步態。蹴，踏。致，達到。

⑪狷（音絹）潔：潔身自好。幽閒：閒適自得。

⑫籜（音唾）：竹筍上一片一片的皮。新篁：新生之竹。

⑬縠（音胡）霧：薄霧般的輕紗。弱不勝：弱不勝衣，形容人很瘦弱，連衣服的重量都承受不起。《荀子・非相》：「葉公子高微小短瘠，行若將不勝其衣。」

⑭尖弓：古代女子的小腳。湘裙：湘地絲織品製成的女裙。委：曲折，彎轉。

⑮解人：見事高明，通解理趣的人。流視：謂眼睛流轉顧盼。

⑯「君謨」句：蔡襄（一〇一二至一〇六七），字君謨，北宋福建仙遊人，官至端明殿學士，出知過開封府、福州、泉州、杭州。工詩文，明史事，善書法，為「宋四家」之一。其《茶錄》上篇云：「茶有真香。而入貢者微以龍腦和膏，欲助其香。建安民間皆不入香，恐奪其真。若烹點之際，又雜珍果，其奪益甚。正當不用。」

⑰「但以」句：蘇軾《次韻曹輔寄壑源試焙新芽》詩：「戲作小詩君莫笑，從來佳茗似佳人。」

⑱「猶言」句：宋代書法家雷簡夫（一〇〇一至一〇六七）《江聲帖》云：「近刺雅州，晝臥郡閣，因聞平羌江暴漲聲。想其波濤番番，迅駃掀搕，高下蹶逐奔去之狀，無物可寄其情，遽起作書，則心中之想盡出筆下矣。

【簡析】

王月生是明末南京名妓，也是出色的崑曲演員。張岱《陶庵夢憶》卷八「王月生」條：「南京珠市妓，曲中羞與為伍；王月生出珠市，曲中上下三十年決無其比也。面色如建蘭初開，楚楚文弱，纖趾一牙，如出水紅菱，矜貴寡言笑，女兄弟閒客多方狡獪嘲弄咍侮，不能勾其一粲。善楷書，畫蘭竹水仙，亦解吳歌，不易出口。」余懷《板橋雜記》卷中「珠市名妓」附見：「王月，字微波。母胞生三女：長即月，次節，次滿，並有殊色。月尤慧妍，善自修飾，頎身玉立，皓齒明眸，異常妖冶，名動公卿。桐城孫武公昵之，擁致棲霞山下雪洞中，經月不出。己卯歲牛女渡河之夕，大集諸姬於方密之僑居水閣。四方賢豪，車騎盈閭巷。梨園子弟，三班駢演。閣外環列舟航如堵牆。品藻花案，設立層台，以坐狀元。二十餘人中，考微波第一，登臺奏樂，進金屈卮。南曲諸姬皆色沮，漸逸去。天明始罷酒。」張岱這首詩，重在寫王月生之神韻，以「佳茗比佳人」為切入點，充分馳騁想像，寫得靈動而別致。

胡夏客（一五九九至一六七二），字宣子，一字薛知，號谷水，浙江海鹽人。《唐音統籤》作者胡震亨仲子。清順治間諸生。凡七略九流無不閱覽。好摩周籀秦篆，雖竹書漆簡，一見輒辨其年月。有《谷水集》。

江南曲

六院笙歌夜沸天①，內家舞隊更蹁躚②。《後庭》舊曲不堪唱③，司馬新編《燕子箋》④。

《明人詩鈔》續集十三

【注釋】

① 六院：猶六宮，皇后妃嬪居住的地方。笙歌：管樂器演奏聲和歌唱聲。
② 內家：指皇宮。封建時代皇宮稱大內，故也稱內家。
③《後庭》：指《玉樹後庭花》，樂府清商曲吳聲歌曲名。唐為教坊曲名。南朝陳後主製。其辭輕蕩，而其音甚哀，故後世稱其亡國之音。
④ 司馬：阮大鋮（一五八七至一六四六），見前阮大鋮詩作者介紹。《燕子箋》：阮大鋮所作傳奇，演霍都梁與酈飛雲、華行雲情事，以春容畫與觀音像為引，以燕子銜箋作關目。

【簡析】

這一首詩寫清兵大軍壓境，南明弘光小王朝君臣卻還熱衷於排演阮大鋮的《燕子箋》。國難當頭之際，君臣仍然沉湎歌舞，醉生夢死，與昏庸的陳後主相比，可謂有過之而無不及。

祁彪佳（一六〇二至一六四五），字虎子，一字幼文，又字宏吉，號世培。浙江山陰（今紹興）人。天啟二年（一六二二）進士，崇禎四年（一六三一）升任右僉都御史，後受權臣排斥，家居八年，崇禎末年復官，力主抗清，任蘇松總督。清兵攻佔杭州後，投池殉國。所著傳奇如《全節記》，皆佚，惟戲曲批評著作《遠山堂曲品》和《遠山堂劇品》存世（《曲品》有殘缺）。有《遠山堂詩集》。

贈袁鳧公①

煙雨樓頭寂寞春，湖光相對素人心②。遙遙一艇林邊出，知是鳧公問水津。
一曲欄干傍水家，吳歈琢出付紅牙③。高鬟越女開簾聽，濕盡新裁杏子紗。
世間何物得如君，陸海潘江未足云④。讀盡牙籤三萬卷⑤，始知天上有鴻文⑥。
從來索處歎分離⑦，何處天涯寄我思。遲我楓江橋上月⑧，與君攜手較新詞⑨。

《遠山堂詩集》，國家圖書館藏清初祁氏東書堂鈔本

【注釋】

① 袁鳧公：袁于令（一五九二至一六七四），原名韞玉，又名晉，字令昭，一字鳧公，號籜庵，又號幔亭、白賓、吉衣主人，吳縣人。明末為生員，因戀一妓女，被革去學籍。清順治二年（一六四五）清兵南下，吳地豪紳挽于令草降表進呈。因功，授荊州太守，十餘年未有升遷，因觸怒上司而被免職。晚年寓居會稽，染異疾死。于令工曲，師葉憲祖，有雜劇《雙鶯傳》，傳

奇《西樓記》、《金鎖記》、《玉符記》、《珍珠記》、《鸕鸘裘》（以上五種合稱《劍嘯閣傳奇》）、《長生樂》及《瑞玉記》。其中以《西樓記》最為著名。另有通俗小說《隋史遺文》，作於崇禎時。

②素人：即素心人，心地純潔、世情淡泊的人。陶潛《移居》詩之一：「聞多素心人，樂與數晨夕。」

③吳歈：春秋吳國的歌。後泛指吳地的歌。《楚辭・招魂》：「吳歈蔡謳，奏大呂些。」王逸注：「吳、蔡，國名也。歈、謳，皆歌也。」此處指崑曲。紅牙：檀木製的拍板。

④陸海潘江：形容才華橫溢。陸指晉代詩人陸機，潘指晉代詩人潘岳。南朝・梁・鍾嶸《詩品》卷上：「陸才如海，潘才如江。」

⑤牙籤：象牙或其他骨質製作的簽牌，古人常用來繫在卷軸書上作為標識以便翻檢。也用來代指書籍。蘇軾《送歐陽主簿赴官韋城》詩：「讀遍牙籤三萬軸，卻來小邑試牛刀。」

⑥鴻文：巨著，大作。漢・王充《論衡・佚文》：「鴻文在國，聖世之驗也。」

⑦索處：即離群索居。《禮記・檀弓上》：「吾離群而索居，亦已久矣。」索，孤單。

⑧遲：等。

⑨較：推敲。

【簡析】

崇禎八年（一六三五），祁彪佳辭官家居。這年農曆八月初八，袁于令從吳中來訪，還攜帶一名琴師，這是他們有明確記載的第一次相見。祁彪佳《歸南快錄》記云：「袁鳧公自吳中過訪。得張石叟公祖書，即手復之。鳧公攜有擅鼓琴者張從之，彈《梅花》、《客窗》諸曲，音節韶亮，非尋常所聞也。」兩人在一起賞曲論詩，甚為相得。祁彪佳創作《贈袁鳧公》四首七言絕句，記載這次相會。詩的最後兩句「遲我楓江橋上月，與君攜手較新詞」，表明了重訪蘇州，與袁于令共同探討曲學的願望。

坐千人石聞童子清歌①，有客倚洞簫和之②

似此孤清夜③，予心孰與傳。微風來木末④，清籟發林邊⑤。倚曲遙相和，聲流易起憐。徘徊湖月上，歸去不能眠。

《遠山堂詩集》，國家圖書館藏清初祁氏東書堂鈔本

【注釋】

① 千人石：石名。在今江蘇省蘇州市虎丘山劍池旁。相傳南朝梁代高僧生公説法於此。唐・陸廣微《吳地記》：「（虎丘山）池（劍池）邊有石可坐千人，號『千人石』。」清歌：清亮的歌聲。晉・葛洪《抱朴子・知止》：「輕體柔聲，清歌妙舞。」

② 倚：隨著，和著。《史記・張釋之馮唐列傳》：「使慎夫人鼓瑟，上自倚瑟而歌」。

③ 孤清：孤高而清淨。唐・張九齡《感遇》詩之二：「幽林歸獨臥，滯慮洗孤清。」

④ 木末：樹梢。

⑤ 清籟：清亮的歌聲。

【簡析】

夜是「孤清夜」，童子所唱是「清歌」，林邊傳來的是「清籟」，全詩的意境，只一「清」字即可概括，而這，也是崑曲給詩人最基本的感受。

徐士俊（一六〇二至一六八一），原名翽，字野君，一字三有，仁和（今浙江杭州）人。工書、畫，署款必曰「西湖某人」。詩文跌宕自喜。讀書日有程課，至老不倦。年近八旬，貌如嬰兒。與同鄉卓人月交好。工雜劇，所撰多至六十餘種，佳者欲與王、關、馬、鄭抗手。今存《洛水絲》及《春波影》各一本於《盛明雜劇》中。有《雁樓集》。

哭卓珂月①

其一

十年握手論文章②，風雨酸寒得共嘗。窣地修文上天去③，世間筆墨盡無光。

其二

君家自許月中人④，文彩風流映此身。今夜春江無限好，只愁海底已生塵⑤。

其三

六散文場毛羽摧⑥，曾無一個解憐才⑦。眾香國裡如登雋⑧，留取香名去占魁。

其四

憶昔挑燈作《晤歌》⑨，花痕粉暈不嫌多。君才未盡身先盡，每展殘編喚奈何。

其五

《錦囊》佳句湧春潮⑩，噴雪懷煙恨未消⑪。魂魄有知應眷此，相於閣下草蕭蕭⑫。

其六

齧指抽毫志未灰，漆燈猶照讀書台⑬。願將天下文人力，齊赴天門奪子回。

《雁樓集》卷十二，清初刻本

【注釋】

①卓珂月：卓人月（一六〇六至一六三六），字珂月，號蕊淵。浙江塘棲（今杭州）人。崇禎八年（一六三五）貢生。復社成員。富才情，工詩文，著述甚豐。早年撰《千字大人頌》，被譽為穩帖奇肆。與孟稱舜、袁于令、徐士俊等人交善。有雜劇《花舫緣》（存《盛明雜劇》本）、《新西廂》（僅存序一篇）、《小青》（未見）。另有《蟾台集》、《蕊淵集》。又與徐士俊合編《古今詞統》，末附二人唱和之詞《徐卓晤歌》。

② 「十年」句：徐士俊與卓人月訂交在天啟五年（一六二五），至卓人月去世的崇禎九年（一六三六），已經超過十年，此處取其成數。
③ 窣（音蘇）地：突然。修文：舊以「修文郎」稱陰曹掌著作之官，故以「修文」指文人之死。杜甫《哭李常侍嶧》詩之一：「一代風流盡，修文地下深。」
④ 「君家」句：卓人月，字珂月，均與「月」有關。
⑤ 海底已生塵：比喻死亡。
⑥ 「六散」句：指卓人月六次參加科舉考試，均以失敗告終。
⑦ 憐才：愛惜人才。杜甫《不見》詩：「不見李生久，佯狂真可哀。世人皆欲殺，吾意獨憐才。」
⑧ 登雋（音俊）：考中。
⑨ 《晤歌》：指卓人月、徐士俊二人的唱和之詞《徐卓晤歌》。
⑩ 《錦囊》：指卓人月的《錦囊逸句》。《新唐書．李賀傳》：「每旦日出，騎弱馬，從小奚奴，背古錦囊，遇所得，書投囊中。」《錦囊》之名本此。
⑪ 「噴雪」句：宋．釋梵琮《偈頌九十三首》：「梅花香噴雪，楊柳冷含煙。」
⑫ 相於閣：卓人月居處。
⑬ 漆燈：墓穴之燈。《江南野錄．沈彬傳》記載，沈彬臨終，指葬處以示家人，穴之乃一塚，未嘗葬人。石燈檯上有漆燈一盞，壙頭有一銅牌，鐫篆文云：「佳城今已開，雖開不葬埋。漆燈猶未滅，留待沈彬來。」

【簡析】

卓人月是一位早慧的詩人和戲曲家，才華出眾，但是命運坎坷，多愁善感，由此啟發了他對於悲劇的深入思考，他在《新西廂序》中寫道：「歡之日短，而悲之日長；生之日短，而死之日長，此定局也。且也歡必居悲前，死必在生後。今演劇者必始於窮愁泣別，而終於團圞宴笑。似乎悲極得歡，而歡後更無悲也；死中得生，而生後更無死也，豈不大謬耶！夫劇以風世，風莫大乎使人起於悲歡，而泊然於生死。生與歡，天之所以鴆人也，悲與死，天之所以玉人也，第如世之所演，當悲而猶不忘歡，處死而猶不忘生，是悲與死亦不足以玉人矣，又何風焉！」這些思考，對於中國戲曲的發展，是有益的，而他自己的命運，也是一場悲劇，對此，作為他的至交的徐士俊有著深刻的體會，細讀這六首絕句，可以具體感受到這一點。

王翃（一六〇三至一六五三），字介人，號秋槐老人，嘉興（今屬浙江）人。少年失學，本業染工。弱冠偶讀《琵琶記》，欣然會意，遂學詞曲，進而學詩，卓然成家。陳子龍極賞其詩才，稱有盛唐之風格。與著名畫家和詩人陳洪綬是知交。著有傳奇《紅情言》、《紈扇記》等。去世後，朱彝尊選抄其遺詩一帙，由王庭作序，題名《二槐詩存》傳於世。

鷓鴣天・同馬巽倩水部、張深之金吾、陸嗣端職方、吳余常文學飲月斷橋①，戲為陳章侯茂才贈蔣、王二較書②

漏水遲更夜欲交③，楓林葉落響寒梢。金樽酒影風前勸，紅袖簫聲月下教④。蘭氣含香隨語散⑤，眼波斜燭趁情抄⑥。江南多少行春夢，剩取餘枝蛺蝶巢。

《全清詞》順康卷第一冊，中華書局二〇〇二年版

【注釋】

① 馬巽倩：馬權奇，字巽倩，浙江會稽人。崇禎辛未進士。官兵部主事。才高召忌，甫閱仕版，在縶者數月，縶維邸舍者三年。後事白歸里。有《尺木堂學易志》。張深之：張道濬（?至一六四二），字深之，山西沁水人。祖父張五典曾任大理寺卿，父張銓曾任巡按御史等職。天啟元年（一六二一）清兵圍攻瀋陽時殉職，張道濬世襲錦衣衛僉事，先升南鎮撫司僉事指揮同知，再升都督同知。後出戍雁門，又降調海寧。與郭濬、孟稱舜、沈自徵、陳洪綬等交往。曾校刻《西廂記》，稱《張深之先生正北西廂秘本》。陸嗣端：陸澄原，字嗣端，浙江平湖人。天啟五年（一六二五）進士，歷官員外郎。以不附東林，被察閒住。後罷官而去。吳余常：浙江杭州人。與卓人月、歸莊為友。

② 陳章侯：陳洪綬（一五九八至一六五二），字章侯，號老蓮，浙江諸暨人。年少師事劉宗周，補生員，後鄉試不中，崇禎年間召入內廷供奉。明亡入雲門寺為僧，後還俗，以賣畫為生，死因說法不一。一生以畫見長，尤工人物畫，與順天崔子忠齊名，號稱「南陳北崔」，人謂「明三百年無此筆墨」。名作《九歌》、《西廂記》插圖、《水滸葉子》、《博古葉子》等版刻傳世。工詩善書，有《寶綸堂集》。茂才：即秀才。東漢時，為了避光武帝劉秀諱，將秀才改為茂才，後來有時也稱秀才為茂才。較書：即校書，樂伎，歌伎。唐．王建《寄蜀中薛濤校書》詩：「萬里橋邊女校書，枇杷花裡閉門居。」薛濤，蜀中歌伎，能詩文。後因以「女校書」為歌女的雅稱。亦省稱「校書」。

③ 「漏水」句：謂更漏已殘，夜色將盡。

④ 紅袖：女子的紅色衣袖，指美女。唐．韋莊《菩薩蠻》詞：「騎馬倚斜橋，滿樓紅袖招。」

⑤ 蘭氣：像蘭花那樣芬芳的氣息。形容美女的呼吸。

⑥ 杪（音秒）：微小；細微。

【簡析】

這次參與聚會的幾位，都與戲曲有較深的淵源。馬權奇曾經為孟稱舜的《嬌紅記》、《二胥記》寫過題詞，為孟稱舜的《殘唐再創》、《二胥記》寫過總評，張道濬曾校刻《西廂記》，陳洪綬則為《西廂記》作過精美的插圖，又為孟稱舜的《嬌紅記》寫過序和總評，為孟稱舜的《眼兒媚》、《桃源三訪》、《花前一笑》寫過總評。幾位戲迷在西湖斷橋飲酒賞月，又有漂亮的歌伎，美妙的崑曲，怎能不充滿浪漫的情調？

賀聖朝

畫鼓金錞催夜宴①。晴煙傳蠟②，翠堂春變。亂花叢裡，百紅繁映。內簾香發，笑爭歌扇。吳音窈眇遺珠串③。秀影流衣，長袖繞風遍④。想歡心猶淺。誰聽玉壺，漏響銀箭⑤。

《全清詞》順康卷第一冊，中華書局二〇〇二年版

【注釋】

① 金錞：即錞于，古代樂器。《周禮・地官・鼓人》：「以金錞和鼓。」鄭玄注：「錞，錞于也。圜如碓頭，大上小下，鳴之與鼓相和。」

② 傳蠟：古代寒食節宮中鑽新火燃燭，以賜貴戚近臣，然後傳之於民。唐・韓翃《寒食》詩：「春城無處不飛花，寒食東風御柳斜。日暮漢宮傳蠟燭，輕煙散入五侯家。」

③ 窈眇（音咬秒）：美妙，美好。劉禹錫《竇夔州見寄寒食日憶故姬小紅吹笙，因和之》詩：「鸞聲窈眇管參差，清韻初調眾樂隨。」珠串：比喻歌聲連貫圓潤。唐・李商隱《擬意》詩：「銀河撲醉眼，珠串咽歌喉。」

④長袖：舞衣。漢・傅毅《舞賦》：「羅衣從風，長袖交橫。」

⑤玉壺：漏壺，古代的計時器。銀箭：漏壺上的浮箭，以示刻度。唐・李賀《河南府試十二月樂詞・十月》：「玉壺銀箭稍難傾，缸花夜笑凝幽明。」

【簡析】

這次宴會上的演出，載歌載舞，美不勝收，但給觀眾印象最深刻的是「吳音窈眇遺珠串」，即崑曲的美妙演唱。

碧牡丹・同朱近修、吳於庭觀女劇①

風至吹蘭氣②。弦絲轉，繁香媚。長袖招歡，暖踏氍毹香地③。左右春明④，嫋若花開蔽。玉顏齊斷，紅暈酒痕被。夜入新鶯隊。紛然豔光搖醉。俊眼宜人，何處橫流秋水⑤。解客情多，隱語含心謎⑥。燭無言，有餘淚。

《全清詞》順康卷第一冊，中華書局二〇〇二年版

【注釋】

①朱近修：朱一是（一六一〇至一六七一），字近修，號欠庵，晚號涪溪下農，浙江海寧人。明崇禎十五年（一六四二）舉人。學識淵博，交遊廣闊，早年名重復社。曾從吳偉業學，頗得賞識。時值明清之際，文人紛紛結社，海寧尤盛。他在杭與陸圻主

辦登樓社，在海寧與范驤等創辦觀社，並參與濮溪社、臨雲社的建立事宜。明亡後，浪跡江湖，守志不仕，以授徒、著述自娛。有《為可堂文集》、《為可堂詩集》、《梅里詞》。吳於庭：安徽休寧人。

② 蘭氣：像蘭花那樣芬芳的氣息。形容美女的呼吸。

③ 氍毹（音瞿書）：一種織有花紋圖案的毛毯。古代產於西域。可用作地毯、壁毯、床毯、簾幕等。舊時，居家演劇用紅氍毹鋪地，因而又用為歌舞場、舞臺的代稱。

④ 春明：春光明媚。

⑤ 橫流秋水：秋波，指美女暗中以眉目傳情。

⑥ 心謎：內心的秘密。

【簡析】

從「新鶯隊」的比喻來看，這台女劇是由年輕的女伶演出的。她們扮相俊美，歌舞動人，看得觀眾們都入了神。

SHOW藝術26 PH0136

明代詠崑曲詩歌選注

選　　注 / 趙山林、趙婷婷
主　　編 / 洪惟助、蔡登山
責任編輯 / 蔡曉雯
圖文排版 / 楊家齊
封面設計 / 陳怡捷

發 行 人 / 宋政坤
法律顧問 / 毛國樑　律師
出版發行 / 秀威資訊科技股份有限公司
114台北市內湖區瑞光路76巷65號1樓
電話：+886-2-2796-3638　傳真：+886-2-2796-1377
http://www.showwe.com.tw
劃撥帳號 / 19563868　戶名：秀威資訊科技股份有限公司
讀者服務信箱：service@showwe.com.tw
展售門市 / 國家書店（松江門市）
104台北市中山區松江路209號1樓
電話：+886-2-2518-0207　傳真：+886-2-2518-0778
網路訂購 / 秀威網路書店：http://www.bodbooks.com.tw
國家網路書店：http://www.govbooks.com.tw

2014年8月　BOD一版
定價：540元

國家圖書館出版品預行編目

明代詠崑曲詩歌選注 / 趙山林, 趙婷婷選注. -- 一版. --
臺北市 : 秀威資訊科技, 2014.08
面 ; 公分. -- (SHOW藝術 ; PH0136)
BOD版
ISBN 978-986-326-254-1 (平裝)

831.6 103007472

讀者回函卡

感謝您購買本書，為提升服務品質，請填妥以下資料，將讀者回函卡直接寄回或傳真本公司，收到您的寶貴意見後，我們會收藏記錄及檢討，謝謝！

如您需要了解本公司最新出版書目、購書優惠或企劃活動，歡迎您上網查詢或下載相關資料：http:// www.showwe.com.tw

您購買的書名：____________________

出生日期：________年________月________日

學歷：□高中（含）以下　□大專　□研究所（含）以上

職業：□製造業　□金融業　□資訊業　□軍警　□傳播業　□自由業

□服務業　□公務員　□教職　□學生　□家管　□其它_____

購書地點：□網路書店　□實體書店　□書展　□郵購　□贈閱　□其他

您從何得知本書的消息？

□網路書店　□實體書店　□網路搜尋　□電子報　□書訊　□雜誌

□傳播媒體　□親友推薦　□網站推薦　□部落格　□其他__________

您對本書的評價：（請填代號　1.非常滿意　2.滿意　3.尚可　4.再改進）

封面設計____　版面編排____　內容____　文／譯筆____　價格____

讀完書後您覺得：

□很有收穫　□有收穫　□收穫不多　□沒收穫

對我們的建議：____________________

____

____

____

請貼
郵票

11466
台北市內湖區瑞光路 76 巷 65 號 1 樓
秀威資訊科技股份有限公司 收
BOD 數位出版事業部

（請沿線對折寄回，謝謝！）

姓　　名：＿＿＿＿＿＿＿＿　年齡：＿＿＿＿　性別：□女　□男

郵遞區號：□□□□□

地　　址：＿＿＿＿＿＿＿＿＿＿＿＿＿＿＿＿

聯絡電話：（日）＿＿＿＿＿＿＿＿（夜）＿＿＿＿＿＿＿＿

E-mail：＿＿＿＿＿＿＿＿＿＿＿＿＿＿＿＿